太和

尹学芸 —— 著

北 京 出 版 集 团
北京十月文艺出版社

目录

第一章

1

"我叫潘美荣。你是谁?"

他就在门槛子那里戳着,像一根木头。我觑着眼睛看,又觉得那许就是块门板,在黑漆漆的夜里,隐去了边界。

他没问我叫啥名字,我凭啥告诉他。我糊里糊涂的时候都觉得不甘心。"你是谁?"我在梦里嚷嚷。

他不说话。沉默地处在一种若隐若现里,像个绿毛怪,散发着一股湿腥气。夜色就是一盏黑灯笼,总在眼前晃,晃得我头都是晕的。"我知道你是谁。"定了定心神,我嘟囔,"我知道。我潘美荣一辈子就烦拖泥带水。我活了九十九,早够本了。"话是这样说,我后背却凉沁沁的。我在想跟他走背哪个包裹,里面装啥东西。这一去定是有去无回，有去无回了！好在衣着早备好了，从里到外都是新的。棉的、绸的、锦缎的，一件一件，像演员登台一样在脑子里过了一遍。大袄上绣着莲花和白云，门襟绣金童玉女。这些早在二十多年前就准备下了。不光我准备，村里的老姐妹们都比着赛地给自己预备。我恨不得一脚迈下炕去，掀开柜盖，当着他的面穿戴起来。穿戴起来也许更好看些。这个时候我还冒出这样的念头，自己都觉得奇怪。

我翻过身去，闭上眼。我看不到墙体有多远，但鼻子里闻到了一股生石灰味。墙裂了口子，我用石灰浆自己泥上了，这是秋天的事。黄瓜黄，辣椒红，小倭瓜在墙上坐一溜，像一排圆脑袋，都还没来得及收，突然下了连绵雨。秋天的雨像落了月子病的女人，哩哩啦啦。墙上新刷的石灰鼓出包，久久都不干。后来虽说干了，但那股生泥子味浸到了周围的墙皮里，张开鼻孔就能闻到。绿毛怪就是从墙缝里钻出来的，我在梦中看得真真的。像虫子那样小，蛞蝓蛞蝓膨胀开，变得像人那样大。他身上叮满的小螺蛳，像成熟的浆果一样噼啪往下掉。

"你好点吗?"他突然在我头前问了句。

就像遭遇了电光石火，我陡然睁开眼，这是梦着还是醒着? 棉衣在身下堆出了褶皱，硌得人不舒服。我用那条好腿朝上一撑，把身底下抻平了。

"你是谁?"我突然嚷出了声。

"妈在跟谁说话?"

老大老二前后脚进来，带进一股凉风。老二摸出一支烟，刚要插进嘴里，老大说:"别抽了。"老二把烟又塞进了烟盒。

"说胡话了吧?"老二说，"咋还不醒，是不是撞着谁了?"

"我是不信这些……要不猜猜试试?"

"你兜里有钢镚吗?"

"妈的抽屉里有。"

老大拉抽屉找钢镚。老二从墙上摘下那面小圆镜，那镜子跟我几十年了。钢镚放在镜子上，老二端着它在我脸上晃了三下。我感觉到了一束冰冷的光在移动。他们都是我徒弟，头疼脑热时我就这样给他们猜撞客，从小猜到大。

"你先猜爸，快过年了，他一准想家了。"

"每次都猜他，好像百发百中。"老二笑了一下。

就他爱装神弄鬼，大半辈子不让人消停。我心里说。

老二捏着钢镚在镜子上戳。"爸，是你撞着我妈了吧？是你你就站住，我们给你去上香烧纸。她快百岁的人了，禁不住你缠磨。你就让我们过个太平年吧，儿子求你了。"话音未落，钢镚一下子站住了。老大吃惊地说："这么快！"我想看，却没睁开眼睛。对，我忘了咋把眼睛睁开。

　　老大去厨房拿菜刀。接下来一刀削下去，要把钢镚撂倒。

　　"你快走。"我对绿毛怪说，"这不是你待的地方。"

　　"又说胡话了。"老大吃惊地说，"她在叨咕啥？"

　　下午两点多，我被堂屋的门槛子绊了一趺。当时我刚睡醒，人有点迷瞪。着急忙慌往外走，像是外边有人招呼我。我确实看到了院子里有人影。响晴的太阳下，黑色的影子像树枝在摇晃。我身子朝前扑，情知不好，伸手去抓门框，晚了。膝盖跪在台阶上，右腿的小腿骨在门槛子上狠狠垫了一下，我听见骨头发出了叫声，那声音让人心都是寒的。

　　我半天没起来。疼得打哆嗦，狠狠搔了那腿两下。老废物，咋这么不小心！我一辈子伺候人，从没让人伺候过。老三说我是穆桂英，阵阵能打胜仗。院子里寂寥，也许刚才那是鬼影，蛊惑了我。

"死鬼，是不是你来勾人了？"我冲着院子里吐唾沫。一阵风呼地刮过来，唾沫星子飞到了脸上。我怕这时有人进院子，看见我的狼狈相。我运了口气，想扳着门框站起来，那条腿疼得不能动。看你疼哪去！我咬咬牙往屋里爬。跌伤不会流血，地板都是新擦的，儿子啥也看不出来。我满心里想的都是儿子，看见我这样，他们得急死。摸着炕沿的边儿，我半个身子倚住炕，用那条好腿一撑，我爬上来了。

我的后背都溻湿了。身上发寒热一样地抖，把被子摇得窸窣响。人瘫在炕上，像在水中浮游。老二长海进堂屋就嚷："妈，我炖吊子没八角了。"我激灵一下醒了，扬声说："自己拿。"他知道八角在哪儿。探头看了我一眼，说："这个时候了咋还睡？"拿了八角颠颠就走了。

"注意关火！"我追了句。

"没事吧？下午说话还钢枪似的呢。"

"脸有点白，猜撞客没管用？"

我使劲让眉目舒展。额上的抬头纹都跳了起来。

"老三啥时回来？"

我突然把眼睛睁开了。

"瞧瞧，一提老三就醒了！"

屋顶在旋转，元宝一样的吸顶灯像被抽的陀螺，我等着它停摆。然后朝头前的方向看，又在屋里睃了一圈，只有老大、老二两个人。老大高，老二矮；老大白，老二黑。龙生九子，各有不同。"有点迷昏。"我咽了口唾沫。是想告诉儿子我没事儿，头晕的毛病打年轻时就有。"长江啥时回来？"我望向老大。老大摇头，说一直没准话。老二说："他啥时上飞机了，就离回家不远了。"

他起先当大夫，后来当院长。有时人到飞机场了，都能给叫回去。

"好好的，咋还迷昏了呢。"老大关切道。

"还一个劲说梦话。"老二说，"梦见谁了？"

蓝布门帘一角有一块卷曲和折叠，这是要来客了，或者已经来了。我又偏起头来看，说有个东西就在那里站着，也不知是人是鬼。

老二说："妈你可别吓人。"

老大说："您肯定睡糊涂了，这世上哪有鬼。"

老大过去把门帘子弹了下，门帘一阵飘摆，恢复了原状。"睡这大半天，不糊涂才怪。起来，吃点饭。"

"我大嫂包了馄饨。"老二说。

"身上懒，待会儿再吃。"我把胳膊横在脸前，催他们走，"都各忙各的去吧，我今天就想睡觉。"

"大长的夜，哪就不睡了？"老大说。

他们俩磨叽谁留下来陪夜，我不耐烦，说我又不老又不小，陪啥陪，我喜欢一个人清净。老大媳妇隔着院墙喊刘长河。老大说："你一个人行？"老二揶揄："不行也行。"

"就这脾气。"老大边走边说。

老式门板就是几块木头拼接的，还是从老房子拆下来的，像烟油子一样黑。后面是个墙柜，帽镜是老辈子的梳妆镜，后来换了透明玻璃，成了镜框，正好对着炕。早些年摆着的有老大和老二年轻时候拍的照片，更多的是老三的照片，跟同学的合影，有小学和初中的，也有考大学时的标准像，严肃得就像正在生气一样。标准像是彩色的。红嘴唇、红腮帮，这是老大的手艺。那个时候他走街串巷给人照相，每天都能见着钱。回家就用毯子把窗子蒙起来，把屋子弄得黑洞洞的，用那个叫显影液的东西洗照片。他尤其喜欢把黑白照片弄成带色的，有时弄不好，红颜色能弄到耳朵上。老大是自学成才。后来生意越来越不行了，连着几天不开张。眼下那里摆着的都是小小辈的人，照片都是彩色的。老大的孙子，我的重孙子。老二的外孙，我的重外孙。都是我这根蔓上结的瓜，我喜欢趴在墙柜上看那一张张脸，从小不点儿，一下就看大了。

绿毛怪曾在那里戳着，我怀疑他也看过照片。我不敢断定他是谁，但恍惚又知道他是谁。他在哪儿？还是单就在我的梦里？若是老三在，我就可以问问他，他啥都能掰扯开。"老三赶得上年夜饭吗？"我自言自语。

灯点着，这屋里的安静明晃晃。有种安静你看得见，还有种安静你看不见。"这骨头是断了还是没断？你是活着还是死了？"两个儿子一走，我就开始发急。声音在屋里冲撞，发出了沉闷的回响。我想搬动那腿，却像石头一样死沉。我侧弯着身子用手去摸，棉裤一把抓不透，可就是感觉有骨头掉下来一块。我特别生气。我整天小心着呢！老大老二见天叮嘱我，出来进去小心点。您不是风火轮，没必要走那么快。这是老天让我摔，我没辙！长河长海，这不是我想摔，是我没辙！我伸手去摸灯绳，赌气一抻，灯灭了。屋里漆黑摸眼。我眼睛睁了片刻，又闭上了。死了就是这样。我对自己说。早死早托生，活着也是累赘。我可不想当累赘。那盏黑灯笼又在晃，我烦道："你是绿毛怪吗？说吧，啥时叫我走？要不是想等老三回家过年，我啥时走都现成，别以为我害怕。哼！"

想起老三，眼眶立马就湿了。他每次临走都说，妈你要好好的呀，我不照顾你的时候你要照顾好自己。他怕下次回来见不着我，一步一回头。每次都是这样。可凡事由天不由我。我就这样东想西想，一忽儿做梦一忽儿醒着，一忽儿清楚一忽儿糊涂。有好几次，我都想号几声，暴雷子就要滚出喉咙，生生让我咽下了。我得提着一口气，老三还没回来，我不能让自己垮了。

一颗细小的眼泪从眼角渗出，出了眼角就淌不动了。

"你做梦。"我说。梦里你还是个好人，想干啥干啥。我给老三打电话，老三没接。老三很少接电话，要等他把电话打回来。

老三呼哧呼哧喘气，他那边人声嘈杂，医院就是这样。"妈，妈！"他使大劲嚷，唯恐我听不见。

我也使大劲嚷："我挺好的！长江你甭惦记，你大哥二哥也都好！工作打紧。世界上所有的事都没有治病救人重要！"

"妈，我听你的！"老三眼窝子浅，就爱眼泪汪汪。

电话挂了。我手脚冰凉，好像忘了说啥。"你赶得上年夜饭吗？"这话当问，却忘了问。嘿，这是做梦呢，我拧了自己一把，老三说了也不算。

窗外有个东西在撞玻璃，当当当，声音特别响。我激灵一下，身上起了鸡皮疙瘩。"你是蝙蝠还是啄木鸟？"明明知道都不是，我还是这样问。黑暗里散发着一种湿腥气，蛞蝓蛞蝓，身上叮满小螺蛳的绿毛怪出现了。他像截木头一样立在门板那儿，蓝布门帘卷了起来。

"你又来干啥？"我大声呵斥，明白自己又做梦了。

"她就是能睡觉，平时也能睡。昨晚躺得早，我们只当她累了。早上喊不醒，才发现她有点低烧。"

"前半晌还去玩牌呢，又没咳嗽感冒。"

"她不是小孩子。小孩子烧四十度也没事。老太太哪行？说句不好听的，这就是秋后的老黄瓜，看着是个物件。"

这话是李大夫说的，没错。肉头的一张扁脸，看不见脖子。这一条街，上年纪的人都不喜欢她。没有哪句话说得中听。她一边当大夫，一边养猪，身上尽是猪屎味。

"大妈，身上哪不好？"

我不睁眼，是不想睁眼。那股猪屎味冲鼻子，能把死人熏活。当然，这是我心里想的，凭良心说，她也没那么不干净，她只是有一点不干净。她一个劲问我哪不舒服，我能告诉她？告诉她都不如告诉广播喇叭。

"这么大岁数了还一个人住，你们该有人陪她。"

"她不让。说一个人能行。"

"都啥岁数了吔，还逞能。"

我的眉头越拧越紧，他们就爱埋汰老人。好像老人就是不知好歹不懂是非。陪老人是个累人的活儿，我这是不想麻烦人！李大夫大概发现了我脸上的变化，笑着说："老太太，咱是打一针，还是输瓶液？"

"都不用。"我立马回应。

"看这情形就不像有病的。她可能夜里没睡好，早上精神差。玩了一宿牌吧？"

我听出了她在说笑话。

老二说："咋会。"

老大说："不可能。"

李大夫说："玩牌也是在梦里。那几个小老太，是罕村一景。大家都说，那样大年纪的人还能玩牌，也只有罕村的老人有这本事。"

"绿毛怪……"我情不自禁嘟囔了句，我好像跟他战斗了。

"啥?"那些眼睛都睁大了。

我脑子乱糟糟，但有一条线很清晰。绿毛怪蹲在地上捂着脸哭，说我不走他就完不成任务，回去没法交差。

"你还交差。"我鄙夷地说，"我凭啥让你交差。"

"潘大丫，你咋这浑啊!"

我一下愣住了。这名字大半辈子没人叫了。"你是……我叫潘美荣!"我气得哆嗦，泪花飞溅，大声嚷，"你来干啥，我不想见你!"

"不想见谁?"老大的一双眼睛瞪得像鸽子蛋。

"夜里跟死人干仗了。"我疲惫地说。我想说那是在梦里，但一转念，又觉得没必要。

一屋子忽然安静了，李大夫怕冷样地抱着肩膀，目不转睛地看着我。老大解围说："又做破梦。"

"一大早晨就忙得不可开交，还有几户人家等我出诊呢。既然不愿打针输液，那就吃点药。老太太，退了烧就想吃饭了。马上就要过年了，得有个好胃口。"李大夫边收拾器械边说。

"我吃过饭了。"我说。

"吃的啥?"老二问。

"反正我不会让自己饿着。"我说。

老大说:"我去拿药。"

我说我不烧。

老大的手掌放在了我的额头上:"真的呀,不烧了。"

李大夫不信,也把手放了过来。

一屋子的欢欣,突然又静默了。他们你看我我看你,似乎都想在别人那里讨个究竟。李大夫背起药箱往外走,边走边说:"说不烧就不烧了。这老太真成精了。"

走到院子里,李大夫大声说:"老太跟你们闹着玩呢。再去斗一场儿小牌,就啥毛病也没有了。"

这是个响晴薄日的天气,窗外是白花花的太阳。一屋子的人散尽,我才觉出了孤单。村里有零星的鞭炮声,总有耐不住性子的人,先放几个解心痒。死鬼刘方就是这样,他活着时就爱闹响动。我其实很有胜利感,出了这样大的事,却能瞒住人。老三知道了虽然会抱怨,也不得不佩服。可接下来怎么办?

我想屈一下腿,那腿是木的。

若是往常，这个时候我还在跟人家斗小牌。牌友才七十几、八十几岁，都还是小孩子呢！总嚷这儿不合适，那儿不合适，眼花了，腿疼了，吃啥也不香。她们一见到我，就不嚷嚷了。我管她们叫小兔崽子，才多大个人儿，就这儿疼那儿疼，都是闲坏了身子骨。明儿去北山背一天石头，就哪儿也不疼了。

　　我经常给她们炒一把花生，买几块点心，或是带几粒钙片，就把她们打发得欢欢喜喜。吃食我都用手绢兜着，手绢用开水消毒，午后在太阳底下晒干。我是大夫的妈，这些我都懂。人越老越不能邋遢，否则狗都不待见你。其实谁家也不缺这点吃食，大家就图个高兴。我满口假牙，啥都嚼得动。有人嘴里就剩两颗大门牙，像兔奶奶一样。花生米在嘴里来回骨碌，半天也捉不着，吧唧够了味，还是啐到了院子里。钙片比别的受欢迎，在嘴里含着，有一股甜丝丝的味。大家说我体质好，就是吃钙片吃的。钙片是老三邮来的，是德国货。我问她们，知道德国在哪儿吗？坐飞机得飞一天。她们问，老三去过那里？我说他哪有空去，他连回家看妈都没空。他自打上学起，一年顶多回来两趟。读硕士，读博士，后来就一直当大夫，当专家，当院长。就是离家远，工作的地方在长江边上——对了，他就叫刘长江。当年我让他毕业回家来，在家门口行医，我得多得济！可他说，他天生就是喝长江水的命。"谁让您给我起这样好的名字……长江，还偏偏姓刘，不就是长江留我吗。"老三跟我开玩笑。

大家都说我命好，能活到这把年纪。罕村几千口子人，没谁比我更长寿，还吃啥啥香……这一辈子，知足了。能活就好好活着，不能好好活着就不如不活，也省得自己遭罪。我们私下经常这样说，不拖累儿女，决不拖累儿女。话说起来容易，做起来就难了。有人茶了傻了，就剩会吃会喝了。昨天还打牌呢，睡一宿觉，起不来炕了……啥情况都有。我们玩牌都不带彩，也有人想用钢镚做筹码，我说不行！玩牌行，碰钱不行。我潘美荣就是这个脾气，不做违法的事，一分二分也是赌博，坚决不做！

在牌桌上，她们都叫我潘美荣。是我让她们这样叫的，牌桌上不用分大小。我喜欢人家叫我潘美荣。潘美荣！我对着镜子自己也叫，觉得这是天底下最好听的名字，可惜一辈子都没人叫过。公婆叫我长河妈，死鬼叫我潘大丫。工分册子上管我叫刘方家的。想起刘方我就牙根痒。我净顾着挣工分、养孩子，连个名字都没有。我对会计说，我有大号，娘家姓潘。死鬼说，是潘仁美的"潘"。大家哈哈笑。队里有人会讲古，都知道潘仁美是奸臣，专门陷害忠良。刘方说，一个囤子媳妇，要啥大号。大家又是一通笑，说队里这样多的媳妇，没有一个让写名字的，小囤子媳妇还挺讲究。因为这件事，我好长时间不爱搭理他。后来办身份证，没有名字不行了。来登记的姑娘说，姓我知道，肯定是三点水那个"潘"，"美荣"是哪两个字您知道吗？我找来一支铅笔，撕了张月份牌，在后面写下了"美荣"两个字，告诉姑娘，美是美丽的"美"，荣是光荣的"荣"。姑娘很惊奇，说这名字写得方正，您读过书？我说没读过书，但上过夜校。我会写名字，是因为在心里重要，我睡不着觉时就会在身上描。身份证我整天在怀里揣着，没事就拿出来端详。老大说，能看俊不？我说，看不俊也看。我八岁从潘家寨来罕村，到老刘家当囤子媳妇，还没桌子高。一说后街的囤子媳妇都知道指的是我。我自己不记着自己，就没人记着。

老大刘长河，老二刘长海，老三刘长江，都是我给起的名字。死鬼不乐意，说这名字都是水，淹着咋办？孩子都是从我肚子里爬出来的，我说了算。孩子都顺顺当当长大了，儿子生儿子，孙子又生孙子，哪个也没淹着。我八十几的时候还给老二做饭呢，有一次和饺子馅，把碱面当成了咸盐，人家才不用我了。我从那时开始玩小牌，用黄豆做筹码，那些黄豆粒都让手摸得黑不溜秋了，就像羊粪蛋，那也舍不得丢。我不喜欢李大夫。她手艺不好，嘴也不中。村里上了年纪的人都不喜欢她。谁如果没去她家药房买药，她看见人家就唱山音①："甭舍不得花钱买好药，还活几天啊！"

"别人家的药都不如你的？"看她骑车子走远了，大家都撇嘴。

人老了就爱缠磨儿女。我不。老大老二过来坐我也赶他们走，我知道，人家更愿意看电视和手机，那上面啥稀奇古怪的事都有。我也习惯了一个人，干点这，干点那，一天的光阴就过去了。晚上脱了鞋上炕，就想，明早能不能穿上呢？有时候稍微觉得遗憾，就是跟老三的话没说够，总想多嘱咐他几句。其实也没啥好嘱咐的。人家上了那样多的学，救了那样多的人，比我高明多了。我给他当妈，他给闺女当爹，闺女今年生了个小外孙，人家有忙不完的事。还是老大老二不容易，庄稼人都不容易。老大年轻时是俊把子，读高中时差一点让省里的话剧团挑走。后来学照相，还学做买卖，但都没干长。老二四十几岁时媳妇得肺癌死了。他没上过多少学，从小就受苦受累，老了还受苦受累，在建筑工地锄泥和灰，好歹在外找口饭吃。

---

① 唱山音：蓟州方言，指旁敲侧击说风凉话。

老大媳妇是个不言不语的人，没老二媳妇响快。可响快的人命不济。我叹了一口气，人家也是当奶奶的人了，若是没有我，她也是老太太了。若是知道我摔伤，她又该脑袋撞墙疼得睡不着觉了。

她就怕着急上火，心里搁不住事儿。

那盆绣球还活着，只是老得可以做盆景了。根部长出一堆臃肿的赘肉，也像人的皮肤一样，隐约显露出青色的血管和筋脉。它头上的花朵老红，老大的媳妇不待见，经常说，干不死叶的，养它干啥？

我过去养过很多绣球。白色的、粉色的、紫色的、红色的，窗台从东到西，摆满了花盆。我就喜欢绣球花，开出来花朵毛茸茸的，花冠是圆的。那时我还能赶集，一小盆一小盆地从集上买了来，长大了，就换个大些的花盆。一到夏天，我的院子就跟花园一样。后来那些绣球一盆一盆地死了。根子上长了一种白色的小虫子，我换了新土也不行，栽到院子里也不行。要好的姐妹叫张二花，她悄悄跟我说，也许是老得不行了，跟人一样。您得多加小心……我懂她的意思，嘎嘎地笑。老太太还能玩牌呢，啥时玩不了牌再说！

窗台下边两个簸箕样的沙发，是我自己从集镇上买的，请人拉了回来。那年我都八十二了，自己骑小三轮车去镇上的家具店。老板不相信我是真买沙发，一个劲跟我矫情，我把钱拿出来都不相信。他以为我是老糊涂了，说家里有没有跟来人？不跟来人我们可不敢卖你东西，哪有这个年纪还买沙发的道理。我跟他说，你看我这身子骨，像是要入土的人吗？要是只能活一年半载，你让我买我也不买。儿子给我装修了房子，亮白儿，地上铺瓷砖，能当镜子照。电视贴在墙上，里边的人就像仙女，能走出来。沙发才配这屋子，你懂吗？老板说，你儿子咋不来？我说，我儿子在长江边上当大夫，铺完瓷砖地就走了，那边有个省长等着他开刀呢。老板这才疑惑地接了钱，似乎不相信我能生出这样的儿子。他要看我的身份证。我当真拿给他看了。老板这回笑了，说做了半辈子生意，还没碰到过这样大年纪的。他问我要哪种，有皮的、革的、布艺的。我说我要布艺的，这名字听着洋气。他安排车给我往家里送。我又说，我买了你东西，照理你应该赠我点产品。老板笑着说，您想要啥？我说，那个红杆的大衣架我家里缺。老板咬了咬牙，说行！这么大岁数还会讨价还价，我就当您是我妈！就这么着，大衣架和沙发一起送来了。摆在屋里，那衣架显得特别好看。只是没摆几天，就被老大媳妇要走了。我又找人给沙发做了罩，用的是最好的面料，上面是红花绿叶。人家的手艺好，罩上去严丝合缝，看上去就像电视里的摆设一样。我打电话把事情告诉了老三，老三高兴坏了，说我老妈就像挂帅的穆桂英，阵阵都打胜仗。好！

眼下有一团雾在那里飘，雾里有个声音说："潘大丫，你咋这浑啊！"

我激灵一下，醒了。

2

三五分钟就是一个觉，没有哪个觉能睡得沉。

绿毛怪又来了。他坐在了靠窗台的沙发里，头的一侧顶着那个红绣球。冷眼看去，就像耳朵上戴着一朵花。

"我叫潘美荣。"我气得哼哼。

"潘大丫。"他说。

"潘美荣！"我大叫。

他从腰里摸出烟袋来抽。那烟袋有一尺长。烟袋锅是红铜的，烟袋嘴是白色的，但不是纯白，有点乌涂，上面有道裂纹。我盯着那烟袋看，一缕烟冒了出来，曲曲弯弯朝上走。心里忽然一咯棱，离这样远，我居然看得清？那裂纹分明是老二长海摔出来的。我收工回来，长河长海在门口淘气，长河说这烟嘴比金刚还硬，根本摔不坏。长海是实心眼，狠劲往石头上摔。刘方回家发了次疯，就像烟嘴是条性命。此刻我看清了他的模样。他有一只尖鼻子，有点漏风。冬天总有风轻易灌进去，鼻孔里是凉的，偶尔会结些冰丝儿。我分明看见他的一只手举起了烟袋，烟袋朝嘴的方向移，但总也移不过去。我心想，他的胳膊是木头做的，大概该上油了。

我的梦总是稀奇古怪，但我半辈子没梦见过刘方。为啥？我不想梦见他。

玻璃通透，没有一点污渍，只有窗框把太阳割得一块一块的。上边是小块，下边是大块。绣球花也成了光照的一部分，那花变成了鸡血红。水杯、线轴、一瓶腌蒜、手电筒和一个皮带扣都在窗台上摆着，被太阳一个一个抚摸。皮带扣是老大放这里的，也不知用了几年，突然不走滑①了。老大提了一下裤子，说不系腰带稍微有点松，但掉不下去。我从柜子里拿出一根新皮带，是老三留在这里的。"眼下你套着棉裤呢。单穿不就掉下去了？"老大摆弄着皮带说，

---

① 不走滑：蓟州方言，指停顿住，锈住。

有这好东西咋不早拿出来。插到裤襻里，心满意足。他走的时候把自己的皮带拿走，皮带扣随手放在了窗台上。这是小年那天的事，他来给我送饭，说今天是节日，就别自己做饭了。我喜欢吃自己做的饭。蒸个鸡蛋，蒸个馇馇，用牛奶和面，又香又软。但老大老二做了差样儿的会送过来。老三反对我自己做饭，我说，等我挪不动爬不动的时候再说吧！

没想到这样的日子说来就来了。

在早这院子里热火朝天。老大关院门，老二堵鸡窝，我在灶前烧火，死鬼往炕上搬饭桌，然后坐到炕尖上，等着我把粥盛满端给他。老三忙着写作业，油灯放在头前一拃远的地方，屋里经常审出一股烧头发的焦煳味。老大说，又燎猪毛啦！老三刚上一年级，是一个特别用功的孩子，不写完作业从来不吃饭。别人说啥做啥都打扰不了他，他就一门心思。锅里故意剩下一点粥，我又往灶里添了一把柴，一会儿能揭出一锅粥嘎巴，又香又脆，就像后来的锅巴一样，孩子们都抢着吃。大瓦盆里的粥热气腾腾，你盛一碗他盛一碗，等我啥时候把堂屋地里的活计忙完，粥就剩下一盆子底，表面结一层厚厚的皮，已经凉了。

"今天碱大了。"刘方靠在炕头上抽烟，他每天都有说辞，这一点特别像他妈。

"嫌碱大明天自己熬。"

"你少放点碱不就行了？"

"一勺子就扢那么多，勺子大你赖我？"

自从婆婆死，这个家就没了准星。婆婆活着我从不敢这样犟。她老得动不了窝，也能举着笤帚疙瘩砸向我。罕村人都知道我婆婆厉害，说人家年轻的时候，是过过好日子的。

刘方砰地把碗放在桌子上，瞪着我。我不看他，顾自喝自己的粥，两只筷子在粥碗里抿，就剩最后一口，碗差一点扣到脸上，鼻梁骨上粘了粥沫子，我用手背抹了抹，又蹭到蓝布围裙上。停上几秒，死鬼不知想起了什么，把烟袋插进了嘴里。

"做啥都不是味，没见过你这么笨的女人。"

我端着空碗不说话。我也得给他还嘴的机会。屋里还有孩子呢。

脑子里趸摸了两圈，到底还是咽不下这口气，过了半天，我还是说了句："以后别出去给人帮工了，再帮我就活不了了。"

"你开开窍，动动脑子，行不？"

"我没脑子。"

"人家能把白菜炖出肉味。"

"谁炖出肉味你跟谁过去！"

我还是没忍住，一句抢白完，大白碗蹾在饭桌上，比他那声音响太多，吓了他一跳。他那天从外边回来就横挑鼻子竖挑眼，帮工还能帮出毛病，这一点特别让我生气。我知道毛病出在张二花身上，她是队里的保管员，用死鬼的话说，做啥都好吃，穿啥都好看，放屁都是香的。他一套一套地夸人，我不眼馋。你别埋汰我啊！耗子急了还咬手呢。他滚身下炕朝外走，回身又踢了炕沿一脚。边走边骂死爹哭妈拧种，没见过你这么不识教的货。

我跟死鬼也有过好日子，后来是他自己作贱了。新结婚那两年，他知道心疼人，三九天给我暖被窝。炕上放着炭火盆，他偷偷给我烧黄豆。黄豆突然爆了一下，他妈在对屋问："烧啥呢？"

"屋顶上落下了个石虫子。"他说。

我们俩裹在被子里嘎嘎地笑。

外面冰天雪地，草房屋檐下的冰锥能有两尺长，有的因为太重落在了地上，地上是冻土，冰锥摔下来时嘎嘣脆，就像酥麻花一样。不知道啥样的虫子能在屋顶上过冬，也许他只是随口一说。

他死五十年了，埋在了河套地里。传说有个老爷埋在那里，却不知道是哪一朝的老爷。下葬的时候就有人说，这里风水好，刘家将来要出人才。可不就出了个老三，高考的时候全县考了第三，说是叫……探花。七月十五我来给死鬼烧纸，那纸撵着风跑，差一点把周围的草烧着了。我用布兜子拍打那火，边拍打边说："你就作妖吧，我就知道你不老实，总给我出幺蛾子。我死了都不要见你，你快哪远躲哪去。"

他把肥大的衣袖张开，一直往里掏，先唰地掏出一截刀柄，然后是月牙似的镰刀头，从袖筒里钻了出来。那镰刀就像好钢开了刃，亮得耀眼。我一惊，一下睁开了眼。

刘方死那天我没哭。人就停在了大门外边，临时撤下了一副门板，就是我屋里的这扇门。门板下面垫两条长凳，他就在上面躺着。扒下湿衣服，换上了干衣服。公婆不在了，孩子不顶事。我连哭的权利都没有。我暗暗想，我白天不哭夜里哭，哭的时候多着呢。福生是小队会计，是跟他要好的人，问我用啥打棺材，我领他到园子看了看，榆树柳树都还没成材，只有门口的椿树是棵大树的模样，已经有一搂粗了。我说，就放它吧。福生一跺脚，说那不得留着盖房子？园子周遭一圈树，想干啥用福生都知道，两人好得莫逆。可盖房没有打棺材打紧，事情总得先紧着眼眉前。我摆了一下手，说先放了再说。三个木匠，早饭后开始动手，破板子，买钉子，随圆就方，到下午三点棺材打好了。白毛茬，湿漉漉的发散着一股香气。椿树是好木头，就是死沉死沉。我多想自己跳进去啊，谁躺那里谁舒坦。头朝东脚朝西把人放进去，福生问还放啥东西，他的东西尽量让他带走。他有啥？耗子去赶集，里外一身皮。烟袋在他腰里别着，我摸了一把，荷包里的烟满着。我到堂屋一萨摩，看见了墙上挂的那把镰刀，头上顶着绸缎红花，那红花已经败了颜色。镰刀头尾系了麻绳，挂在钉子上，刀头用块破布裹着。

我曾笑话他："镰刀是割麦子用的，谁家当摆设？"

胸口突然一闷，一股气往脑袋上撞，眼前就黑了。似乎有一大群飞鸟扇动着黑色的翅膀遮蔽了视线，啥也看不清。我迷昏的毛病就是那时落下的，动不动就天旋地转。嘴里是一股咸腥气，就像肝胆全碎了，有血汩汩地顺着七窍往外淌。我心说，完了，全完了。我似乎看见七窍流出的血都汇集到了身底下，从布缝里往下渗，浸到炕坯里。那血是甜的，能招蚂蚁。炕上都是蚂蚁。浑身痒，痒得不行。谁来帮帮我！我大声呼救，绿毛怪蛄蛹蛄蛹从墙缝里钻了出来，身上叮满了小螺蛳，像穿了身铠甲。那个古怪样子把我气笑了，可我绷着脸说："你又来干啥？"

3

这屋里有许多人，小孩子窜来窜去。小孩子戴一顶红黄格的小线帽，脑后有个球，一弹一弹地跳。我看清楚了，这是老大的二孙子，叫东强。月科时我还抱过呢。孙子媳妇会说话，说老太抱抱好，将来我们也能长命百岁。我说："东强，东强。"小孩子从我头前跑过去，呼哧呼哧喘。老大穿一件小黑棉袄，衣襟上尽是油污点子。他俯下身子说，哎呀，终于醒了，起来吃饭了？

我说我早把饭吃了。啥时落过你后头？

"这才刚躺下？"老二说，"冷锅冷灶的。不像动烟火的样。"

"转悠够了。"我说，"累了。"

老大老二对视了一下，不相信我的话。老大想拽我起来，我说还是有点迷昏，让我多躺一会儿。

"那到底吃没吃饭？"老大急了。

"老三啥时回来？"

没人回答我的话。

药箱显眼地放在沙发边的矮柜子上，李大夫又来了。药箱四周的边缘都爆皮了。那个红十字乌涂涂，像被打了脸。李大夫穿一件红棉马甲，里面是个黑色高领衫，领子翻了下来，跟脖子上的褶皱一样堆积着。她凑过来说："输点液吧老太太，还有两天就过年了，咱病好了好吃肉。"

"我没病。"我没好气，"你走吧，以后不用再来了。"

我说狠话，就是不想让她再登门。我的病她治不了。

李大夫从不会因为别人说什么气恼，这是她的优长。"老太太，是你儿子请我来的，不是我要来的。他看您不起炕，以为您病了，才给我打电话。家里事儿多着呢，您可别以为我是闲人。"她脖子上挂着听诊器，像正儿八经大夫的样儿，眼下麻利地取下来，缠绕在一起。"真不输液?"她又问。

老大说："输点吧。"

我扬声说："没病输啥液，输了也没用。"

李大夫说："国家出的液，咋会没用呢。"

老二说："输液就是输营养。"

我说："我又喝牛奶又吃鸡蛋，我咋会缺营养?"

小东强突然嚷了句："老太长命百岁……"

大家都被逗笑了。李大夫摸了下东强的头，"这话是说别人行，说你老太不行。说她得说长命二百岁！"

他们说起村里的事，谁谁又病了，谁谁不行了。过年是一大关，对于很多老人来说，能不能过年都凭造化。说的是别人，我也不爱听。我把东强喊过来，捉住他的一只小手，摩挲。他爸像他这么大的时候，总跟我起腻，我有一块糖也要给他留着。赶集总不忘买好吃的。他现在是卡车司机，满世界跑。我经常一年一年地见不着他。来了也坐不住，打个旋风脚就走。有一回我想给他包碗饺子，我说你好几年没吃奶奶做的饭了。他说，奶奶不用惦记我，我们从青海吃到新疆，走一路吃一路，啥都吃过了。我说，要不，你跟奶奶说说话吧。他说，我们现在不是在说吗？他打了个哈欠，站起来就往外走。我问你干啥去，他说打牌啊，别人都等着呢。我一手扶在门框上，看着他往外走。孙子瘦高瘦高的，低着头，边走边拨拉手机。他生下来八个月就会走，我就在他身后跟着，唯恐他磕了碰了。"老儿子，大孙子，老太太的命根子。"他可真是我的命根子，捧着怕化了，含着怕烫了。有一回他发高烧，我一宿没睡觉，把他揣棉裤腰里，捂着。

小时候他经常说，将来我挣了钱，专门给奶奶买好吃的。有时候，我眼巴巴地等。咋还不来呢？他把小时候说的话忘了。尤其是年节，总该过来了吧？他过来就是找他儿子，大包小包的东西掏出来，孩子用两只手抱，他再把孩子抱起来，举高高……我真不是嘴馋，我就是觉得……我有时候跟老二嘀咕，老二说，妈，要是在大清年间，你就是慈禧。没有不想管的事。我问慈禧是谁，他说皇帝的妈。我问，皇帝的妈都管啥了？

不知是从哪一天开始，我突然发现我跟谁都不亲了。我吓了一跳，就像我是石头缝里蹦出来的。他们都是石头缝里蹦出来的。谁跟谁全都没了关系。怎么会这样？肯定是我脑子出问题了，老年痴呆，小脑萎缩……我整天疑神疑鬼。我每天都出去找人玩牌，表面高高兴兴，心里其实很惶恐。我怕认不得人，识不得数。这些我不跟老三说，跟他我只说高兴的。

李大夫穿上防寒服，背起了药箱。老大问收多少钱，她说二十。

"干啥了就收二十？"我问。

"您别管。"老大说。

"您别管。"老二说。

老大媳妇翻钱包，嘴里说："好像没零钱了。"

李大夫说："我有二维码。"

老大媳妇问干啥用。我说："扫一扫。"

大家都笑了。

李大夫迈着鸭子步朝外走，大屁股一扭一扭的。老大两口子往外送，东强先一步钻了出去。到了院子里，就听李大夫压着声音说："我说话你们别不爱听……不吃不喝不起来，这把年纪的人，你们得多加小心。"

压着声音我也听见了。我大声嚷："放心吧，我一时半会儿死不了！"

屋里屋外的人都笑了。

老二抆着手站在屋地中央，一副无可奈何的样。

"你媳妇叫啥来着？"

"赵凤玲。"

"你大嫂呢？"

"陈大凤。"

"我叫潘美荣。"

"没人说您不叫潘美荣。"老大进来了。

"绿毛怪叫我潘大丫……"

"谁是绿毛怪？"俩人一齐问。

把我问愣了。想了半天才想起绿毛怪的事，"他老来缠磨人，身上叮了一层小螺蛳，像芝麻一样往下掉……对了，他是从墙缝里钻出来的。"

我指了指那道新鲜的白灰印。

老二的一只手又伸向我的额头，"是不是又发烧了？"

俩人在那里抵着头嘀咕，有点兄弟和睦的样。老二媳妇活着的时候两家不友好，像好斗的公鸡，到一块儿就掐。后来是老三出面调停，各打五十大板，才把结子解开了。老大媳妇使心劲，到处说老二媳妇的不好。老二媳妇心里又盛不住事，风风火火找上门去对质。俩兄弟也像乌眼鸡，谁看见谁都没好声气。我关上院墙门，由着她们吵闹。我劝不了谁，都越劝都越来劲。这年头可不像我当媳妇的年代，婆婆哼一声，媳妇就像猫一样在旁边候着，大气儿都不敢出。儿媳妇是干啥的？除了生孩子，就是蹲灶坑、推碾子、转磨道，缝补浆洗，做了大鞋做小鞋，伺候完老的伺候小的。哪像现在的媳妇，个个都是自由党。老二媳妇死前已经跟老大媳妇讲和，我出了五百块钱，让老大媳妇送了过去。我说她都病成那样了，你还计较啥？老大媳妇回来哭得泪人似的。说到底，人心都是肉长的，有时就是一口气的事，顺当了就啥事都过去了。

"绿毛怪是谁？"老二俯下身子，好心好意地问。

我闭上眼不说话。我也有点搞不清楚。

"给老三打电话吧。问他这种情况该咋办。"

"你打。"

"你打。"

"你们谁也别打。"我说，"老三正在做手术呢，他没工夫接电话。"

他俩一齐瞅我，问我咋知道。我说做梦都梦见了。

"瞧把您能的！"老大说。

镰刀藏回衣袖里，他又开始抽烟。红铜烟袋锅明晃晃，一股蓝瓦瓦的烟冒了出来。他年轻的时候就是个老烟鬼，赶集从不忘买烟叶。褡裢扛在肩膀上，烟叶插在后边的口袋里。回家取出时小心翼翼，碎了的烟叶用双手捧起，像捧宝物一样。后园子老大一片土，都被他种了烟苗，让我好一顿闹。家里一窝八口，种点菜，种点粮，都能解决实际问题。闹归闹，还得给他的烟苗腾地方。每片烟叶的胳肢窝都会钻出烟芽，要及时掐掉，才能保证叶子长得大，长得肥，长出味道。天晴了打烟叶，夹到绳子里，晾到屋檐下。干了一撮一撮摘下来，捆成捆儿，放到干爽通风的地方，这些活计都是我做。烟袋锅里的烟灭了，他往花盆里倒了倒，当当当敲出了声响。这若是过去，我不依。我是爱干净的人，啥东西放哪儿都有规矩。烟灰怎么能磕花盆里？瓦盆敲起来不脆亮，就见那绣球花簌簌地抖。

我噢地喊了一嗓子，把儿子吓了一跳。我说："没有这样的，往花盆里磕烟灰！"

"福生来过？"老大吃惊地说。罕村只有福生还用烟袋。

"我咋又做梦了？"我说。

他们不提我都把福生忘了。村庄大，人口多，前街跟后街就像两个国家，很多消息传不过来。当然，死人除外。哇哩哇啦唢呐一响，全村的人都跑去看热闹。他叫福生，一辈子光棍一个人，跟侄子搭伙过日子。他过去住在老街的东头，在堤埝底下，傍着周河。后来侄子到前街盖房，他就随侄子搬走了。搬走之前他的身体已经不行了，走路歪歪斜斜，烟袋别在裤腰上，屁股后头吊着烟袋荷包，他躬着腰时烟袋荷包会跑到前边来。当时是夏天，他光着漆黑的脊梁，挨家挨户告别。也不进人家的门，就站在外门口当央，等着人家出来，说一句，我要搬走了。身子鞠躬似的颠两下，扭转过去。大家都说，福生怕是活不久了，他这一走，也许就见不着了。

转年的秋天，我睡完午觉，就见福生在门口的石头上坐着，怀里抱着一只大葫芦，那葫芦大得都快成精了。我很吃惊，说你咋不进家来，石头上寒气重。他说怕吵醒我睡觉。他笑呵呵地说，葫芦是自己种的，剖开以后可以做瓢。新家在水坑边上，黑泥土腥得发臭，大葱都能长半人高。那是个好玩物，这样大的葫芦我也从没见过。若是年轻时当家过日子，会高兴坏的。只是现在没用处了。我为难地看着那只葫芦，思谋着福生越活越回去了。

这样大的葫芦比石头还硬。葫芦已经干透了，一摇，里面的籽哗铃铃地响，像装着金豆子。我从邻居家找了把锯子，让老大锯，老大不愿意干。让老二锯，老二也不愿意干。他们说，锯开了也没用。后来葫芦被孩子们当球踢，夏天被雨水沤，糟朽了。我捡了几颗种子种到了墙根下，一棵苗也没出。

福生就是"一辈人"，他的种子不出苗。

4

一只勺子在我的唇边，老二说："妈，咱喝点水。"

我睁开眼，太阳就像灯笼挂在窗棂上，屋里一片金黄，连蜘蛛网都看得很清楚。那是蜘蛛新拉的。刚进腊月我就开始扫房，我不愿意喊别人帮忙，这点事，我年年自己偷着做。别人做，我看不入眼。那绣球花越发红了。水杯、线轴、一瓶腌蒜、手电筒……还有那个皮带扣，在最里端。我疲乏地吞咽了一口水，干涸的食道像铺满了沙子，那一点水似乎刚进入河床就没了。"还有几天过年？"我问。"两天，就还有两天。"老二知道我心里想啥。

老大媳妇端着馄饨过来，用筷子夹了个馄饨放到我嘴边，可我闻不得油腥气，一顿干呕。我说："放柜上吧。待会儿我自己吃。"

老大媳妇无奈，只得把碗放了下来。

"我想回趟潘家寨。"

"啥？"他们一起吃惊。

老二问："去潘家寨干啥？"

我说："看看你姥姥回来没有。"

"您以为这是大清年间啊。"老大挑开门帘进来了，"我姥姥活着也早变成了一把土。您忘了自己多大岁数了吧？"

第二章

5

　　树越来越小，草越来越低。太阳是个小白点，放着惨淡的光。
这是罕村由西往东的一条穿线路，特别直，一直能通到外省去。在
早是条土路，中间让鞋底蹭得一溜白，上边开裂着细小的花纹。后
来变成了小柏油路，我们都习惯叫它油漆路，两边毛茬茬，像掰碎
的黑豆做的豆腐。铺好那年我去了一趟潘家寨，是利用午休时间去
的。我跟队长说，下午别派我活儿，我直接去豆地薅草。那块豆地
叫老爷坟，坡上坎下不平整。上午去了七个妇女，只薅了一半。大
家都说，下午再来七个人，就能轻轻松松干完活儿，还能有时间打
扑克。

　　除了纳鞋底就是打下台。这是一种纸牌的玩法，两人打对家，

钓主，挣四十分就下台，全队妇女都抢着玩这个。

队长就是死鬼刘方。他当过几年会计，跟队长一商量，两人换了位置。他是个心思灵透的人，七窍是通的。社员都信服他，他人缘比那个人好。他问我干啥去。我借刷锅勾着头，没理他。他也不细问，打着饱嗝去东屋睡午觉。我挑了一下门帘，三个儿子在西屋躺了一排，老大光着脊梁，身板特别像他爸。自从他毕业回家挣工分，我一下觉得肩上的担子轻了不少。灶里虽然熄了火，锅里仍热气腾腾。我把锅里添上水，把装高粱米饭的瓦盆坐到锅里，盖好秫秸锅盖。高粱米饭蒸得有点硬，中午大家都吃得少，我想用这个法子使它变软和，晚上吃就可口了。灶口的柴火我用脚蹬进灶膛里，用一块砖堵上灶眼，就听轰的一声，柴在灶里燃了，盆子在锅里跳，咕嘟咕嘟水又开了。我解下围裙搭在铅丝绳上，出了家门。

我就是上午在豆地薅草时听说河东修了柏油路，能通外省去。她们热火朝天地说几个村庄能沾到光，马家港、大麦庄、小麦庄、潘家寨……我心里一动。"一出门就是油漆路，下再大的雨也不怕。鞋底在那上面走，一点泥也不蹭。谁有闺女赶紧往那边嫁……"张二花最年轻，她是从镇上嫁过来的，有见识。她总说罕村是下洼子地，泥就见人亲，粘脚上甩都甩不掉。她刚嫁过来时一下雨就气得直哭。那街上就像烂泥塘，根本走不出庄，自行车也推不动。女人都盼着道儿好走，否则见天就是刷鞋子、洗衣服。我们谁也想不到，多年以后周河上架起了一座水泥桥，真就把路通了过来。这路一头连着外省，一头连着祖国的心脏。开工时是这样宣传的。起初不知道祖国的心脏是个啥，后来才知道指的是天安门。摆渡船取消了，人们赶集去镇里，得绕个大弯子。但那也愿意！能走油漆道，那得多开心！姐妹们叽叽喳喳，都忘了我是潘家寨的人。或者，根本没有这个概念。很多时候连我自己都忘了。我故意跟别人拉开了当儿，蹲下身子，负气样地一把一把薅草，越薅越打不起精神。草把手缠住，一用力，能把自己拽个马趴。黑豆叶子又绿又厚，这是唯一不用施肥的植物，能自己给自己养分，在多薄的土上都能下种。一年一年一年一年，我掰着指头算，这是多少年了？我也不知道从哪儿开始算，在掰扯啥，反正越掰扯越难过，越掰扯越伤心。我觉得，我连黑豆都不如，连野草都不如。黑豆和野草都有来处有去处，我算啥？咋像抹布一样让人甩了就没事了？从豆地里钻出来，脸上不知是汗还是泪，辣得眼睛都睁不开。

我坐船过到河东。河西十多个村庄都靠这艘船摆渡，平时总是人挨人、人挤人，那天却只有我一个。河两岸各戳一个木桩，空中拉一条钢丝绳。一条大锁链的顶端有只铁环，穿到了钢丝绳上。一拽钢丝绳，那船就往对岸走。我使出浑身的力气去拽钢丝绳，大船刚一离岸，几下就让我拽对岸去了。停好船，我走上了大堤，又走下大堤。那里是片高粱地，被爱抄近的人踩出了一条小道。我从小道穿过去，很快就见到了又宽又长的柏油路。柏油路就像亲人啊！我这么踩，那么踩，路还是像新的，连脚印也没有。我满心欢喜地往前走，觉得这就是带我回家的路，走到那头就能见到亲人。想到这里，我拐弯去杨津庄供销社买了二斤点心，这就真有回娘家的样子了！走着走着就有点晕。路太长，周围太安静，太阳死白，连一只鸟也看不到。不一会儿的工夫，我身上的汗全都冒了出来。

树越来越小，草越来越低。很多年前的情景我记得。那是我第一次回潘家寨，十二岁，或者十三岁，自己偷偷跑出来的。白毛风卷着枯草在天上冲撞，麻雀飞着飞着就掉到了地上。那天我把一个砂罐打碎了，这个砂罐是借来的。给表姐熬草药，药渣要倒在外边的路上，任千人踩、万人踏，病才能好。我抱着砂罐出了门，砂罐热得我很舒服。我使劲往怀里搂，想在倒掉药渣之前把自己暖和透。一不小心，砂罐从怀里漏了出去，当啷一声摔了个粉碎。我出来的时候表姐说："小心别摔了，把你卖了也不值砂罐钱。"她脑门上贴着黑膏药，烟袋伸出去两尺长，像只老猫一样在被窝趴着。天气一冷，她就很少出被窝。她心口疼是一个病，还有一个病是哮喘，闻着一点凉风喉咙里就拉风箱。我每天晚上给她烧炕，烧不热不罢休。砂罐是从二先生家借来的。有借还得有还。表婶是这个意思。二先生家离表婶家不远，只隔两户人家。二先生的老婆额上永远有拔火罐的紫印子，冬天戴一顶黑绒帽，印堂处显眼地镶着一块绿翡翠。她白白胖胖，脚小得像粽子，迈门槛时远远地先伸出胳膊扶门框。她的裹腿布都是绸的，黑得很打眼。

"大丫借砂罐干啥使？"她说话是唐山口音，说出话来就像唱歌。

我说表婶心口疼的病犯了，在镇上抓了些药，用三天就给您送回来。

"不着急。"她说，"我这几天用不着。"

砂罐在碗柜的上头放着。她搬了个小板凳垫在脚下，我赶忙来到她的身后，防止她摔着。她回身看见了，抱着砂罐先拍了下我的肩膀，夸我懂事。她用细棉纱擦砂罐上的浮尘，若依我看，那砂罐已经很干净了。

我在一旁站着，一只手攥着另一只手，身子是紧的，手心里都是汗。从打迈进这个大门，我身上的每一根骨头都抻直了。我来罕村四年多，进来也是第一次。这高堂大院有说不出的威严，让人情不自禁蹑手蹑脚。她的两个儿子都在城里做买卖，二先生每天去学堂教书，回来就抽白面。这都是表叔表婶说闲话时我听来的。

"你表婶对你好吗？"

"好。"

"她将来就是你婆婆，你要好好对她。"

这是我第一次听见"婆婆"两个字，心惊的程度不亚于碰到了鬼。我说不出话来，把砂罐抱在怀里，飞也似的跑了。

我飞也似的跑在去潘家寨的路上。那年我十二岁或者十三岁，从西往东跑，耳旁都是呼呼的风，割得耳朵生疼。其实我不认识路，但我恍惚记得路曾经的样子。照直了走，树越来越小，草越来越低，这就是家的方向。摔了砂罐的一刹那，我就知道完了。赔上性命也不值人家的砂罐钱。这是表婶说的。我一直没哭。如果只是摔裂一点点也许我会哭。碎成七棱八瓣无法收拾我连哭也不会了。我瞬间决定哪儿来回哪儿。我是潘家寨的人，我要回潘家寨。在那里我有家。哪怕只有我一个人，我也是有家的人。那个碎了的砂罐在跑过冰河以后就被我从脑子里剔除了。我想，只要我离开罕村，离开表婶家，那个砂罐就跟我没关系了。

树越来越小，草越来越低。我妈指着前边的路比画。"我们从东往西走，树会越来越大，草越来越高。"我费了点力气才弄明白是怎么回事。这是早上的晨光，我们背着太阳走，走的是家的相反方向。潘家寨是盐碱地，庄稼长不好，树也长不高，一年到头缺吃少穿。"表婶家在周河边上，树也长得大，草也长得高。你看是不是？"我恍惚知道有这样一个表婶，我妈前几天去过她家一次，回来就夸耀人家的日子，玉米面磨细了蒸窝头，里面放糖精。那得多甜啊！糜子磨细了蒸发糕，颜色是铁锈色，可到底不同于菜饼子。我们家很难吃到一顿好玉米面、好高粱面、好谷子面，总要掺上各种野菜，白薯叶子、榆树叶子、白菜帮子。榆树皮磨成面，艳粉苗磨成面，一点点面和一盆菜叶子，在锅里蒸熟，有时候是腥的，有时候是苦的。妈说的细面窝头和发糕都让我神往。我舔了下自己的手指，想这要是肉就好了。我就做过这样的梦，指头吃掉一根又长出一根，吃掉一根又长出一根。"他们家吃得起肉。"我妈就像知道我的心思，笑眯眯地说。她是小个子，只比我高半头。我轻易就能看见她的脸，小脑瓜门儿，两条眉细细弯弯，嘴角有颗痣。我妈总说那颗痣长得好，是有好吃喝的命。

周河岸边的树叶是绿的，草也水灵，那河水肯定是甜的，不像潘家寨，水都是咸的。熬粥也像放了咸盐，人人长一口黄板牙，还长鸡嗉子脖，也叫大粗脖。很多年后知道了学名，叫甲状腺肿大。眼睛努出来，人瘦得像秆儿，说话就爱激动，唾沫星子四溅。地方与地方真是太不同了！我妈牵着我的手，攥出的汗黏糊糊，我甩了几次，也没甩脱。我妈说，大丫八岁，不小了，得懂事。我说，妈，我懂事。我妈说，知道去表婶家干啥吗？我说，扫地、做饭、洗衣服。我妈说，别惹表婶生气，她打一顿、骂一顿都是该的。我说，我不犯错儿。我妈说，要不是能吃发糕和细面窝头，我也不舍得送你。话还没说完，我妈呜呜哭了。她用袖子遮住脸，我还是看见她的鼻涕淌到了衣襟上。她把我的手攥得更紧了。她的蓝布衣服都是补丁，裤脚用带子系着，两只白薯脚上套着一双不合脚的鞋，是我爸的大鞋改小的。我爸跟着村里人去京城磨刀，他穿着我爷的衣服鞋子走了，我爷头两年殁了，用一只草帘子卷走了。那时我还小，对这些都是笼统印象。但有些事记得清楚。穷人置不起棺木，爷的两只脚就在草帘子外边耷拉着，抬的人走一步，他的脚动一下。我停住了脚步，用两只手拽我妈的手。虽然细面窝头和发糕让人流口水，我还是有点害怕。我说，妈，我不想吃发糕和细面窝头，我想跟你上京城。我妈说，你要是大几岁，我就把你带上了。路太远，你把骨头走坏了，成了瘸子，就找不到好婆家了。

这话我似懂非懂。想了想，能吃细面窝头和发糕也挺好。

穿过那条斜插过来的小路，上了大堤。我惊喜地指给我妈看："船！"潘家寨可没有这样大的河，这样亮的水，上面还漂着一艘船！潘家寨的小渠沟里水都是黄的，跟猫尿一样。十几里地的间隔，这里就是天上啊！我妈也很高兴，说这条大船又平又稳。停在这里就是来接我大丫的，我闺女好命呢！我一下子就笑出了声，咯咯咯，笑起来就停不下来。长这么大，我都没有这样开心过。过一条河，原来就是另一个世界。天上是蓝天白云，水里是好看的倒影。云彩和树木都在河水里，就像羊群在吃草。我看不见自己身上的衣服。可我知道不好看，长这么大，我第一次知道啥叫难为情。上身是一件碎花袄，冬天里面揣上棉花，就是棉袄。春天把棉花抽出来，就是夹袄。下边的裤子是几块碎布拼接的，其实就是大人穿烂的衣服拣好地方剪下来，缝得五颜六色。开始哥哥穿，现在我穿。哥哥比我大四岁，妈让他在家里看家。鞋子露出脚趾了，我低头一看，大脚指头往里一缩，退回去了。一直走到表婶家，我的大脚趾就一直在里缩着。妈说过年再给我做新鞋，我觉得，我去表婶家干活，就可以把新鞋子省下了。我想下河堤，快一点坐到大船上，却被我妈扯住了。我妈说："大丫能看清远处的路吗？我们打哪儿来？"我说打潘家寨来。那条路我看得见，一直向东。我妈却像没听见一样，从脚底下给我往远处指，小路斜插过去，过一条大马路，就是朝东的那条路，斜对着这条渡口，一直通到家门口，连弯儿也别拐。我觉得妈今天都有点啰唆了。那条路我记住了。妈又说："走十几里，看见树越来越小，草越来越低，就是离家近了。"我使劲点头，我说妈，我记住了。

妈问："你爸叫啥？"

"潘瑞。"

"你爷呢？"

"潘少东。"

"你是哪庄的？"

"潘家寨。"

她满意地拍拍我的后脑勺，说："表婶家是好人家，有他们吃的你就饿不着。只要手勤快、有眼力见儿，表婶就会喜欢你，把你当亲闺女。家里没有人，你千万别自己个儿跑回去。等我从京城回来了，第一件事就是来接你。那时候你也许不愿意回家了。"

"我愿意回家。"我说，"罕村再好也是别人家。"

她一下抱住了我，鼻涕眼泪蹭了我一脸。

6

杨树光秃秃，柳树也光秃秃。几只老鸹在天上飞，叫声特别丧。我似乎是被一阵风刮来的，脚底下还没走路呢，潘家寨就到了。没人告诉我这是潘家寨，是我自己个儿认出来的。"自己个儿"这样的说法，别处没有，只有潘家寨才这样说。村头有个水泥碑，上面有红油漆描的字。我站着看下来，认得那个"潘"字。"家"字也认识，"寨"字也认识。哈哈，我全认识。我忍不住笑了，一笑就停不下来。这若是让老三知道，刘长江一准会说，我妈就是穆桂英，啥事也难不倒！

离了那块水泥碑往村里走，路边有杂七杂八的树，榆树、紫穗槐、柳树，都歪着脖子，一副要死不活的样儿。它们在这盐碱地上长成模样不容易。一个小孩在路边走，穿一件紫色的防寒服，小辫子从帽子里歪出来，腕子上搭着帆布兜。我第一次回潘家寨也是这个年纪，十二或者十三岁。跑得肋骨都是疼的。我过去搭讪，放学了？小姑娘说，早放假了，我这是去老师家学画画了。哦，今天是腊月二十八，快过年了。我问她姓啥，她看了我一眼，说姓潘。我高兴地说，我也姓潘，叫潘美荣，跟你一样，是这村的姑娘。"难怪我看你面熟，姓潘的都是本家。"我不知怎样表达热情才好。"你多大？"她问我。她大概看出我年纪不小了。我羞涩地告诉她，九十九了，过了年就一百了。小女孩撒腿就跑，她肯定是被这岁数吓着了。

黑土路跟牛粪一个色，踩在脚下是软的，那些土都是鱼鳞块，大风刮都不起烟尘。我妈只告诉我回家的路上树越来越小，草越来越低，却没告诉我罕村是黄土地，潘家寨是黑土地。云层很低，房屋低矮，那股土腥气随处可闻。人往下一滑，筋骨就像被抽掉了，一下趴在了地上。我把脸贴在冻土上，心想，回家了，终于回家了。想起菜粥菜饼子都觉得香甜。漫说没吃到过放了糖精的细面窝头和发糕，就是吃到了，也早变成粪肥了，有啥用？

我四肢着地趴在地上，很久都没有爬起来。牙齿里混进了土末子和牲口粪，我不舍得往外吐。这是潘家寨的味道啊，我已经有大半辈子没闻到了！

潘家寨很小，就那么一骨朵大。我认得进村的那条街，离柏油路不过五十米。现在铺成了水泥路，细窄得像根带子，有横七竖八的裂纹。路两边是沟渠，里面有冻黄了的冰，冰上长着不成材的杂树。远处的土地细软平坦，一眼望不到边，却是一种漂白色，像深色衣服上的汗碱，地衣一样紧实地覆盖着。我走到了村中心，过十字路口，我家的房子就在路右边，窗户朝东，院门口朝西，是三间小草房。走出来时要拐过南房山。这里有棵桑树，出院进院要从桑树底下经过。桑葚一批一批成熟，树上的我们和鸟一起吃，树下的老母鸡吃。那个月，老母鸡生的蛋都是紫皮子。村里像些样子的树就这一棵，我爷爷到远处去背土，才把它经育活。院子被切下去一角，被二爷爷家圈了过去。也不知他家院墙咋回事，凭空就多出来一块，长到了我家院子里。他家是正房，屋顶有瓦，朝西有门楼，是我们村过得最好的人家。我爷爷没本事，在我们村过得最差。二爷爷是爷爷的亲弟弟。一个爸生的，不是一个妈。我爷爷的妈死得早，他十几岁就出来自立门户了。

那个姓潘的小女孩跑远了。我尾随她走了一段，看见她进了一道天蓝色的大铁门。别说她我不认识，她爸她妈她爷她奶估计我都不认识。我走的时候才八岁，能记个啥呢！我在村南村北转了个够，把村子的四至都看了。西北角有一座大桥，上面托着一条大马路。那些小汽车闪着耀眼的车灯，比流星还快地从我眼前掠过。我脚下是麦田，似乎浇过封冻水。低洼处存水的地方结了冰，一不小心脚下就打出溜。我稍稍一用力，身子就飞了起来。在空中感觉不到身体的重量，我就像只蝙蝠从这片地落到那片地上。我们家祖上没地，或者曾经有过地，但我爷爷没分到，连累我爸也成了没地的人。租了别人家的两亩地种谷子，只要天气旱，就只能长谷草。若是谷穗都能长一尺长，排满两亩地，除了交租子，这一年就够吃了。那年的雨水真是好，谷子旺绿旺绿，可该抽穗的时候却不抽穗。一家人都吃不下饭，见天跑地里去看，终于把那谷草瞅黄了。过了农历六月六，谷穗抽出来就像猫尾巴，一看就是让人吃不上饭的模样。我还记得爷爷的样子，他是大身量的人，肚子瘪得就像扇门板。他总是把饭省出来紧着哥哥吃，希望哥哥像石头那样结实。

小女孩惊慌的脚步声在街道上特别响，我知道她是被我吓着了。我很想告诉她，我只是年纪大，不是存心吓唬人。可转眼她就不见了踪影。街道上非常干净，连根柴草节也没有。柴草节都被捡去烧火了。她径直跑进了自己家的院落，原来就是那三间草坯房，小女孩不是别人正是我。我亲眼看见年幼时的我跑进了梢门里边。周围是用秫秸夹的寨子，有麻绳把树枝勒成梢门。我的心咚咚地跳，解麻绳的手剧烈地抖。原本那是个活扣儿，被我抻成了死结。梢门被推开时哗啦响，非常不情愿。转过房山，就到了家门口。院子里收拾得很整齐，有农具挂在屋檐下，一副水桶在外窗台下倒扣着，上面横着扁担。几只母鸡咕咕地觅食。这分明是有人过日子的样儿。桑树还在，冬日里的树皮是黄白色的，只是分不清它是死了还是活着。我多希望妈从屋里走出来，喊声大丫。我又分明知道这不可能。如果妈回来了，肯定去罕村接我。妈是疼我的人，不会先养鸡不管我。堂屋的门敞着，却进不去人。里面堆满了柴草，柴草上顶着筐、扫帚、木锨、拴驴的缰绳，还有破鞋烂掌。这哪里是人家，分明是让人当柴房用了。再朝北一看，就明白了。二爷爷家的院墙扒开了，跟这院子连成了一片。我腿一软，坐在了地上。家没了。妈回来家没了。还有爸和哥，回来也进不了家。或许他们回来过，又走了。咋会这样欺辱人！我越哭越响，终于把二爷爷哭了出来，他又高又瘦，微微躬着背，屁股上叠放着两只手。他的脸色又黑又黄，下巴上有几根狗油胡，跟罕村的二先生很像。我便疑心他也是抽白面的人。我们家从来也不跟他家来往。但他家死了猫会扔到我家院子里。

"这不是大丫吗？你咋回来了？"

我脸上像是结了冰，嘴也被冻住了。我哆嗦着指向房子，勉强说，这是我家。

"没人说这不是你家。"二爷爷走过去看了眼他的柴草。许是要过年了，他的棉鞋是新的，鞋底子上的沿边特别白，有高高的鞋帮子，看上去好暖和。"我就是备点柴，免得下雨下雪淋了。淋湿了饭都做不熟，一家人总不能饿着。"他说得不紧不慢，好有道理的样子，"你爸你妈啥时候回来，我会把东西腾出来，让他们住进去，你不用看着这些柴闹心。"

"他们啥时候回来？"我止住了哭，问得特别迫切。

二爷爷皱了下眉，说潘瑞一走多年没音讯。有人说，潘瑞磨刀都能赚金条，这话我不信。但你爸是个聪明人，兴许是在外混好了，不想回这穷乡僻壤了。

我使劲摇头。不是的，他们肯定是想回来的，只是让事情绊住了。

二爷爷说："一绊绊几年？这话也就能糊弄小孩子。他人不回来，写个信回来总可以吧？他又不是没写过信。"

我特别羞愧。他每句话都说到褫节儿上。我妈就是接到信才走的。送信的邮差打听了一庄的人，最后找到了谷子地，离老远就喊潘瑞家的，潘瑞家的！信差走到了近前，我妈也没有回过神来。她不相信这信是送给她的，她不识字，我爸也不识字。祖祖辈辈也没收到过一封信。信差是一个二十几岁的小伙子，穿蒜疙瘩扣的短衣衫，肥腿裤扎着绑带，鞋子上钉了马掌，走起路来像飞毛腿。褡裢挂在肩上，前后都有口袋。那信就是他从前边的口袋里摸出来的。信差满头满脸的汗，他说这是让他跑得最远的一封信，从早晨出来一直走到了现在，连口水都还没喝。现在好了，信终于送出去了。我妈迟迟不敢接，怕这信烫手。她一再问，这是给我的吗？信差说，就是给你的。我在村里打听了，你男人不在家，他叫潘瑞吧？我妈说，他叫潘瑞。信差说，这就对了，你就是潘瑞家的。

我妈已经快晕过去了，她意识到这是我爸传来消息了。我爸过年捎回来几个钱，被我妈一晚上输得精光。我妈在家拍着大腿哭，这可咋活呀，我本来是想赢几个给孩子买块肉啊！老柴家西屋炕上设有赌局，就是几个女人在那里赌输赢。村里人都知我妈爱玩牌，我爸一捎来钱，就有人轮流上门来找她。连找三次她才去，临去之前还在院子里转半天磨。谁都知道她一准赢不来钱。老柴家女人是妯娌俩，人家摸鼻子抠眼睛，使鬼儿的事村里人都知道，就我妈不知道。哭够了，我妈告诉我哥不许把她输钱的事告诉我爸。"他非杀了我不可。"我爸是个血性人，我妈不犯错的时候不怕他。我妈把两只大碗洗得哐当哐当响，那碗边上粘的都是菜叶子。我妈不嘱咐我，她觉得我还小，听不懂她的话。我靠在门框上啃指甲，她的话我都能听明白，而且记了一辈子。

我妈的手上都是土，她在裤子上使劲抹了抹，双手把信接了过来。我妈那时很担心，她怕输钱的事传到京城，村里有一起磨刀的人，嘴传嘴比风刮过去还快。信差像麻雀一样成了远方的一个黑点，我妈朝我哥一挥手，说回家。原本我妈应该扛着锄头，我哥扛小镐子。可我妈把锄头忘了，锄头和小镐子都落到了我哥的肩上，我哥一肩膀扛一个，走得哩溜歪斜。他才十二岁，一副小骨架，脖子又细又长。走到村口，我妈让我哥把农具送回家，她朝村外走。我哥像踩了风火轮一样往家里跑，把农具扔到了院子里，追我妈去了。

这些都是我哥告诉我的。他叫潘石头，是我爷爷起的名字，就是像石头那样结实的意思。可事与愿违，他一点也不结实，打小就爱咳嗽，一咳起来腰就像虾一样弯着。我哥回来天已经很晚了，小母鸡都在窝里睡着了。他比我妈走得快，风风火火进了门，神秘地对我说："我们也要去京城了，爸找到了体面的活儿。"

"我也去？"

"那当然。"

"天呀！天呀！"我高兴得连声喊，我妈进来时，我在黑暗中分辨她的脸。她确实不怎么高兴。她端起脸盆去缸里舀水，又兑了些锅里的热水，拧了毛巾来抹我的脸。我说："妈，我的脸不脏。"

我妈说："擦干净了才好见人。"

7

没烟囱的房子叫憋死猫。那是指过去。烟囱里若是掉下去只猫，猫爬不上来，烟蹿不出去，人守在灶前烟倒灌，会被熏成大眼贼。现在不会有这样的事了，家家用煤气灶。只有老三喜欢吃柴锅烧出来的饭，他一回家就跟我住一起，一早起来自己烧大锅，哪怕熬个粥，他也要在灶膛前守着。火苗子蹿出来，把他的脸映得通红。他穿自己带来的白大褂，像是给锅瞧病的大夫。现在到处都是硬柴，一块木头放进去，可以烧半天。我说，你不用守着灶，火一时半会儿灭不了。老三说，妈，我愿意在这儿坐着，烤着火，还能闻锅里的香气。锅里都是家常饭菜，贴饼子、炸白薯、熬白菜，老三一样一样地做，或者放在锅里一起蒸。他总是吸着鼻子，说家里的饭菜真香啊！我说，园子里的柴堆得到处都是，砍下来的树枝子、日头转秸、玉米秸、高粱秆，你大哥二哥都不烧柴做饭。老三说，他们是不知道用柴烧饭的好。大城市有多少人，想吃口柴烧的饭比登天都难。

我抿着嘴笑。大城市的人就是爱吃稀罕。灶上一把灶下一把，脚踢手扒拉，灶灰蹭到脸上，就像大号兔儿爷。指甲缝里一年到头是黑的，洗都洗不干净。但老三这样说话我爱听。老三说啥话我都爱听。罕村大概就我还有一铺炕，一口大锅。夏天的时候老大说，村里让拆灶拆锅呢，要保护绿水青山。我瞪眼说，谁敢！谁拆我跟谁拼。老大说，我知道你啥意思，你就是觉得老三喜欢，给他留着。我说，就是老三喜欢，我就是给老三留着。老大说，现在是政府的号召，村长在带人挨户检查呢。我说，我不管他是政府还是村长，谁动老太太的锅我就去砸他们家的吃饭家什，不信你就走着瞧！

潘家寨确实没有一根烟囱了，我在空中看，家家都是高房大屋，我记忆中的土坯房一间也没有了。没有哪家有铺炕，屋脊上都没留烟道。我一直觉得柴草灰味是世界上最干净的味道。柴扔得到处到是。家家门口堆着，路边摊着，玉米秸、高粱秸、谷子秸、芝麻秸、棉花秸，都是好柴火啊。风吹雨浇，过了一年就糟朽了。罕村其实也这样，可我在罕村不这么心疼。到了潘家寨，看见这些东西心里就受不了。

……我妈拿着信直接就去了镇里。石头哥哥在后边跟着。十多里的路，她把石头忘了。她满心满眼都在那封信上，里面写了些啥，是一个巨大的悬念。她一路都在想找谁读这封信。去学堂找先生，去衙门口找管事。她不敢把这信交给当庄的人，二爷爷就识字。可能给他看吗？不能呀。也不能给村里其他人看，我妈怕有啥不好接受的后果，让她在村里没法做人。我妈也是个要脸面的人，就是管不住自己。还有一种可能，这信也许是不相干的人写的，发错了地方。如果真是这样，就应该放到衙门口，让当公差的人转给真正的收信人。我妈胡思乱想的当儿，路过一个胡同口，有个算命先生在路边坐着。

二爷爷没问我为啥哭成了个泪人儿，他上下打量我。"你回来干啥？"

我说我想家。我发誓不提打碎砂罐的事，我不能让二爷爷瞧不起。

二爷爷说："按说这家不是你的。你妈把你卖到罕村，你就是罕村的人。听说也是户殷实人家，你妈得了五块钱，回来扯了身新衣服。高高兴兴去京城了！"

不！不！我拼命摇头。妈说我年纪小，怕我走坏了骨头。让我住在表姊家，是因为表姊家有细面窝头和发糕。与妈相比，我当然不相信二爷爷。

二爷爷无奈地看着我，头微微仰起，露出一脖子鸡皮疙瘩。他说："穷家富路，你妈要去京城找你爸，也没有更好的法子筹盘缠。多亏还有户好人家收留你，潘家寨从东往西数，有哪户人家出得起五块钱？"

我还是摇头。我觉得二爷爷说的都是鬼话。

二爷爷挺着腰背说："罕村是好地方，水土养人。树长得高，草长得壮，人都不会饿死。你能到那里过日子，是祖上积德，回去吧。"

他往回走，又说："这里不是你的家，你以后别再回来了。"

我又来了。身形从没有过的灵活自由，就像肋下长着翅膀。我每家每户都进去看，就像来视察的领导。屋里暖和吗？手里宽裕吗？年货办齐了吗？我这话没人听见，但这是我的心意。走这一遭我就心里舒坦，虽然，我不认识他们都是谁，他们也不知道我。我来看他们不是目的，来看二爷爷才是。或者，来看二爷爷也不是，还有比这更复杂的理由。我自打八岁离开，就回来过两趟。十二三岁回来过一趟，因为打碎了一个砂罐。通油漆路那年回来过一趟，跟二爷爷吵了一架。然后就是眼下，我摔了一个跟头，突然想回家。清醒的时候，我知道我离不开身底下的这个土坯炕。炕坯还是老三休假回来一块一块脱的，晾晒在院子里，每天搬动无数次，让潮湿的一面追着太阳。盘炕的时候他照着书里写的步骤做。他大哥二哥都笑话他，哪有这么干活的。书上写的能信？老三不理会，他穿着白大褂，一边看书一边研究，真就把炕盘好了。啥叫盘好了？灶好烧，烟走得痛快，烧水爱开锅。别小看这个手艺，里面都有大学问。老大也不得不服气，说有文化跟没文化到底不一样。我说，你也是高中毕业呢。老大说，我这点墨水能跟博士比？就跟文盲差不多。对，老三是博士。医学博士。他一边工作一边读医学博士，三里五村都没人能跟他比。

如果说给老三，他会想办法让我回趟潘家寨。说给老大和老二，他们就只当我说胡话。

我到罕村前两年，天天等着我妈来接我，等得眼都蓝了。表姊家门楼上的一块砖都被我摸凹了。我没事儿就站在那里抠。有一次让表姊看见了。表姊说，你是不是跟门楼子有仇？那门楼其实是个土门楼，表皮镶嵌着几块砖，那砖都粉了。后来我换了个位置，跑到大门外边的一棵香椿树下，用指甲在树皮上画道道。那可真是棵大树，春天吃不完的香椿芽，还能吃一夏天香椿叶子，表姊用盐搓了当咸菜，也很好吃。到底是好东西，比我在潘家寨吃过的所有菜叶子都好吃。潘家寨没有一棵香椿树，如果我妈回来，我会把屋前屋后都种上香椿。那种树非常容易枝繁叶茂，估计也耐盐碱。我有很多想法，可惜都没有办法实现。我画的那些道道都很浅，时间长了就看不见了。我妈一走就再没消息，难道她真的把我卖了？这样一想，我的脊背都凉了，顿感生不如死。烧火棍子踩脚底下，鞋子冒烟都不知道。当然，我也有别的想法，兵荒马乱的年月，死个人就像死个臭虫，没人当回事。跟村里一样，找个乱葬岗子就埋了。可这不是一个人，是一家人啊！他们怎么能无影无踪呢？

小时候，觉得他们都死了，所以不回来。长大些，又觉得他们过上了好日子，我就像一只小猫小狗，他们嫌麻烦，不要了。

8

烟雾就像一张大网，瞬间就把潘家寨笼罩了。房舍树木都在灰蒙蒙的暮色里，一会儿比一会儿朦胧。我的眼却越来越亮，甚至能分辨出空气中的一种碱坷垃味，是股暗的浊黄色，随着烟雾浮游。我来到了自家门口。其实这早就不是我的家了。通油漆路那年我就知道。那一年，是八月，我记得特别清楚。我上午在黑豆地里跟社员一起薅草，大家说起新修的油漆路通外省，路过的几个村庄有潘家寨，一下让我动了心。吃了中午饭，趁家里人睡觉的空儿我回了趟娘家。为什么这个时间回去呢？其实没啥特别的理由。很多年不回去了，自己都以为忘了。被别人一提醒，就成了过不去的理由。必须回去看一眼，万一我妈回来了，又老又病不能动了呢？其实这些年我一直在打听，刘方也在打听，有时候他赶车去玉田拉沙子，遇到潘家寨的人就打听我家人的下落。有一次，他还拐过去看了眼我家的小草房，说那房哪能住人，就跟个草窝窝差不多，随时有坍塌的危险。

"桑树呢？看见桑树了吗？"

刘方说没看见。但那块地上有个脸盆大的疤，想必是桑树死了，或者被人移走了。

天气很热，沿路的树叶子都没精打采，越往潘家寨走，越没精打采。我也没精打采，碰到一颗小石子，让我踢了半天。我一边走一边犹豫，这大热天，干啥去呢？我慢慢给自己找理由，忽然想起娘家不是没人，还有二爷爷呢。虽然我十二三岁时回家他几乎是把我轰了回来，到底他也是亲叔伯爷爷。虽然我家的草房变成了他家的柴房，那有什么要紧呢？房子空着也是空着，堆些柴草没啥，况且二爷爷又不是外人，他是我爸的亲二叔。这样想着，我就拐到了杨津庄供销社，用身上仅有的几块钱给他买了包点心。油纸包香喷喷，上面顶着红盖纸，红盖纸上有个墨黑的"福"字，用细细的纸绳结了十字扣。我提起来看，凑近了闻，回娘家总得有回娘家的样。这不，样子出来了。

我对自己能拿出几块钱感到庆幸。

树越来越小，草越来越低。这个季节感受很分明。那些黄毛草都病病歪歪的，喝不饱水，被盐碱裹着，又被太阳烤着，我看着都难受。柏油路又光又亮，太阳晃得我睁不开眼。后来就移到我脑后去了。我抬起头，路上的光亮没了，又变成了坑坑洼洼的土路，被鞋底蹭得发白，上面有细小的裂缝。十二三岁的我迎面走来，又冷又饿，身上筛糠似的抖。脚下的土地硬邦邦，四下黑森森，只有我自己的脚步声，沙沙沙，沙沙沙。从潘家寨出来，我就恨不得一步迈到表婶家，永不再回去。

我已经想好了。明天一早，我要去二先生家道歉，问咋样才能赔他一只砂罐。爹妈不在，我得给自己做主。若要性命我就给他。若不要性命我就给他家当牛做马，家里地里的活计我都能干。

人总得活着。有路走就该好好活着。走出潘家寨后我就一直这样想。这样想着，就不觉得回罕村是个困难的事了。我甚至有些后悔，如果不逃出来就好了。我可以直接去二先生家，由他们打骂，也就看不见家里变成了柴房，以及二爷爷的臭脸了。

十二岁或者十三岁，我一下觉得自己长大了。过去对娘家总有幻想，从这天开始，我对谁都不指望了。

天彻底黑了。看不见树越来越大，草越来越高。周围黑黝黝的，似有鬼影，我的心缩成了枣核大，耳朵支棱起来，像枪口下的兔子。寒风刀子似的割脸，手脚都不听使唤。我把手轮流揣到棉袄里，放到肚子上，可里边的手还没焐暖和，外边这只又冻僵了。我拼命想象我妈跟我一起走，牵着我的手，手心黏糊糊都是汗。表婶的话又冒了出来。她说有坏人专门抢小孩，剜心挖眼后放锅里煮，他自己在案板上拍蒜。瞎眼的娘盘腿在炕上等，吧唧着嘴说，熟了就盛上来吧。

我还怕狼。家家猪圈门子上用白灰画圆圈，就是为了不让狼接近。狼也习惯走夜路，它走路没有响动，离人近时，两爪往人肩上一搭，人一回头，它一口咬住喉管。这也是表婶说的。喉咙咬破，把血吸完，头一甩，人就抡在了背上。家里还有小崽子，等着娘把人背回去当点心。

我陡然收住脚步，往路边躲。前边有个巨大的黑影，一晃一晃地朝我奔来。表婶说，庄户人夜里都不出门，报丧都要等天亮。夜里出门的肯定是强人。我腿肚子都要抽筋了，顺势蹲了下来，这样目标小，我希望他没看见我。

"谁?"

那人也站住了。这是麻秆打狼两头害怕。可我听着那声音耳熟，试探地喊了声："表叔？"

表叔也喊："大丫？"

我再也走不动了。手脚抖成了一团，眼泪成片往下淌。表叔抓住了我的手，想牵着我走。可我的手根本张不开。冷风灌满了袖筒，身上连一丝热气都没了，我都快要冻成冰坨了。表叔脱下大袄裹上我，蹲下身，把我背了起来。

我咬着牙说："我赔二先生家砂罐。"

表叔说："一个砂罐不值钱。"

我愣住了。

表叔说："他家也使咱家的车，邻里住着，这点串换还有。"

我的心原本是凉的，又一点一点热了。后来我就睡着了，觉得表叔宽大的后背像烧热了的炕一样暖和。

我在村口站了片刻，盐碱地被太阳融化了，像水一样会波动，闪着银亮的光。我妈那个时候经常说："这地要是能产银子该多好！"她的意思是，如果手里有大把的银子，就不用下地干活，可以天天打牌了。十几里地不算回事。我紧着走过来，是不想耽搁下午去豆地薅草。油漆路通到河东，姐妹们都恨不得把女儿嫁过来。

点心包都要被晒化了，它的气味远没有开始时那么好闻。我往村里走的时候很不安。就像一个犯了错不得不回家的孩子，不知怎样面对，不知等待我的是什么。与十二三岁回来时不同，我这次是专门来瞅二爷爷的。这是我一路走一路强化的任务。否则我大中午跑回来就是个说不通的事。几十年过去了，我成了三个孩子的妈，二爷爷也该老了。人老了就可以说心里话了，我心里还有很多疙瘩解不开。点心包我用食指钩着，细绳勒进了肉里。一路我都没换手，指头变成了黑紫色，我不觉得难受。几年前，刘方去玉田拉沙子路过潘家寨，他把马车拴到了村头，自己扛着鞭子进村。也是一个午后，他看到了一个背着粪筐的人。刘方站住跟那人打招呼。"您知道潘瑞家怎么走吗？"刘方故意这样问。那人上下打量他，问是哪个潘瑞。刘方说，早年去京城磨刀的那个。那人指了一下位置，说潘瑞一直没回来，也有人说他在外发财了。刘方道了谢，扛着鞭子继续走。他其实知道大概位置，我跟他说过不知多少遍。潘家寨那么小，进村就一条主路，就一个十字路口，我家就在十字路口的腋窝处，路东，在上腋窝。这些我都跟他说过。即便不问，也能轻易找到那三间草房，梢门明显是新的，用麻绳把玉米秸秆勒到了一起。因为勒得紧实，刘方没有进院子，只是伸着脖子往里看了眼，房山下的那个水盆样的土坑是栽桑树的地方，已经让雨水冲平了，就像一个疤结在那里。回来我抱怨他，咋不进去看看啊。他说有啥看的，那房上的新草比老草厚，房山裂了个大口子，看上去撑不了几天了。

我的眼前是一个大院落，像打麦场一样阔大平坦。去二爷爷家走南门，是一个酱红色的铁门，两边的墙垛上镶瓷砖，拼出的图案是松鹤图。二爷爷早就作古了，他啥时走的没人通知我。我最后见他就是来送点心那次，发现我家的草房连踪影都没了，两个院子连成一处，已经并成了一家。点心包落在地上摔破了，我眼前一黑，栽倒了。

你想，我十二三岁的时候他就是老头子了。如今我都九十九岁了，他有多大？但我相信他还在这个院子里，在树梢上、瓦垄上飞来飞去，就像我眼下这样。他不舍得离开这个家。这么方正的院子是他用一辈子算计来的。我就像个纸人，从大门缝闪了进去，一眼就看见窗户上的灯泡有四十瓦，屋里坐满了人。我用胳膊肘挑开了门帘。一屋子木头似的人，都勾头坐着，像入定了一样。二爷爷坐在太师椅上，两只手臂从袖子里脱出来，落在扶手上。他就剩一层皮了，背塌在胸腔骨上，模样就像只蛤蟆。只是他比蛤蟆更瘦。我扒拉扒拉在人缝里坐下了，那些木偶样的人挤了挤，给我腾出了地方。我跟二爷爷之间就隔了个小孩子，那孩子只有吃奶大，坐在炕沿上，嘴里咕叽咕叽嘬着奶嘴。我越过他跟二爷爷打招呼。二爷爷说，你来了？我说，我是大丫，来看看您。二爷爷点头说，好。他朝窗外看，窗棂上吊着玉米和辣椒串，满院子的太阳白花花，连暗影也没有。

"桑树挖过来那年就死了。"二爷爷说。

我说，您过去说过。想把桑树移栽到自家门前来，免得外人来偷吃。没想到它命短。

"草房不拆也塌了。里面住蛇跟耗子。有一年，蛇跟耗子打仗，满院子爬。耗子窜来窜去，一个咬着一个的尾巴尖，跟蛇打游击。我出工回来，这院子里横七竖八血呼呲啦，看着就瘆得慌。我用铁锹随便就装了一筐，拖到庄外埋了。"

我说，这些我都知道。我上次来的时候您也这么说。喏，就是我送点心那次。看见我家的草房没了，两个院子并到了一处，我急火攻心，点心包掉地上摔破了，我一头栽倒了。我醒过来破口大骂，说你撒谎，图谋我家房产。说你吃人饭不拉人屎，枉披了一张人皮……想起我就臊得慌。

二爷爷说："我都多大年纪了，你还说这些……你可以到庄上问问……你啥时回来这院子还是你的，村里人都知道。"

二爷爷温和了很多。不像我摔了砂罐逃回来那次，大冷的天，他往外轰我，让我永远也别回来。送点心那次他曾张罗给我做饭，可我不依不饶，咋会吃他的饭。这些年的苦楚似乎都是二爷爷造成的。我说二爷爷一贯欺负人，当年往我家院子里扔死猫。我妈去京城没盘缠，他见死不救。

"她穷刚直……不跟我张嘴呀！"二爷爷张着一嘴黑窟窿，痛心疾首。

那天那通吵，招来了很多人。他们彼此大声打招呼，也大声招呼我。说我这些年不回家不对。点心包摔地上不对。骂二爷爷尤其不对。这村里顶数二爷爷年岁大，这要是写进书里，都该封神了。

二爷爷不停地喘息，上气不接下气。呼出的热气我能感受到，一股馊泔水味。我怀疑他胸膛里啥都没了，就剩一个空壳子，随时都会被风吹干，像幅画一样贴在墙上。"二爷爷，我是大丫。我爸叫潘瑞，是您的亲侄子。我也老了，没有多少日子了。"我叹息着说。

二爷爷缓慢地转向我，那眼珠就像瓷的，散发着一种乌涂的光。

"您看着我像个人，其实我的腿摔坏了，下不来炕，是个废物。我活着就是想来一下潘家寨，亲口问您个事儿。"我说得推心置腹。

二爷爷重重地叹了口气，似乎清楚我想问什么。

"我妈真把我卖了？"

二爷爷闭上了眼，那眼眶出现了两个深坑，眼珠不知去向。他的嘴巴一个劲嚼咕，像是在吃山楂糕。我有理由相信他一颗牙也没有，除了山楂糕啥也嚼不动。他伸长脖子，费力地咽下一口，才努力把眼睛睁开一道缝儿，二爷爷说："这事儿你不该来问我，该去问罕村人。"

我说："当年您说我妈把我卖了五块钱，用作去京城的盘缠。这事儿在我心里搁了一辈子。"

"你不是去了罕村吗？"二爷爷掸了掸衣襟，那上面并没有落下什么。他的指头和指甲都很长，那指甲弯成了鹰勾鼻子，看着就像假的。我们说话的时候炕上那些木偶一动不动，我知道他们也是假的，包括我身边的小孩子，也一动不动。"你不是去了罕村吗？"他又咕哝了句，"临走那天早上，你妈跟左邻右舍辞行，在街上碰到我。我对你妈说，大丫要么你带走，要么留给我。这是老潘家的骨血，这么小送人，你不心疼？"

二爷爷嘴又开始咕哝，嘴角有红色的汁液渗出来，像血。

这些过去他说过。我的心隐隐作痛，但疼得没那么难受了。这是他在我送点心那年说的话，我一个字也不信。他就是我在潘家寨的仇人。现在，我看他越来越像亲人。我拍了拍他麻秆一样的手臂，"我妈咋说？"我等他说下文。

"你妈说，呸，不用你操心。"

第三章

9

　　表叔回来已经很晚了。马脖子上的铃铛很清脆，哗铃铃一路朝
后走。要过很多年，这胡同才被我盖了三间房，给老二长海娶媳
妇。那时后园子里有马棚，卸下来的马车也停那里。白天我查看
过，马棚里还备了许多硬柴，棉花秸都斩得一段一段的，用麻皮子
捆着。表婶家可真是富裕啊！后门通向马棚的甬路是石板铺的，表
叔从后门把马车赶进来，表婶就赶去关门。表叔卸牲口、给牲口饮
水、在马槽里拌料，料里有隐隐的黄豆香。我想，马料比我家的饭
食都好。

　　表婶让我蹲灶坑烧火，我就在那里蹲着。她不让我起来我不敢
起来。表婶一个劲叨咕。柴要少添，添多了酿烟。放柴的时候要搭

成十字，火才旺。续柴的时候要看火候，火焰消了才能续。烧柴有讲究，烧好了既省柴又好开锅。火棍子不能放灶里，越烧越短就是穷命。

我响亮地应答："知道！"

表婶家的柴真是好烧，一捆隔年的秋秸，褪得光光的，连叶子也没有。柴在朽和不朽之间，干爽得跟火特别亲热。我喜欢烧这样的柴，火不容易灭。在潘家寨总烧湿柴，一股一股酿烟，熏得人睁不开眼。我趴在灶膛前吹，吹得脸都是黑的。妈急着往锅里贴饼子，可锅总不热。那些饼子一个一个往下溜。妈着急地说，大点火，大点火……可那火也得着啊！灶膛里的一蓬蓬炭火火红，还有毕毕剥剥的燃爆声，让我的心里很欢喜。一锅水很快就开了。表婶端了一只木升子，往锅里撒玉米面。那玉米面金黄，粉屑飞出锅沿，落到我的脸上，我幸福得要哭出来。这是净面粥啊，一片菜叶子也没放！我伸长脖子咽唾沫，嗓子里咕咚咕咚。表婶搅了搅手里的饭瓢，将玉米面打散，那些企图结疙瘩的玉米面都碎了。撒玉米面时不起粥疙瘩，这是手巧的人才做得出的。我看得有点出神，锅里冒着大个的气泡，发出一种奇怪的枯哧声。表婶说："火太大了，小点儿。"

我赶紧往外撤柴。

马脖子上的铃铛声传来，哗铃铃、哗铃铃，有板有眼。还伴有马蹄声和车轴声，嗒嗒嗒、咯吱吱。这一条街，只有表婶家有一辆车。刘方第一个从屋里蹿出来，往后院跑。刘园也急急往外走，她是刘方的姐姐。我身上的衣服鞋子都是她穿剩的，比我在潘家寨的衣服好很多。她还给了我一条花手绢，擦鼻涕用。表婶匆匆盖了锅盖，用饭瓢把锅盖支了一道缝，啥都没说，也走了。

我站起来舒展一下腰身，只是朝后门的方向看了一眼。

这是我来到罕村的第一天。表婶没留妈吃饭。照我看，妈也没心思吃，妈有点魂不守舍，手都不知道该往哪儿搁。我是想让妈留下的，细面窝头和发糕，哪怕能吃到一样呢。走这样远的路，妈肯定也饿了。可表婶一直没提做饭，两人坐炕沿上聊得有盐没味，妈要走，表婶也没留。表婶问她啥时去京城，妈说过两天，家里还有事情要料理。可我明明看到，她难掩雀跃，这一刻启程都嫌晚的样儿。表婶双腿盘着咬长杆烟袋，头发朝后梳得一丝不乱，黄色的面皮泛着油光。她的鼻翼处有一个小瘊子，随着她说话一耸一耸地跳。妈基本没有坐，在炕沿上倚着，我靠着她站着。妈把我往前推了推，说谢谢表婶收留。

我没说。身子一挪，又退到了后边。

表婶说："丫头先放我这儿，你啥时来领都行。要说我家不缺人口……谁让两家是亲戚呢。"

妈说："大丫这孩子勤快，搁哪儿都行。表嫂你尽管使，不听话就打她！"

表婶咕哝："会干啥呢，才八岁。"

妈的脸立时红了。连我都能听出她在说谎。表婶用挑剔的眼神看我，就像看一匹牲口。妈往外走时我抓住了她的衣襟，妈不动声色地掰开了我的手。"听表婶的话。"她若无其事地说。

这一切逃不过表婶的眼。她把烟笸箩推给我，让我装袋烟。

我老老实实磕掉烟袋里的灰烬，使劲往烟袋锅里装烟末子，用拇指不停朝里摁，唯恐摁不瓷实。烟袋装完了，她们还没走出院子。也许是妈故意走得慢。我来到堂屋门口，妈似乎有感应，从身后朝我晃了下手。

锅里的粥越熬越糯。因为怕煳锅，我用饭瓢推了三次锅底。热气熏得我睁不开眼，用长柄饭瓢，我勉强够得到锅底。我加着小心不让自己被粥锅烫着。可慢慢锅底就推不动了。那些玉米面下沉，就像河底的淤泥一样。

　　我一点一点添柴，柴还是让我添完了。火苗最后腾地一跃，熄了。我用烧火棍扒拉一下灰烬，那红红亮亮的颜色像灰烬的小眼睛，一眨，一眨，很快就乏累了。逐渐，灶里连烟也没有了。刚才的热气腾腾转眼就不见了。凭感觉，我知道粥肯定熟了。在潘家寨熬粥用不了这么久，也没有这样好的柴。我不知该干点啥，偷偷去后门口看了一眼，他们都在忙。马卸下去以后，车辕自己掀了起来，车尾着地。车辕高高指向天。套马用的绳套在空中摇摆，像秋千一样。马吃草料，打响鼻，嘴里磨磨叨叨，挑挑拣拣，像是在跟人说话。那是一匹高粱红的矮脚马。鼻梁上垂着红缨穗。看得出，一家人都很喜爱它，表婶过去摸摸，刘园也过去摸摸。马伸出舌头舔刘方的手，刘方咯咯地笑出了声。我也不禁咧了下嘴。潘家寨没有这样好的马，二爷爷家只有一头驴。他待那驴好得不得了，出去遛的时候就像遛孩子一样。表叔是一个身量很高的人，黑红的脸膛，扁平的身子，像树一样挺拔。他拍打一下身上的土，突然发现了我，朝我笑了一下。我吓了一跳，赶紧逃回了屋里。

　　一家人走进来时，我还在灶前坐着。表婶说，不烧火了，还在那儿傻坐着干啥？我赶紧站起身，放炕桌，拿板凳，摆饭碗。我发现，小板凳是四只，靠墙摞在一起。海碗是四个，也在一起摞着。我把它们一面摆一个，筷子架到了碗上，都整整齐齐。大家都坐下了，表婶掀开锅盖跺脚："粥咋馇这么糯？"刘方说："粥馇糯了好吃！"刘园捅了他一下："这么早就知道护着媳妇。"表婶喝了她一声。刘园一缩脖，不言声了。

表婶一个一个盛粥。给表叔盛了一满碗，给刘方盛了多半碗。没人招呼我，我倚门框站着，听着肚子里咕噜咕噜的叫声。表叔说，今天的粥可真香。刘园和刘方也说今天的粥好吃。表婶说："你没看她烧了多少柴，差点把灶王爷的屁股燎了。"大家都哈哈笑了起来。表叔这才想起我，回身说："大丫怎么不吃饭？"表婶说，桌上哪有她的地方。表叔说，咋没有，我们紧一紧，紧一紧。说着，就先朝一边挪蹭。刘方说，咱家没有她的板凳儿。表叔放下饭碗去了屋里，拿出表婶坐的蒲团，招呼说，大丫坐这儿。然后去柜橱找碗，给我盛了一碗粥。

我活到八岁从没吃过那么好吃的粥。有面香气，有碱香气，还有柴火熏出来的一股干锅味。关键是，这是净面粥。我吃了一碗，肚子里还是空空荡荡的。我眼巴巴地看着粥盆，不敢去盛第二碗。表婶瞪了我一眼，说你若少烧些柴，就能多出一碗了。

时间长了我才知道，除了偶尔吃回净面粥，他家也没啥稀奇。表叔长期不着家，经常早早地走，晚晚地回，有时还住在外面。他给人拉柴、拉水果、拉石头、拉土、拉沙子。车厢里铺块毡子，也拉人走亲戚。表婶领着我们去地里干活，河套地里有两亩地，种着高粱、谷子、芝麻、糜子、黍子。我们看上去人数不少，却没有一个有力气的。表婶迈着小脚在地里走得没好气，经常骂白吃饱儿，就是个中看不中用的货。我知道她在骂我，我不吭气。我经常分不清哪是谷苗哪是草，曾被表婶狠狠抽了一耳光，那是我把一棵大些的谷苗当草薅掉了，表婶心疼了半天。我不哭。耳叉子火烧火燎地疼，脑袋嗡嗡响。我不哭。河里的水清亮，不时有鱼跃出水面，鸟在空中飞翔。我想，我不会永远待在这里，我妈随时都会从京城回来接我。到那时，我就再也听不见表婶的骂声了。

我经常到门外等我妈。门楼上有块砖被抠出了凹槽。被表婶骂了一回，我又跑到大门外，在香椿树上画道道。可那些指甲痕太浅，过些日子就看不清了，我也不知道我来罕村多久了，那些日子数着数着就数不过来了。

我比刘方大三个月。刘方还是孩子，我已经是大人了。刘方跟表叔表婶住一屋，我跟刘园住一屋。刘园早上总是赖着不起，早饭都做熟了，她才慌慌张张去茅房。我见天第一个起来，给表婶倒尿罐。那个瓦罐用麻绳做了个提梁。满满一罐尿晃晃悠悠，我得一步一挪地走，小心着不让尿溅出来。有时候表叔会顺便把尿罐捎出去，他提起来就像提个鸡毛毽子。表婶也同样，甭看她的脚小得像粽子，也还是比我有力气。我特别羡慕力气大的人，常看着自己的麻秆胳膊想，啥时我提尿罐也像提个鸡毛毽子呢？

往猪圈里倒完尿，我提着尿罐去河边清洗，拿着表婶特意准备的小炊帚。我敢说，这一条街我是起得最早的人。家家的房门都还关着，鸡不鸣，狗不叫。我鸟悄鸟悄地走，害怕把谁家的狗惊动了。水面上飘着雾，有时幻化出人形，就像有妖怪一样。我不怕。水里有许多小鱼在我的指缝间钻，钻得人心都是痒的。我有话会跟它们说。你妈呢？早上吃了啥？夜里睡得好吗？你们的家在哪里？我经常想，水的深处肯定有一所大房子，住着小鱼、大鱼和老鱼。老鱼是奶奶，已经游不动了，在家等着小鱼回家。我喜欢每一天的这个时刻，长长的河岸就我一个人。大船就在不远处，我只有来时坐过一次。有时船停这边，有时船停那边。船停这边的时候我就想，妈要是此时来，看到船在对岸该有多着急啊。我故意隐着身子，然后突然蹿出来，把船给妈拉过去，妈该有多高兴！我为啥不试试呢？这样想着，我就把尿罐放好，小心地上了船。学别人那样拉了一把，船一晃悠，我就晕得不行，赶紧下来了。

往回走的时候，家家有了响动。女人出来倒灶灰，男人担着水桶去挑水。还有人提着裤子去茅房，一路小跑。如果碰上二先生的老婆，她一准会问："刘园起了吗？她比你大，活计应该她干。"再不就这么说："你每天都起这么早，不困吗？"我从来也不接她的话，只是对她笑一下，闪着身子离她远一些。我有一点怕她。大户人家的人，看上去总显得古怪。

因为常年不劳作，她的脸暄腾惨白，一摁就能出水似的。她的脚很小，身子宽大，也许是衣服过于肥大了，她站在那里，身子总像是在晃。她有一头浓密的黑发，喜欢在门口的台阶上梳头，篦子齿密密实实，连光都不透。她在头顶从上到下刮几下，便举在空中，摘刮下来的头发，两根指头一弹，那头发就顺风飘走了。淡青色的天光下，她的长头发飘啊飘，一直飘到了云彩里。有时我在天上看到一缕风，便想那里面是不是裹着二先生老婆的头发。没人告诉我应该叫她什么，所以我一直不称呼她。头发刮通顺了，她便回家了。再出来，头顶上抹了油，脑后绾了圆圆的髻，如果再戴上那顶黑色的大绒帽，那些头发就都不见了。

我把尿罐倒扣在墙根底下，绳儿兜到上边来晒着，这样晚上摸上去是干爽的。哪天放得不是地方，或绳儿压在了罐子底下，表婶会让我重新去放，就连面朝哪边，表婶都有讲究。

有一天，二先生的老婆要使车回娘家，正赶上我们吃饭的时候她过来了。她娘家在唐山，有一百多里路。那晚表叔去山里拉石头，住在外面了。表叔要在家，饭桌上有我一角。表叔不在家，我就主动在灶坑边蹲着，把碗顶到膝盖上，这已经成习惯了。她富态地迈过门槛，一只手撑住门框，却一脚门里一脚门外，因为吃惊而忘了把脚收进来："大丫吃饭咋不上桌?"表婶赶忙站起身，说大丫不爱上桌，蹲着吃惯了。她显然不怎么信，接着自己的话说："小孩子蹲着吃饭不好，胃里容易存食，长不成大个儿……你们希望她将来有个好身体吧?"

表婶一下愣住了，大声喝："你是死人吗，二大娘的话也不听!"

我端着碗站起来，惶恐地蹲到桌边。表婶把自己的板凳塞到我的屁股底下，讨好地对二大娘说："二嫂子不说我真不知道。"

10

老大拉亮了屋里的灯，对跟进来的老二说："妈把馄饨吃了。"

老二说："能吃饭就好。"

老大在我头前站了会儿，问："脑袋还晕吗？"

我说有点儿。否则我能说啥。

老二问馄饨好吃吗？我说好吃。下次别放肉了，我想吃素白菜馅。

老大说："要过年了，没有吃素的道理。"

我舔了舔干燥的嘴唇，不说话了。

他们不知道，吃掉馄饨的是一只大猫，它舔碗的声音把我吵醒了，我还以为它是绿毛怪。"快吃吧。"我不耐烦地说，"吃完早点回家。"

11

"你们家从来不把我当人。"我不确定这话是啥时候说的，但这话一直装在我心里，我做梦都想嚷出来。

"咋不当人？"

"我就比你大三个月，你能穿得体面地去学堂，我行吗？大冬天我早起扒灶灰倒尿罐，你起来过吗？我给你洗脚，水稍微热点你把盆子蹬翻了，你妈上来就给我一巴掌。每到过年杀鸡就刨鸡毛掸子，那些掸子都咋坏的，都是打我打的……"

"都啥时候了，你还记这些陈谷子烂芝麻。大丫……"

"我叫潘美荣。"

"你就是犟。"

"不犟我能活到现在？早被你们欺负死了！"

这样负气的话我在那些年月从不说出来。

12

如果我对玩牌的老姐妹说跟鬼吵了半宿架，她们准以为我在讲《聊斋》。我轻易不跟人吵架，可一闭眼死鬼就来纠缠，他可真能磨人。

这话我没敢跟儿子们说，怕吓着他们。

春天拾柴挑菜，我一个人走很远。想着远处如果有京城，就能见到我妈了。有一次迷了路。有两个黑衣鬼在后边跟着，我跳到路边的沟里，他们也跳了下来。我慌得筐也不要了，重又往路上跑。一仰头，有个黑洞洞的长枪伸了出来，就在我的脑瓜顶上，却是对着沟里那两个人。二先生示意我去拿菜筐，然后对那两人说，再不走我就放枪了。说着，手指头去钩扳机。那两人可笑地举起手，顺着沟一溜烟跑了。二先生把枪收了起来，问我咋出来这么远。我说找不到回家的路了。二先生说，回罕村得穿过那块玉米地，你要顺着大路走，就太远了。他把枪扛到了肩上，说那边有个大些的垄背，我送你过去。

"今天的事，跟谁都不要提……我出来看有没有野兔。"二先生在前边勾着头说。

我嗯了一声。下雪天才打兔子。我从没听说过在庄稼地里打兔子。

遇到二先生的事，我封在了肚子里。很多年后我跟老三闲唠嗑，聊起了这一段。那时二先生已经没了很多年，说出来也没啥妨碍了。我不知道二先生为啥扛着枪，他的枪我也只见过一次。老三放假回家，就对那些老故事感兴趣。他靠在被垛上，膝头上放一本老县志，这是他搁我这里唯一一本书，平时我给他收在柜子里，他回家才拿出来。书里三层外三层用新布包裹着，这样不容易生虫子。

"民国十七年八月三日至五日，连降大雨，遍地成泉。沟水外溢，房屋倒塌。船可抵县城南门。周河决堤，青、太两洼洪水连成一片。是那年吗？"

我说不是。发大水是我来罕村第二年的事。东边的河堤决了口子，村里低洼处是半人深的水。洪水下去后，街巷上到处蹦着小螃蟹。那年田里的庄稼根本没来得及收，都被黄沙埋住了。我们到田里捡柴火，有时能刨出一条大黑鱼或一只癞蛤蟆。

那年，柴火够烧了，可家家锅里没粮。傍晚，小孩子专门看谁家烟囱冒烟，会一窝蜂过去讨口吃的。

一头噘嘴小黑猪让我养得又壮又肥，除了吃家里一点麦糠，都是我挖野菜喂它。过年杀了吃肉，二先生买了半扇，着人扛了过去。表叔喜欢吃猪大肠，在后门口自己用碱面打理，一盆水红汤绿沫，堂屋里都是猪大肠的气味。大锅里的水烧开了，堂屋里热气腾腾。表叔满意地说，我们家能吃上年猪，大丫有一多半的功劳。表婶气得哼哼，她总是对我不满意。我从锅里舀了盆热水端到表叔的脚下，表叔说，瞧，大丫多有眼力见儿，就知道我要用热水了。

表婶说："个死丫头，就你表叔在家时才勤快。"

我的脸唰地红了。平时我不是不勤快，而是表叔在家我更喜欢卖力气，身上也更有力气，让自己转个不停。好像不这样转，就对不起表叔。表叔看了我一眼，说大丫越来越像大姑娘了。眼神里都是慈爱。

表叔用剪刀剪了一截猪大肠、一截猪小肠放到碗里，正好满满一大碗。"给二先生家送去。"

我端着碗刚出门，表婶在背后嚷："别把碗摔了……不值个碗钱。"

我心里咚地跳了一下，当年我摔砂罐时她也是这样说的。

外面冰天雪地，墙垛上，屋脊上，都堆着厚厚的雪，就像码的雪豆腐一样整齐。这雪下了一宿，正赶上我们把年猪杀完了。刘园在一只木墩上捣猪胰脏。表婶指挥她把污血洗净，撕掉大油，加些豆粉、捣成糊糊以后攒成圆球，中间放根细麻绳吊在板凳腿上，等自然风干了，就可以当胰子洗手了。猪胰子还防皴裂和冻伤，摩挲起来光溜溜，能使一整年。刘方拿到了一个猪尿脬，吹得又圆又大。他一个人在院子里玩得兴兴头头，猪尿脬像球一样在空中飘，里面映着很多色彩。太阳闪着寒光，把雪地照得银亮。我一步一步走，每走一步十个脚指头都要挠一下地，防止自己摔倒。我不能再把碗摔了，把猪大肠掉在地上。即使落在雪上也脏不了，我也不能干不好这点事。我不能让表婶觉得我废物。猪大肠原本是热的，到外面遇了冷空气，那点热气儿很快就熄了。表皮起了皱，汤水腻成了白色的斑块，就像水上结了层冰。

表叔不说我也知道自己长大了。摔过一个砂罐，回了一次潘家寨，我就觉得自己长大了不老少。那个漆黑的夜里，我趴在表叔的背上回家，到门口问了句："我妈是不是把我卖了？"我问得很冷静。表叔突然停下脚步，把我放下了。黑夜里，我们一大一小两相对视，我看见表叔的眼里冒着亮光。表叔迟迟不回答，我进了院子，表叔的声音追了过来："你爸妈去谋好生活，会回来看你的。"他说的是回来看我，而不是接我回家。这就印证了二爷爷的话。

我对自己说，你就是石头缝里蹦出来的，天上地下再没亲人了。

挑起门帘，豆油灯忽闪一下差点灭了，表婶巨大的身影投在墙壁上，把一面墙都染黑了。我叫了一句表婶。她嘴里咬着烟袋，眉眼也没抬。我砰砰砰磕了三个头。表婶挥了下手，说快去吃饭吧。表叔把我拉起来，去了堂屋。一只白面饼像月亮那么圆，顶在一只白瓷大碗上。我几口就把饼吞了。表叔坐我对面喝粥，我几次都想让他，但就像被饿死鬼附了体。我吃得羞羞答答。表叔说："以后去哪儿得跟家里大人说一声，你不知道我们多着急。"

我没让自己哭。但眼泪一对一对往下掉。

后来我听说，我逃走的事也把表婶吓着了。她这一天到处去找，怕我投河跳井。村里的女人想不开，就爱干这两样。表婶有好几天对我爱搭不理，但说话明显降了声调。有时她借故吼刘方几句，也不会吼我。有一天，我在街上碰见了二先生，他穿着棉袍，板板眼眼地走路。我远远停下了脚步，等着他走过来，想为砂罐的事道个歉。可他走到我面前时，突然朝天打了个喷嚏，然后堵住一个鼻孔擤鼻涕。两边都擤好了，用月白色的手绢擦了擦，走了。

我端着猪大肠站在倒房的门洞里。他们的院子里只有一些残雪的痕迹。二先生的老婆在堂屋里看见了我，高兴地说，大丫来了？我双手捧着碗，说表叔让我来送猪大肠，都是洗好的，可以直接炒着吃。二先生的老婆很高兴，小脚一跷一跷地走了过来，说大丫快进屋坐。我说不了。大碗刚递到她手里，我就转身跑了，跑到门外才想起道歉的话又没说。

有一天，我发现他们又有了新砂罐。他们的两个儿子都在唐山经营瓷器行，想来他们家买个砂罐就像在田里捡个土坷垃一样。二先生的老婆坐在门洞里煎药，这个时候我已经知道要叫她二大娘了。她的脖子上、额头上都是刮痧、拔罐留下来的紫印子。两扇大门，一扇敞着，一扇掩着。我端着铜盆去河里洗衣服，去的时候她坐西边，回来她坐到了东边，想必是在追太阳的光影。她手里拿着蒲扇，轻轻扇动，仿佛砂罐是个孩子。砂罐的事在我心里放了很多年，后来他们家被赶出了那个大院落，正房成了生产队的粮库，倒房拆了隔断养牲口。直到二先生一家搬到西坑边的小土坯房里去住，我都还记着这件事。

13

老三接着念："民国二十一年，陕西胡将军放火烧了大盘山，火光高百丈，毁了百余间僧院寮房……"

想了想，我说："着啊。那年你姑出嫁，三岔口才多远，十几里地，还遭人糊弄了。"

老三说："我姑比你还可怜。"

想了想，我说："也不能这么说。"

　　这个大年，是我以前很多年和以后很多年都没有的好光景。表姊家杀了一只年猪。全家都穿了新衣裤新鞋袜，美美地吃了炖肉和肉丸饺子。家里糊灯笼，剪窗花，窗纸都换了新的，屋里特别亮堂。我的鞋子是姐姐刘园做的，她比我大四岁，已经定了三岔口的婆家。鞋子做得不好看，表姊说，有点像牛咩咩。就是蜗牛。还有一种羊咩咩，是那种又尖又细的小螺蛳。这都是嘲笑手拙人做出鞋子的样式。穿上新鞋我就高兴，哪管好看不好看。这一年发生了很多事，摔砂罐，去潘家寨，被二爷爷骂，都成了我记忆里反复回想的东西。因为，很多事情结在那儿，把我彻底改变了。

　　开春，刘方去村里的学堂读书。二大娘找到了表姊，说大丫还小，也让她去识几个字吧。表姊素来仰慕二先生一家人，忙不迭地应道，好，好。当着她的面表姊问我，大丫愿意去识字吗？我看看二大娘，又看看表姊，表姊挑着眉梢看我，我就知道她心里是咋想的了。我摇了摇头。说真的，我不想去。我也知道二大娘是好意，可去学堂读书的都是男的，哪有女人读书的道理？

刘方总在家里显摆他的仿字，在我看，那字写得像蜘蛛爬。我们俩很少说话，按说他应该叫我一声姐，可表婶不教他，他就啥也不叫。他睡在表婶的房里，有一天夜里闹肚子，表婶提着灯笼陪他去了四次茅房。转天早晨起来，表婶的眼圈是黑的，她吩咐我熬红小豆粥，说可以去湿气。可那红豆总也煮不烂，最后也是咯叽咯叽的，刘方不爱吃。好在锅里煮了两个鸡蛋，刘方剥出一个，一口就吞了。又剥了一个，又一口就吞了。然后，就背着书包上学了。晚上下学回来，表婶问他还拉吗？他说，拉。表婶让我用香油炒仁鸡蛋，屋里到处都是炒香油的味，腻得散不开。这是偏方，专门治跑肚拉稀。香油还能治烫伤、烧伤、枪伤、拉口子、蝎子蜇、马蜂蜇、耗子咬，总之，有好多用项。平时用的时候都是点一滴两滴。炒鸡蛋可不行，得用香油把鸡蛋没过来，心疼得人直打冷战。我把鸡蛋盛到碗里，就回了屋。香油也许糊嘴，刘方吧唧得比平时响。坐在炕沿上我想，我啥时也能闹一回肚子呢？

表叔连续三天没回家。这是以往从没有过的。过去表叔只在外过一夜，从来不连续住两夜。即使去唐山那么远的地方，也从没过两夜。表婶嘴上不说，却急得搓脚。该有铃铛声的夜晚没有动静，这夜晚就死寂得吓人。表婶从前头到后头不知转了多少趟。我出去的时候，她在后门外坐着。夜已经凉了，寒气钻进骨头容易坐病。我回屋拿了一件外衣给她披上，我说，我去庄外头瞧瞧。

她说："别走远了。"

村外有一条路通向河西镇，表叔如果回家，只能从那边走过来。东边被一条河挡着，人能坐船去河东，车过不去。那晚路上有清白的月光，不知谁家的槐花开了，半条街都香得呛鼻子。那个香气勾肠胃，让人饿得慌。表叔不在家，晚饭总是很将就。我耳朵里不断听到哗铃铃的铃铛声和嗒嗒嗒的马蹄声。总觉得那声音近了，更近了。我用两个指头堵住耳朵眼，免得它们发惊。

第四天，表叔光着脊梁回来了，身上都是一条一缕的伤，走路一瘸一拐。他出现的时候是傍晚，我正在烧火做饭，惊叫了一声："表叔！"表婶就从屋里跌了出来，差点砸到我身上。她倒腾着小脚往外跑，扶着门框时，身子晃悠了一下，脚却没迈出去。因为没听见车铃声，表婶岔了声音问："马车呢？"

表叔没有答，却一头栽倒了。

我和刘园一屋住了好几年，也没说过多少话，她是个闷人，有点懒，也有点笨。最起码在我看来是这样。她出嫁的日子定在八月末，庄稼都收完了，小麦种上了。头天晚上，北面的天空一片红。黑红黑红，像太阳把自己晒爆了。后来听人说，是大盘山着火了，熏出来很多小动物，奔向山下的村庄。一只火狐狸来到了火家峪，开始说人话："都是自家亲戚，开开门吧。"火家峪在大山的北旮旯，只有十几户人家。据说从那以后，这个村的很多人就会说这句："都是自家亲戚，开开门吧。"这是让狐狸迷住了，忘了本性。

罕村在大盘山三十里开外的地方，没人想到那是场山火，就以为是天上出事儿了。山上有许多僧院寮房，那是和尚尼姑的家，都毁了。据说那年有尼姑还俗，让光棍娶上了媳妇。表叔经常去山里拉货，知道一些信息。表叔还去过火家峪，说那村每户人家都有一个傻子，因为水硬。但山里的路好走，下雨天脚不沾泥。

表婶说："这是吉兆，丫头，你以后会有好日子。"

刘园害羞地笑着，把能想到的东西都塞进了包裹。甚至两版做鞋用的夹纸，她也剪得鞋底子样大小，塞到了包裹里。

我悄悄问她："你害怕吗？"

刘园扭捏地说："女人迟早也得出一家、进一家，没有谁像你这么命好。"

我摸了摸脸，我咋就好命了？

"我爷被抢与我姑出嫁是一年吗?"老三总是对那些旧事感兴趣。

我想了想,有点倒腾不清。"这么远的事咋会记着……反正你爷被抢是在槐花开的时候,你姑结婚地上都下霜雪了。"我说。

"那一代人,那一代人……"老三拍着书的硬壳摇了摇头。

"送你姑时,你爷猫着腰扶门框站着,没出门。你奶一直送到河堤上,看着我们上了船。这要是你爷身强力壮,会赶着马车去送亲。走河西,过上仓大桥,要远上十里八里。但这是嫁闺女,要的是体面。"

老三拍了拍我的脸。

"你爷说,一时不体面,一辈子不体面。"

表叔出事以后,这个家一下沉底了,结束了以往的好日子。如果以前那种日子叫好日子的话。因为表叔能挣来活钱,家里两亩地产的粮食够吃,我们过的是让人家羡慕的日子。如今表叔卧床不起,表婶一天到晚哭。就这,还有人上门催债,原来是有人雇表叔从山里拉了山货要到山外卖,在光天化日下遭劫了。那一伙队伍,据说就是陕西胡将军的队伍。他们掳走粮食车马叫"征用",只给了表叔两块钱。这一辆车和车上的山货都是身家性命,表叔当然不肯给，尾随队伍一直走到通州三河要说法，结果让人打了一顿，两块钱也不知去向。来讨债的就是山货的主人，他付了钱，却没得到东西。那是一个穿绸褂的商人，去县衙把表叔告了。他说他跟表叔有契约，山货出了事，由表叔负责。契约在那里，表叔是哑巴吃黄连。一个乡下人，不懂衙门里的事。家里没遭过这样大的磨难，全体六神无主。后来还是舍了一亩地，把官司结了。过去家里的两亩地在河滩边上，从南通到北，被人拦腰一截，就成了个刀把子。表叔的身子一下就垮了，两个月以后佝偻着身子出来，一下老了十岁。

表叔表婶都不想给刘园办婚事，想再待一年，哪怕再待半年。家里有点像死鸡拉活雁，没有一点招架能力。表叔干不了重活，一动就喘不上来气。有天夜里出去解手栽了个跟头，把门牙栽掉了两颗。秋收我们把庄稼一点一点扛回家。过去有车拉、有牲口驮，现在只能靠人背肩扛。表婶没我背得多，可小脚都磨烂了。晚上我给她打洗脚水，她连袜子都拉不下来，袜子跟皮肉粘在了一起。刘园身强力壮，好歹大上几岁，在家算顶梁柱。别说父母舍不得，我也不舍得。可媒婆回话说，婆家也急着等人使，说要是现在不嫁，以后也不用嫁了。那晚媒婆坐在炕沿上，跨着一条腿，手里端了碗红糖水，一直垮着脸说话。过去她可不是这样的，跟表叔表婶说话都是又甜哄又巴结。油灯放在炕桌上，她说话带吹气，说一句火苗抖动一下，那火苗都要成妖了。表叔表婶都不说话，各自闷头抽烟。这若是在过去，表婶可不受这种气，早让媒婆滚了。可眼下人穷志短，刘家彻底败气了，连句硬气话都说不出。

刘方突然站起来说："不嫁就不嫁！"

谁都没有提防他说话。刘方平时是老实孩子，爱闷着头捣鼓东西。比如，给他一个猪尿脬，他能玩半天。表婶举着笤帚疙瘩要打他，才发现他站在炕上根本够不着。表婶象征性地敲打一下炕沿，说大人说话小孩子别插嘴。

刘方说："你问我姐愿意嫁吗？"

表婶跟表叔对视了一下，两人又一起看向刘园。刘园脸红红的，说："要不，嫁了吧。"

媒婆一拍巴掌："着啊！刘园姑娘嫁过去，保管你冷不着饿不着。窦家是殷实人家，在三岔口也数一数二。"

我们都是第一次见到姑爷，长得不丑，个子高大，深眼窝，有一只大鼻头。他牵了一头大驴来迎亲，驴背上驮着红毡子，脑门儿结着红流苏，把表婶高兴得边走边拍屁股。这是头壮年驴，黑脊背，白肚皮，四只腿倒腾时特别有力。提亲的时候，媒婆说三岔口的窦家兄弟三人有头驴，表婶就把亲事应了。那时候表叔还没被抢，表婶给闺女开的条件是，婆家必须有大牲口。因为有牲口的人家才有地，不至于挨饿。

眼下这头驴遂了表婶的愿，她连姑爷长啥样都没顾上看。

吃了点心，新郎新娘上路了。我跟刘方去送亲。我背了一个大包裹，刘方背了一个小包裹，这是表婶分配的。我俩跟在驴屁股后面走，姐姐刘园骑在驴背上。她今天穿了红罩衣、阔腿裤、绣花鞋、白线袜，腮上抹了胭脂，像唱戏的。姑爷穿了一件灰大褂，外罩一件烟色马甲，看着也很精神。只是，这个行程有点闷。新郎新娘不说话，我跟刘方不说话，新郎新娘也不跟我们说话。唯一的动静是驴突然停住了脚步，后腿叉开，我赶紧拉了刘方一把。驴撒尿了，好大一泡，黄澄澄、热乎乎，流得遍地都是。又走一段，它尾巴一撅，又拉屎了。圆溜溜的驴粪球从尾巴下边一个一个往外挤，落到地上，像燕子在天上飞那样齐整。我回头看那一溜驴粪球，有些不舍。这要是回去的路上还有，我可以拾回家去，那时驴粪球子也该干了。

新郎家很热闹，院子里热气腾腾。刘园在门口下了驴，趴到了新郎的背上，让新郎背进了屋里。我和刘方的包裹也有人接了过去。人群中忽然冲进一个老头，铁着面接过驴缰绳，不住地摸驴的耳朵和脸，像那驴受了委屈一样。有人连夺带抢地抻下了红毡子，那是一个手脚利落的女人，把红毡子抱在了怀里，她还想解驴脑门儿上的流苏，可老头已经把驴牵走了。女人有些失落，无奈地说："吃了饭再走吧。"老头生硬地说："不吃。"说着，倒背着手拉驴，他在前走，驴在后走。

刚坐到炕沿上，媒婆就钻了进来，说开始认亲。公公、婆婆、大姑、二姑、大姨、二姨、姨姥姥……刘园认一个我记一个。也有人问刘园，娘家都有谁来送？刘园先指我，后指刘方，说妹、弟。这是她第一次称呼我"妹"，我眼里突然一热，鼻子里就有了响动。媒婆说，娘家弟弟来了，该挂门帘了。门帘呢？原来婆婆就是那个抢红毡子的女人，她抓过刘园的包裹翻找，拿出一个红门帘，朝空中抖了抖。媒婆指挥刘方挂门帘，那门帘上有个绣上去的大头娃娃轮廓，给屋里添了说不出的喜气。但我看出来了，这门帘是刘园自己绣的。

刘园抿嘴笑，跟我耳语："以后你出嫁，也挂这样的门帘子。"

我耳朵都是刺痒的，我赶紧用手揉了揉。

媒婆指着刘方说："就是他让姐姐不嫁的，这亲差点结不成。"

一屋子的人都笑了。刘方恼红了脸，狠狠瞪了媒婆一眼。

开席了，媒婆和几个女亲戚跟我们一桌。原来是个豆腐宴，狮子头是豆腐，鸡鸭鱼肉是豆腐，粉条炖的也是豆腐。终于出现了一只小黑碗，里面是货真价实的几块肉。筷子齐刷刷朝那里伸，我先抢了一块给刘园，又抢了一块给刘方。有人想让刘方到对屋跟男人坐一席，刘方死活不去。回头再看那碗，就剩了一点汤水和大料瓣。抢到肉的人都松了一口气，假装吃得又慢又斯文，肉片在饭碗尖上顶着，好半天不舍得吃。刘园把肉夹给我，我说不爱吃，又给她夹了回去。

刘方不知好歹，把肉扔进了小黑碗。一个女人不好意思地抬头看了他一眼，像小偷一样，迅速把肉夹走了。

出来时，我才留意到这个不大的宅院，也不长，也不宽，周围用玉米秸夹了篱笆墙，很整齐，是过日子人家。房山那里有过道，堆了些柴草，有头驴在起劲地啃。我从没见过那么小、那么柴的驴，毛都打着卷子，脊背以下像道夹山墙。四只腿像插上去的麻秆，看上去一点力气也没有。都说驴脸长，可也没见过那样长的驴脸，瘦得就剩个窄条子。很显然，它不是小驴，而是因为有病没长大。

自从刘园出嫁，表婶就开始丢三落四，拿东忘西。晚上坐在炕上抽烟袋，第一句话准是："也不知死丫头干啥呢，受不受气。"表叔在炕脚躺着，一点动静也没有。他过去是个顶爱说话的人，自打有病，就成了闷葫芦。当初请镇里的先生来给他瞧，居然断了四根肋骨。几个月过后，估计早长好了，因为他不喊胸叉子疼了。可他就是打不起精神。表婶说，他也许是因为惊吓丢了魂。正午，表婶拿了表叔的一件褂子来到门口，这时的阳光正好照进来，表婶燃着了备好的纸钱，把褂子在火上晃了几遭，从口袋里掏出一把高粱米，东西南北四处撒。嘴里说："东方有米，西方有米，南方有米，北方有米。天上有米，地下有米，八方有米，孩儿他爸快回来，来家吃饭啊！"表婶的声音有些凄厉，因为她提前没告诉我，我也没敢出屋。我在窗洞里看她舞那件褂子，人像癫狂了一样。表婶的叫魂与潘家寨的不一样。我有一回让狗咬了，受到惊吓，我妈给我叫魂，也是正午，她端着个小簸箕，簸箕里装着纸钱，来到狗咬我的地方，用烧火棍画了个圆圈，燃着纸钱，嘴里喊道："大丫回来吧！大丫回来吧！"她喊一声，我在旁边应一声，连着喊了三天，我夜里就不出虚汗了。表婶也连着喊了三天，我仔细听，她始终没喊表叔的名字，表叔也没有在屋里应。等她进了屋，我拿着笤帚扫纸灰，也把那些米归拢到一处，省得母鸡看不见。

表叔似乎精神了些。后院不用放大车，表叔就用铁锹把地翻了，撒了些冬小麦的种子。"白露早，寒露迟，秋分麦子正当时。"按说秋分早过了，种了冬小麦也很难发芽了。转年春天我才知道，表叔种麦不为收成，而是为了小羊有麦苗吃。他买了一公一母两个小羊羔，都是刚出生不久的样子，站着都打晃。可两只小羊也短命，春天来寒潮，表叔把它们养在屋里，地上铺了旧棉絮，也没挡住它们闹痢疾，两只小羊羔都死了。后来，表叔又做过炭火盆，自己用木材比照着做了模具，后院逐渐摆满了泥盆子，最多一天卖过十六个。

刘方在灯影下写仿字，就那几张纸，他翻来覆去描。二先生来过一次，请他继续进学堂，被表婶拒绝了。表婶说，你看这一家老弱病残，哪有条件去念书呢？二先生叹了会子气，就走了。刘园三天回门，一直不高兴，小嘴嘟着，饭也吃得少，一天到晚没精打采。她走到哪儿表婶跟到哪儿，总想套出些话，可刘园嘴巴紧，啥话也不肯说。表婶盘问我，她家到底啥样？我说挺好的，婆婆很利索，亲戚也很多。我这已经是第三次回答表婶了。我觉得她家很热闹，人多的氛围我喜欢。表婶又问刘方。刘方说，娶亲的那头驴是借的！表婶差点晕过去。她大声嚷："咋可能？家里有驴借驴来娶亲？"刘方说，他家的毛驴也就像猫那么大，还是只病猫，根本干不了活儿。表婶傻了眼，眼见得浑身打哆嗦。转过身来，劈手给了我一嘴巴。

送亲回来的路上我嘱咐过刘方，驴的事先别给表婶说，我就知道表婶会气着。但这样的事肯定瞒不了人，他清楚，我也清楚。刘方一直黑着脸，他有点人小鬼大。其实我没觉得事情有多严重。驴大驴小有啥关系呢？只要人有力气就行。他们家仨儿子，都房梁那样高，不会让刘园受累。但刘方显然不那样看，他心思离我远，出了村庄就一溜小跑，把我落下有两里地。

他在船上坐着等我。傍天黑了，河岸上是浓重的阴影。他后背朝向河堤，我看不见他的脸。但他肯定等我多时了。我刚一上船，他就猛地站起身，起劲一拽，简直要把船拉飞了。我一个屁股蹲坐在了船头上，恼怒地说："你要干啥？"

表婶大早晨起来蒸了一锅发糕。我的记忆中，表婶只在过年的时候蒸发糕和细面窝头，一次蒸一锅，放到背阴处的缸里，上面扣着盆子，盆子上顶着石头。石头摆成什么样，表婶都有记号。这些东西待客时才用，主要是表婶的娘家人，她娘家是大户。大户不是多富裕，而是人口多，所以表婶每年都为给他们准备吃食费尽脑筋。我从不主动吃。表婶也从没让过我。发糕里要放干枣和红小豆。干枣要提前发好，红小豆也要提前煮烂。我只管烧火，有时一烧就要烧半天。这些过程都很费时，所以发糕就像点心那样金贵。刘方想吃一块，表婶只掰了块边角。发糕起锅凉凉了，提篮里铺上屉布，表婶把发糕一块一块码了进去，正好把提篮装满。又盖了块屉布，上面加了盖子，她拎了拎，沉甸甸。表婶很满意，对我说："给你姐送去。"

话说得就像对自己的女儿。

我一路走，心里很满足。这种感觉自打进到刘家就没有过。从刘园那里回来，我却装了满肚子心事。一路上我都在想，如果是刘方来送发糕就好了，不知道刘园会不会哭，然后告诉他一些事情。刘方知道这些事情会怎么办，会不会像我一样不知所措？我觉得，窦家有驴没驴不是大事。刘园面临的事才是大事，我必须告诉表婶。

刘园婆家没有房子。他们兄弟三人住一间屋子。成亲的那一天，刘园就去邻居家新宿①了。那是个年老的寡妇，七十多岁，孤

---

① 新宿：蓟州方言，指借宿。

身一人。婆婆提前跟人家说好，让刘园过来住，白天去窦家干活，晚上给寡妇当干女儿，寡妇可以随便支使。寡妇很乐意。寡妇腰腿都不好，第一晚，刘园给她捶背捶到半夜。早起倒了寡妇的尿罐，再过来倒公婆的。

刘园在娘家没受过委屈，这样的日子怎么受得了。看着刘园那张焦黄的脸，我心里很难受。刘园抽抽搭搭地哭，说在娘家好歹有自己的地方住，出了嫁，怎么连个窝都没有。早知道这样，何苦嫁人。

我隐隐还有别的想法，只是不好说，因为我也不是很清楚。我觉得，嫁人就意味着男人女人要睡在一起，要入洞房。如果你没有睡在一起，没入洞房，那就是名义上的嫁人，跟实际嫁人不是一回事。

乡间有句话很难听，"守活寡"。

我看着刘园哭，连句安慰的话也说不出。我不知道说啥好。她是个没本事的人，扛不起杂碎凑成的挑子。这不是刘园一个人丢人，表姐一家也跟着丢人。我是这样想的。其实隔山买老牛的事在村里不鲜见，还有人嫁了瘸子和麻子，或年龄大到足够当爹的人。运气更差的人，嫁了个痨病秧子上门给人冲喜，几天就成了寡妇。

相比之下，刘园不是嫁得最差的，但肯定是最丢人的。我这样认为，也觉得表婶应该这样认为。我说得小心翼翼。表婶趴在被窝里抽烟，她的气管一抽一送地拉风箱，就像嗓子眼儿里有个小插销，开关都特别费劲。我以为她会气得跳起来，去三岔口找刘园的婆家干一仗，或把闺女领回来，给他们点颜色。我觉得，这都不为过。别欺负刘园娘家没人，我和刘方都可以打头阵！我等了又等，表婶却没反应。她在炕沿底下磕空了烟袋，使劲用嘴吹了吹，吹通了气，就插到褥子边底下，翻过身去，闭上了眼睛。

然后，朝墙叨咕了一句："嫁出的女，泼出的水。"

第四章

14

黑夜像云彩一样移走了，天扒开了一道缝儿。红通通的日头从那缝里钻进来，就把屋子刷白了。我闭着眼，那缝就不存在，那日头就不存在。或者，所有的人、物件，所有的疼或病都不存在，我也不存在。这样该有多好！我稍稍一睁眼，那些就又回来了。水杯、线轴、一瓶腌蒜、手电筒和一个皮带扣都在窗台上摆着，还有那盆绣球，红得要滴下血来。我还是躺在半截炕上，腿像木头那样沉，肚子在咕噜咕噜响。

这样的日子哪里是个头。

躺在炕上我就愿意想那些旧事。刘园出嫁头天的日头，吓人。天像棉絮被点着，把云彩烧得到处跑。很多人受了惊吓，担心天要塌了。他们都跑到大堤上去看，爬到屋顶上去看，爬到树上去看。村里人惊慌的时候，我们在给刘园准备出嫁的东西。屋里静悄悄，只有表婶偶尔说句话。就是天真的塌下来，也没有刘园出嫁重要。刘园总觉得这也没准备好，那也没准备好，缝了这个缝那个。那个红布条呢？红肚兜呢？红围裙呢？红裤衩呢？红枕套呢？总之一定要红火到能过上好日子，要把所有的晦气遮盖住。表婶去茅房解手，回来说："老天给你打灯笼呢，这是吉兆。"

我从啥时开始知道自己老了呢？有只大耗子总带一窝小耗子来串门，小耗子是四个，有一次，一只小耗子掉进了面盆里。我把小耗子抓出去，放它跑了，小耗子像穿了白斗篷，一路跑一路抖搂身子。正好被老大看见，嚷嚷说，你咋放它跑，一使劲就把它捏死了。我说，捏死它干啥？它也是爹妈的儿女，老耗子还在家里等着呢。老大让我气得翻白眼。老大说，快把那面扔了！他过来抢面盆，被我抱在了怀里。老大气得哼哼，从那儿不吃我做的饭，说："人老了真可怕。"

我看了看自己老皮老筋的手，过去没咋体会。

院子里有三条腿走路的声音，嗒，嗒嗒，一股暖流往上涌，干涸的眼窝里立刻就湿了。老大媳妇掀开门帘，叫了声二婶子。张二花说："你妈好些吗？听说闹毛病了。"老大说："没啥事儿，就是有点不想吃饭。"张二花拐杖一戳一戳地走过来，嘴里说："这事就不小，人老就靠一口饭，不吃饭哪行。"我曾让她架双拐，这样两条腿都能借些力，可她不依。张二花说："拄一根拐就够丢人了，换你你也不拄两根。"

她小眼一翻，我俩就对着笑。

有一天早上起来，我的网罩子不见了，头发都飞飞着。我让老二给我去集上买，买不回来我就不出门。老二说，没人仔细瞅，有没有网罩子您都一样。咋会都一样？你看哪个演员不化装就上台？把老二逗得笑弯了腰。他说，您是不是以为自己多好看？我摸了摸脸。"但我不能让自己更难看。"我说。老二骑车刚要走，正好碰到老大去赶集。"你给妈捎个网罩回来。"老二说。老大伸着头往我的院里看，说："如果买不来网罩子，她是不是就不出门了？"

"你说对了。"我说。

张二花凑近了，把拐靠到窗台上，两只手过来捉我的手，我也用两只手去捉她的手，就像两个八路会师了一样。她的手冰凉，从腕子一直传到胸腔，把我的心都凉透了。我能感受到这种凉，证明我还是个正常人。我嘴唇一阵哆嗦，不想哭，可眼泪还是止不住淌下来。这些老姐妹，顶数张二花贴心。张二花用手背给我抹眼睛，她的手都让泪水打湿了。老大说："嘿，哭啥？二婶来了您就哭，好像我们给您气受似的。"

张二花说："都知道你们孝顺，我不会那样想。"

"咱起来转转？"老大说。

我轰他们走。我说跟你二婶子单独说说话。

"瞧瞧，瞧瞧。"老大跟媳妇挤了挤眼，"人家老姐俩要说私房话，那我们就不打扰了。"

张二花凑到玻璃窗前朝外看，回头对我说："我寻思你这里有事，是不想让儿子知情？"

我长出了一口气。一股脑地告诉她，我栽了跟头，腿不能动。我不想告诉儿子是怕他们着急上火过不好年。我想等老三回来再说。老三是大夫，他有法子。

"哎呀哎呀。"张二花一迭声地叫，掀开了被子，一眼就看出不对劲来。她用手去捏我的右脚腕，我连知觉都没有。"千等万等有病不能等……"

"我没病。"

"这比得病更操蛋！"她嚷道，"你是不是一直没吃没喝？儿子就没起疑心？"

"你小点声！"我警告她。

"我去喊人。"

张二花摇晃着站起身，被我一把拉坐下了。"再闹就永远都别来见我！"我生气地说，"你听不懂我的话？老三回来就好了。"

"他又不是神仙。"

"他是大夫。"

"我知道他是大夫。"张二花无奈地看着我，鼻子里咻咻喘气，小狗子一样，"他啥时回来？"

"说好的回家过年。"想起老三多难我都能忍，"这不就还两天了？"

她被我说服了。翻口袋，拿出一个手绢包，里面是个塑料袋，装着花生米。"五香的，刚从小卖部买来的。"她神秘地说，还像年轻时一样会甜哄人。她知道我牙口好，爱吃花生豆，其实也不是咋爱吃，就是个显摆。一起玩牌的老姐妹没几个嚼得动，放到嘴里当糖豆。我咯嘣咯嘣嚼的时候，她们会说，潘美荣，你是耗子变的啊！张二花说，她哪里是耗子变的，她就是耗子精。她们拿我寻开心，我喜欢她们拿我寻开心。

五香花生豆的味道在空气里弥散，我咽了口唾沫。

她把手绢包放到膝头，张开塑料袋，花生豆去了皮子放我嘴里。她笑眯眯地说："我都讲过卫生了，你放心吧！"

我没心情开玩笑，侧头看她的腿，她的两只膝盖都长了鸡蛋大的包，一摸就骨碌碌地动。我说："那么远，你自己去小卖部了？"

"不远，没几步路。"

我白瞪她一眼。超市在村南，有三里地，我平日里走一遭也犯怵。

"反正也是闲着。没有你，大家玩牌都没兴致。"

"你就等着腿疼吧！"我气呼呼地说。

"一边走一边歇着。"她赶忙解释，"这点路，歇了三四晌呢。"

花生豆的香味真是没法形容。它在我的舌头底下骨碌一圈，就要滚进嗓子眼儿，又让我给钩了回来，我慢慢把它咬成了几瓣，一点一点嚼碎。眼下，它就是世界上最馋人的美味。可惜还没到嗓子眼儿，就没了。我突然警醒了，动了一下身子。你就是个瘫子！你还有脸吃！我狠狠骂自己，万千愁绪一下就来了。张二花再给我时，我闭紧了嘴摇头。张二花急得央求我，你再吃几个，再吃几个。看在我大老远买回来的分儿上。

"谁让你买了。"我冷冷地说，"我硌硬那股子十三香。"

张二花是我肚里的蛔虫，知道我说的是假话。"那你告诉我想吃啥，我再去买。"她用起了激将法。

"我啥也不想吃。"

"不吃我就去告诉长河。"

"你敢!"

"可你不能这样干挺哇，这会出人命的!"

"你小点声!"我一着急差点哭出来。我说你知道我是啥样的人，你不能坏我的事。

张二花闭上了嘴，一折一折系好了手绢包。看得出她很丧气，脸垂下去，眉梢眼角一起往下掉，下嘴唇耷拉着，一丝涎水眼看就落了下来。她可真是一副老相了，才刚七十九岁。我七十九时啥模样? 自己照不见，可我知道那时的心思，就像一朵花，还开着呢。就是现在，我也是一朵花开着的心境，要不是栽了跟头……人家不欠我啥，我犯不上对她这样刻薄。我在心里叹了口气。张二花看了我一眼，又看了一眼，我断定她心里有话。果然，她小心地问:"你真看见鬼了?"

"你听谁说的？"

"我没别的意思，就是有点好奇。"

"还是个水鬼。"

她突然打了一个冷战。"真的呀！"

"假的。"我说。

"那水鬼是刘方？"她瞪大了小眼。

我疲乏地闭上了嘴。

张二花惶恐的样子让我觉得好笑。她肤色灰白，皱纹更深了。"你见到鬼的事村里都传遍了。"她小心地看着我，"说你跟鬼打架，鬼都让你气哭了。"

"我是这样的人？"

张二花犹豫一下，点头。"你比鬼霸道。"

这回轮到我自己气笑了。我握了一下她的手，那手冰得我心都要哆嗦。"死了死了，一死百了。"我侧过头来看张二花，"世界上哪有鬼这回事？那都是蒙哄傻子的。"话是这样说，可我闭眼就是梦，梦中总是那个绿毛怪，从墙缝里钻出来，抖搂身上的小螺蛳。就是现在，我也恍惚看见他在屋中央站着，就在张二花背后。可我告诉自己是我眼花了。"你梦见过高众吗？"我转移话题。她男人叫高众，活着的时候在采购股上班，经常下乡收鸡蛋。开始用自行车驮着筐，筐里装着秤盘。有一回，上级给了辆吉普车，他撒着欢开出去，一下从大桥上掉了下去。桥上站满了人，可都不知道该咋打捞吉普车。那年她才三十出头，一张脸没经过风吹日晒，一掐一兜水。

"我不想他。"张二花低头叨咕，"我把他忘了。"

我们俩一起沉默了。我九十九，她七十九。沉默起来就像两堵夹山墙，一点光也不透。那些湿腥的日子都在心里装着，各滚各的，各自滚成了一个球。

"你的心思街上的狗都知道。"她眼皮挑开一条缝看我，"你真不想他?"她孩子气样地来摸我的手，"我不信。这辈子还没孤寒够吗?"

我一抖，把她的手甩开了。这是结，在我心里结了一辈子，不容任何人碰。张二花也不行。屋里的空气冰冷而又难堪，张二花突然俯下身子抱住我，号啕着说："你要是走了，我也活不出意思了! 我要是和你一起走……该有多好哇!"

15

一个夜晚像一个月那么长，像一年那么长。我的耳朵总支棱着，听外面的动静。北风穿过了屋脊，刮得树枝飒飒响。那串辣椒落到了地上，发出了干爽的哗啦声。辣椒是我种的，辣得人屁眼生蛆——这是老大媳妇的话，她人闷，却能整歪咕词儿。老大说我说话难听，我说，你媳妇说话好听？不过就是把娘背到山背后，把媳妇背到炕头上。我说的是一则童谣，大家都知道。老大赶紧摆手，得了得了，都多大年纪了还说这些。

辣椒摘了一盆，我给老大老大不要，给老二老二不要。老大说，瞧您种的辣椒，简直不是人吃的。老二说，是神吃的。他俩是在说相声。辣椒苗是我从集上买的。人家问我，是要辣的还是要不辣的？我说，当然要辣的。辣椒可不就吃个辣味。只是没想到它那么辣，根本吃不了。有次老三来电话，我跟他描绘那辣椒的模样，细细尖尖。老三说，那是小米椒，全国最辣的品种，您运气可真好，咋让您买着苗了？一听说全国最辣，我来了兴致。我喜欢新鲜物件，甭管是啥。辣椒长得一嘟噜一串，红艳艳的像戏台上唱戏人的眉毛。我年年种。秋后我把辣椒里的籽晾干，拌到草木灰里，像饼子一样贴到墙上。春天揭下来用水浸湿掰碎，直接埋到土里，辣椒苗钻出来就像满天星一样。长大些就分窝，栽到菜畦里，施上农家肥，一天一个样。那些辣椒我一个也不舍得糟蹋，用针线穿起来，挂在窗棂上。一直挂到来年春天。

老大看不入眼，说又不吃，种个啥意思。

我说，谁告诉你种是为了吃？

我一直想有个手机。这话我跟谁都没说过，看人家滑拉手机我眼馋。如果我有手机，就天天给老三打电话。很多年前老三就想给我买手机，被我拒绝了。"谁一把年纪还滑拉那玩意，你买我也不要。"

老三这个时候该下班了。我假装给他打电话。吃了吗？洗了吗？看电视呢吧！我打电话就是说这些。再不就是，睡得好吗？工作累不累？该歇就歇着，别累坏身子骨。老三有失眠的毛病，头疼起来恨不得撞墙。有一回他跟我说，后悔选医生这个职业，太辛苦，经常睡不了安稳觉。夜里有急诊，翻身下床就走。病人处理完了，才发现秋衣穿倒了。一年三百六十五天没有哪天是轻松的。他羡慕大哥和二哥，每天可以早早睡，晚晚起，经育那样一点地，正好可以锻炼身体。妈您当了一辈子农民，当够了吗？一看就没当够。还像个生产队长，这块地该种啥，那块地该种啥。苗稀了密了，垄大了小了，肥多了少了，土壤干了湿了，从下种到收割，没有您不管的事。您知道眼下城里人最向往什么日子吗？乡下有一幢房子，有一片地，可以随心所欲地养花种草，种果树、种蔬菜、种粮食。种成什么样，就吃什么样。韭菜不用长成筷子粗，白菜不用长得没膝高，萝卜不用长成半米长，像过去一样就行。白菜是小包头，韭菜像头发丝那样细，萝卜长成心里美，不用施化肥，喷农药，长啥样全凭自己心愿，只要尽力就行。家里有遮雨的房，有长粮的土，亲人们都在身旁，就啥也不怕了。那样的日子，想一想就心里舒坦啊！

这声音就在我的耳朵边，我却看不到老三在哪里。原来他就在炕上仰躺着，我伸手就能摸到。我朝向他侧卧，两只手垫在腮下，笑眯眯地看着他。我这辈子最幸福的时刻，就是躺在老三身边，听他说话。他在外面肯定很难，但再难我也帮不上忙。上学、找工作、结婚、买房，哪样我能帮上忙？一样都帮不上。有一年我养了两只大公鸡，想让他带给亲家母。那大公鸡我足足喂了一年，吃的都是好粮食，大长腿像擀面杖那样粗。我说家里也没啥好的，这就算个心意。娶了人家姑娘，咱得有个表示。老三说，要是能骑着公鸡飞走就好了，还省飞机票钱。活的公鸡上不了飞机啊。我说，那我就宰了。马上就烧开水、拔毛、开膛，宰俩公鸡也用不了半个钟头。再不就炖熟了装到瓦罐里，用塑料袋包起来，保管见到丈母娘还是热的。他搂着我的肩膀，把我往屋里推，说大公鸡好好的，就不要杀了。我说，公鸡养得这样肥，不杀干啥用？老三说，想吃您就自己吃，不想吃就跟您做个伴。每天早晨能有公鸡打鸣，您听着不高兴？丈母娘那边的人只吃鱼，见到这样大的公鸡会吓坏的。

我就没有话说了。后来老大捉走了一只，老二也捉走了一只。老大干啥老二务必干啥，一个跟一个学。

老三也是我身上掉下来的肉，可一点不随我。长胳膊长腿白净皮肤，打小就又安稳又妥靠。他读了医学博士，三里五村也是蝎子拉屎独一份。我给亲家养大了这样一个女婿，他们做梦都会笑醒吧？老三摘下眼镜抹了抹眼角，又用衣角擦了擦镜片，重新架回鼻梁上。老三说，在外受委屈的时候，遇到困难的时候，就会想想老妈，八岁就给人家做童养媳，只比锅台高一点，贴饼子要站在小板凳上。每天背着柴筐去拾柴，柴筐有多半个人高，一走路就敲打屁股。扒灶灰要把胳膊伸进灶膛里，蹭一脑门灰。有时能把胳膊烫起一溜泡。吃饭不能上桌子，自己端着碗守着灶火门儿。饭从来不敢盛满碗，眼巴巴地等着别人吃剩下……您就没想过换个活法？走出去，干点别的。或者参加革命，您那时有没有听过革命这回事？

"三民主义？"一个词突然从脑子里蹦了出来。

老三把眼睛睁大了。"您从哪儿听说的？"

"还有减租减息、抗捐税、不纳粮……"

老三一骨碌爬起来，去取柜子上的老县志。

"以为都忘了，原来都在脑子里。"我自己也疑惑。

老三用细长的手指去翻书页。那些纸页已经焦黄了，老三翻得特别小心。"一九二九年，东后子峪小学校长白鹤鸣等七人组织国民党秘密小组，宣传三民主义，减租减息……"

我茫然地看着他。

"三民主义"是表叔带回家的。他每天早出晚归，啥时回来，家里就像过节一样。桌上的饭菜分外好，我也能上桌子，虽然就坐在桌角。表叔爱喝两口，小锡酒壶摔出了坑，但装上酒一滴也不漏。如果是冬天，我会用大碗装上热水烫酒壶，大碗热气腾腾，酒壶也从里往外冒热气。表叔不爱喝凉酒，说伤胃口。

那年秋天，表叔从北山拉了一车山货。核桃、栗子、柿子、蘑菇、榛子、松子、晒干了的草药等。从城西武定门进城，收货的贸易货栈就在武定街上。可西门内外都是人。很多庄稼人扛着农具往城中心走，举着拳头喊："减租减息、抗捐税、不纳粮。""三民主义万岁！""反对买卖人口！"

表叔莫名看了我一眼。我本来在专注听他说话，这一眼却蜇到了我。

　　表叔问旁边一个扛着木锨的人，说你们这是要干啥？那人说，我们想过好日子。表叔问，你们扛着农具干啥？那人说，这是抗议和示威，我们要把农具交到县衙公署，不减租减息我们就不种地了！

　　"不种地吃啥？"表叔疑惑地喝了一盅高粱烧，摇摇头。我坐在灯光的暗影里，还在被那句"反对买卖人口"缠绕。表叔回来得很晚，星星都出齐了。粥在锅里温着，菜在桌子上扣着。秋夜寒凉，他跟着牲口一起跑，到家时浑身是汗。表婶问他为啥回来得这么晚，他说外面的世道要乱。那些庄稼人想抢县长的官印，县长穿着马褂跳到了猪圈里。官印外边裹着黄绸子，是四四方方的一个硬盒子。县长搂着官印就像搂着孩子，丝毫不管猪屎没小腿深，往下跳时猪屎溅到了白脸上、礼帽上。他站在猪圈中央，大家咋喊他都不上来。

　　"反对买卖人口，不对吗？"我声音颤抖。

　　堂屋忽然沉默了，大家好像被我的话吓着了。"睡觉睡觉。"表婶摇晃着站起身，责备地看了表叔一眼，收走了酒壶和酒盅。

"我也累了。"表叔长长地打了个哈欠。

"总听您谈我爷爷我奶奶，从没听您谈过我爸。"老三觑着眼看我。

"谈他干啥。"我说。

老三拍了拍我的脸，说老妈的心比天地都大。

"就没盛他的地方。"我说。

老三半天没说话。他看书，忽而又抬起头来："您能不能站在我爸的角度……"

"他有啥角度。"

我闭上了眼，发出的鼾声自己能听到。我偷偷挑起眼皮看老三，他一手肘支着炕，手托着腮，欠起半边身子打量我。见我看他，他笑了下，也躺平整了。

后来我真睡着了。梦见刘方骑着白马朝我奔来，那白马身上都是汗，说要驮我走。我大声喊，我不跟你走！一睁眼，老三笑眯眯地躺在我身边，像虾一样朝向我，佝偻着身子，像筑起了围堰。他睁眼的时候我闭眼。他闭眼的时候我睁眼。我们娘俩像是在打哑谜。

我有很多话想跟老三说，可他一回家，就啥都忘了。老三一年回来一次，哪次都没待够。我告诉他，这家里的房、地，都有你一份。不管你当博士还是当院长，这里永远是你的家。将来退休了你尽可以回来。老三不说话，我就知道他回不来。他的根在这里，树梢却在长江边上，那里有老婆孩子，那才是他最亲的人。眼下他当姥爷了，那个小不点喊他"外公"。哈，这称呼可真洋气！眼下他能回家过年是因为有我。以后我不在了，这里就成他的念想了。他站在江水边，想一想远方的家，家在梦里，妈也在梦里。想一想就行了。

"你丈母娘对你好吗？"

他每次来我都会问，知道问不出啥，可还是要问。那时他刚结婚，媳妇我见了一面，高挑个儿，雪白。穿着高跟鞋，一跳一跳地走路。早上对着镜子搽脸，我数了数，统共七样。七样！那么香气的抹脸油我都没听说过！从柴门草户里出来，看着可真像个仙女！她对谁都客客气气，对小孩子也这样。端起碗你不给她夹菜她就不夹。你不给她添饭她就盛多少是多少。米粒一个一个往嘴里送，你都看不到她的牙在动。不知老三坐她对面是怎么吃饭的，我反正是吃不饱。不敢吧唧嘴，不敢大口嚼，生怕惊着仙人。偶尔放个屁，羞得恨不得把脑袋扎进裆里。我问老三，你在媳妇面前敢放屁吗？老三急赤白脸地说，妈你说的这叫啥话啊！你以为现在的媳妇还跟你当媳妇时那样？我说，我又没让她干活。老三说，这不是干活不干活的问题！到底是啥问题，老三一直没说，我也一直没问。

她话不高声，让人恨不得把耳朵贴她嘴巴上。你不跟她找话说她就一天不说话。有一天，我后背刺痒。脱下罩衫，穿着兜兜，把后背给她："老三媳妇，给我挠挠背。"我真不是想给她难堪，我就是觉得后背刺痒。老三原本在炕脚躺着，马上爬起来说："我挠。"我有些不高兴。"你有指甲吗？"老三说："比她的指甲好使。"说着，两人挤了下眼，正好让我看到了。我心里难受，可嘴里说："我是怕媳妇心疼你，这不是男人家干的事。在早，你奶奶的后背都是我挠。"老三说："您那是啥时候，妇女早解放了。"

"你丈人对你好吗？"我背后问他。

"没有谁比您对我更好。"老三想了想才回答。

"谁对我儿子不好，谁没眼光。"我气哼哼地说。

老三抱着的那本老县志，比砖头都厚。他高中毕业那年卖了很多书，就把这本留下了。他说，妈，你知道我为啥喜欢这本书吗？我说不知道。他说，你的人生都在这本书里，我想给你找出处。"我的出处就在潘家寨。"我很少不赞同老三的话,"就是那片盐碱地。我现在回去也认得家里那块宅基。""认得那块宅基没用。"老三说,"又不能把宅基刻上字背在身上。它可以姓潘,也可以不姓潘。"这话我听得进去。我寻思老三到底有文化,我说的意思不是他的想法。

"您的老家坐落在太和,太和洼,您听说过吗?"

咋会没听说过,太和嘛。我不把太和当回事,我只记得潘家寨,就像用簪子把字刻进肉里,化成灰都忘不掉。

老三用手摩挲下巴,他高兴时就爱做这个动作。"那里原来叫太和——皇家才有太和殿,那是皇帝登基和主办祭祀大典的地方——"他把一张地图打开,那里画的都是红的绿的蓝的粗线细线,我啥也看不明白,"您知道太和是啥意思吗?"

我说没啥意思。

"太和就是大和。"老三用两只手比画,"是指天地间冲和之气,冲——和。先对冲,后融合。其实就是阴阳中和,你中有我、我中有你。今天如果不翻书,我还真不知道那片区域就叫太和,周围有十二个村庄,潘家寨坐落在大洼的洼底儿,离罕村并不远,却是不一样的地貌,海拔负0.8米。那个镇叫堼上——嗯,封土为堼,就是密闭的意思。奇怪过去怎么不知道。"

我从没说起过。

老三把书顶在膝盖上，往前翻往后翻，像是发现了稀奇。"您听说过阴阳吗？"

"男女就是阴阳。"

"老妈就是聪明。"这话简直是口头禅，"古时候讲男为阳女为阴，日为阳月为阴，山为阳水为阴，天为阳地为阴。太和就是人的精神、元气，平和的心理状态，也是阴阳会合冲和之气。'白头万事都经遍，莫为悲伤损太和'。"老三看着我，"这两句诗讲的是头发白的时候已经经历了很多事，就不要为过去悲伤的事情损害现在的心情了。"

"我不悲伤。"我说，"我玩牌的时候高兴着哪。"

老三看着我。

我就知道他还有别的意思。

老三指着中间一片瓦盆似的地方说："潘家寨就在太和洼的洼底，比水平面要低，如果缩小了看，就如同在村里挖了一口井。过去肯定没少经受洪涝。整个太和洼的水都朝那里汇集。大灾之年怎么得了，人生的烦恼在自然灾害面前就像九牛一毛。"

我崇敬地看着老三，我敢说，罕村再没谁像老三这样有文化。可老三不需要我崇敬，他需要我明白道理。我溟蒙的样子大概让他有些泄气。他看我的眼神就像我当年看老二一样。老二初中读了大半年就说啥也不去了，非要上生产队做童子工，每天只挣四分五。

　　"妈。"

　　"啥？"

　　"……您还记得发大水的事吗？"

　　"五八年……"

　　"说您小时候。"

　　"吃屎的年纪能记住啥。"

　　"您在那里活下来，不容易。"他把那书小心地合好，"您不从那里走出来就遇不见我爸，就不会生我。"

　　我寻思着老三话里的意思："那我生谁？"

　　老三欲言又止，他一下子坐起了身。"太和，也叫大和。"他又说，"就是把过去的事情全放下，好事坏事都不放心里。人就活个平和自在。"

　　我说："我平和自在。"

　　"还有先前一些古怪事，过去了就过去了。"

"啥古怪事？"

他看着我。我知道他知道我装听不明白。

伤心像天上的露水一样不知打哪儿来，慢慢都存到了眼眶里。

老三把手放到我的胯上，使劲晃。"妈，妈。"

我如果现在给他打电话，会告诉他栽跟头的事吗？

"三儿，你二婶栽了跟头，你说该咋办？""上医院呀。"他一准
这样说。可我们都不愿意上医院，不愿意麻烦人，也怕花钱。一辈
子也没咋挣钱，老了还花儿子的钱，心疼。村里人都这样。"哪个
二婶？"我说出张二花的名字。老三说不定就冷了。这个时候他不
会跟我讲"太和"，他以为我听不懂他的话。过去老大老二也不喜
欢张二花，见了她就拧鼻子。后来慢慢改变了。一条街住着，低头
不见抬头见。日子久了，多大的疙瘩也解开了。

但老三不一样。

16

死棉桃揪下来，晒在太阳地儿里，等着太阳催开花。有的能裂

开缝儿，从里面抻出小耗子样的一牙棉。对，我们就叫它"小耗子"。更多的棉桃根本不裂缝，我和表婶用手掰，用牙咬，也要把那个"小耗子"揪出来。都知道那些"小耗子"简直算不上棉花，掺到皮棉里也不出数，因为它还没有长棉絮。有的"小耗子"甚至是嫩的，阳光一晒就失了水分，比纸还薄。河坡地长些棉花不容易。今年雨水少。春天的时候表叔说，试一试，万一有收成呢？表婶经常说："缸也空了，盆也空了，一家子都该把嘴系上吧！"意思就是吃饭的嘴太多，家里没粮了。

　　表婶主要是说我。逢到这个时候，我就恨不得把嘴缝起来，变成只干活不吃饭的仙人。我也尽可能地少吃饭，只要不饿死，就绝不多吃一口。一入夏，表婶的香火就上得勤了。她托二先生的儿子从唐山请来了新菩萨，过去那个是泥胎，表叔的车马出事后，就被表婶遗弃了。她说那个泥胎不灵验。这个新菩萨是瓷的，表面光亮，一看就值得托付身家。入住了门后的佛龛，表婶分外用心侍候。初一十五上香，早起晚睡磕头。她今年最大的愿望就是能收来棉花。"该给儿子准备新棉花了，请菩萨睁开眼多关照，不下大雨不发洪水，让我们收一季棉花，老刘家祖祖辈辈都念您的恩情。"这个菩萨果然灵验，春天干旱，夏天也干旱。河床只有浅浅的一汪水，挽起裤腿就能蹚到河对岸。表婶后悔地说，早知这样就该求菩萨多降些雨。一春一夏家里人都没闲着，天天从河里挑水浇秧苗。河床浅，水桶根本灌不满。表叔和刘方在河床上挖蓄水井，把左近的水都吸引过来。太阳晒得人眼睛都是花的，那一瓢水浇到地上，就听嗞的一声，没了踪影。刘方显见得比我有力气，个子高我一个头，脚步比我稳。两只水桶挑在肩上，一点也不打晃。一个半天表婶就说了好几次："换大丫挑会儿，换大丫挑会儿。"她恐怕儿子累着。刘方挑水的时候，我给秧苗松土、培苗。我挑水的时候，表婶就轰刘方到河堤上的树底下歇着。远远能看见他随意往后一倒，一条腿架到另一条腿上，像个太爷。

收棉花的日子终于来了。几个响晴薄日，棉桃一下就炸开了，棉花从棉夹里往外流。从远处看，雪白一片，激动得心都要从嗓子眼儿里跳出来。棉桃都是次第开花的，我和表婶脖子上挂着围裙，两个下角系在腰上，连续十几天专门在午后去摘花。表婶从没那样高兴过，两只小脚往地里奔得特别有力气。摘花的时候要分外小心，不能把棉桃碰掉了。不能随意把花抻断了。不能让花碰上干枯的叶子，弄脏了还要回二次手，否则弹出的棉花不干净。表婶边干活边叨咕，我手脚麻利，早干前边去了。我喜欢干这个活计，我个子不高，摘起来特别顺手。表婶摘一垄我摘了一垄半，我兜里的棉花很快变成了一大坨，在肚子上顶着。转回来时正好面对着表婶。表婶看了我一眼，忽然咯咯笑了起来，笑得我直起鸡皮疙瘩。我在她心里，没有啥角色和位置，我就是个干活的丫头，吃饭都多余。所以她的笑让我很是起疑心。她没解释为啥笑，我也不愿意问。我很少看见她有高兴的时候。往家走的时候，表婶一步三回头，她总疑心身后那些花又突然开了。"明天还来摘呢。"我说，"多开一晌不要紧。"

"我是怕有人偷！"表婶说这话时咬着牙齿，面孔一下又冷了。我想，可能是一想到有人偷棉花她就心疼得受不了。

她冷起面孔我就不说话了。内心里，我一点一点长大了，强壮了。男不跟女斗，少不跟老斗。我在潘家寨就知道这话的意思。我跟她的生分从打第一次见面就种下了，她挑我那几眼，分明就是瞧不起。不会因为我变成什么样就能让她瞧得起，我从不做这个梦。我仍然是一只怕猫的老鼠，但我是只大老鼠。这跟小老鼠不一样。所有的农活、家务活没有我不会做的，即便是只老鼠，我也觉得自己有些本事了。刘园出嫁后，她想让我住马棚，让刘方搬出他们的屋子。应该说，这合情合理。她如果跟我说，我肯定会同意。

一个干粗活的丫头有个住处就行，管它是马棚还是猪圈。但表叔不同意。表叔说，就算把马棚拾掇好，里面不透风不透雨，那里也不能住姑娘，传出去好说不好听，以为我们咋待人呢，要搬也是我们搬进去。表婶立时不说话了，但她私下狠狠瞪了我一眼，说："就你好命！"表叔是真心护着我的人，他降得住表婶，这一点让人特别安心。饭桌上终于有了我坐的地方，饭桌有四面，我就坐在过去刘园坐的一面。我每天摆筷子摆碗，一给自己摆，心里就快活。只是，坐在一起吃饭，心里仍并不太平。没有哪顿饭让你敞开了吃，不是干的不够就是稀的不够。尤其是春荒的时候，我总是借故晚些吃，等着别人吃差不多了再上桌。看得出，表婶也吃得少，她要紧着表叔吃。有时候她才吃半碗粥，就把筷子放下了。

刘方不算欺负我，但他从来也不知道照顾我。他已经习惯了自己吃饱、吃好，不大把别人没吃饱、没吃好当回事。晚上我在锅里温了洗脚水，舀到盆子里，刘方顺手端进了屋子，表婶就会骂："大丫呢？上哪儿挺尸去了？"或者，烧火的时候缺柴了，刘方去后院抓了一把回来，表婶也不愿意，说这不是爷们儿干的活儿。

那时我就想，下辈子说啥也得托生个爷们儿。

弹好的棉花蓬松柔软，一卷一卷堆在炕上。棉籽榨了油，装满了两个粗坛子。棉籽油炸熟了才能吃，表婶破例炸了排叉和油饼，这样就把生油变成了熟油。那些排叉又香又脆，好吃得不得了。表婶让我去二先生家借纺车，顺便端了些排叉过去。我特意去换了一身干净衣服，重新编了辫子。这几年，二先生家也有了很多变化。二先生老婆害眼病，一出来就得用手罩着太阳，否则就啥也看不清楚。二先生的鼻梁上多了一副小圆眼镜，他又任了村里的治安委员，据说把白面儿也戒掉了。我倒是经常能看见二先生，他又瘦又高，像株高粱秆一样在街上晃，小圆眼镜近乎透明。他还是那种黑黄的面皮，紫黑的嘴唇，我从没见他笑过，但他的眼珠很灵活，跟人说话的时候在眼镜后边转来转去。

村上有事情需要发布，大庄管敲锣，二先生有时会在后面跟着，说一句大庄喊一句。大家捐的粮大庄也有份儿。有次表婶说："大庄的活计好，又累不着又能赚粮，回头找找二先生，让他给刘方安排个事做。"

"我不去。"刘方说得很坚决。

表婶问他为啥不愿享清闲，刘方说，好汉子不挣有数的钱。

表叔和表婶都笑了。他们觉得刘方比大庄有出息。

二先生的一个儿子去世了，他们去唐山住了很久，领回来一个孙子。那孙子有七八岁，经常一个人在门洞里念书。有一天我注意听了下，小孩子念的是："……莫道君行早，更有早行人。莫信直中直，须防仁不仁。山中有直树，世上无直人。自恨枝无叶，莫怨太阳偏。大家都是命，半点不由人……"

我不是完全听得懂，但那些语句像锤子一样敲打我的心。我端着洗衣盆头重脚轻，像踩着棉花垛一样。在河里洗了半天衣服，都回不过神来。我也想不透彻是因为啥，似乎是我前世今生后半辈子的光景都在那些话里，我不是我，我就是那棵"枝无叶"的树，天生照不见太阳，只配光杆一根。我一边洗衣服一边哭。大声地、毫无顾忌地哭。边哭边在河水里照镜子。我这里离大船有几丈远，水面看似宽阔平稳，大船却走得很费力。这是吃水的缘故。枯水的季节大船就是这样，有力也使不出。还有使不动的时候，大船陷在泥淖里，就像岸上的鱼。河床干涸，供小孩子们窜上窜下做游戏。我的哭声都被水面稀释了，没人朝我这里看一眼。连小鱼儿也不在乎我，它们头也不抬，就那样摆着尾巴游来游去。它们可真是自在啊！远处有一株水草，在水里缓缓地摆动。那里的水显得颜色深，我看出来了，它摆动是因为大船又拉了过来，它被水的波纹由远及近地推动。我想，我多像一棵水草，没在黑暗里。鱼啃一口，虾吃一口，谁都看不见，谁都不在乎。疼是自己疼。苦是自己苦。我的命就是这样天生注定的吗？哭得气都喘不上来，但也没停了手里的活计。衣服洗完了，眼泪也流差不多了。我对自己说："表婶家有吃有穿，又没人往死了打你，你还求啥呢？你当年如果跟着去京城，也不一定有好结果。说不定命早就没了。"我撩了一把水朝远处泼去，有条小鱼没提防，让我抄了起来，水珠子在空中闪着七彩的光，那条小鱼夹在水珠中间，惊慌地抖动着身子，在空中翻了个跟头，重新掉进了水里。幸亏它会游水。我咯咯笑了起来，心里从没有过的敞亮。那艘大船分外繁忙，被人拉过去又拉回来。最多的时候七个人，最少的时候只有一个人。锁链哗啦啦抖动的声音，在水面上传出去很远。我在这村里生活了几年，却没认识几个人。有时下地的路上遇见了，人家跟表婶打招呼，表婶也从没介绍我认识，她大约也不知道咋向别人介绍我。"你就是这个命吧！"我说了句，把最后一件衣服拧干净，擤了把鼻涕，端起盆子回家了。

排叉装在一个大碗里，上面扣了一个盘子，我端着去了二先生的家。那个小孩子仍在门洞里念书，这回我没有听清他念的是啥。也许是太深奥了，我听不懂。那小孩子用有点侉的声音喊："奶奶，奶奶，来人了。"我站在门洞的台阶上，响声大气地叫了声二大娘，我终于知道叫她什么了，也敢大声说话了。二大娘扶着门框出来，手搭凉棚朝我看。我说："家里炸了些排叉，表婶让我送您尝个鲜。"二大娘很高兴，亲手接了过去。二大娘招呼我去屋里坐，我犹豫一下，跟着她走进了正屋。

屋里到处整齐、干净就不说了。屋子敞亮、阔绰就不说了。两只木箱放在炕脚，上面层层叠叠新被褥，花红柳绿，都是绸缎面，看上去柔软鲜亮。我从没看到过这么亮眼的颜色，整个心房都被照亮了。屋里有一种味道很好闻，我使劲嗅了嗅，二大娘说这是檀香粉的味道，跟表婶烧的草香不一样。那种草香有点呛鼻子，我一直担心会把菩萨熏着。八仙桌靠在东房山，一边摆一把太师椅，眼下我就坐在靠炕沿的一把上，二大娘那把靠着墙柜。坐在这里，我学会了微笑。很多年后我还记得当时的笑容，浅浅扯起嘴角，第一次觉得自己像个大人，人家也像招呼大人一样招呼我。二大娘给我倒了碗茶水，敞口的细白小碗，茶也很香。我口里生出津液来，但我没有动，我端坐的样子事后很多年都还记得。我知道二大娘一向对我好，我似乎想做得更好，让她喜欢。二大娘打量我的眼神充满了愉悦。"大丫越来越俊俏了。今年家里的棉花丰收了，可以做装新被了。"我说："棉花弹好了，要做两床被子。余下的要纺线，我是来借纺车的。"二大娘说："要做新被子,大丫高兴吧?"我说："都是给刘方做的。"二大娘让我逗笑了,眯起眼睛说："肯定也有大丫一床啊。"我摇头。我习惯了啥好东西都没我的份儿,我一点也不指望。只要不冻着,盖旧被子也一样。可二大娘却哈哈笑了,她朝我这边倾着身子,无缘无故地点了点头。"你表婶没告诉你?"我惶惑地看着她。二大娘收住笑,有些神秘地说："大丫的好日子就要到了,喜期就定在了八月十四。"

我看着二大娘,她的圆盘脸有些像发了的面,两道眉毛很淡,厚眼皮,两只眼睛很小。我忽然想起他们的孙子也是厚眼皮,眼睛很小。一点也不像二先生,二先生眼皮很薄,眼睛很大,板着身子在街上走,没有啥东西不在眼里。

我的脸烧得通红。我当然明白二大娘的意思,但我确实不知道喜期的事,没人告诉我。我知道给刘方做被是为了娶媳妇,但我从不往自己身上想,我觉得,我在刘家就是粗使丫头,家里养不活,送给了别人。说送是好听的。我妈来送的时候使了人家的钱。她去京城找我爸,要筹盘缠。我就是人家买来的。

"大丫不高兴?"

我的眼泪扑簌簌往下落,二大娘一下子慌了起来。"哎呀,哎呀，你别哭。这是好事呀，大丫。女人过了这一关，就是当家主事的人了。"

我抽搭着说："我不是。"

二大娘叹口气说："你那么小就离开了家，家里又没有人可依靠，是够孤寒的。这不就苦尽甘来了？刘方是个好小伙，模样俊，有力气。如果再知道疼媳妇，就十全十美了。"

我茫然地看着对面的一个柜橱，铜拉手，双开门，上面镂刻了花鸟，是很复杂的图案。几年以后这个柜子被刘方搬到了我们家，我不要，送给了表姊，表姊使了很多年，又被买旧家具的收走了。二大娘也顺着我的目光看了过去，说那是她的陪嫁。家里仅有的几根楠木做了一只柜子、两只箱子。她指了指炕脚，那两只箱子驮着被子，我进门就注意到了。二大娘叹了口气说，当年被二先生娶过来时她十五岁，进门先给婆婆下跪，婆婆拿她当上马石，踩着她的背上炕。哪管你是大户人家小户人家？这些回家也不敢跟娘家人说，嫌丢人，说了也没人给你当家做主。多年的媳妇熬成婆，女人这辈子，就是一个字：熬。"你听懂了吗？"

我点头。

二大娘说："你表姊对你不薄，十六岁正是好时候。前街一家的囤子媳妇，十二岁就圆房，男人大她八岁……一到黑夜就狼嚎鬼叫，婆婆嫌丢人，叫人把嘴塞起来。"

"塞上嘴……要干啥？"我惊恐地睁大了眼。

二大娘没有回答我的话。她兀自喝了口茶，她的唐山口音听起来像是在唱歌。"女人这辈子啊……多的是生不如死的人。"

我寒噤得要命，眼珠瓷了样地盯住二大娘，这些话从没人对我说过，我觉得，这就是私密话。我一天到晚除了干活啥都不知道。我觉得，我有必要问问她，因为我实在没人可问。"您说我是……囤子媳妇？"

二大娘吃惊地坐直了身子："怎么，没人告诉你？你就是来给刘方做媳妇的呀！"

我拼命摇头。我妈当年送我来，是因为两家是亲戚，表婶家能吃到细面窝头和发糕，她没告诉我来给人家当媳妇。

我把手肘支在了八仙桌上，托起了脸。一些模糊的感觉被印证了，我反而有些心安了。过去我从刘园的嘴里听到过一些说法，但不会往心里去。刘园素来说话不靠谱。

可眼泪还是止不住，越抹越多。憋闷和委屈顺着眼泪流出来，心里就干净了。就像在河边洗衣服，汗液和污渍都随水流走，衣服就干净了。女人为啥泪多，就是用来诉委屈的。否则心里的委屈咋办？憋久了是会出毛病的。我知道圆房是女人一辈子的大事，我不傻。我也知道身体的一些变化与这有关。只是，这样的事要由外人告诉我，我悲伤是因为这个。这不就是因为没妈嘛！如果妈在身边，是要陪送的，再没钱，也会扯二尺红布，哪怕做个红肚兜呢。刘园嫁人我可是亲眼见了，先择吉日，再送彩礼，穿的用的塞满了大包裹，让我背在背上沉甸甸。我收住了泪，明白自己不是刘园。在人家家里掉眼泪我很不好意思。我站起身来说："二大娘，我走了。"

二大娘一副后悔的样儿，说："都怪我冒失……你表婶当真没告诉你？"

我说没告诉。

二大娘说："日子还早呢。她一定是想做好了被子再告诉你。"

我说："告诉不告诉都行。"

我低头往外走。用人李嫂在外面候着，把盘子递给我，那盘子是热的，却是干的。想必是热水烫过以后又用抹布擦干了。

我这才想起还有纺车这回事。二大娘说，你拿不了纺车，我让李嫂给你送去。

17

"把那串辣椒给我挂窗户上!"他在外弄响动,搅得我不安生。我知道是咋回事,他摇动辣椒像摇动风铃。他是歪咕人,玩心重。我就不喊他进屋避风寒。他从没心疼过我,我凭啥心疼他。

做梦都跟他过不去。不赖我,是他对不起人。我刚一闭眼,他穿了一身烟叶又来了。我守在门口不让他进,他说园子该浇水了,水瓢在哪儿?

院子里的水泥板有三米宽。当初老大说用水泥把这个院子都铺上,又干净又亮堂。老三不乐意,说那样就接不着地气儿了。

"都铺水泥我去哪儿种菜?"我跟老三站一边。

"你能吃多少菜?"老大说,"去我那园子薅一把就够了。"

他有两块园子,后边一块,西边一块,都是祖上留下来的。老二愿意去打零工,在外好歹找口吃的,也不愿意经育土地。他跟老大正好相反。老大不愿意出去见人。他是老高中生,跟别人说话不在一个频道,他爱说国际上的大事,他关心的事别人都不感兴趣。

他打小就没受过苦，所以个子长得高。"我纯粹是挑水压的。"老二总跟我抱怨，十三四岁就挑水，个子一直没长起来。"也赖你没心眼儿。"老大空口许个愿就能差遣老二，他可没少受捉弄。

"种菜也不光为了吃。"我说，"看着舒坦。"

"够水钱吗？"老大说。

"水钱我自己出，啥时让你花了？"

老大让我说得哑口无言。他总说我毛病多，爱跟他抬杠。他说啥都是错的，老三说啥都是对的。关键是，你在理吗？有一次我说他，你可以不听我的，但不能不听博士的。博士的书是白读的？那样大的院子都铺水泥板，夏天的晚上倒一桶水，那水被烫得嗞嗞响，就像炼油锅一样。打开窗子，热气呼呼往屋里扑，又湿又黏，那滋味能好受？

"爱咋弄咋弄，我不管了行吧？"老大动不动就爱撂挑子。修整院子老三让他做监工，没少给他好处，可他总想自己说了算。干活的人看我们打嘴仗就好笑，说这娘俩，从早上到晚上这一天都没闲着，光闲磕牙了。

临了给我留了四个菜畦，两畦种叶菜，两畦种果菜，我哪里吃得了，就专门送给那些老姐妹。黄瓜实在太老了，就扔猪圈里喂猪。结果老大的猪拉稀赖我喂黄瓜喂的。我说，你给它喂土霉素、胃肠安，它是太贪嘴了。

"瞧把你能的。你咋不去接替李大夫？"

"李大夫会治牲口吗？"我寸步也不让，"我干保准比她干得好，你还别瞧不起人。"

老大气得呼哧呼哧喘，他是真拿我没辙。

黑夜就像一块幕布，一拉开，就有无数的人跑马子。白天你干啥夜里他们干啥，两边的世界一模一样。你这身烟叶是打那边披过来的？我好奇。敢情那边也种烟啊。

他的手探过来攥我的手腕，我激灵一下，惊着了。想再重复一下刚才的动作，发现手在身下压着。

"别碰我！"我咕哝。

他的两只眼珠像小灯笼一样通红，从绿叶子里射出来。

"有本早奏，无本退朝。"

他忽然唧唧笑了，声音就像深秋的虫子，脆亮而短暂。我又有点狐疑，他过去不是这样的笑法。

"啥？"

"《燕王扫北》。"

"啥？"

"二先生演驴皮影，给八岁的孩子庆生。你忘了？"

茫茫的天际堆着厚厚的云絮，像大朵的棉花团。有一线光从棉花团里隐隐透了出来，这天就算开缝了。我觉得身下硌得慌，用手一摸，硬邦邦地凉。还摸到了几个小土块，捏不碎，凑到鼻子底下看，除了小瓦块就是小石头子。清白的月亮一点一点移出云层，就像只烧饼大，跟我藏猫猫。我爬了起来，四下打量，到处黑森森的。我发了会子呆，想我怎么在这里。原来在大庙看驴皮影。"你看家。"表婶把蒲团夹在腋下，手里拿着草编的蒲扇扇了下。我没应，看着他们走远了。村公所的后身就是关帝庙，那里住着提大刀的红脸关公。对面有个大空场，二先生给孙子庆生，请了唐山的驴皮影班子，据说都是响当当的人物。家里忽然就剩我一个人，有些冷清，可也有些宽阔，好像这房子和院子都放大了，我可以随便折跟头。我想，干点啥好呢？油灯挨得近，燎了脑门上的刘海，嗞的一声，发散出一股焦煳味。不是没有活计，鞋底纳一半了，裤子补一半了。可就是没心情。吃饭的时候一家人都在说看皮影的事。孙子因为爹没了，二先生格外宠。为八岁的孩子演三天皮影，在罕村也属开天辟地。表叔表婶都很兴奋，问刘方想看吗？刘方说当然想看。他小的时候看过一次皮影，可那时他还在表婶的怀里抱着。表叔回忆，那次是唱杨家将的故事，"一门忠烈，满门虎将"。表叔说的更像是戏词。他们说得热闹，没人问我，好像我不是个人。吃了晚饭，表婶夹起蒲团说："你看家。"他们走了。

哦，唱皮影。他们都去看皮影戏了。我没看过皮影，所以也不想看。皮影有啥好看的呢，我对自己说。灯火跳跃着，我端着油灯这屋转那屋看，心里空落落的。有一点风刮过来，火苗就歪了。我用手拢着，防着灯火被吹灭。院子里突然响起了咚咚咚的脚步声，我端着灯赶紧往外走，帘子突然打开了，刘方喘着粗气说："你也去看皮影吧，记住，没散之前你先回来。"说完，咚咚咚又跑了。

我心里一热，眼睛瞬间就湿了。我噗的一口吹灭了灯火，撒腿就往外跑。关门、上锁，把钥匙系在裤腰带上。表婶不让我做的事我从来不敢做，那一瞬间，我啥都忘了。

皮影班子上次来，也是二先生请来的。那年县城刚有了电报局，二先生就接到了唐山发来的电报，说新开张的买卖旗开得胜。信差说，这是他送出的第一封电报。就为这句话，罕村唱了全本的《杨家将》。后来老三神秘地对我说："也许就是这个信差，过几年又去潘家寨送信。你和姥姥正在谷子地里薅苗。"我一下就想起了那个春天，信差是一个年轻的小伙子，穿肥腿裤，鞋上钉着马掌。他说这是他送得最远的一封信。就因为这封信，我妈要凑盘缠，我才来到了罕村。我问老三咋知道，老三拍了拍膝头上的老县志，说这上写着呢。

"一九一九年，县邮局开始办理邮政业务并代收电报。"

"多少年了。"我说，"那时是民国吧?"

老三高兴地说："对，应该是民国八年或九年。可惜二先生走得早，有机会问问他就好了。"

我说："他年纪大，等你来问，他得活一百好几十岁。"

老三问："我奶奶一直没跟您谈跟我爸结婚的事?"

我肯定地说："没有。但她私下已经在备货了。"

家里养了七只母鸡，她一天天盯着哪只下蛋哪只不下蛋，生怕搞错了。她得意地跟表叔说，一个桌席上一只这样大的母鸡，这菜也够硬了。那时正值秋凉，是母鸡踊跃下蛋的时候。后来她确定了一只白母鸡一只芦花鸡。芦花鸡已经很老了，白母鸡肥得像圆球一样。表婶说它是油裆鸡，不是不下蛋，是蛋在下之前让油化掉了。她总说上冬的时候母鸡能减肥，把那些油裆减掉。天黑的时候她一个人蹲在大门外，跟白母鸡说话，说你自打来家也没咋效过力，你到底能不能下蛋？给你三天时间，再不下蛋就等着拔毛吧！后来它就成了席面上的盘中菜。大家都说那鸡肉肥厚油腻，很挡口。

"结婚那天高兴吗？"老三问。

"没啥高兴的。"我叹了口气。

"你这新娘当的，可怜。"老三摸了摸我的脸。

18

两天以后又发生了一件事。那件事才是大事。相比之下，结婚、看皮影都不算大事。这不是我说的，这是老三说的。老三拍了拍我的膝盖，说妈你错过了什么你知道吗？我看了三个晚上的皮影，每次都是表婶他们走了我才走，他们回来之前我先回来。要说看懂了啥，其实啥也没看懂。但我喜欢看那些舞动的小人儿和车马，还有尖声辣气的唱腔。"有本早奏，无本退朝。"我就记住了这一句。

刘方装得就像没事人儿，就像根本不知道我每天偷偷去看皮影。可第三天晚上我靠墙根坐着，不知怎么睡着了。大家都散场了我还不知道，刘方曾经跑回来找我，可因为我在墙根下歪着，刘方没看见。家里一下炸了窝，表叔以为没让我看皮影，我一生气又回潘家寨了，说要不连夜去趟潘家寨？表婶说，要去也得天亮了再走，这黑灯瞎火去了也看不见。这个死丫头，潘家寨连蚂蚱那样大的亲人也没有，她为啥又去潘家寨呢？表婶骂得急赤白脸，刘方这才说了实情，说她也去看皮影了，也许人群一散走迷路了。真让刘方说着了，我的确找不着哪边是家。表婶家住老街，地在北边的河套里，我很少往街中心走，都没怎么逛过大庙。再加上睡得有些迷瞪，醒来看哪儿都觉得眼生。我知道家应该在路口的北方，可我不知道哪边是北。关帝庙就在眼前，可我看不懂庙门朝哪边儿开。我向左走了一大截路，发现不对，又向右走了一大截，发现还是不对。村庄再大也是有数的几条街，我总算摸回了家。表叔先发现了我，问我去哪儿了？我看见刘方像尊门神一样在台阶上站着，磕巴了一下才说："去，去茅房了。"我想的是不能出卖刘方。"你就说瞎话吧！"表婶大声嚷，她显然是气坏了，"想看皮影你就直接说，居然偷着走，还反了你了！"黑暗中一根棍子挥过来，打在了我的腿上。我没动。我想，我该打。棍子不挥了，我仰脸问表叔："这是个争天下的故事吗？"表叔说："是个争天下的故事，叔叔跟侄儿争天下。大丫也看懂了？"我说："有本早奏，无本退朝。"说了这话，我开门进屋。

刘方冲了进来，门帘子差点甩到天上。黑暗中有他气咻咻的喘息声。虽然看不清样貌，我能感受到他的两只拳头都握紧了。我本能地往旁边闪了一下，提防他打过来，大腿抵住了炕沿，身子朝后倾，两只手反向支在炕上。我当时还在想，刘方有力气，如果一拳头砸在耳叉子上，就要小命了。

刘方突然扑哧笑了。

就听表婶在东屋说："这还没过门呢，就知道帮衬媳妇了。吃里爬外的东西。"

我脸腾地烧了一下，这是我第一次听表婶说媳妇两个字。

刘方突然伸手摸了下我的脸，又像被烫着似的缩回了。

"有本早奏，无本退朝。"他低声说了句。

我心里有万千滋味在翻涌。他摸过的地方，凉的，潮的，有汗液，让我惊魂未定。一种新鲜的感觉，渐次分明。我听见心咚咚咚地跳，有点无地自容。眼下我需要抚慰，那三个晚上的过失——你怎么能睡着呢？你不是想去看皮影吗？如果想睡觉，该回家来睡。

土地硬邦邦的，又冷又硌，哪有在家里的炕上舒服。困了就该早回家，表婶就不会发现，生活就还是原本的样子。因为你的蠢，把大好光景葬送了，还连累了刘方。是不是明天就没脸见人了？我胸腔里像揣了十个小兔子，嘣嘣嘣跳个不停。可奇怪的是，那不是害怕，不像摔了砂罐一样想逃命。而是有一种隐秘的快乐和一点跳荡，从每一个汗毛孔往外溢。被表婶打过的地方都不觉得疼。我突然发现我想骗人了。过去我从没说过谎，看皮影的缘故，我想用谎话骗人了！

都是为了刘方！

他从不咋搭理我。在他眼里，我一直是家里的粗使丫头。以后会不会就算同盟了？这样想，我连脚指头都是高兴的。

早晨我去倒尿罐，刚在房檐底下扣好，他在我身后阴沉地说："你咋不刷！"埋怨的声音特别像表婶，吓得我一激灵。我不是偷懒，确实是因为心不在焉，忘了这道工序。旧有的日子一下就回来了。我鸟悄鸟悄去缸里舀水，又提到了园子里。我可怜的一点萌动瞬间就没了。

眼下他躺我身边，身上湿漉漉，裹着的不知是烟叶子还是水草叶子。"你咋上炕了？下去下去！"我像吼一个腻歪东西，拼尽了力气，把自己震醒了。屋里还黑着，我伸手去摸那地方，空的。你干啥老到我梦里来，烦人！你早就是陌生人了，不如福生！这样的念头冒出来，我吓了一跳，咋想起福生来了？最后一次见他是来送葫芦时。那个葫芦足够大，抱在怀里遮没了脸。只是，福生抱来葫芦是啥意思？他没说，我也忘了问。一直忘。

葫芦锯开是个瓢。眼下用不着了。舀水不用，馇粥不用，也不再用它盛米、盛面。虽然夏天不长虫子，有股子清香气，但年轻人不喜欢，我也不喜欢。院子里栽了那样多的青稞，我不种葫芦，从来也不种。

只是，他为啥抱着葫芦站门口冲我笑？

我又一次睁开眼，看见格子窗上吊着一线老灰，疲乏得每一根骨头都酸痛，像散了架。又一天熬过去了，我觉得魂都是虚的，一点分量也没有。我一进腊月就扫房，再精细也有照看不到的地方。此刻，我都恨不得找根棍子拴块抹布把那灰捅下来。我要给老大老二树个榜样。老三千叮咛万嘱咐，别自己干，让我大哥二哥干。再不就从村里找个人，把工包出去，两百三百总够吧？城里人现在都这样。笑死人了。从古上我就没听说过扫房还要给人家钱的，人长两只手是干啥用的？我也不指望老大和老二，他们自己家那点活儿还不乐意干呢。我把炉火捅旺，用大铝盆坐热水，借着早上的阳光先干活，上午这个屋，下午那个屋。擦窗子，扫屋顶。我不是邋遢人。像老大家的厨房，乱得进不去人，案板上、地板上到处黏糊糊。碗里锅里到处是剩饭剩菜。我看见一次说一次："老大媳妇在家也没事，就不能收拾收拾？"老大不说媳妇他说我："哪儿凉快哪儿待着去，我们的事不用您操心。""啥叫你们的事？我不操心你能长这么大？早喂狗了！"

人老了为啥不招人待见？就爱瞎说实话。

那盆绣球顶上又钻出几个花骨朵，粉丹丹的好看。花朵是花的孩子，每一朵催生出来都要用足力气。有时候，又觉得那花朵是花的眼睛，也像人一样想看世道。我看了一辈子，没看够。越看越不够。爱看花，爱看好看的人，爱看戏。方圆十几里地以内，我曾追着剧团走，一场《卷席筒》我连着看了三遍。戏都在晚上演，我收拾完家务步撵过去，有时戏都演过半场了。我喜欢重复看，演员换了衣裳我都能看出来。要不是跌个跟头，我且活着呢！老三说我至少也能活一百二十岁，他是医学博士，说出的话就是科学。难道我栽了跟头就栽出死期了？嘿，死鬼刘方，你是不是来看笑话的？省省心，就别妄想了！

　　我眨巴眨巴眼，有些干涩。我还活着，能看见日光从窗子上射进来，打亮了半个沙发。那个沙发处在明暗里，就像有人坐在那里一样。我觑着眼睛朝那里看，似乎有个乌蒙蒙的身影，暄腾腾像个棉花包。咦，你不就是绿毛怪吗？换了衣服？旁边有个塑料凳子，张二花背对着我坐在那里，跟棉花包肩并肩。嚯，嚯嚯。我嘴里发出声音，知道这是幻觉，心里还是打翻了五味瓶。她反身抱着我哭，抹着泪朝外走。哭也不是你有理，小样儿！我看着她掀翻门帘子，像风一样往外走。有很多年，她见了我绕着走，怕我把她撕了。有次我挑水从小胡同里出来，她无处可躲，刺溜钻进了牲口棚。那是二先生家的倒房，把窗子扒了，里面拴了骡子和马。我把水桶放下，扁担架到桶上，抱着胳膊站在那里等。她半天没出来，东边的院墙有个豁口，她像狗一样从那里钻了出去。她年轻的时候妖娆，脸像屁股一样白。那时她可真好看，就像画上的人物。上了年纪她也比别人好看，十指尖尖，像笋子一样。有一次张素良对我说，张二花也想一起来玩牌。我盘腿在炕上坐着，专注看手里的牌，眉眼不挑地问："哪个张二花？"

　　"你就装吧。"张素良说。

"我真不知道。"

"跟刘方好的那个!"张素良故意这样说。

也就她敢跟我这样说话,她跟我是一个小队,从打年轻的时候就一起干活。我明白她的意思,她是想把脓包挑破,挤出水好结痂。"都多大年纪了,过去的事还记恨?"她瞥了我一眼。

那把牌我输了,原本是副好牌。可我的心乱了。按说我早不记恨谁了。记恨是年轻人干的事。我都多大了?那年快九十了。张二花还不到七十,可因为腿不行,就没个人形。站不直,矬半截。大家都说,她白、她好看有啥用?就像一朵玉簪花,也香过,也漂亮过,可好花不常开,好景不常在。所以女人千万别把好看当回事,你当回事就让好看骗了。

张素良是个老油条。她又看了我一眼,说:"让她来?"

"谁爱来谁来。"我只得这样说。

"那就是答应了?"她突然戳了下我的脑瓜门儿,"潘美荣是谁,我就知道你是肚里能撑船的宰相!"

我印象深的光景就在那几年。远处在打仗,镇上修了炮楼,缺吃少穿还跑反。有一天,冒着大雨跑了二三十里路,说鬼子来清乡。头天晚上，表婶跑过去问二先生，真要来清乡吗？二先生说，啥也别带，快跑吧。只是没想到会下大雨，我在泥地上狠狠摔了一跤，把胯骨摔痛了。刘方一路都拉着我的手，我暗暗希望这路永远走不完，刘方永远拉着我。

路上都是逃难的人，有人牵着驴，有人骑着马。还有人背着包裹抱着孩子。表婶的小脚让泥糊住了，根本看不出脚的样子。她惦记家里的几只老母鸡，嘴里念了一路阿弥陀佛："可别把鸡都给我吃了啊，佛祖保佑，给我剩两只。别都便宜这群死黄鼠狼。"

几天后，二先生裹着一身夜色匆匆走进了院子。不知啥时候他蓄了小胡子，黑黄的面皮更显得幽暗了。他穿灰布长衫，下摆一飘一飘地摆动，两只黑布鞋的白边分外抢眼。我们一家都赶紧放下饭碗，站起了身。二先生说，村里来了队伍，他来给几个女兵号房子。表叔表婶吓傻了，家里的车马都是被队伍"征用"的，提起队伍他们胆都是寒的。二先生说你们别害怕，这回是冀东四纵的八路，是正派队伍。队伍还能正派？表婶咕哝着反驳。二先生却没空解释，着急地说，大丫是单住吧？你们家就住三个女兵。表叔表婶异口同声地说，不行！我的心怦怦直跳，我没见过女兵，可我有点好奇。况且二先生来号房，能不给他面子？我从没为啥事自作主张过，却冷不丁插嘴说："来吧，我不怕。"三个女的很快就来了，其中有一个叫高队长，她个子也最高。表叔表婶不知是生了气，还是被吓的，躲进东屋一晚上没出来。她们都很和善，我围着她们转。莫名地，心中生出了欢喜。吃了吗？喝水不？听说她们要泡脚，我赶紧去堂屋烧火。表婶撩起门帘子狠狠瞪了我一眼。抢兜失火①地又放下了。我不怕。我心里高兴，连怕都忘了。油灯放在窗台上，高队长说："刘大丫，你是住炕头还是住炕脚？"我说，我不姓刘，我姓潘。她们彼此交换了一下眼色，高队长说："这家难道不姓刘？"我说这家姓刘，但我不姓刘，这是我表婶家。她们齐刷刷躺在炕上，大枪就在身边顺着。胖姑娘说："你是来住亲戚的，来多久了？"我说八年了。那三个人一起望向我，就像我是刚从土里长出来的。高队长说："八年啊！怎么会住那么久？"不知为啥，我就是想跟她们说实情，我平时没机会跟人说心里话。我爬上炕，吹了灯。在炕头躺下，我说，八岁的时候我妈把我领了来，使了人家的钱，一走就再没踪影。胖姑娘吃惊地说："天啊，是被家人卖了。你肯定是穷苦人家的孩子。"高队长说："这家有个男孩子，难道你

---

① 抢兜失火：蓟州方言，指风风火火，但带着负面情绪。

是囤子媳妇?"

想了想，我说："差不多。"

另一个瘦丁丁的姑娘住在炕脚，声音像她的腰杆一样细："苦命的孩子，焦黄精瘦，一看就是个受虐待的。"

我不懂啥叫虐待，但恍惚觉得跟我以往的遭遇有关。蹲灶坑捧着碗吃饭，没有哪顿能吃饱。看皮影还要偷偷摸摸去。表婶的笤帚疙瘩时不时地落在后背上。一大早提着瓦罐去倒尿，转眼就提八年了。还有，失手打了一个砂罐，表婶说我不值一个砂罐钱。联想到眼下的处境，要圆房了都没人知会我一声。万千委屈涌上心头，我一下哽咽了。

场面安静了，她们一起唉声叹气。说女人的命就是这样悲惨，一辈一辈的女人都这样！"所以我们才要打仗，要抗争。女人也是人，不是生育的工具，我们一定要把命运掌握在自己手里！"

我惊奇，我从没听过这样的话。

"她也是囤子媳妇，从家里跑出来了！"高队长指着炕脚细瘦的姑娘说。

我懵懂地看着她们。黑暗中飞着许多流星，是她们的眼睛把我照亮了。我听不懂她们的话，但这些话听上去又熨帖又暖心。"你也跟着我们走吧，再不用受人欺负！"高队长热切地说。我想也没想就回答，好。高队长伸过手来，握住了我的手。此刻我觉得她就是亲人，我没有不跟她走的道理。甜蜜漾上嘴角，我从没有这样顺心顺意过。觉没睡安稳，刚一迷糊，我就醒了。我悄悄爬起来，掌灯，端到堂屋。我知道她们起早要走，我想给她们做口热乎饭。若是往常，吃啥不吃啥都是表婶说了算，可这时我胆子大了。我端着面盆去缸里舀面，面瓢插进去，我使劲一扤，尖尖的一瓢面从深井一样的缸里升出来，倒进了面盆。我舀第三次时，咚的一下，面瓢杵到了缸底。堂屋里黑影重重，灶里燃起火，烫得几粒蓖麻子吱吱叫。三张白面大饼落进锅里，我的心就像敲鼓一样止不住地跳。饼刚铲出锅，放到盖顶上，外面就响起了呼哨声，像鸟儿悠扬地长鸣。屋里有了动静，东屋西屋的人几乎一齐出来了。表叔先出来，提着尿罐出去了。表婶拿起笤帚扫院子，可院子里还漆黑摸眼。我把三张饼挨个卷起来，递到了高队长她们手里，她们连脚步都没停。"大丫，你跟我走！"她在暗中用力扯了我一下，我没动。我挓挲着两只手站在那儿，慌乱和紧张得不知该干啥。三个兵像踩了风火轮一样在院子里消失了。我只记住了高队长的两只大眼，像光一样一闪而过。表叔提了尿罐进来，顺手插了门。表婶把笤帚当啷扔了出去，回身说了句："作吧，你就。"

这个夜晚就像梦一样在我心里扎了很多年。表婶一天到晚没有好脸色，三顿都吃稀的。刘方饿得直不起腰来，表婶说："哪有粮？面都给外人吃了！"

第五章

19

两天以后发生了一件事。那件事才是大事。相比之下，结婚、看皮影都不算大事。这不是我说的，这是老三说的。

老三说的大事就是指罕村来了队伍的事。从前街到后街，几百户人家，住了大几千人。谁也不知道这支队伍从哪儿来，要到哪儿去。罕村三面环水，只有南边是条通天路，自古来住队伍也只有这一回。队伍撤了，二先生也不见了。他经常神龙见首不见尾。三五天以后回来，板板眼眼地走在村街上，眼睛就盯着路上，很少跟人主动说话，但村里人遇见他都会停下脚步站到一旁，等他走过去。大家都说，二先生保着一村的平安，他跟各种队伍都能打上交道。

"这是千载难逢的机遇啊！"老三拍了拍膝头的老县志，"要是抓住这个机遇，老妈就有不一样的人生了。"

老三眯起眼，笑起来腮上有酒窝。小时候是圆的，长大了就变成长的了。

他把瓜子皮子在嘴边撕成柴，然后一点一点往外吐，嘴唇边粘着星星点点的"小劈柴"，落到衣襟上或炕上，我就用纸黏住，裹起来，就像他小时候落了饭粒子我给收拾一样。因为知道老三要回来，我就去超市买了高级的餐巾纸、手纸，还有矿泉水、瓜子以及杂七杂八的用项。老大看见都会眼气，又给高门贵客预备东西了？我说，又给高门贵客预备东西了。被子和枕头拿出去反复晾晒，太阳刚一西斜，就赶紧收进来。老三喜欢闻太阳味。头埋在被窝里，一个劲说："真香。"

老三回家过年，很少带媳妇和孩子。我说，你咋不把她们娘俩带回来让我瞧瞧，我想孙女了。

老三说："带她们回来我就没空看书了，也没空陪您说话。"

他回回这样说。

他的媳妇和孩子都缠磨人。家里人说话她们听不懂，她们说话我们也听不懂，可不就缠磨老三一个。当然，我也知道媳妇和孙女不愿意回家，乡下冷，条件跟大城市没法比。小孙女解手不敢去茅房，第一次去，吓得哇哇哭。谁愿意在这漆黑摸眼的地方过年？换了我，我也愿意留在大城市。结婚这么多年，媳妇来过四次，孙女来过两次。老三那样说，是给乡下留着脸面，看破不说破。

"您差一点改变命运。"老三用指背嗒嗒嗒地敲那本书，就像在敲木鱼。

老三有空就翻老县志，再不就打听二先生家的事。"二先生到底是哪边的人？"

我哪里知道。反正日子过得好，手里有大枪，家里使的抹布都是棉纱的，雪白。除了抽白面儿他没有别的毛病。后来戒了白面儿就应该算好人了。

"啥时来的队伍？"

"这哪记得住。"想了想，我说，"反正时间不长。看皮影，来队伍，结婚。那时叫圆房，相隔时间都不长。我差一点改变谁的命运？"

"高队长。"他说，"那几张大饼是稀罕的，高队长会记一辈子。"

"我想她们能回来。"我说，"以后赶大集我都会四处萨麼。"

"一九三八年八月二十日，埠城抗日武装大暴动揭开了序幕。王景轩率队攻下邦均'公安分局'，打响了冀东西部抗日武装大暴动第一枪。全县各地相继成立抗日联军总队。八月，抗日暴动队伍配合八路军第四纵队解放县城，建立抗日民主政府。您明白这段话的意思吗？"

"四纵，四纵。"我听懂了这几个字。

我用剪刀剪小动物，身上都是红纸屑。手指肚也是红的，就像染了胭脂。剪下的小羊排成排，有的竖着耳朵，有的长了犄角。我会把它们都贴玻璃窗上，那样它们就会把窗户当成草地，我就像个放羊的。这手艺我是跟张素良学的，她是属羊的，小我一轮，紧追慢赶也没活过我，她剁着白菜馅就倒地上了。那年是我的本命年，我让老大媳妇给我买条红裤带。"结婚这么多年，我连个布丝儿都没穿过你的。"我说。

"你婆婆穿过你的布丝儿吗？"老大媳妇回嘴。

我去集上买红裤带，顺便买了好几张大红纸。这难不住我，我自己给自己过本命年。老三被我逗得嘎嘎乐："老妈的招法真多，您当年就应该跟着队伍走，去打鬼子，说不定就成了女英雄。"

老三又低头看书，我把小羊码到纸盒子里，就像把羊赶到羊圈里。"我刚才念到哪儿了……哦，这段话，一九三八年八月……"

我说："四纵。你刚才在说四纵的事。"

老三往我这边凑了凑，把书端过来给我看，好像我认识那些字儿似的。"跟您住的三个姑娘都是冀东第四纵队的八路，这一点跟书上的资料相吻合。他们从这里北上，攻打县城，建立抗日民主政府。宋时轮任司令员，邓华任政委，李钟奇任参谋长。驻扎罕村的应该是三十三大队，就是您见过的这支队伍，时间、番号都对得上。"老三边说边自己跟自己点头。他把书放下了，坐起身，把一只小羊放到手心里，像托着个宝物一样。"您若是跟她们走，就改了自己的命运，也改了别人的命运。"老三神秘地又把脑袋抵了过来，"说不定会改变很多人的命运。"

"我哪有那么大本事。"

"不需要您有本事，只要您跟着潮流走。"

"哪是潮流？"

"跟着八路军走，就是潮流。"

"我哪走得了，家里不依的。"我突然想起了一个理由，"我如果跟队伍走了，就不会跟你爸结婚了。他娶了别人，也许也能活到现在……"

老三显然是让我这个话题镇住了，他没承想我会朝那个方向想。愣了片刻，摆手说："打住打住，不说了不说了。"他吹了一口气，手心里的小羊呼扇呼扇地动着，就像要站起来。他小心地把小羊放回纸盒子，自己下了地。我在玻璃窗上看见他晃着腰身往外走，溜溜的肩膀特别像他爸。

20

趁着表叔表婶不注意，我还是溜了出去。街上空无一人。我又顺着出村的路往远处跑了一段，除了清凉的风，连队伍的影子也没有。

我缓缓在路边蹲下了，蹲了很久，眼里始终蒙着水汽。我就是这样的命。我想。我妈不想带我。她们也没能带走我。这是我唯一的机会，就这样错过了。我想跟她们走，但身上像是有锁链，我不知该咋挣脱。

可她们就这样走了，又像摘了我的心。

远方似乎有枪炮声。谁家的鸡在叫，咕咕嘎，咕咕嘎。边叫边张开翅膀飞。这让我想起自己该干的活儿，撒腿就往家里跑。表婶总对那只油裆鸡抱着希望，因为它一天到晚把脸憋得鲜红，随时准备下蛋的样儿。表婶嘱咐我这段早撒鸡窝，免得蛋掉在鸡窝里，被踩坏。尤其是，怕它下个软蛋，让别的母鸡吃了。软蛋也有壳，捡得及时能拾到碗里。我呼哧呼哧跑回家，表婶在门口外的台阶上站着，手里拿着掏灰耙，冷冷地打量我。

"大早上哪儿疯去了？"表婶问。

"我看看队伍有没有走远。"我并不预备撒谎。打村南回来，心里突然觉得有了倚仗。原来人还有多种活法，不是只有囤子媳妇这一条路可走。原来我还可以走别的路，只是我没走。但那条路确实来到过，高队长暗中拽了我。我在离表婶几步远的地方收住了脚步。若在过去，来自表婶的压力会让我觉得害怕和紧张。可今天不，我不害怕也不紧张。我大大方方看着表婶，说我把面都烙成饼让她们带走了。表婶显然没想到我会主动说，顿了顿，无奈地说："你就等着喝西北风吧！"

表婶还没有梳头洗脸，发髻松散，走路一歪一歪的，想必是昨夜也没睡好。表叔正在扫院子，表婶夜里扫只是装样子，她和表叔都对队伍的人不放心。刘方舀了一瓢水倒进尿罐里，用小炊帚来回刷，然后提着去了后院子。奇怪，这些活计都是我干啊！两年前的某一天，二先生郑重其事找到家里，说大河的水干净，不能去洗尿罐，我就不去了。他还让大庄满大街喊，说大河的水可以洗衣服，但不能洗尿罐和屎褯子。二先生走后表婶说了很多闲话，说河水是活的，随时都在朝南流，但二先生的话没人敢不听。我去撒鸡窝，憋了一宿的母鸡扑棱着翅膀飞了出来，以为自己会上天，其实就贴着地皮飞了几步路。那样重的身子，能飞起来才怪。芦花鸡是最后一个出来的，咕咕叫着伸着脖子迈方步，这边瞅瞅，那边看看，功臣似的。一点也不知道自己很快就要有灾祸了。我猫腰往鸡窝里瞅，里面臭烘烘的，一股热气噗地撞在面门上。里面除了黑白相间的鸡屎啥也没有。我响亮地说："芦花鸡没有下蛋！"

"这个死催的。"表婶应了声。

"生人味，生人味。"狐狸一进屋就这样说，是因为有人来抱小狐狸。这是我给老三讲古常说的段子，家家大人都会说。绿毛怪从沙发那里移了过来，直奔窗台上那袋花生米，那是张二花临走留下的，说我啥时想吃就抠几粒。"就放你脑瓜头儿，你伸手就能够到。"她把塑料袋从兜里掏出，拎起来拧麻花，塑料袋像陀螺似的转。这样拧紧实，花生米就啥时吃都是脆的。我俩相对无言，不是无话可说，是这样看着就好。"好好养着，别总跟鬼打架。"她努力把话说得像开玩笑，但还是流出泪来。

他似乎捏起一个丢进了嘴里。我听见咯嘣响了一声。我睁开了眼，屋里的确有一股水草味。

"你又来干啥。"我叹息。

老三躺在炕头上，架着二郎腿，那腿在一晃一晃地动。他穿的是五指袜，就像小手套一样，显得脚背子横宽。

"你为啥要穿那样的袜子？"我看着稀奇。

"为了讲卫生。"

大夫都是讲卫生的人。过去没有自来水，老三洗一回手要换三次水。后来他找人把自来水通了进来，又安了热宝，这样就可以随时使热水了。他还想把厕所改到屋里，我说啥也没答应。乡下可不像大城市的楼房，根本没有安厕所的地方。年前家家消灭旱厕，老大老二都抵触，说冬天冻冰使不得。那里没有自来水，还得舀水往下冲。我第一个支持。政府的人说，你们做儿子的，还没老妈观念新。

"她走世界潮流前头。你们还想推销啥，都找她。"

我骂老大是"尿儿子"，政府的人都笑，说这尿儿子都多大了，快七十了。

六月十六是结婚的正日子，是表婶拿着我和刘方八字找二先生算来的，说那天是属羊人的吉日，宜动婚。二先生还说，如果今年不动婚，就要等来年惊蛰，也是属羊人的旺日子。可表婶等不及。这些我不知道，是听二先生的老婆说的。我去借纺车，她说表婶家棉花丰收了，要做装新的被子。我半个屁股坐在她家的太师椅上，第一次听人谈论我的婚事。我身子一动不动。这样的事要一个外人来告诉我，我内心很悲伤。要是妈在身边，咋也得给准备点实用的东西，哪怕缝个新肚兜，说几句悄悄话呢！

　　在表婶家住了八年，似乎是这家里的一员，可又觉得不牢靠。就像刘园喜欢睡懒觉，我再不想起也得起。还有挑水浇地，扁担在刘方肩上时，表婶一个劲喊"让大丫挑，让大丫挑"。我挑的时候她就埋头干活，看不见我额头出的汗和晒成的大红脸，她从不喊刘方接替我。都是刘方歇足了，才一晃一晃走过来，手一抄扁担，就上了肩。我在这个家就是个尴尬人，没人跟我说过一句亲近的话。有时我会想起刘园婆家那头瘦驴，我觉得，我跟它的命运差不多。

　　那时的婚结得也简单。家里就两门子亲戚，姨家和舅家。刘方提前下了通知。那些天他躲我的眼神，撞见了会把头偏过去，好像一下子就从生分里走出来，变成了一种让人害羞的关系。我心里很坦然，就像没那么八宗事一样。有时偷着瞥他一眼，心里也没啥波澜。晚上，表婶把两床新被子抱了过来，放到了炕脚。上面罩了一块手工织的线毯。炕席是新换的，窗子上贴了窗花。屋子里是从没有过的明亮和喜庆。表婶又从柜子里拽出两个枕头放到线毯下，满足地拍了拍，说："男左女右，男红女绿，男东女西，男上女下。炕头明天就让刘方住。"

"我住哪儿？"

"你挨着他。"

脸仍是沉的。

白母鸡和芦花鸡煺得光溜溜，开了膛以后放到凉水里浸泡。芦花鸡一腔珠子似的小鸡蛋，从前到后一个比一个小，若是都生出来，能装满一盘子，表婶心疼得不得了。黄色的油几乎把裆都塞满了，足足揪出来一大碗。表婶一边干活一边骂，说它光吃粮不下蛋，天生是挨宰的货，这些年浪费了不少粮食！

我看了她一眼，我觉得她也是在骂我。

21

刘园提早来住娘家。她来的时候表姐欢天喜地，时间不长，脸就拉下来了。刘园原本是圆乎脸，眼下瘦得就像把骨头拉长了，颧骨像削尖的木头，要顶出皮来。表姐问她姑爷咋没来，刘园说，他忙。说完，就扭过脸去。姑爷就娶亲来过一次，后来几十年，再没来看丈人丈母。大事小情不来，过年过节不来。谁也不知道为什么。有人说他大相儿[①]，也有人说他穷得见不起人。

表姐说："这孽障。就不该做这门亲。"

这句话，表姐差不多说了一辈子。她咬着长杆烟袋，抽到微醺时，想起刘园就会这样说："有闺女扔大河里，也不该嫁给他。"

我能感觉到生活有变化就是从队伍走了开始的。那些该我干的活儿，一下子都有人干了。比如，我就再没倒过尿罐，他们谁早起谁捎出去，我根本抢不着。表姐用大铁锅把白布染成蓝布，给自己和表叔做了件大袄，我的一身衣服却是细花洋布，摸着柔软，穿着舒服。晚上我和刘园睡一铺炕，按照过去的习惯，她睡炕头，我

---

① 大相儿：蓟州方言，指瞧不起人。

睡炕脚。我都躺下了，她招呼我说："大丫，你离我近些，我们说说话。"刘园也跟过去不一样了，手上的皮肤很糙，说话响声大气，再不是过去那个慢筋子。我爬起身，连被带褥子抻了过来，跟她并排躺在一起。刘园说："大丫，你命好。"话没说完，一下捂住了嘴。我怔怔地看着她，黑夜里她只是一个模糊的轮廓，却是显而易见的伤心。我摇了摇她的胳膊："你怎么了?"刘园好一刻才平静下来。刘园说："我过得不好，你别告诉咱妈。"

我说："她是我表姊。"

刘园拧了我一把，说你都没咋叫过我姐，就像吃猪岗子①长大的，嘴咋这么硬。

我说："家里穷，我没吃过猪岗子。"

刘园扑哧笑了，说："回家来真好。跟你躺一起真好。"

我不习惯她的这种表达，过去她不是这样的。她多少有点拿我当丫鬟使唤。我也把她当主人。她早起从不叠被，从不拿抹布抹灰尘，饭后从不洗碗。冬天我要给她暖被窝，被窝热了她才钻进去，然后我去自己的被窝打寒战。我跟她一直也没有建立起亲密的关系，眼下我觉得无所适从。她往我这边凑了凑，一只手搭过来，跟

---

① 猪岗子：蓟州方言，指猪嘴巴。

我脸对着脸，就那样看着我。

"记得你第一天来的时候，我送了你一条花手绢。"

是她绣的第一条手绢，那朵花歪歪扭扭，特别丑。那我也当宝贝。后来去河滩地干活时晾晒到了树枝上，忘了拿回来。想起时我曾跑回去找，不知是被风刮走了，还是被人捡走了。这些记忆让我心里温润，我不由得凑近了些。

就因为这条手绢的情谊，晚上睡觉时我把两床被子并排铺在一起，就像现在这样。我亲热地叫了声："姐。"她一声不吭。爬上炕，钻进薄被里，脸朝墙，一会儿又掉转过来，嘴里说："这屋里啥味？"我赶紧嗅了嗅，确实没闻见有味。我洗脚了，洗得很干净。她俯过身来闻了一下，夸张地用手在鼻子前面扇风："穷人味儿。我闻见了穷人味儿！"我抱着八岁的小肩膀，缩在单薄的被子里，哆嗦成了一团。冷不是因为天气，冷是从心底漾出来的，让牙齿不住地打战。我不知道穷人味儿是一种什么味，但我知道刘园嫌弃我。她不愿意我跟她住在一个屋子里。我爬起身，把被子往炕脚方向拽，一直拽到墙根底下，这才躺了进去。我不是赌气，而是觉得应该离刘园远点儿，免得她闻到"穷人味儿"。这是她的炕，她嫌弃我是应该的。黑暗中，我看见刘园的一只手臂顶在脑门上，仰面朝天。刘园对我说："以后你不要叫我姐，要叫我小姐。"

"小姐不都要穿绸着缎吗？"我问。

说完我就像田鼠一样把脑袋缩进了被子里，心怦怦直跳。我说这话也不是想伤害她，而是恰好知道这样一种说法。刘园穿得并不比我好，也是一身粗布衣服。刘园半晌没响，我紧张得要命。我新来乍到，不想得罪她。我又小心地探出脑袋观察，刘园一动没动，我猜，她大概是假装睡着了，她对我的话没反应。我的心才慢慢放下了。这件事以后，我从不叫她姐，也从不叫她小姐，我觉得，她不是小姐。有一回，跟我妈去谷子地，邻家地里也有人，说我长得好看。"大丫要是穿绸着缎，就像个小姐。"这几个字我就是这样记下的，没想到用到了刘园身上。

"想男人了？"见我不说话，她伸手拍了我的肩一下。

我一下就恼了。身体一扭，脚跟一蹬，朝外挪蹭。她可恶，我就想离她远点。

"害啥羞，明天就当新媳妇了！"她说得诡秘。

"你瞎说！"我似乎只剩这一句话可说。

"正经问你，你喜欢刘方吗？你愿意嫁给他吗？"

我不知道如何回答，紧张得都要哭出来了。

她咬着嘴唇，笑声像蝌蚪一样从鼻子和牙缝里往外冒，让人又要打战。她摸索着探进被子里，捉住了我的一只手。"大丫。"她说，"你就是我妹。我打小就喜欢妹妹。你自打来了我就拿你当妹。你知道吗？"

我幽怨地看着她，心里说，哪有。

"你就是傻。"她说，"你是真傻，从小就不会来事儿。嘴又拙，手又笨。出去倒药渣就能把砂罐摔了。换了人家还不得把你打死……可我们家呢？我爸把你背回来，我妈给你烙白面饼，把我和刘方馋得咽唾沫……天底下都不会有像你这么好命的囤子媳妇。不挨打，不受骂，不缺吃，不愁穿。这家里一星都没亏待过你。你说是不是？过去家里的日子多好，河边有两亩地，旱涝保收。大马车能挣来活钱，还能吃到烧饼点心。你在潘家寨，能有这样的日子？"

潘家寨确实没有那样的日子。但如果自己能够选择，我还是不会选择来罕村，哪怕在潘家寨吃糠咽菜呢。

那种芝麻烧饼我就吃过一次。模样像只金元宝，中间是鼓的，里面层层叠叠。咬一口能香死个人。白芝麻粘在上面，用手兜着吃，唯恐掉下来一粒。掉一粒在桌子上，也要用指头把它粘起来。

不只是我这样，全家都这样。那一年老三考上了大学，我把家里的粮食都卖了给他凑盘缠。临走时娘俩说闲话，我说，我这辈子有两样东西没吃够。老三问哪两样。我说煮鸡蛋和芝麻烧饼。我觉得天底下最好的吃食就是这两样，如果能一顿吃个够，死了都值。

说的无意，听的有心。老三放假回来买了两大兜，一兜茶叶蛋，一兜芝麻酥烧饼。后来他有机会就买，肉烧饼、麻酱烧饼、五仁烧饼、五香鸡蛋、咸鸭蛋、咸鹅蛋，每次买都不重样，直到我说吃够了——后来的烧饼确实难吃，不像那时的白芝麻烧饼，用香油调面，又脆又酥，酥脆酥脆。鸡蛋也不是小时候的味儿，那种喷鼻香的味道再没有了，吃多了倒有股鸡屎味。可我不觉得那时的日子有多么好，最起码，不像刘园说的那么好。刘园不是我，她哪里会知道我的感受。

"瞧你结婚就有房子，就有新铺新盖。炕席是新的，窗上有窗花，两人能睡在一起，这才是个结婚的样儿！我结婚有啥？说出来都嫌丢人——啥也没有！他家除了几桌豆腐宴，啥都没准备！结婚那天入不了洞房，要去别人家借宿，就因为家里没地方住。你知道那种羞惭有多害人吗？我连上吊的心都有。我那晚真就想上吊算了。寡妇干妈家院子里有一棵枣树，我把裤腰带挂了上去，使劲一抻，裤腰带断了。不是断了两截，而是断成三截。我想，这是老天不让我死，那就好歹活着吧。一个人连死都不怕，还有啥好怕的。"刘园仰面躺着，眼角就像条小垄沟，倏地流下了一串眼泪。倏地又流下一串眼泪。

我被镇住了。似乎连出气都忘了。我不知道刘园还有那个时候，我再难也没想过去寻死。"你受苦了。"我小声说，"有次给你送发糕，你告诉了我入不了洞房的事，但你没告诉我你想寻死的事。"

一想到刘园差点成为吊死鬼，我心都要碎了。

"嫁出的女，泼出的水。"刘园翻过身来，往炕沿上蹭了蹭，把脑袋朝向地，很响地擤了把鼻涕，顺便抹到了炕沿底下。这话过去表婶也说过。"今年收了棉花，我想要两瓜儿。你猜妈咋说，'这都是给你兄弟圆房用的，你用了他用啥'？这明显就是把我当外人了。"

我知道表婶会这样说。她确实把闺女当外人。

"我的事你不用告诉她，我不想让她难受。"刘园还是孝顺的，她又翻了下身，脸朝向了里边。

我起身吹熄了灯，同情地看着她的后背。我没有告诉她，她的事我早就告诉了表婶。我希望表婶能够带领我们去解救刘园，跟她婆婆干一仗，我和刘方都会打头阵，别让他们觉得刘园娘家没人。娶不起媳妇就别娶，哪有把新娶来的媳妇放别人家的道理？明摆着欺负人。可表姊在炕沿下磕了磕烟袋锅，把烟袋放到了褥边，翻身睡去了，一点表示也没有。"嫁出的女，泼出的水。"表姊咕哝了句。

"还有比这更可笑的事。"刘园囔着鼻子说，"媒婆说窦家有驴，家里就应了亲事。可来接亲的驴是借的。驴背上的毡子是借的。你就知道他家有多将就，多不把娶媳妇当回事！他们就准备了两桌豆腐宴，把亲戚糊弄过去拉倒。我们多傻呀，一家子都让人糊弄了！"

"姑爷不丑。"我还能想起当时的情景。姑爷深眼窝，大鼻头，大个子，是个汉子模样。

"不丑有啥用？自己连个窝都没有。"

我想起那晚媒婆来，说话梗着脖子，一副凡人瞧不起的样。刘家马车被队伍"征用"了，表叔有病一躺倒，闺女就没了身价。表姊是想让刘园晚些出嫁的，可媒婆说，刘园的婆家等人用，要是现在不嫁，以后也不用嫁了。

"我们分开了小两年，大热的伏天，窦今生在外转磨。我想出去跟他说句话，寡妇干妈不许。我走哪儿她跟哪儿，防我像防贼一样，唯恐今生来她家……说她家里是干净地儿，不得有不干净的事儿……你知道啥是不干净的事儿吗？明天圆房你就知道了……嘁，她不就是个寡妇吗？连花生果那样大的儿女也没有。就是有妨碍，能妨碍啥？寡妇心歹毒，见不得别人高兴，你一高兴她就不高兴……可那时我刚嫁过去，傻。她让我干啥我干啥，让我往东不敢往西，那眼泪流的……"

"你咋不回娘家来？"我说得揪心扒肝。

"嫌丢人啊……回来也没我们的地方住……你说是不？"

我语塞。她说的是"我们"。

我看着窗上的小格子，心里有许多惆怅。有一段表婶想让我住马棚，是表叔不乐意，说传出去不好听……我即便去住马棚，刘园和姑爷也不会一起住进来，乡下有这风俗，出嫁的闺女如果回娘家同房，娘家就不发旺。家里有没有地方搁他们是一回事，他们能不能住在一起是另一回事。她不回来是对的，表婶不会因为疼爱闺女就应允他们住一起，不会这样。

这样想，我心里有了微妙的变化。

22

两床被子一红一绿，都是大朵不知名的花，有些乌涂。但里面暄腾腾的，有种蓬松的自在，那些弹好的棉花真是可人啊。它们被卷成布包样，一个布包算一瓜儿，齐齐码在了炕脚。做被子的时候表婶没用我，她和刘园两个人一个炕上一个炕下。在炕上把棉花铺展开，一层一层往上絮，那炕上就像汪着水的池塘，白花花一片。若把怀里的小人儿放上去，可不就像条鲤鱼。被面敷上去，只有翻个儿的时候她喊我帮忙。我把刘园的孩子抱睡了，卧到了我那屋里，怕这屋的棉絮毛被小孩子吸进鼻孔。这是个深眼窝大鼻头的小小子，表婶很喜欢。头胎能生儿子，这是好彩头，所以表婶执意要让刘方去接刘园来做被子。做被子讲究用全可人，寡妇不能用，绝户不能用，家里有病有灾的不能用。表婶的活计好，她把针线从这头引到那头，就用一根线，连结都不打，像田垄上的秧苗一样笔直，针脚又小又细密，她说这样省得撕扯棉花，能保证棉胎完整。表婶让我纺线。我总想把棉花偷偷往脸上贴，放到鼻子底下闻。洁白，光滑，暖和，香气，轻飘，摸在手里心都是痒的。我被表婶打了无数笤帚疙瘩。左手摇纺车，右手在锭杆上把棉花抽出线来。开始总抽不好，两只手不会一起动，线不是扯断了就是像长虫吃蛤蟆，一股粗一股细，再不就是把棉花卷到锭杆上，让表婶心疼得不得了。逢到这个时候，表婶在身后劈手就是一笤帚疙瘩。有时打后背上，有时打肩膀上。开始我还躲，怕笤帚疙瘩落脑袋上。后来我就不躲了。我想，女人就应该会纺线，因为要织布，要缝衣服。不单缝大衣服，还要缝小衣服，不会纺线哪行呢。三天以后，我就能纺得均匀了，纺车像蜜蜂一样嗡嗡响，旋起轻柔的风，让人着迷。

纺车的构造很简单。主要由锭子、绳轮、手柄三部分组成。锭子在左，绳轮和手柄在右，中间用绳弦连接传动。这样简单的一个东西，却能解决人的大问题，好神奇啊。纺车是从二先生家里借来的，还没用完，就有别人家上门了。一个女人穿着肥大的蓝布褂，手里拉着一个七八岁的孩子，进了院子就喊："大嫂子，二先生家的纺车用完了吗？"表婶正在馇猪食，帘子打开着，空气里发散着一股煮熟的皮子味。皮子都是用干青草或干豆秸粉碎而成的，里面放些麸皮、谷糠、高粱壳子或豆饼，每晚喂一顿，夜里好长膘。早、中两顿则喂青草和野菜。表婶迎了出去，说还没用完呢。"你家这是收了多少棉花啊！"女人一边感叹一边往屋里走，"大丫也是纺线的好手了，看这线纺得多匀。"女人进屋就开始称赞。"匀啥匀。"表婶嘴里不屑，心里却是美的，"不知挨了多少笤帚疙瘩，这死丫头，手脚都笨！"表婶翘起嘴角，一副瞧不起人的样儿。我就像个唱戏的，只顾唱自己的。纺车的嗡嗡声传到耳朵里就像仙乐，表婶说啥都不影响我的心情。孩子好奇，过来想摸纺车，被他妈一把拉住了。"福生，弄坏了你赔不起!"女人粗声呵斥，孩子赶忙缩回了小手。"福生。"我看了那孩子一眼，心说这名字好奇怪，后来我才知道，名字是二先生给起的。二先生学问大，起的名字庄稼人都不懂。我手里的纺车摇柄一直没有停，内心多少有一点得意。表婶问我："明天能纺完吧?"我看了眼棉条，还有几十个，都是表婶用锭子搓成的。我说："我加个晚，明天前半晌争取纺完。"

表叔也想做个纺车。我在炕上纺线的时候，他和刘方就在地上研究纺车构造。纺车看上去简单，真要仿制一个也不容易。比如，锭杆怎么才能弄得又细又圆呢? 用刨子也推不成那样。但不管怎样，他们到底还是把纺车造了出来，只是不如二先生家的好用，也不如人家的模样好看。连续几年家里没种棉花，纺车就成一堆废柴了。费劲巴力做成了，却没效力，表婶想起来就叨咕。表婶用笤帚哗啦啦地扫炕，然后把刘方的被子扔到了炕脚，"这个王八蛋，可是分窝了……"她嘴里骂着，脸上却有藏不住的喜气。棉花茸毛满天飞，柜子上落了一层。

表婶用玻璃锤把我纺的线格成线绳，钉底子用。玻璃锤是牛骨头做成的，中间用烧红的火钳子穿出一个洞眼，卡了一个带弯钩的粗扫帚苗，底端用个横档别住，可真是又简单又实用。用手转一下玻璃锤，钩在扫帚苗上的两股线就拧在了一起，愈拧愈紧，愈拧愈紧。足够长的时候就十字交花绕到玻璃锤上，上端用挂钩一别，底下接着转动。那线绳雪白，紧实，光滑，一缕一缕按顺序在柜上摆着，像买来的成品一样。

炕桌上放着灯碗，火苗在里面腾挪。这样一点火苗，就把屋子全照亮了。地上摆着两双新鞋子。刘方的新鞋子是表婶做的。我的新鞋子是自己做的。从打夹纸、钉底子到粘鞋帮、缢鞋，我都没用表婶指点。表婶不在家的时候，我就偷偷赶进度，想让她知道我能干。那些步骤我都烂熟于心了。表婶做的时候，刘园做的时候，我都用心看、用心记。我知道做鞋是一个女人的基本功，这关迟早得过。钉底子的时候针脚有点跑偏，我改了一下方向，从脚后跟往前钉，模样不好看，可一下就把跑偏纠正了。表婶不满地说："有你这样倒着干活的？狗长犄角，净出洋相。"鞋子完工了，表婶朝上撅了下，又朝下撅了下，啥也没说，给我扔到炕上。我觉得，表婶这就是认可——让她不说闲话不容易。

婚礼是二先生给操办的。家家娶媳妇都是二先生喊"一叩首"。他还负责免费写囍字，大红的墨字，外边的门上贴两个，堂屋的门上贴两个，看上去穷家也放光彩。但他从不吃主家的饭，干完活儿就走。亲戚家来了很多小孩子,大肥母鸡烀得特别烂,还没等开席,孩子们都上手抢,三下两下桌上就剩了一堆小碎骨头。拜天地就在东窗根底下,表叔表婶坐在椅子上,我和刘方跪在他们的脚底下,刘园端来一碗红糖水,我一仰脖就喝了。二先生让我改口叫妈,我脸憋得通红,肠子在肚子里翻过来折过去,最后还是叫了句"表婶"。表婶的脸登时就黑了。二先生见不得我为难,打圆场说,今天是大喜日子,就不难为大丫了。以后好好过日子,好好孝顺公婆。表婶一下把身子拧了过去,翻着白眼说:"不改口你喝哪家子红糖水?"二先生的脸一下就阴沉了,大概他也没当过这么尴尬的司仪。他凑近了我,低声说:"大丫,今天日子特殊,你就叫一声吧。"我疑心就是我妈此刻站在面前,我也叫不出口。嘴唇一阵哆嗦,可怜巴巴地又叫了句"表婶"。表婶气得骂:"死爹哭妈拧种的货,喂不熟的白眼狼!"

围观的人一片嗡嗡声。"新媳妇咋这缺调教,都是平时惯的。""养了她八年,连句'妈'都不配叫。""从小就没妈的孩子,跟野孩子差不多。""喝盐碱水长大的人,牙是黄的,嘴是臭的。"

我恨不得找个地缝钻进去。真是给先人丢脸啊!我挺直的脊背一下就塌了。二先生赶忙说:"大丫还没进入角色,以后就好了,以后就好了。"

表叔接过了话茬，对表婶说："大丫叫啥你就应啥，还能矬了你？不愿改口就不改，这又不是啥大事。"

"啥是大事？"表婶嚷嚷。

"她跟刘方过好日子才是大事！"表叔边说边威严地扫了一下众人。

场面一下安静了。刘方傻子一样跪着，像个木头人。我突然想，此刻我妈要是坐在上边该有多好。八岁时的记忆，就剩下一团模糊的影子。草越来越高，树越来越大。前面有细面窝头和发糕在等着。蓝天下带子样的黄土路，妈牵着我的手，宽大的蓝布大襟袄下是一双踩烂的鞋子。她是小个子，只比我高半头。我轻易就能看见她的脸，小脑瓜门儿，细长条脸，嘴角有颗痣。我妈总说那颗痣长得好，是有好吃喝的命。也不知她最后有没有混上好吃喝。而我爸的样子，根本就连影子都没有留下。一个没爹没妈的人，没有比此刻更凄惶的了。他们只留一条根脉在我的胸腔里，让我一剜一剜地疼。这就是我不愿改口的理由。我叫不出那个字，不是针对表婶。是因为心里是一片荒地，沙丘。只生棘刺，不长寸草。我使劲咬住嘴唇，把眼泪往回憋。二先生突然击了一下掌，响声大气地说："相迎说得对。大丫来刘家八年，你们视如己出，罕村人都看在眼里。今天两个孩子大婚，你们也算功德圆满。纵有千般不是，念她是个孩子，你们要多担待些。刘方、大丫起来，敬父母一杯酒。"刘相迎是表叔的名字，我很少听别人叫，所以感觉很稀奇，就像在说一个陌生人。表婶咕嘟着嘴，不依不饶地说："可惜了那一大缸子红糖水，早知这样，不如喂猪了。"表叔在身后擂了她一拳，表婶才不言声了。

亲戚和刘园都走了。子孙饽饽是表婶一个人包的，我想去堂屋放炕桌，表婶说，别放了，你们俩就在屋里吃。两碗饺子端进来，才发现是鸡肉馅，原来母鸡在出锅前被表婶扒了块鸡胸脯，母鸡烀烂以后装在大碗里，所以没人发现。每个碗里只有八个饺子，我只吃了一个，余下的给了刘方。刘方说："你不饿?"我说不饿。其实我是不习惯跟他平起平坐。以后很多年，我都是在别人吃过后才上桌子，多剩就多吃一口，少剩就少吃一口。干的少就多吃稀的，粥少就多兑水。总之吃饭不重要，不饿死才重要。老三说我活得可怜，吃了一辈子剩饭。他不知道能有剩饭吃已经很好了，我很知足。这些道理年轻人不懂，他们不知道啥叫挨饿。刘方吃完想出去，被表婶截了回来。"今天你就别出屋了。七岁断奶，你跟我睡到十六，再没有像你这么没出息的了。"隔着门帘，表婶在堂屋没好气地说。她这一天都没好气。刘方靠墙坐着，头差点埋进裆里，一不留神就跳上炕去，嗖地钻进了被窝。我在炕沿上背对着灯影坐了会儿，心里很茫然。表婶骂我我不生气，真的一点都不生气。我觉得我该骂。就像二先生说的那样，我还是无法进入角色，拜天拜地帮不了我，新衣新鞋新棉被帮不了我，我还是不觉得自己与这婚礼有多大关系。原来炕上只有我一个人，现在突然多出来一个人，而且要永远多下去，这个局面不是我想要的。我们虽然一起长大，可我总觉得他是陌生人。这种陌生又不像真正的陌生人，有一个逐渐熟悉的过程，也许最终会变得不陌生。这种熟悉的陌生感，就像一块东西摆在那儿，你不知道它是白薯还是其他什么，能吃还是能嚼，它就那样毫无道理地刺你的眼，占你的地盘……只是，这地盘是我的吗？这样想我有些泄气。不是他侵占我，而是我侵占他……我从容地脱了外衣，躺到了被子里，刚要起身吹灯，刘方说："大丫，我告诉你一个秘密。"

刘方就像只刚钻出洞的小耗子，紧张地眨着花椒籽似的小眼珠。看得出，他很进入角色，因为他懂得害羞。他像虾一样侧着身子弓起腰背，我甚至能看到他在微微发抖。

"啥秘密?"我问。

"你那天是不是想跟队伍走?"

我一下愣住了。

"你们说的话我妈全都听见了。"

"她居然听墙根?!"

"你别着急……她不是故意听到的。她是去堂屋的灶台上摸洋火,意外听见了女八路的话。回来她就说完了完了完了,煮熟的鸭子要飞了,大丫这回要走了。我爸说不可能,大丫不是没情义、没心肝的人。他们都一宿没睡,说东说西,一直等队伍的人走了才放下心来。我妈问我,万一女八路把大丫带走你咋办?我说我也参加队伍,跟着她们打仗去!"

我吃惊地说:"打仗是会死人的!"

刘方一下爬了起来:"要死也不能让你一个人去死,两人死在一起也好有个伴。"

眼泪涌出眼眶,我哆嗦着裹紧了被子,还是觉得身上起了层鸡皮疙瘩。刘方这样说话,把我吓着了。这想法如果让表姊知道了,她非剐了我不可。"只是……"刘方犹豫着说,"你会愿意我去找你吗?"他盯着我看,眼神里闪烁着光,"过去我妈不准我跟你一起玩,其实我可想跟你一起玩了。现在好了，她终于不管我了，这回你去哪儿我就跟着你去哪儿。"刘方说的跟真事儿一样。我心里说，不是的，不是这样的。我来罕村八年，他啥时对我体恤过？委屈涌上心头，我突然抽噎起来。憋了一天的眼泪可算找到了通道，我翻过身来，把脸贴在枕头上，用枕头堵住口鼻。刘方一下慌了。他倾过身子拍了我一下："大丫，我说的是真的。你知道村里也有人跟着队伍走了吗？"我一下不哭了。"谁？"我问。刘方说："不是走一个，是走五个。"我心里忽悠了一下，似乎有个五味瓶被打翻了。

我发现，刘方就是个没心没肝的人。他热切地说这些话，没有犹疑和胆怯，心里一点也没装着父母。我起身把灯吹灭了，把后背给了刘方。刘方就像凉凉了的鱼，慢慢回了自己的被窝。

哭出来的感觉有种神奇的作用，我的心忽然变得宁静开阔，就像面前出现了一条大河，河面泛起七彩的光，耀人眼目，也让眼前的一切亮堂堂。河上有一条大船，能载着你去任何你想去的地方。这种感觉让人舒服，让人安心，也让人一下就觉得有了奔头。"你别伤心了。"刘方简直是个话痨，"今天是大喜的日子，一辈子就这一回呢。"我很响地抽了一下鼻子，故意问他啥是大喜，他说就是像眼下这样，两个人并排躺在一铺炕上，圆房。

第六章

23

我跑过三次反。具体是哪年记不清楚了。老三让我使劲想。我说,再使劲想我这脑袋就漏了。那谁,你还记得吗?我朝绿毛怪招了招手,死鬼刘方像朵云彩一样飘了过来。他总在这屋里转,我心里特别烦。"你记得跑三次反的事吗?"

"你问这干啥?"

"别废话,记得你就说。"我做梦都没好声气。

"你不记得的事儿,我能记得?"他阴阳怪气。湿腥的气息像蒸汽一样往外冒,这屋里到处都是水草味。

"潘美荣你就装吧!"张二花的高腔突兀传来,吓得我一激灵,"你就是能装,明明记得偏偏说记不得。我还不知道你的记性?你就是装神弄鬼，装傻充愣。哈哈！潘美荣，你一撅屁股我就知道你拉啥屎！"

你这是做梦呢，我对自己说。张二花不敢这样跟我说话。借她二两胆子也不敢。

玩牌她跟我对家，是她主动要求的。她第一次到我家来正犯腿病，走一步一龇牙。我说，明天你就别往这儿跑了，我们几个去你家。那几个牌友都不乐意，张二花家房子小，是西厢房，儿媳妇把她赶出来后在院墙外的空地上盖了两小间。她儿媳妇嘴莛子厉害心也厉害，不管多少人说闲话都坚决让她住院子外头，大门一关，她就是个门房。哪像我这里，深宅大院，院子里吃啥种啥，几个老东西随便折腾。黄瓜才大拇指粗，就让她们揪了吃。就这，也吃不完的。老大和媳妇路过门口也说闲话，咋不知道自己多大岁数，真会闹腾。

张二花比别人出牌出得好，她毕竟年轻，也有点文化。虽然人糟蹋得不成样子，但十指尖尖，指甲修得整整齐齐，还有原先的底子在，让人一眼就能看出分别来。我喜欢干净、利落、整齐、有章法的女人。开始玩牌，张二花就像小学生，怯生生地看我眼神。慢慢就张扬了，有时候我抓的牌好，就像猫戏耗子，故意放人一马。结果牌输了。张二花气哼哼地说："有'炸'也不出，有'轰'也不出，你们就仨人一伙吧。潘美荣，你能不能负点责任？""炸"就像手榴弹，"轰"就像大炮，都是胜利法宝。只不过让人一步，手榴弹和大炮就臭自己手里了，发挥不出威力。

她在乎输赢，输牌的时候急得暴跳。虽然筹码是一粒黄豆，我也在乎。不在乎这牌就玩不出意思了，我们俩有点惺惺相惜。可就因为她太在乎，我才故意输牌。两人讲究打配合，我偏不配合她。她把牌一摔，说这把牌不算数，我这回出叛徒了！

"你骂谁？"

"你就是叛徒！"

"骂得好！"我说，"做人就要堂堂正正，千万别把心思用歪了，一辈子害人害己！"

她嘴唇一阵哆嗦，脸孔煞白，两只手神经质似的抖。身子也抖，连带着炕都抖。我就知道她听不得"一辈子"这样的字眼儿。她这一辈子，就是比黄连还苦的命。我冷眼看她，心里却涌起一波一波的苦水。所有的日子都坏在了她手里。我的，她的，刘方的，孩子的。其实还有别人的日子，都是在她手里坏掉的。我从不找她麻烦，但她不能觉得没麻烦。她心虚的瞬间很快就过去了。她咬住了嘴唇，脖子梗起来，腰板也不塌了，脸上逐渐缓上了血色。"谁年轻的时候还不犯点错呢？如果人老得成棺材瓤子了，还放不下年轻时候的那点事，只能说心眼太小。"她低眉垂眼说话，可字字都像钢针。我恨不得一口唾沫吐她脸上。骚货，不要脸，狗日的！我那时候经常这样骂她，半宿半宿骂，当然是在孩子睡着的时候。有时候窗外有月亮，窗纸上有花花搭搭的影子，那是蝙蝠在飞。我就骂给蝙蝠听。翻一回身就骂一回。我从没当着人骂过她，当着孩子面也不骂。我不是给她留脸，是给我自己留颜面。老三在后院的滴水檐下磨一根小锯条，他想把锯齿磨出刃儿。太阳挂在西边的天上直射着他，老三的小脸晒得通红。我问他磨锯条干啥用，他说要杀人。我心里一跳，耳根子上的神经都跟着跳。我推了他一把，说去棺材里杀你爸吧，犯错的是他。老三皱起小小的眉头抬脸看我，腮帮子一鼓一鼓的，像气蛤蟆，脸上都是汗道道。我用围裙给他擦把脸，把锯条拿了过来。"乖儿子，写作业去。"老三是最听话的孩子。我一牵手，他就站了起来。"你以后要好好做人，千万别学你爸没出息。天地这么大，哪里不能活人呢。"

"都是那个女人害的……"

我抖了一下他的手，凄厉地叫："犯错的是你爸，赖不上别人！"

"可是……"

"没有可是！"我拍了他一掌，直接把他推进了后门槛子里，"我像你这么大的时候打碎了人家一个砂罐，你奶奶说我不值一个砂罐钱。大冬天的早上我跑回你姥姥家，你姥姥家却没人，房子被塞满了柴草，我差点没被冻死……"我抹了一把脸，没明白自己为啥要说那么久远的事，"可她还是你奶奶。"

"大家都说，是张二花害死了我爸。"

"你爸是自己害死了自己。"我咬着牙说，"长江，听妈的话，好好学习，将来长大了有出息，给妈争口气！"

刘长江说："妈，我年年考第一！"

老三说到做到。他不是在罕村考第一，在乡里考第一，而是全县考第一。发榜的时候学校敲锣打鼓来送喜报，校长管我叫"英雄的妈妈"，说刘长江就是英雄。

我带着老三去河套地给他烧纸，那里过去是自留地，在早那里种过棉花，絮了装新的被子。那块地一直姓刘，后来包产到户被重新划分了。他的坟就在一块高岗上，这些年总有人使沙子和土，把地挖出了大坑，那坟就更显得孤高，像二层楼一样。我把点心瓜果烟酒都摆好，让老三磕头。我教老三这样说："爸，我考上状元了，校长来送喜报，说我是英雄，给学校争光了。"我说，校长说我是英雄的母亲，你就是英雄的父亲。我把纸点着，拎出两张扔外边，答对过路的野鬼。我对野鬼说："今天也是你们的好日子，这些供果刘方一个人吃不完，你们也帮着吃。"我知道这不年不节的不会有人来上坟，鬼肚子是瘪的，都是饥寒鬼。我用树枝挑起旺火，又说："长江要去远处读大学，你保佑他平平安安的。这些年你虽然没供养他，可我们都知道，你保佑他考了第一。"

我拣好听的说，是说给儿子听的。

张二花历来都不是省油灯，没有谁比我更了解她。人是没有法术，否则比这会兴风作浪。我点了点头，承认张二花说得有道理。我确实是"老棺材瓢子"，活着上秤也不够一百斤，是应该放下年轻时的那点事。何况是裤裆里的那点骚气事儿，哪值得惦记一辈子。人啊！一辈子咋活别人说了不算，自己说了才算。年轻的时候确实是有年轻时候的想法，这跟老了不一样，很不一样。张二花挑了我一眼，那眼神还像年轻时一样，有狐媚的影子。"再说，是谁的错还不一定呢。做啥啥好吃，穿啥啥好看，也是爹妈给的。我想那样吗？我不想啊。我也想跟别人一样又蠢又笨，可爹妈没给啊！

我不是遭报应了吗？男人年轻轻的就扎进了河里，岸上一圈人，谁也不知道咋救吉普车。我能说啥？这就是命。你们信命吗？都打年轻的时候过来的，你们谁遭过我的罪？三十出头就守寡，晚上睡觉捧一捧黄豆放炕上，一数能数大半夜……那样的日子，你们熬过吗？"

我也熬过。但我不会说出来。她三十岁我五十岁，比她少熬二十年。得承认，这二十年不是好日子的二十年，比二百年还难熬。

"你们是想玩牌还是想开批斗会？"张素良阴了我们一句，"一个大寡妇，一个小寡妇，两只苦瓜有啥好馋馋的。"

张二花突然像狼一样号，要把嗓子撕裂了，连带着肠肚都从喉咙口往外抻扯。都以为她会再号，可她一下就收住了。她扑过来抱住了我，把我的纂圈子扯松了。我纹丝没动。她又坐了回去。

"这牌出到哪儿了？"她问。

我坐稳了屁股，不让自己抖。手不能抖，心也不能抖。我潘美荣是谁，是博士的妈。即使张二花说我没啥了不起，我也是罕村唯一能生出博士的人。唯一能活到百岁还吃花生米的人。虽然那时还差着几岁，但我相信我能活到那一天。我把牌码到一处，扣着放到了膝盖上，两只手伸到脑后去重新盘头发。刚才张二花给我弄乱了。"镜子呢?"我说,"给我照照。"

这屋里压根儿就没镜子。就一个小破柜子,一个小破橱子,两只碗在橱子上对扣着,想必是吃剩的饭,晚上接茬吃。

谁也不知道牌出到哪儿了,不知道谁出了谁没出。于是重新数牌,一遍根本数不对,那就再数一遍。张二花用手背抹鼻子,眼看着鼻涕粘在了手背上。到底是年岁不饶人,这可不是她年轻时候的做派。我拿出一包纸巾,抻出一张扔给她。五毛钱一包,我口袋里总备着。老三说我与众不同,我就是要做个与众不同的样儿。再出牌谁都不言声了,像把嘴缝上了一样。屋里热得像蒸笼,夕照日头明晃晃打在玻璃窗上,正是秋老虎发威的时候。这些小身板都经得住热,但经不住凉。一场感冒也许就把人送走。我的胃里一直有块石头化不掉,啥时摸啥时有,就在心口那儿窝着,像看门神一样。来张二花家玩牌,我是有私心的。我就是想化掉那块石头。我不是不记恨她,是记恨了很多年,谁都不知道。村里人都说我宽宏大量,其实,大量个屁!饶是记恨不动了,我才想放下。这块石头聚了多年的气已经成精了,越滚越像个鸡蛋,不想个法子根本不能破壳孵出小鸡。不孵出小鸡就只能沉沉地压着你一个人,我终于明白了这个道理。是这辈子的劫数,我不能再带到下辈子!

只是，即便是明天死，有些话也不方便今天跟人说。

他巴巴地凑近了些，又要去捏花生米。我冷冷看着他，说那是张二花买的，你都装兜里吧，带走吃。咦，张二花呢？

他也左右看："哪有人。"

"她刚才还骂我了。"我总想大声说话，是想给这屋里添动静。

"她哪敢骂你。她见了你还不是得像耗子见了猫？"

我知道他又犯了轻佻的毛病。鬼也轻佻，这是一定的。死鬼刘方，活着是轻佻人，死了是轻佻鬼。"她明明骂我了，你咋会听不到？"

"是你骂她吧？"他嘲讽。

"她明明在这屋里骂我了！"我大声嚷。

我一犯毛脾气，他就摆肉头阵，让你有十八般武艺也没处施展，几十年都这样。我叹了一口气，没奈何，真是没奈何。

塑料袋的敞口朝向这边，这是张二花故意弄的，让我拿着方便。也只有她这么心思精巧，别人想不出。我紧闭了眼，仍能看到从窗缝进来的风，像丝丝缕缕的棉絮。柔软的塑料袋微微摆动，发出细小的摩擦声。花生米散发着一股十三香的味道。我细细分辨都是哪十三香：花椒、大料、丁香、肉桂、砂仁、小茴香……还有啥？木香、白芷、山柰、良姜……还缺三味。掰着指头算也还是数不全。我咽了口唾沫，倒退几年我是能数全的。都是老三教的。老三！老三！我把自己吵醒了，几分钟，好像又迷瞪着了。这是半截子炕，老三亲手搭的，像个床一样。对面放两只沙发，这屋里的空间就大了许多。这个房子盖得早，是老房子拆了重建的，所以他对这里不陌生，除了炕不是原先样子，柜子、橱子、帽镜都是原来的，帽镜前有许多照片，他凑过去看，有孙子，也有重孙子，他一个也不认识。"他们也不认识你！"我想说出来，想一想，咽下了。

那些陈芝麻烂谷子只有老三感兴趣。老三感兴趣我才感兴趣。他有时会拿一支笔在书的边上写字，我问他写的是啥，他说都是您说的那些事。我说的事你咋往书上写？老三说，这都是历史，跟书上的字一样宝贵。他回来的机会不多，五月来北京开会，顺便拐到了家，住了一晚，一早就走了。这一宿，我和他都没咋睡，我们说了一宿的话。有本事的儿子都这样，心中装着大事儿，没多少空闲陪老妈。这些我都能理解。临到后半夜，我都犯迷糊了，老三说，您还记得跑反的事吗？我问打听这些有啥用，他说用处大了。"告诉孩子们这是奶奶曾经过的日子，吃过的苦。好生活不是天上掉下来的，都是一代一代的人奋斗争取来的。现在不记下来，迟早都会忘光了。"老三这话让我接不上话茬儿，但我用崇敬的眼光看他。我说："现在日子好过了，大家都爱谈吃、穿、美容、旅游、抖音，谁爱听跑反。"

"哈哈！"老三简直要笑翻了，"老妈连抖音都知道。"

"第一次跑瞎了。"他蛄蛹着在我头前晃，我弄不清这话是不是从他嘴里说出来的，"村里人走马灯一样来回串，说有鬼子要进村，见啥抢啥，大姑娘、小媳妇都得赶紧躲。大庄也在村里敲锣，说鬼子凶蛮，杀人放火。我们把一些粮食放到瓮里，埋到了后院子，上面盖上浮土和树枝。一些干粮带在身上，三只鸡用绳子拴着，连夜就去了十几里地以外的马各庄，就是大姨家。"

我也想起来了。一家人累得四抹汗流，在大姨家的窄炕上睡了一宿。男一屋女一屋，大姨有四个闺女，都还没有出嫁。都躺一铺炕上，放不平，翘起半个身子，像排队的鱼一样，出气吹前人的后脑勺。夜里我都快睡着了，听到炕头的大姨和表姊说小话。大姨问咋样，好使吗？表姊如果不说话，我还当大姨问的是驴。表姊说，嘴硬，红糖水都白喝了。一提红糖水，我就知道在说我。我赶快闭上眼，把脑袋往下缩，想把耳朵也堵上。结婚那天的一声"妈"对我简直是噩梦。不是那一天的噩梦，简直是后半辈子的噩梦。我什么时候想起那一天，都觉得心里发窄，拧巴得要命。都会想一个没妈的人，连声妈都不会喊。真的，我不是不想喊，是不会喊。那种难受别人体会不出来。

大姨说，你对她好点，拿她当闺女，久了自然就拿你当妈了。表婶有点压不住了，虽是嘘着声音，还是起了高声："我还咋对她好？来的时候连鼻涕都不会擦，现在啥不会？啥活儿都是我手把手教。哪怕有黄豆粒那么大点儿良心，也不枉我对她这些年，哪家的囤子媳妇像她那样滋润？"

我睡在最炕脚，缩在被子里，睁大眼睛看着两寸远的地方，一动不敢动。表婶说的话有的对，有的不对，只是我从没学会跟她分辩和计较，在她面前我就像个没嘴的葫芦。被子是我们从家里背来的。出来时表婶说，除了房子也就这两条被子值些钱，你们俩自己背自己的。刘方把两条被子卷在一起，都背在了身上。表婶说，大丫啥也不拿？我说，把三只母鸡带着吧，免得让别人烀了吃肉。母鸡已经上窝了，我把它们一只一只捉了出来，用绳子拴在一起，背在了身上。眼下它们就在外边的榆树底下哼哼，外罩一个笆箩筐，筐上压了一块石头，防止黄鼠狼来偷。

一早起来，大姨给我们熬小米粥，烙大饼，这肯定是大姨家最好的吃食了。就像她们去罕村，表婶把发糕留给她们吃一样。因为大姨的四个闺女都没上桌，所以我觉得大姨烙的几张饼就是让我们一家吃的。转天傍晚我们回来了。刘方背着三只鸡，我背着两床被子。被子虽然个头大，但比鸡好背多了。表婶这一路也没好气，说这是啥年月，说跑反就跑反。下次说啥也不跑了，反正要钱没有，要命一条。村里人都在街筒子里站着，有早回来的，有晚回来的。你说鸡没了，他也说鸡没了。有人看着我们的三只鸡奇怪："你们咋想起背着鸡跑反呢？"

表婶得意地说："是我们家大丫的主意，她怕被别人烀了吃肉。"

后来这三只鸡给家里做了不小的贡献，就像知道感恩，下蛋特别勤快。

二先生板板眼眼地顺着街道走了过来，喧嚣声马上停止了，人们自动分开给他让出了道。二先生拣人多的地方站住，说："这拨土匪不抢别的，总算是好的。"

大家纷纷说："是好的。"

二先生板板眼眼地正要走，一个外号"半疯儿"的女人冲进了人群。她是打铁匠王三定的老婆，神经一直都不太正常。她张开双臂往二先生身上扑，嘴里说："我家的母鸡一只都没剩。二先生，你咋不告诉我土匪要偷母鸡？没有母鸡我一天也活不下去啊！"

她的手已经够到了二先生，被二先生一挡，给拨开了。女人跌坐在地上，拍着地哭号，还是那两句话，说二先生没告诉她跑反要带母鸡，否则，她说啥也要把母鸡带在身上，没有母鸡她一天也活不下去。二先生看也没看她，掸了掸女人扯过的衣袖，板板眼眼地走了。

有人问女人家里几只母鸡。女人从地上爬了起来，忸怩地说："就养得起一只。"

24

黑夜像布帘一样从空中垂落，那股湿腥气让人心神不宁。我一闭眼，天就是黑的。老大老二都说黑夜没有味道，可我就是闻得出，很多年前就闻得出。我问老三，你闻得出吗？老三点点头，说黑夜咋会没味道，你闻得出太阳的香味，就闻得出黑夜是股铁锈味，湿腥。

黑夜还可以做包裹，隐藏很多秘密。

"要是我们当年跟着队伍走，现在指定不用跑反。"

刘方经常会提起"队伍"，让我觉得惊奇。

"我愿意出去看世界。"他这样解释。

后来，他当上了车把式。

第二次跑反赶上下大雨，相邻的几个村子都在往远处跑，路上乌泱乌泱都是人。我路上栽了跟头，肚子疼。跑到小稻地那儿就脸色煞白，腰佝偻着直不起来了。实在跑不动，我们借宿在一户人家的柴房里，请了当地的老娘婆来看，才知道是流产。柴棚又潮又湿，雨落在顶子上，哗啦啦一片山响。那次遭了大罪，小半年身底下不干净。表婶一边拜佛一边骂日本人，说跑反把她的孙子跑丢了。

我怔怔地躺在炕上，那些日子倏忽就到了眼前。烂泥路，湿衣裳，背着的大包小裹，乌泱乌泱的人群像没头苍蝇一样。柴房到处都是股子霉气味，血一股一股朝外冒，渗到了身下的柴草里。我一直觉得那是个姑娘，小小的身子碎裂八瓣。要是能活到现在，该陪在我身边吧？"你没那个命。"我看着前方自言自语。前方其实就是窗玻璃，隔开了外边的霜花。"都是命。"我想起刘园的话，她说我身上是穷人味儿，其实就是命，穷命。我后来又生了俩闺女，都没站住。一个得天花，一个得百日咳。村西就是乱葬岗子，专门埋死小孩，挨门挨户数，没有哪家没埋过小孩子。得百日咳那个孩子没了我最伤心。生的时候羊水先破，就像死鸡拉活雁，好歹扯了出来……那时我就想，既然命比黄连还苦，人还活着干啥？

夜里我偷偷遛河沿，想一头扎下去算了，万一能见到我爸我妈我哥呢？

"哪有好命的人啊！"刘方跟头趔趄从大堤上往下奔，就像把黑夜撕开了口子。他脱下衣服包到我肩上，扶我往堤上走。"除了二先生，村里哪家还不都一样。"

"第三次跑反是躲顽军。"我咕哝，就像头前真的有人在听我说话，"多半坛子鸡蛋，你妈就煮三个。一个给你爸，一个给你，一个自己留着路上吃，就是没有我的份儿。你把鸡蛋偷偷给了我，我吃的时候故意在嘴唇边上留点鸡蛋黄，不时用舌尖去舔……"我轻轻笑了。

"瞧，调皮了吧？"刘方戳了下我的脑瓜门儿，我一惊，那指头冰凉冰凉。

25

"咋就一个跟头栽死了呢?"是老二的声音。

"肯定是得了急症。先得急症,后栽跟头,道理应该是这么个
道理。"

"听说头磕破了一个三角口子。"

"没流多少血,犯不上死人。你大嫂来了……喂,喂,赶紧去
超市买点烧纸,张二花死了,过去吊个纸。"

"知道啦!"老大媳妇在院子里嚷。

水波一样的梦境哗地退走了,大脑被清空了,一片空白。这一
宿都没咋睡踏实,梦做得没完没了。老三,死鬼刘方,大姨,跑
反。梦见身上挂着三只母鸡,背着两床被子,从早起一直跑到天
黑……然后,梦见张二花一个跟头栽死了?我摸了摸胸口,那里在
扑腾扑腾跳。肋下却是一个坑,我觉得我要虚脱了。"老三咋还不
来?"我呻吟着朝窗上望去,阳光冰凉,照得窗户过于干净。我眼
有些花,总觉得哪里没擦干净。我不久前刚擦过玻璃。我擦外面玻

璃的时候站在方凳上，方凳不稳当，我在外侧两只凳脚下面垫上了泡沫板。正好让路过的老大看见。"不要命了！"他跑进来急赤白脸地嚷道。

"没事儿。"我说，"我加着小心呢。"

"有事儿就晚了！"他跟我说话总是没鼻子没眼。

"啥事也晚不了！"我是个不信邪的，"大不了一个跟头栽死。"

"能栽死就好了，万一栽个不死不活呢？"

我哆嗦一下，不言声了。他扶我小心地下来，说还要去超市买盐，猪头肉烀到半截，发现盐不够了。"别不知道自己多大年纪，没事少添乱！"话没说完，就急匆匆地走了。老大媳妇不会骑车，赶集上店都是老大的活儿。有时刚把盐买回来，又发现醋没了，老大抹过车头又跑一趟。老大媳妇记性不好，但爱差遣人。老大就爱夸媳妇，说她孝顺，做饭好吃，好脾气秉性，手脚勤快，心眼好，办事周全。反正他夸的那些好儿我一样也看不出。

庄户人有句话形容懒人：就有个嘴吃，有个屁股拉。意思就是除了吃和拉不会干别的。这是脏话，我不说，怕伤人。可我觉得他们都那样。家里盆朝天碗朝地，地上都是破鞋烂掌，柜子里的衣服成疙瘩打蛋，看一眼就麻心。

我在门槛子上坐了会儿。阳光晴好，有一丝风在高处，能看出树梢在摇晃，一点也不像十冬腊月天。这日子若在一窝八口的年月，每天都有干不完的活儿，蒸了这个煮那个，凡是能上桌的吃食全都要打算上，唯恐把年过得八面漏风。啥东西要待客，啥东西自己吃，一星半点也不能马虎。客人来拜年，你总不能让人啃桌子。腊月二十八九，还要去推碾子碾白薯面，就为掺上点白面吃顿饺子。那饺子黑乎乎，里面其实是马肉馅。队里把年老的马宰一匹，家家分点肉，才能把年过得像点样。每天不到半夜休想躺进被窝里。补袜子、钉底子、缝裤子，搓完麻绳搓线绳，不知咋那么多活计。躺下也得合计明天早起先干啥……那时窗上没玻璃，旧的纸烟熏火燎，揭下来都是一股呛鼻子的老灰味。糊窗户也要找好天儿，午后，没风，才能把窗户糊得平展展……这也是手艺，可派不上用场啊！我站起身，把大门关上了。我刚才就应该先关大门，不让老大看见，省得他大惊小怪，好像我老得啥活儿都不能干了。我不能干，你干？我重新又上了小方凳。上去之前我摇了下，确定它十分稳当。这一大中午我忙上忙下，骨头都要累断了。但累着心里舒坦啊。老三总劝我别干活。我说，不干活还活着干啥？

　　我指着窗户对老大说："你没我擦得干净吧？"

老大说，他根本就不擦。"擦了也还脏，费那瞎劲干啥。"

"饭吃到肚里就变成屎，下顿你咋还吃？"我不示弱。

换成老三就会说："老妈是穆桂英啊……阵阵都能打胜仗！"

龙生九子各有不同啊！

老二过来我也指给他炫耀，说你也把那窗户擦擦，好歹也是过年了，别好好的房子住得像猪窝，家不像个家样儿。

老二装作贼眉鼠眼地萨麼一圈，根本没仔细看。"您这是擦了？也看不出来啊。"他故意气我。

"去去去。"我说，"回家把你那窗玻璃多看两眼，就看出分别了——"

我这俩儿子，哼！一个好东西也没有。

窗台上放着一溜零碎儿。绣球花、水杯、线轴、一瓶腌蒜、手电筒和一个皮带扣，记忆慢慢回映出影子，这些都是我的日常，是我亲手摆那儿的，每一样都有用。皮带扣老大不用了，不用我也不丢，每天早晨我都要用抹布擦窗台，顺便给它们抹去灰尘，有洞眼的地方我要用抹布捅捅，擦干净了放回原来的地方。那瓶蒜我从腊八开始腌，一天也不耽搁。一共腌了三个罐头瓶，老大一瓶，老二一瓶。老大媳妇血糖高，我不放糖，把盐在热锅里炒了放凉，加到放了白醋的罐头瓶里，腌出的蒜碧绿。我看了眼那个塑料袋，里面的花生米散发出浓郁的十三香味。我喝了些奶粉，有人清晰地说："挺好的，咽得挺好的。"

"我想去潘家寨。"我看着老二。

"去潘家寨干啥？"

"我爸我妈该回来了。"我可怜巴巴。

老大扑哧笑了："他们今年不回来，在外挣大钱呢。"

我朝沙发上望去，那里是老大的小平头。他的鼻子有点歪，除了这一点，他可是个标志人儿。"我们哪儿歪？我看不出来。"老大媳妇专门跟我唱反调，唱完了又说，"哦，是有点歪。结婚前咋没跟我说。"我的脑子里杂乱得要命，空余的地方似乎让鸟做了窝，总有鸟儿的啾啾声。那还是些黄口小鸟，叫声像发条似的有一搭没一搭。我说："他把烟袋丢了，阴间也有小偷。"

"谁？您说谁？"老大吃惊地问。

我叹了一口气。那些气总是不够我叹的。

"我们是不是该给爸上坟了？"老二说，"一杆烟袋使了这些年，也该换个新的了。"

"你说得轻巧。"老大说,"这年头,上哪儿去淘换烟袋?"

"我们可以用树枝做一个,人家烧房子烧车不就是烧个模型?"老二变机灵了。

"得是通的。"老大说。

"这儿有炉火。"老二说,"把铁丝烧红了通一下,不费事。"

"烟袋锅呢?"

"家里有锤子、凿子,做一个就行。"

"还不如用藕杆插一个。"老大冷笑了一下,"我是不信封建迷信那一套。还有烧车烧房烧妹子的,不如直接给烧个百货大楼,要啥有啥。"

"他总来这屋里。穿身绿衣服,身上叮满了小螺蛳……"我努力往意识深处走,那里像弯曲的小胡同,一点光都不透。但我分明听到了窸窸窣窣的脚步声。他好像又来了。

"别吓人啊……他打哪儿来?"

我朝墙上指。那个缝子让我泥上了,但还是看得出痕迹。

两个儿子哗地笑,说您以为他是蚂蚁啊!

老大俯下身子问:"您是不是想他了?"

我哼了声。我这辈子不想见他,下辈子也不想见。"今个几号了?"我问。

"老三的电话打不通。"老大站到柜子前边，抱起两只胳膊。老二从外面提了水壶进来，往暖瓶里灌开水。开水也有香味，在屋子里发散开，像饭菜一样又香又暖。

"炉子生着呢?"我舔着嘴唇问。

"这不才烧开水嘛。"

"老三有信儿了吗? 啥时回来?"

"机票都订了。"老大说，"反正迟早得回家过年。"

"今天可以到家了?"

"明天的飞机吧。"老二赶忙说，"他不会提前。"

"有往后改签的，没有往前改签的。"

"有。"我说。

他们俩又笑，说没有您不知道的事。

"你现在给老三打个电话，告诉他，再晚他就看不见我了。"

"瞧瞧，瞧瞧。"老大说，"想老三了就直接说，少吓唬人。"

"您以为他是去赶大集，想回来就能回来?"老二说。

"大过年的还忙。"我嘴里说，心里其实明白，越过年他越忙。有一次都到飞机场了，又被单位喊了回去。省长生病了，点名让老三瞧。他瞧完病又赶去坐飞机，省长的车专程送他到机场。

老大媳妇在门外嚷了句："我走啦！"老大说："快去快回来，还得炸咯吱盒呢。"

一句话，说得我还魂。过去这些活计都是我干，他们干的活计我都看不入眼。炸咯吱盒是大事，属素菜荤做，又当菜又当饭，大人孩子都爱吃。当年慈禧也爱吃，据说名字还是她起的。她去东陵给皇帝上坟，跑堂的端上来一盘咯吱盒，等她夹了一块，跑堂的就要端走。咯吱盒又香又脆。慈禧说，这东西好吃，叫啥名？谁都不知道。慈禧说，别往外端了，搁这儿吧。跑堂的听串了，边跑边朝外喊，老佛爷赐名了，这道菜叫咯吱盒！咯吱盒就是这么来的。这也是老三告诉我的，老县志里写着呢。我的咯吱盒用绿豆面，市面上做的放姜黄，也是为了上颜色，肯定不如纯绿豆面好吃。老三说我做的咯吱盒比慈禧吃的味道好，就是油不行。那时用蓖麻油和菜籽油。几年前我还做场外指导呢，后来老大总嫌我碍手碍脚。"快哪儿凉快哪儿待着去。"他说。

"你媳妇干啥去了？"

"买烧纸。"

"给我预备的？"

"大过年的不说吉利话……张二花死了。"

"少糊弄我，昨儿她还来看我呢。"我朝窗台上看。

"人死就是分分钟的事。"老大说。

"我不信。"

"信不信由你。"老大说。

"谁死了?"我问老二。

老二也说张二花死了。

我望了会儿屋顶，有点想不起张二花的样子。但张二花不可能死，她昨天还去买花生米呢。我又问："谁死了?"

"真是哪辈子修来的福。"老二说，"又不遭罪又不拖累人。"

"我拖累你们了?"

"话没说好，打嘴。"老二拍了下自己的腮帮子。

我哼了声，自己拍不舍得使劲。

"谁死了?"我又问。

"我们嫌麻烦了吗?"老大说，"都是你自己在折腾。知道你是在等老三，也不是这样的等法。"

"我想回潘家寨。"

"瞧瞧，又来了!"

"谁死了？"我还是不明白。

"刚才不是说了吗？"老二说，"张二花。"

"我不信。"我说，"你们就欺哄我。"

"谁欺哄你了。"老二说，"她打这儿回去还没走到家，就在家门外栽了跟头，脑袋正好撞在一块石头上。前后也没有半个钟头，人就没了。"

"你就瞎说吧。"我说。

"要不就别问，问了还不信。"老大说。

我喘了一口气。

"真死了。"老二出去吐了口唾沫，"没听见我大嫂子去买烧纸？烧纸又不是买着玩的。人当时就不行了，还是请了李大夫给输液。李大夫说，人都死了还输啥液？她儿媳妇说，不输液人家说我们不孝顺。李大夫说她有综合征，先发病后栽跟头。"

"她没有综合征。"我说。

老大说，李大夫说她有。

我坚持说她没有。

老二说："额角正好撞在石头上，一头一脸的血。"

"她咋走我头里了。"我嘟囔了句，心里忽然刀剜似的难受。想起那块石头，是张二花平时歇腿的地方，中间隆起来一个包，被张二花的屁股磨得锃亮。我攒了攒情绪，抽了下鼻子，想哭她一声。

老大说："得了得了，还是省省吧，还哭人家呢。"

"我不是还没死吗。"我说。

老二说："上午棺殓，下午出殡，这人死得真叫利索。"

"给我买点烧纸。"我身上还是摔伤那天穿的衣服，花棉裤，花棉袄。右边口袋大，左边口袋小。大口袋是我改的，就为了放东西不蹿出来。我那钱包是棕色牛皮的，半个月饼大小。那钱包里总装着几张一百块钱的票子，都是老三给的。有次我们娘仨儿各翻各的兜儿，看谁的钱多，老大老二都没我趁钱，他们管我叫财主。

我左摸右摸，左捏右捏，摸出一团卫生纸。我又往身下摸，顺便把床单抻抻平，确实没有钱包。一股火腾地上来了，我对着屋顶说："你们俩，谁把钱包给我摸走了？"

"谁拿走谁送回来。"我闭上眼说。

半天没有动静。我睁开眼睛看，老二搓着手朝我走来。"谁知道您钱包放哪儿了，反正我没看见。"

老大说："我也没看见。"

"都没看见，难道钱包会长腿？"我说。

"谁知道，您也没雇我们看着钱包。"老大给老二丢了个眼色。我看得真真的。这个老大，也是有孙子的人了，还爱耍花活！我更生气了，想说句硬气话，却说不出来。我知道他会咋接我的话茬："你动都不能动，还要钱有啥用？"他过去说过这话，有次朝我借钱，我让他好借好还。他说你存钱没用，早晚挪不动爬不动，还得靠我们。那年我九十五了，也还是年轻啊！都道我受不得委屈，其实我啥委屈不受？只是我不说罢了。我扛得住事儿，也咽得下去话。儿子再不好也是自己生自己养的，屁股不干净自己擦，抱怨有个屁用。"先去给我买沓烧纸，"我理直气壮地吩咐，"我要给张二花去吊纸。"

"咋吊？"老大说。

老二说："连门都出不去，还吊纸呢。"

家家死人我都要去烧张纸，这是风俗。办喜事时，随不随份子得看主家请不请。丧事不一样，只要不是仇人，都要主动上门哭两声，送一送。死者为大，再难解的结这时候也该解开了。解不开你不是跟死人过不去，是跟活人过不去。只是，张二花，你咋那么容易就死了呢？你知道我出不去啊。

我剧烈地抽搭了几声。

我呼哧呼哧喘，就像刚跑了远路一样。"我的钱包到底去哪儿了？里面还有老三小时候的相片呢。"我想大声说，可话说出来却变成了小声嘀咕。老大看见过那张照片，是老三三岁照的，穿条开裆裤，坐在罗圈椅上。老大笑话我，说我就跟搞对象似的。"过去搞对象的人才把照片放钱包里，现在早不时兴这样放了。""现在咋放？"我问。"现在放手机里，有多少都能放进去。让老三给你买一个。""我不要。"我说，"要买你买。你是老大，先带个头。""我又不挣工资，想买也买不起呀。"老大越老越顽皮，经常拿不是当理说。

　　但也说的是实情，他的生活跟老三没法比。老三一个月挣多少，他挣多少。"谁让你把老三生那么聪明，你要是把我也生成博士，我一次买十个手机。""我又不卖手机，要那么多干啥？"就冲老大的心性，他挣得再多也赶不上老三，这都是命。可他这话说得我没底气，我打小是有些偏心老三。"老三再好，连面也见不着。就像眼下，能递口水喝吗？"他果真把水杯端了过来，我勉强喝了一小口，远亲不如近邻，还真是这样。可我怀疑柜子被翻了。那口柜栗子皮色，里面的东西一层一层码放整齐，连毛巾都叠得四棱见方。在早，这是二先生家的，分浮财时被刘方搬到了家里。我不要，放到了表婶屋里。后来人都作古了，我就留个念想。柜子像老猫一样趴着，和早先没啥两样。里面肯定已经乱七八糟了，我伤心，谁让你废物了啊！

这是真的吗？你不掀开柜盖咋知道？

我望着屋顶，有一滴眼泪慢慢淌到了眼角，流经太阳穴，落进了耳朵里。人老了可真难啊！我这辈子都没让事儿难住过，我总有法子。眼下咋办？想去烧个纸却去不了。我总不见得让儿子背着我去吧？其实我是有这想法的，去露个面，送张二花一程。打牌我俩对家，有交情。这一条街的大事小情我就没落下过。这想法多简单，眼下却实现不了，我知道我动不了，他们也以为我动不了。他们不会满足我。要是老三在就另当别论了。"远亲戚香。"老大总是不服气我提老三。"老三有文化，到啥时有文化跟没文化也不一样。"我反驳，"不像你们。"反正我说啥他们都不爱听，我就索性把话说到头。

老二在脸盆里烫了条毛巾，一叠四棱走向我。"来，擦把脸。"我心里暖了一下，老二有时候也贴心。"一个跟头栽死多好。"我是有点羡慕张二花的，人人都会羡慕张二花。你不羡慕张二花，是你还没到那个时候。"好死不如赖活着。"老二说，"羡慕她干啥。"

毛巾焐在脸上很舒服。我情愿让他多焐一会儿。老二告诉我，张二花就是送完花生米回去的时候栽了跟头。"她是来告别的。"

老大说这是迷信，她又不会未卜先知。

我心想，她这是上半辈子欠我的，这辈子来还了。

"你们还不去上坟？"我说。

老大一拍脑瓜门儿，说咋把这事忘了。

老二说，家里蒸了米粉肉，带两碗。

老大说拿酒和烧纸。

我想说别忘了烟袋，但嘴里说："谁死了？"

26

一件老红的棉袄是儿媳妇穿剩下的，总也是穿了十年八年的样儿，袖肘下面都磨破了，张二花缝了块小补丁，也补得像朵花，只是颜色有点浅。她揽着袄袖用胳膊肘挑门帘，突然一龇牙，就像跟小孩子玩藏猫猫。"潘美荣！"她的声音就像银铃一样欢喜和动听。她突然小小地跳了一下，从门槛子外直接蹦了进来。"我的腿不疼了！"她宣告一样地说，脸上放出一种光，那光像太阳，一下就能把人照亮。我的眼睛湿了。这跟悲伤时掉眼泪不一样。感动的时候眼眶里会像大河涨水，瞬间沟满壕平。那水却不朝外淌，而是在眼窝里浮动，凝固般把眸子遮住，就模糊了眼前的视线。张二花从水晕里一点一点映出。她果然有了两条好腿，站得笔直，走路噔噔的，既有弹性又有力道。她的衣着也变了，上边是红花蓝底的夹袄，下边是一条黑色阔腿平绒裤，那平绒可是高档货，缎子似的冒光，却比缎子厚。一般人家做鞋面子都使不起，张二花却能做阔腿裤，一条裤腿就顶别人一条裤子，她可是过好生活的人啊！绣花的鞋子在裤脚露出一个边来，她稍一提裤子，便是一朵牡丹花。两只鞋一边一朵红牡丹，那么鲜亮的花顶在脚上，这还是庄稼人吗，这不是活糟嘛！

大家都说她是心思通透的人，就是不往正地方用。挖渠、薅苗、掐高粱、割谷子，包括犁、耙、锄、耪和场院里的各种活计，她哪样都不行。谁都不愿意跟她搭帮干活，要力气没力气，要眼力没眼力，就是个样子货。可说话小嘴儿叭叭的，还咬文嚼字，显得见多识广。庄稼人最腻歪这样的角色，馋懒油滑坏——她倒是不坏，可另四样都占着。干半天活儿要跑三次茅房，每次都蹲的时间足够长，腿不麻不起来。

要说也不是没有优点，她绣花、缝荷包、描花样子、把鞋垫纳出水波浪，谁都没她本领高强。可那些本领当不得吃喝，年底评工分，好劳动力挣十分，她顶多挣六分五。没有比她工分更少的人了。她仰着蜡黄的一张瓜子脸，满不在乎的样儿。她是有条件不在乎，爷们儿、公公都挣工资，她有理由不在乎。可你不在乎没用，别人也不在乎你。人的时运就是这样怪，都是一阵子。要不咋叫"时运"呢。她那点灵透劲就迷了高众，高众跟她是自由搞对象，她家就住在采购股旁边，是城镇人。晚上没事儿在街上逛，大辫子一甩一甩，撩得空气都冒火星子。没结婚前来住婆家，俩人到大堤上散步，有多少人仰着脸看。大家都说这才是吃饱撑的，没事儿瞎溜达，就不是正经人干的事儿，有那工夫干点活儿多好。高众像个哈巴狗一样在后面跟着。他有些驼背，但驼得不难看，比张二花矮了半个头。若是身板拔直了，俩人能平头平脑。她嫁到罕村人就糟蹋了，小花鞋踩泥窝窝里，脚半天拔不出来。刚来的时候整天哭哭啼啼，想离婚，说婚姻自由，想来就来，想走就走。可公公不依。高众的爸高大河在采购股当股长，管着几十号人。家里是体面人家，哪里容得下离婚这样的丑事。他在门槛子外给儿媳妇下跪，求她别走。说只要她待在这个家，啥事都由她说了算。哪个儿媳妇经得住这一跪。当然，村里人也有别的闲话，说那平绒都是公公给买的，婆婆根本摸不着边儿。枯水的年月大船拉不动，公公背她过河回娘家。回来也是跟公公一起回来。高大河先把自行车扛过来，然后再去背儿媳妇。也有人问，高众呢，他咋没回来？俩人一起答：他在单位值班呢！

可集体劳动不管你穿啥平绒绣花鞋，挖渠的时候每人五米长三米宽一米五深，从渠底往上甩土，妇女们都跟玩似的。大家就喜欢这样包工包活，跟男人一样能挣十分，平时妇女最多挣八分。能干的妇女多半天就能完活，其余的时间就是打百分、纳鞋底、说闲话，到其他队里的地上偷粮食。别看我个子小，活儿总是干得数一数二。渠挖得敞亮开阔，壁呈梯形，被铁锨削得溜光平，不比好劳动力差。队长经常说："向长河妈看齐！看你们挖的啥，像鸡刨狗啃似的。"纸牌缺了好几张，就用纸片画。把纸片裁成扑克大小，缺大王就写上大王，缺小王就写上小王，缺方片七也同样写上。再看张二花，那么一段土能一直挖到天大黑，人家都收工回家把粥熬熟了，她还在那儿吭哧吭哧挖，她不在乎工分，也是争口气。

本质上她也是有气性的人。

她从屋子这头走到那头，又从那头走了回来，就像唱戏里的亮相一样。大辫子是独根，发根处系个辫绳，发梢处也系根辫绳，辫梢都扫着屁股蛋了，随着身子扭动一甩一甩。当年高众看见的就是这个样子。她背过脸去似乎就不是张二花，而是皮影里的人物。"我终于解脱了潘美荣，你不知道有两条好腿……多馋人啊!"

我哪会不知道。我比她更知道。我们都受制于两条腿，只不过，她的年头更久。用老三的话说，都是因为年轻的时候劳累和营养不良。我腿比她好，是因为我吃了几十年的钙片，那些瓶子放一起能盛满一个笆篓筐。有一个做大夫的博士儿子，这就是根本。我伸出两只手去够她，想象中她应该捉住我的手，我再顺势把她拉过来，我想好好看看她。一个刚死的人，啥样儿？能看见啥？可我却抓了一个空。我知道她就在这屋里。"我知道你死了，来的是你的魂儿，我捉不住你。张二花，你是不是真的在这屋里?"

就像一幅画慢慢从水底浮上来，张二花水灵灵地显现了:"潘美荣，我在这儿呢!"她嘚瑟样地打了一个旋风脚，转得我头都是晕的。

张二花揣着祆袖、拧着屁股走进了院子，隔着窗玻璃往里看，鼻子都压扁了。外面的太阳很大，张二花穿了一身金衣裳。"潘美荣，你醒了吗?"她亮出一个粘火勺，像个圆圆的大月亮，香喷喷地冒着热气。"刚出锅，我给你拿来一个!"我好像已经吃到了，里面揣了红豆沙的馅，放了糖精，又香又甜。粘牙了。牙掉了。一口都掉了。我愤怒地看着张二花，知道上了她的当。

张二花瞬间脸色阴沉，头发披散开，从脑顶直直地垂到了胸前，她一下就从外面跨了进来，像个白面鬼，周身冒着寒气。"潘美荣，我有好多事不明白，要向你请教呢！"她阴森地说。

树越来越大，草越来越高。蚱蜢在树行子里乱跳，翅膀一扇一扇地扇着风。热，真热。人要是蚱蜢就好了，可以躲在一片花瓣或一片草叶底下，享受湿润和清凉。太阳已经下山了，暑气都聚集在柏油路上，脚下便像粘了糖稀一样黏稠，走一步抻扯一下。我的后背不知湿了几回了，一会儿凉，一会儿热。干了湿，湿了干。眼泪也记不清淌了多少，鼻子都快被冲掉了。家没了，宅子没了。院子被二爷爷合并到一处，三间草房早就没了影子，更别提那棵桑树了。可怜我还买了二斤点心回娘家，原来潘家寨早没了潘瑞这一号，我家等于是被连根拔了。我哥潘石头万一拖家带口回来，也只能睡野地里，头上枕着土埂，周围都是白花花的盐碱地，气味就能齁死人。上无片瓦遮身体，下无立锥之地可容身，这都是戏里的场景，没想到我家也有。我从潘家寨出来，脑子里一直都在翻腾这些乱七八糟的想法。恼怒，伤心，委屈，愤恨。恨二爷爷？不，我恨我妈。这种感情从前没有过，很多年后我终于回过味儿来了。是她赌钱输了，才让家不像家，日子不像日子。是她一去不回头，才让二爷爷图谋了房产，才让我八岁成了囤子媳妇。她哪像个当妈的人！我知道，这也是我最后一次回娘家，连黄豆粒大的亲人都没有，唯一的念想都没了，还回来干啥，反正活着是不会再回来了。我咬着牙这样想，两条腿就噔噔噔地生出风来。

我跟任何人也没有说起过，那天二爷爷把我送出了村。开始他走在我的后边，离我有三五步远，后来就跟我并行了。他跟我并行的时候，我横跨出去几步，又跟他隔了距离。等于是把原先那几步掉转了方向。太阳又大又红，挂在西边的树梢上，鸟都飞得疲累了，在空中无精打采，叫声都哑了音儿。二爷爷首先停住了脚步，叫了声"大丫"。我鼻子一酸，"大丫"这样的称呼已经许久没人叫了。外边的人都叫我刘方家。表叔表婶叫我长河妈。刘方只叫我三个字：哎，我说。至于我的大号潘美荣，连记工册子上都不写，让我好长时间气都出不顺当。我现在才知道，千方百计逃掉的名字还能让我感动。

二爷爷背对着太阳站着，跟我隔着一条小土路。我的右边不远处就是潘家寨，泥坯房子像土里长出来的几朵灰白色的蘑菇。左边是那条一线穿，才铺了的柏油路。侧身看，那路就像一条黑线，笔直地朝前延伸，前边的树越长越大，草越长越高，被一条大河横挡了，河里有船，我就是坐船过的周河。

我在黑豆地里薅草时，听说柏油路通到了潘家寨，我一下子有了心事。中午做饭洗碗匆匆忙忙。顶着五花日头去杨津庄供销社买点心，一心想回娘家。点心是给二爷爷买的，其实我就是想看看家里的三间草房。事实证明我来得不对。这里已然没有了家。房子没了，桑树没了，院子成了二爷爷家院子的一部分。看清了这些，我手里的点心包掉在地上，一头栽倒了。醒来发现我就躺在草房的地基上，二爷爷哈着腰看我，苍黑的脸上有些许歉疚和不安，他显然知道我为啥晕倒。他说这房子不拆也得倒。屋里住耗子和长虫，耗子个顶个咬着尾巴尖跟长虫干架，院子里到处弄得血呼呲啦。他用铁锨铲了一筐拖到村外埋了。我哪里听得进，破口大骂说他撒谎，说他早就图谋我家房产。说他吃人饭不拉人屎。说他枉披了一张人皮。我高声叫骂招来很多人，潘家寨的人都指责我，说我不该这样骂二爷爷。二爷爷年纪大了，如果写进书里，都该封神了。村里都是熟知《封神榜》的人。此刻他就站在我面前，微微张着嘴，一张脸愣愣柯柯的，一副糊涂相，是他把过去忘了还是过去把他忘了？

他的腰背已经塌了，肩胛骨耸起来，两只手臂背到身后，屁股可笑地撅着。我甚至听见他放了一个响屁，太阳那里就冒起了一股烟，烟雾中飞着许多小蠓虫。有人打这里路过，问他干啥去，他指着我说："送送我孙女，这是潘瑞家的大丫。"二爷爷说话时的温和样子，可真像亲人哪！"送给罕村的那个？"那人惊奇地上下打量我，"都长这么大了，走的时候才这么高。"他用手朝膝盖以下比了比，好像我刚从土里长出来一样。二爷爷含混地应了声，说大丫已经是三个孩子的妈了。这里离一线穿的油漆路还有大约五十米远。他和我并肩了。我又横跨出几步，等于是从左边又回到了右边。我说你回去吧。二爷爷说，大丫，我有话要对你说。我送你出来，就是想跟你说句话。我知道这些年你记恨我，这话其实早该告诉你，可我说不出口。

他看着空茫的远方，嘴里像离水的鱼一样喘着粗气。

"现在为啥说呢？"我心里这样想，嘴里并没有问。我已经知道他想说啥了，一定是为三间草房和那个院落的事，他想要个名正言顺的说法。已经霸占了这么多年，还有啥好说的。也许需要我签字画押，我答不答应？

我盯着他看，那张脸老得就像剥了皮的核桃。嘴里一边一颗大牙，呼出的气息有股馊泔水的味。

二爷爷说："这些事早就过去了，你也不要伤心。你小的时候我不忍心告诉你，你不要怪罪我。"说完，他叹了一口气。

"你说吧。"我生硬地说。

"村里有个叫谢大顺的也在北京磨刀，他说潘瑞过去跟他住一起，后来找到了主头户，两人就分开了。潘瑞找了个肥活，给一家铺子磨各种刀具，这家铺子过去都是给皇宫的人做裁缝，用绸缎布料，那剪刀得磨得削铁如泥。人家看上了潘瑞的手艺，就让他承包了所有的活计。潘瑞觉得生活有了着落，便求人写了封信，让家里人也去了。后边的事你应该还记得，你妈接到信后跟你哥进了京城，把你送到了罕村。虽说收了几块钱，但那不是卖你，因为两家是亲戚。"

他可怜巴巴地看着我，修订以往说过的话。我摔砂罐那次跑回来，是他暗示我妈把我卖了。这个结我能系一辈子。

"啥亲戚？"我问。

"你爸的表弟。"他说，"你叫他表叔。"

"后来呢？"我冷着脸问。

"你妈命不好。"二爷爷皱了皱眉头，很响地吐了口唾沫。我心惊地发现那痰是鲜红的颜色，像朵花一样落在干裂的土地上。他的嘴角也有一线红，被风吹得悠悠地晃。他用手背一抹，顺便又在裤子上一蹭，那线红色就永远消失了。"胡同里有个牌桌，你妈去的第三天，被人哄去玩牌。结果几天的时间，把你爸挣的钱都输光了。你爸知道后急红了眼，打了你妈一拳，你妈身子一歪，太阳穴正好磕在了桌角上，血流了一地……"

"死了？"

二爷爷点点头。

"我爸呢？"

"他被抓进了警察局，受了好多折磨。"

"我哥呢？"

"唉，他才几岁，吓得失了神，整天躲在屋里不敢出来。没人给他交房租，房东把他轰了出来。我去京城找过他，但没找到。"

"哦。"我说，"谢大顺呢？"

"他胸口长蛇胆疮，前两年活活疼死了。"

"你回去吧。"我说。

"你不信我的话？"

想了想，我说："信不信又有啥用呢？"我看了眼地上那口带血的痰，已经干成了紫红色。"你回去吧。"我说。

我转身走了。

他又跟着我走了两步，说这事村里没人知道，当年谢大顺从京城回来，把凶信告诉他，他就嘱咐谢大顺不要跟人说。"这样惨的祸事，谁知道都不好。你说呢？"他喘息着看我，没说这也是为你好，但我知道他心里是这话。"如果能找到你哥，我会把他接回来，帮他安家。每个去京城磨刀的人我都盼咐……"

想起摔砂锅回来那次他说的话，我没有回头。

27

潘美荣，你醒醒，你醒醒。谁在喊我？哦，是我自己在喊。我对自己说，你不能睡得太多，万一睡不醒呢？

罕村都通柏油路了，周河上架了桥，那艘大船倒扣在河岸上，船底漏了个大窟窿。几个孩子打赌谁敢下去，只有老三钻进去了，捡了一个河蚌壳出来。他回家告诉我，那里除了黑暗啥也没有，但在里边能听见远处的水响。那时的河已经瘦成了一条线，窄的地方可以一步迈过去。河里长满了水草，草里窝着大大小小的癞蛤蟆，满河坡蹦跶。河对岸的紫穗槐都消失了，因为家家都不用编筐，自然也不用它们生长。打通了周河往西延伸，这路才成了名副其实的一线穿。修路的时候村里很多人都扛着铁锨去垫路基，沿路竖着高音喇叭，播放革命歌曲。那时宣传说，这路一头连着外省，一头连着祖国的心脏，伟大领袖都在看着我们。后来才知道把事情弄拧了，连着祖国心脏的不是这条路。老三那时上小学，也背着粪筐去背土，累得四抹汗流。他打小就跟别的孩子不一样。"你当真能听见远处的水响?"我问老三。老三说："妈你信不信，船想念水，水也想念船。"

你就别惦记三间草房了，这都是多久之前的事了，早就换了朝代了。

迷蒙之中睁开眼，路边的杨树在变大和变绿。我妈牵着我的手，指给我看与罕村相反的方向。"穿过这条小路，走十几里地，连弯都不拐，看见树越来越小，草越来越低，就到家门口了。记住了?"十几里地以外的潘家寨，就像被狗啃驴踢过似的，不成模样，树越来越小，草越来越低，连牲口都不好养活，还回去干啥! 土路冻得硬邦邦，她的两只白薯脚套双大鞋，瘦小的身形就像传说中的土地老儿。我说记住了。记住了有啥用，一点用处也没有。从今以后，那个地方就跟你全没关系了！我狠狠抹了把脸，高粱、玉米、芝麻、黑豆一片一片地被我走过，它们都被晒得发蔫，但那种旺绿的颜色还是让人的心里有了水分。看到黑豆，我心里惊了一下，意识在逐渐复苏，我后半晌应该在黑豆地里薅草，接续前半晌的活计，才能挣整工分。我就是这么打算的，出来之前也是这么跟刘方说，不去队里分派活儿了，直接去黑豆地里薅草。他当了一年多的小队队长，这点方便还是有的。但我没想不去上工。下午活儿轻省，早早干完以后可以聊天打牌，这比工分有吸引力。

虽说工分不值几个钱，但这样无故旷工在我这还从没有过。

是……无故吗？

二爷爷说的话，被我从脑子里一点一点抠了出去。那些都是凭空编造的故事，就像《燕王扫北》一样，跟我不相干。我们是小门小户人家，不该有那样重大的祸事，这都太严重了，我们承受不起。我情愿相信这是二爷爷在给自己霸占房产找理由。我慢慢把自己走得心气平顺，我对自己说，别想了，房子不能背着，宅基也不能背着，想它们还有啥用？从今以后你就当自己是石头缝里蹦出来的，又能怎样？

我愣怔得有些走心，在潘家寨咋会耽搁这么久。不应该啊，这半天工丢得不值得。

大洼里的庄稼一忽一变。树越来越大，草越来越高，庄稼越来越壮。我甚至能听见玉米长个儿的窸窣声，像耗子磨牙一样。你磨牙它也磨牙，庄稼地里一片声响。回身望去，大洼的轮廓渐次分明，潘家寨就像个烟荷包被丢在了洼底儿，被庄稼和树木掩埋了。如果不刻意去找，根本就看不见，就像从没有这样一个地方。

我为啥一定要与它有关联呢。

太阳眨眼就落了，十几里地似乎几步就跨了回来。我从没觉得路那么不经走。耳旁一直在刮滚烫的风，像是要把耳朵烤熟。终于看见了那片小高粱地，我撅了一根甜棒，不甜，瓤子是糠的。其实一眼就能看出这不是甜高粱。但不撅一根还是心不甘。放倒，狠狠踩上一脚，要的就是这股劲儿。高粱穗子有了半成仁儿，我顺手掐了几个。

薄暮在水面上低低地飞行，里面隐藏着一对翅膀。大船正好停在这边，我不管不顾地上了船，一拽钢丝绳，大船徐徐朝前走。

"刘方！你不知道自己还有家吗？不知道还有老婆孩子吗？灶里缺一把火粥就不熟，别净知道给人家帮工，你给我捎捆柴来！"明明知道家里没人，我还是对着空无一人的院子大声喊。

我对他有气不是一天两天了。似乎是自从他当小队队长就像变了一个人。整日价不着家，家里的活计都指望不上他。他今天去这家，明天去那家，有时人家有点活计，有时一点活计也没有，就是去吃一顿饭，跟人家闲扯淡，一扯就是一晚上。刘方其实也帮不了啥大忙，分派活儿可以轻省些，给猪圈里的粪肥估分多估些。出去务工或走远处亲戚的人要开介绍信敲公章，就这么一点理由。我不反对他在外吃喝，可得有时有晌。都是仨亲俩厚的，你那点好处给谁不给谁，大家都看着呢！你以为你光为人不伤人？咋就像吃了迷魂药呢！早过了收工的时间，家里却一个人也没有。我陡然冒了火气，像刚打理完的烟囱一样，火苗顺嗓子眼儿往外蹿。我脖子上挂上长围裙，边往院子里轰鸡边朝门外嚷。街上空无一人，只有别人家几只晃晃悠悠不甘心上窝的老母鸡。我在鸡窝前搓那几个高粱穗，母鸡以为来了好吃食，拽着屁股往这里奔。不成熟的高粱根本脱不出粒子，我只是把穗子撕开了些，丢在地上。母鸡吃得很不耐烦，鸽住以后不停地拨楞脑袋，又拧又拽。

　　村里怎么这么安静？我站到了香椿树下，竖起耳朵听。一点动静也没有。家家的烟囱都不冒烟儿，我怀疑这村子里的人是不是都死了，只剩了我一个人。或者，我死了，来到的是往生以后的另一个村子？

就像，我死了，我妈他们都活着，眼下在想法找我？

一只大鸟飞过来，嘎地叫了一声，又飞走了。我脑顶被啥东西砸了一下，用手一摸，是泡鸟屎，腥臭腥臭的。鸟吃粮食和虫子，拉出的屎有股特殊的臭味。我骂了声"鬼东西"，咋这样照准了拉。

我洗了个头，在门槛子上坐了下来。湿漉漉的头发糊着脑袋很不舒服，脖颈一圈都黏糊糊的，周围的空气越发潮湿了。原本心情就不好，这下更恶劣了。鼻子里都是鸟屎味，手上、衣服上、头发上都是那种腥臭的感觉，似乎永远都洗不干净。黑夜像水一样在我眼前波动。我这时才觉得浑身都累，骨头像散了架，两条腿像木头一样，敲起来咻咻响。我的右眼皮子跳得难受。我用手抹了把，还跳。"左眼跳财，右眼跳灾。"我嘀咕了句，把头靠在门框上，想闭上眼睛休息会儿。忽悠一下，就看见两扇门自动打开了，表婶抱着柴火迈着小脚从门口进来了。"你不吃饭，孩子也不吃？"表婶塌着眼皮抱怨。

我嗖地站起了身，完全是下意识。站起来才想起表婶已经去世七八年了，她这时再抱怨我不做饭好没道理。我确实应该做饭了。我知道自己瞌睡了，定睛再看，跨入门槛子的原来是老三，没魂没魄的样儿，敞着怀，露出小小的胸脯，就像一团热腾腾的气体，混合着啪嗒啪嗒的脚步声。老三的小脸煞白，嘴唇却青紫，小胸脯呼哧呼哧起伏着，一步从我身边跨了过去。

"长江!"我预感到有什么事情发生了，失声叫了句，又一屁股坐下了。

第七章

28

"你看见张二花了吗?"我盼着死鬼刘方来梦里,不为别的,就是想问他这句话。我对他们能不能见面有点好奇。现在几点了?表呢?我四处萨摩,过去有块手表,我每晚都捏住表柄给它上弦。这是老三从香港带来的,他第一次去香港,知道我爱看时间,就用港币买了一块表。这块表是夜光的,夜里看不用拉灯。后来被老大媳妇借了去,这还是她养小鸡那年的事,说要随时看时间给小鸡喂药喂水。

小鸡就养在炕上,密密麻麻,统共一千五百只,我这屋子都能听见唧唧声。她和老大在西屋搭了床板睡觉,一夜不知要起来多少次。"家财万贯,带毛的不算。"老古话自有道理。老大两口子天天算计这鸡能生多少蛋，能卖多少钱。半成大的时候赶上闹鸡瘟，死鸡一筐一筐往外背。老大媳妇出来进去地问我："吃鸡肉吗？"我说不吃。这是老三告诉我的。病死的鸡，药死的鱼，都不能吃。天底下我就信老三一个人。老大媳妇不高兴，说我跟老三一样矫情。"我们打小就吃瘟死的鸡，不也活得好好的？"

要是老大跟我这样说话，我就怼他两句。媳妇就算了。就她那个蒿土匪性子，有时候脑袋撞出疙瘩也不爱搭理人，让你吃死鸡肉也是好大的面子。

我以为小鸡长大了她就会把手表还我。有一段时间我看她没戴，就以为她不需要了。我去跟她要，她就两个字：丢了。多一个字也没有。我知道，我去要她不高兴了，她就是成心不想给我。有次她妈来，腕子上戴块表，我就怀疑是我那块，盯着看了半天，她妈把手藏了起来。老大媳妇素来都是整脸子，看着不言不语，其实心劲儿大。她可不如老二媳妇响快。老二媳妇天天抢兜失火的样儿。我就说她脾气忒急，属二踢脚的，点火就炸。气大伤肝，可不就把自己炸着了……后来我给自己买了个脸大的表盘，在墙上挂着。黑夜睡不着，就听那表嘀嗒嘀嗒走。那表就像颗心脏，有时会咯噔一下顿住，我的心脏也跟着顿一下，就像跟那表相通似的。

表呢？墙上的表咋也不见了？

"喂，张二花说有好多事不明白，想向我请教，她到底想问我啥？"我朝窗外大声嚷，心中真是有一百种滋味。明知道这话没人答，还要故意这样问。我一辈子没学会抽烟，调笑的时候刘方把他的烟袋拿过来，给我抽过两口，呛得我直咳嗽。可此时我特别想抽一袋，一口烟入肺，一口烟入脑，是不是就能把心思和脑里的想法模糊了？唉，我想有块布遮着脸啊。我有很久没跟刘方好好说话了，好像就是他当了小队队长以后的事。他过去就喜好帮工，吃百家饭。他手巧，又不惜力，大家都喜欢请他上门。抹泥、和灰、垒砖、砌灶样样都能上手。张二花家的灶总酿烟，打扫烟囱也不管事。刘方回家跟我叨咕，肯定是盘的炕有问题。我没插嘴，我手里有干不完的活儿，哪有心思管别人家的炕？一盘炕好烧不好烧区别大了。好烧的炕省柴，炕爱热。不好烧的炕光熏大眼贼，半天烧不开一锅水。那时我没往别处想，张二花孤儿寡母，丈夫开车掉河里了，大家都以为她得再走一步。有人说她舍不得公公，挣的工资都给她。可后来公公也死了，她还是没走。也许是因为没地方可去。刘方显鼻子显眼地照顾她，分派轻省的活儿，让她当保管员，仓库的门三道锁，刘方把一道，会计把一道，张二花把一道。从里提粮食得三个人都到齐。这些我都能忍，虽然也有人说闲话。可他带人去给张二花家脱坯，搭炕。把大堤上镩树的树枝子悉数给了她。不是我不依，是队里的人不依。

张素良那时就是厉害角色，直接说："张二花的屁股难道是香的？"

我问啥意思？

张素良不依不饶："啥意思不用我说，刘方没告诉你？"

我羞得恨不得把脑袋扎进裆里，这和给人打脸有啥区别。我睡不着觉，半宿半宿跟刘方吵。还不敢大声嚷嚷，怕孩子听见。吵够了，刘方闷头就睡，我睡不着，我整宿睡不着。我又去遛河沿了，只是夜里凉，我打了两个喷嚏就回来了。

恍惚间，我觉得刘方就在窗外蹲着，往绳子股里夹烟叶，挂到墙上。过去都是我跟他搭把手，我们一人拽一头，把绳子往墙上贴，用钉子固定住。烟叶把绳子沉出一个洼兜，几根绳子就是几个洼兜，把一面墙都排满。他的口头禅是：不吃饭行，不抽烟不行。园子里的好土都给他种烟叶。他抽烟，表婶抽烟，表叔也抽烟，一家子拿烟当饭吃。他的烟袋总在裤腰上别着，烟荷包都比别人的大一号。后来我才知道，烟荷包张二花给缝过，是贴里面的下角位置，绣了朵黑丝线的花。那地方肯定曾经磨破过，可我不知道。张二花是啥时给他绣的花儿？这不是三针两针就能缝完的，要有一整块时间才行。丝线金贵，也只有张二花家里会备。往棺材里搁的那一刻，我发现了那朵花。周遭都是人，我顿了一下，忍着没把烟荷包扔出去，我得顾全他这口烟，否则他到那边抽啥？他对我不仁，我不能对他不义。我伸着耳朵听窗外的动静，半天没听见回声，我寻思他又摆肉头阵了。他就爱摆肉头阵，我嚷一个晚上，他声都不吭。油灯底下他焦黄的一张马脸，特别长。我自己跟自己叨咕："她给烟荷包绣花的事我看见了，别当我不知道。"

外面有个小孩子在哭，也许是跌倒栽疼了。我听出了是东强，老大的孙子。老大两个孙子，大孙子叫东胜，上初中了。孙媳妇原本不想要二胎，怕再生个儿子。时下村里人都怕生儿子，一个还行，俩就要亲命了。这跟过去的年月刚好相反，有人为了生儿子能上天入地，让搞计生的牵牛扒房。他们俩商量了好几年，小心着又生了一个，想，万一要生个闺女呢？没想到天不遂人愿。他们不听我的，我让他们就生一个。他们再生还是儿子，再生还是儿子。东强妈结婚前刮了一次宫，那才是闺女。她问我咋知道？我说你的事瞒不了人，天下的事都瞒不了我。

老大嘴里打扎板，啧啧啧，瞧把您能的。

我真的是有感觉。孙媳妇有些像我，我就是这样。跑反跑丢了一个闺女，又生了俩闺女。然后接连生三个儿子，再生才会是闺女。闺女是贵客，轻易不来坐胎。啥时来，会来一串。闺女心眼多，你越想怀她越不来。啥事都讲轮回，一代一代的人，都这样。

东强的爸叫子刚，是我背大的。小的时候睁开眼就说："找奶奶。"他是腊月生人，生下来眼不睁，不会嘬奶头子。那年天特别冷，外边下冰雨，直下了三天三夜，屋里生了火，也冷得像冰窖。我把他揣在裤兜里，用身体暖他，把他暖和透了，就会吃奶了。他就是在我裤兜子里长大的，一直到来年春天才会笑。眼下他在新疆那地方跑大车，有一天给他爸打来电话，说在吐鲁番吃葡萄呢，吐鲁番的葡萄可甜了。他几个月才回家一次。回来我也不咋看得到，他光惦记着跟小哥们儿喝酒、打牌。

他刚搬走那会儿，我经常揣几个豆馅包子去前街。有次孙媳妇说："老太别往这儿跑了，磕了碰了我们担待不起。"她叫我"老太"，而不叫我奶奶，这是指重孙子叫。她说："您蒸的豆馅包子别再往这儿拿，现在年轻人都不喜欢吃这个。"

"现在年轻人都爱吃啥?"我不懂就问。

她说："爱吃三明治。"

我坐那儿想了半天，不知道三明治是个啥东西。有次我把事情告诉了老三，问他啥叫三明治。老三气得在屋地下转磨磨。"这年头的孩子，不知道啥是好的，不知道啥是好的。还有比奶奶蒸的豆馅包子更好吃的东西？"一句话害得我抹泪儿。这样的事我经见得多了，不屑说，说不完。也不愿意让儿子不舒坦。后来我就去得少了。老三正色警告我，不许去。小辈应该来看长辈，哪有河水倒流的道理。

这年头，都是倒流的河水啊。

哪家不是？

河套地里刚收了晚玉米，表婶就开始谋划明年。"省着些吃，把明年的口粮积攒下，好种些棉花。"她瞥了眼我的肚子，"咋也该有动静了，这也过好几年了，枯木都该发芽了。只要不发水，就能把河坡地收来，你结婚那年就种了棉花。再种一茬，说不定就转运了。"表婶的意思是，种下棉花也许就能收来孙子，因为要给孙子准备新铺新盖。

这也是表婶想的一个辙。表婶总在替我想辙。

我跑反的年月掉了一个孩子，后来又生了两个，一个得天花，一个得百日咳。村里人都当我不会再生养，把表婶急得荤也戒了，拉着我去城里的大佛寺烧香磕头。来回几十里地，我们走着去，走着回，把她的小脚磨出了血泡。那是个木头佛，大身量，几丈高，头上长满了小手。"他是送子娘娘吗？"我弱弱地问。表婶呵了我一句，怪我乱说话。"礼多人不怪，见佛就烧香。你哪知道哪尊佛有用？"刘方比我着急，村里跟我们同龄的人，孩子都排成队伍了。

　　我刺啦刺啦钉底子，搜出的麻绳能生出风来。我不接表婶的话。老不怀孕我也着急，可这是着急能急出来的吗？我相信自己能生，只是还没到时候。啥事都讲个缘分，孩子也不是随便就来的。我稳得住劲儿。这底子是给公家做的，比给家里人做有劲多了。我钉一个针脚，针锥在头发上抹一下油，这都是跟表婶学的。别小看抹这一下，扎鞋底时就不那么吃力。一双鞋底能换两斤小米，我一冬换了四十几斤。表婶看着都眼热，说若是过去的年月，做双鞋根本不算啥，放现在得换多少粮食啊。她现在没有力气拉麻绳了。她在炕头喘，表叔在炕脚喘。可两人都烟袋不离手，家里一天到晚乌烟瘴气。

　　村里来了个杨干部，我每次去送鞋底，她都拿起一只，朝这边撅撅，朝那边撅撅，然后夸我的鞋底纳得好，做得硬实。"一看就是好布料打夹纸，够厚。"杨干部说，"潘大丫是个实诚人，手艺也好。"

有人说我的手艺为啥好，因为是囤子媳妇，八岁就做针线。杨干部的眼睛都直了，冲过来拉着我的胳膊打量，仿佛我有多稀奇似的。"难怪个子那么小，吃不饱穿不暖吧？八岁就嫁人……潘大丫，你得受多少苦啊！"话没说完，眼里就汪了泪水，鼻涕也流了出来。

我赶忙说："我十六圆房，八岁是来混吃喝的。"

"不干活？"杨干部用眼神睖着我。

我有点惶惑，不知道是该摇头还是该点头。她比我年龄小，可她有股气势，我在她面前总是有点怯。

她拉着我风风火火地去找张队长，张队长住在二先生家的大房子里。屋里除了有一铺炕，啥也没有。二先生家的东西都被大家分了。张队长是个男的，梳分头，穿四个兜的干部服。张队长问我有没有受欺辱，封建公婆是不是张嘴就骂、举手就打，家里脏活、累活都要你来干。如果是这样就说出来，民主政府给你做主。我没来由地想起那年家里住队伍，三个队伍上的人也这样说。那个时候我有倾诉的欲望，还把家里的面都烙成饼让她们带走。长了几岁，我懂了说话要更加小心。我说表叔表婶都对我好，他们从不欺负我。

"表叔表婶是谁？"杨干部问。

我说是公婆，我们两家是亲戚。

"你为啥不叫爸妈？"

"先叫后不改。"

"肯定是你不想改。"杨干部说得很笃定。

他们就是能琢磨人心，你想啥他们都知道。又问男人对我好不好，年龄大多少？囤子媳妇的男人都要大上十几、二十几岁。前街有两个已经离婚了。我说我跟他同岁，比他还大一个月，刘方对我挺好的。

我说的是实情。他们却有些失望。

杨干部来家里串门，坐炕沿上跟表婶唠。表婶说起过去的日子，家里有车有马，吃细面窝头和发糕。遇见不讲理的队伍把车马征收了，把粮食掳走了，把人打坏了，还赔了东家一亩地，这日子一下就掉底了。我倚着门框看她说话，心想，好像顿顿能吃细面窝头和发糕似的。"那河滩地种啥长啥，肥得冒油。"表婶继续说，"现在就剩下个窄长条，像个菜叶子。"表婶腮帮子一瘪，足足嘬了口烟。

"那一定是国民党反动派干的事!"杨干部气愤地说,"以后再也不会受这样的欺负了。马上就要土地复查了,穷人都能分得土地。"表婶移动了一下屁股,嘴里咬着烟袋说:"我们不是穷人,我这辈子没挨过饿。"被表叔狠狠瞪了一眼。杨干部宽容地笑了下,说:"没挨过饿不稀奇,吃糠咽菜也叫不挨饿。地主老财一天三顿有酒有肉也叫不挨饿。"她嘲讽地看着表婶,言外之意似乎是在说,细面窝头和发糕算个啥?表婶明显听懂了,一下塌下背去,没了气焰。杨干部又问表叔身体是咋回事,为啥总猫着腰。表叔说他的肋骨就是那年被队伍上的人打断的。杨干部赶紧说:"那是国民党的队伍。"

表叔连连点头。

杨干部知己地说:"还好你们家没了车马。要不……也定不了贫农。天下是穷人的天下,要改朝换代,让穷人当家做主了。村里要办妇女识字班,大丫去学文化吧!"

"她学文化有啥用?"表婶不愿落下风,她明显不喜欢杨干部,所以说话就像呛火。

表叔赶忙说:"谁学文化都有用,大丫去,我们支持。"

杨干部走了,表叔对表婶说:"你咋能跟公家人杠,你不要命了！没看见二先生一家都去住小黑屋了？现年月穷人要吃香了，你咋还看不出火色来！"

表婶不满地哼哼："改朝换代，改朝换代。不种棉花地里不长，不种粮食地里不长。改朝换代有屁用。"

表叔说："那也得听公家人的。"

村里分浮财，一个晚上二先生一家就搬去村西住了，那里有个臭水坑，我夏天到那里捞过猪皮草。他们家的东西都倒腾了出来，扔了满院子。铺的盖的，锅碗瓢盆，各式立柜躺柜，精巧的衣架鞋架，像开展览一样。刘方搬回来一口躺柜，我没要，放到了表婶的屋里。表婶来回摸，喜欢得不得了。

我第一天去识字班，学了一句话：单丝不成线，独木难成林。杨干部跟我投缘，特别喜欢让我回答问题。一会儿说，潘大丫这个字念啥？一会儿说，潘大丫这个字当啥讲？"你这个名字也不像个正经名。我给你起一个吧。"杨干部在课堂上说。

"潘美荣。美丽的美，光荣的荣。大家说咋样？"杨干部翻着眼皮看屋顶，不一刻的工夫，名字就起出来了。

妇女们都拍手说好。

我眼里一热，眼泪就掉了下来。我活了这么大，还没有正经名字。这名字就像妈，不知藏在哪儿，今天终于来了。潘美荣，原来你叫潘美荣，从此谁再叫大丫我跟谁急。

"县里要组织远征担架队去东北支援解放军，你们会支持家里的男人吗？"

我第一个举手支持。大声说："潘美荣的家属，算一个！"

我总说老大过过好日子。还没坐上胎，表婶就张罗种棉花，想给老大预备新铺新盖。种棉花是细致活，整天去田里掐尖打杈。有时我和表叔两个人去，有时我一个人去。上下河堤表叔都费劲，上去我搀着他，下来我扶着他。刘方果真参加了担架队，他不是很想去，说东北那么老远，谁知道这一路有啥事儿？"这一仗事关全局，打胜了全国就解放了，你就是功臣。"这是杨干部在识字班上说的话，被我学给了刘方，"你不是想出去看世界吗？"当年他在跑反的路上这样说过。这时他在镇上当剃头师傅，有些事儿比我清楚。镇上有人搞游行，有人搞演讲，还有人发传单小报。偶尔来剃头的老客也懂形势，消息都能传了来。刘方整天愁眉苦脸，我知道他胆子小，怕子弹不长眼睛。我鼓励他，没事儿，又不是让你冲锋陷阵。他还是黏糊，担心这，担心那。"我要是回不来，家里咋办？"我说，你放心，我养表叔表婶。

自打刘方走那天起，表婶就哭哭啼啼，仿佛刘方这一去就不回来似的。我说他不是去打仗，是去抬伤员，没啥危险。他们不要女的，若要女的我就去。这话把表婶惹火了，长杆烟袋飞着就朝我冲过来。"还能耐死你了！伤员不是打仗打的？东北又不是你爹你妈，用得着你惦记?"我在搓板上洗刘方的汗衫，一点也没生表婶的气。上了几天识字班，我开了眼界。人家不单教认字，还讲做人的道理。支持革命的事，不是每个人都能做到。杨干部说过，觉悟提高有个过程。看得出，表叔对这件事也有意见，表婶闹的时候他一声不吭，脸阴沉得就像要下雨。一早起来，表婶没来由地用扫把打老母鸡，嘴里骂："吃里爬外的货，天生的贱坏子，光吃粮不下蛋!"我扛着锄头正要下地干活，表婶又骂了句："扫帚星，死外边就不用回来，家里没人想你!"我低着头，脸上烧得厉害。表婶平时也骂人，但从没骂过这么难听的话，想必是这件事把她气急了。我加快脚步从家里出来，上了大堤，才舒了一口气。

面对着亮闪闪的河水，我心里也有点犯含糊，怕刘方有闪失。东北在哪儿我也不知道，这一走就是千八百里，万一出事可咋办，不用表婶跟我拼命，我自己都会觉得没脸活着。越临近刘方走，我的心里越不安。我主动去表婶的屋门后上了一炷香,让菩萨保佑刘方。表婶斜起眼珠看我,嘴里说:"临时抱佛脚,顶个屁用。"

我每天都很快活。晚上上夜校尤其快活。只是这快活是悄悄的,在家里一点也不敢显露。表婶抓住机会就敲打,说女人家就该安分守己,没听说还要上啥夜校,好人也会被教坏。我对表婶说,杨干部表扬您呢,说您支持我上夜校。"我用她表扬?"表婶嘴里咬着长杆烟袋,嘴差点咧到耳叉子上。我每晚收拾利落就走,出了家门心就像要飞起来似的。大家都叫我潘美荣。一听潘美荣这三个字,我就觉得自己是个新人,与过去的囤子媳妇毫无瓜葛。我像描红一样把名字学会了写,便写得满世界都是。用树枝在地上写,在墙上写,在井沿上写。在灶坑边用烧火棍写,因为太过用力,烧火棍让我用折了不止一根。一边走路我就一边在空中写,还想把这名字写在蓝天上,抬脸自己就能看见。"潘美荣!"我对着天空自己喊一声,人家还以为我魔怔。整天心心念念的就是字的笔画,唯恐忘了。我想,我如果不自己记着,就没人替我记着,那样我还是个没名号的人,我不想没名号,来世上走一遭,却没人知道我是谁。有一天晚上,刘方突然回来了。我们正在吃晚饭,院子里出现了一个穿得破衣拉撒的人。表婶觑着眼睛看,还以为是要饭的。几天没见，刘方就像个逃难的。他端起碗来喝粥，饿得像三天没吃喝的狼。

原来他已经到了一个叫老龙头的地方，一块石头绊了脚，他滚到了路边的水沟里，衣服被树枝剐得条条缕缕。他躺地上起不来，被抬到附近的一个老乡家。队伍开拔朝北走，他一个人朝南走。我狐疑地看着他，摔伤了你还能走这么远的路？刘方不理我，爬上炕倒头便睡。

我在屋里转来转去，表婶坐前门槛子上抽烟。我知道，她这是在站岗，防着我出去。我今天必须去夜校，杨干部还等着我呢。我看了看后窗，总不见得爬出去吧？灯火在柜子上跳跃，我举起灯照了照刘方，他瘫软得像摊泥，此刻就是把他抬起来他也不会知道。可见了杨干部我该咋说？总不能说刘方受伤吧，伤在哪儿？如果没有受伤，为啥要回来？这不就是逃兵嘛！坐在炕沿上，我越想越丧气，刘方给我出了一个不小的难题，让我觉得没脸见杨干部。

杨干部果然对我爱搭不理，我交上去的鞋底看都不正眼看，羞臊得我恨不得把脸搁地上踩两脚。刘方也承认他就是不想去抬伤员，血呼呲啦的人他看不了。自打出了家门就后悔。我也斜着眼看他，一个大老爷们儿，咋能这样当庉蛋包。

当年家里住队伍，他还说我走他就跟我走。当时我信，后来我觉得他纯属甜哄人。

29

"高庆存说要大办。"老二说，"大过年的这是要折腾啊！"

"县剧团有响器班，头牌花旦唱《大出殡》。"老大说。

"这得多少钱？"老二肯定想了个大数。

"别瞧存头那样，家里有老底货。"老大总是显得有想法。

"我说他也是鼓着肚子装气蛤蟆。活着不孝，死了乱叫。"

"他不孝吗？"老大哂笑了下。其实这一条街都知道存头啥样。院子外给张二花盖两间小房，就像当年二先生住在西坑边上的那两间。儿子一关上大门，张二花就像打更的。

"我想回潘家寨……"我这样嚷了句，其实不知道自己嚷的是啥。世界仿佛静止了，地球不再转动。地球会转动吗？我曾经问过老三。老三说会。我说我感受不到。老三说，太阳就是驴，地球就是磨，驴拉着磨走。他这样说我就明白了，驴拉磨转圈子。"老三啥时回来？"

"又说胡话了。"老大说。

老二把我额上的一个东西拿开了。我朝上挑了一下眉，像千斤那样沉。

老二在脸盆里哗啦啦地洗毛巾，一叠四方又拿了过来。"是不是有点烧？"他用两根指头贴我的脸，就像两根冰凉的棍子。我要是摸他发不发烧，会把手心捂上去。毛巾又放到了额头上，这回有点热，我自己给移了位置。

"没事儿。"他说。

"没事儿。"老大说。

飘来响器声和尖声辣气的唱腔。我爱看真人唱，哪怕是唱驴皮影。当年县剧团来演出，我找到村长让演员来家住，要女的。我把老大要娶媳妇的新房腾出来，那些丫头都很感动。我就爱看那些鲜亮的人，穿红裤绿袄，脸搽得有红似白。我用白面给她们蒸大馒头，猪肉粉条炖白菜，她们吃得香喷喷。剧团有伙房，但那伙房露天，百十号人蹲在一起吃饭，没出锅饭菜就成冰坨了。在我家住的都在我家吃，我不拿她们当外人。那些演员都喜欢我，出来进去地叫我姨，还让我去后台看她们化装。那时她们都像仙女。后来一点一点没落了，几年前，听说她们来乡下唱《大出殡》，我气得差点吐血。可惜了那些仙女，都下凡了啊！空气里都是唑啦唑啦的响声，是响器在调调门。我问："这是在唱啥戏？"

"您是真糊涂还是假糊涂？"老大削了片苹果给我放嘴里，自己也吭哧咬了一口。

"你给老二也切一块。"我说。

"我想吃不会自己拿？真不够您操心的。"老二不知好歹。

一瞬间我想起很多老二小时候的事，他是跟屁虫，老大说啥他信啥。老大还爱捉弄他，有一次去河里洗澡，两人玩扎猛子，看谁憋气时间长。结果老二扎下去了，老大偷偷躲到岸上的麦子地里跑回了家。老二急得哇哇哭，那回老大让我揍了两笤帚疙瘩，当哥的咋这不讲信用。

"哪儿来的苹果？"

"柜子上的。"

"谁拿来的？"

"不知道。"

我咽了口唾沫。苹果的残渣在嘴里很不舒服。老大又削了片递过来，我坚决避开了。

"你买的？"

老大说不是，老二也说不是。他们进来苹果就在柜子上。

"到底是谁买的？"

"这哪儿知道。"哥俩几乎一齐说。

"谁在唱戏？"我又问。

没人回答。我哼了声，这是悲调，像《大出殡》。"张二花死了？"我恍惚记得谁说过这话，大声嚷了句，"不可能！"我指了指圆塑料凳子，"她刚才还在这里坐着，买来了花生米。她腿脚不好，去趟超市得大半天时间。"我努力朝窗台方向看，塑料袋还在那儿搁着，空气里有股淡淡的十三香味。

"她脑子乱了，我说她脑子乱了。"老大小声对老二说，"两件事她给弄成一码了。"他小声我也听得见，不知咋回事，我觉得自己耳朵特别尖。

我舔了舔嘴唇，使劲往深处想，分辨这些确实有些困难。"我刚才还看见了她，穿绣花鞋，扎独根大辫子……"

"快拉倒。"老大接茬削苹果，一只苹果他三口两口就吃得只剩了个核。

"吓死人不偿命啊！"老二说。

"我要能上完夜校就好了，就不会当一辈子睁眼瞎。"我气鼓鼓地说这句话，气漏了就变成了哭咧咧。心里委屈到不行。我脑子乱了就是因为不识字，如果识字脑子就不会乱。我就是这样认为的。"识字多重要啊!"

"谁挡住不让您识字了?"

收了棉花的转年，老大真的来了。早起我让灶烟熏着了，在后院不停地呕、吐。我还记得那年是三月初三，连着几天都不想吃饭，所以也吐不出啥，可黄汤绿沫不住地往上涌，就像把苦胆呕破了。

表婶端了碗水出来漱口，围着我转。"你这个月身上是不是没来?"

想了想，我点了点头，过十多天了。

表婶的小脚急急地往屋里奔，嘴里喊着:"刘方他爸，刘方他爸!"

呕够了，我捂着肚子蹲下了。头晕眼花，睡一宿觉也没解乏。刘方早起吃口剩饭就走了，他早几年在镇上跟着师傅学理发手艺，后来因为闹日本，回家了。理发店在街西，街东就有日本人的炮楼。有一回，刘方回家遇到了空袭，路上有几个人推着小车走，路过的日本飞机扔了个炸弹，刘方赶紧趴下了，炸弹在不远处炸出了半间房子那样大的坑。后来听人说，飞机返航的时候如果炸弹有富余，他们就随手想炸哪儿炸哪儿。这些都是听老板说的。老板是三岔口人，跟姐姐刘园家是邻居。后来日本人滚蛋了，老板重操旧业，刘园搭了个话，让刘方重又来了店里。

这是刘方回来以前的事。是指从去东北的半路上跑回来，在家猫了两天，就又去了镇上。刘方剃头有两下子，从没给人割过口子。表婶在炕上缝棉花包。自打知道我怀孕，她就像变了个人。说话压着声音，似乎是怕把我吓着。她瘦得皮包骨头，盘腿坐在炕上，喘的时候腰背匍匐在膝盖上，整个后背都呼扇。如果放只弹球，能从脊梁沟一直滚到尾巴骨。稍微好一点，她就做针线。她生怕把孙子冻着，缝的小被子能有两寸厚。她说，多亏听我的话种了棉花吧？表婶说这话时才起高音，意思是我生了孩子功劳她也有一份。表叔用几块木头做了个小推车，四四方方像个大菜篮子，里面孩子能坐也能站，有个横的挡板，能上下移动，跟后来商店里买的小推车很像。直到生了老三，这个推车修修补补还能用。

后来老大生了孙子，这也买，那也买，我就看不惯。我说："你们太爷爷活着的时候，啥东西都是自己亲手做，拨浪鼓、木头枪、风筝、冰船，都是自己做。你们不是懒，你们是笨。又懒又笨！"

老大说："年代一样吗？您现在咋也买鞋子穿，咋不自己种棉花织布缝衣服做棉鞋？您那时候倒是想买，有钱吗？有卖的吗？"

我嘿嘿地笑，老大这样一说，我是觉得没法反驳。有时候，我也是嘴欠，难怪老大怼我。我投降，说："你是高中生，我说不过你。"

老大说："不该管的别管，又没用您的钱。"

我总说，老大比两个兄弟命强，小的时候过过好日子。虽说那时家里穷，可没亏着他。表叔表婶身体不好，但都能拉巴他，宠他。刘方买了几个油炸糕，本来一人一个，老大自己都藏了起来，不给别人吃。表叔表婶还笑。我大言儿说一声，表婶就又哭又闹，跟我没完没了。表叔爱喝两口，有时刘方给他买点散高粱酒，我切点老咸菜，因为滴了两滴香油，盘子就被老大举过了头顶，不许别人吃。有次气急了，我打了他一巴掌，老大可嗓子号，表婶心疼得眼泪围眼圈转，一个劲地说，要打你就打我吧。

老二比老大小四岁，两个孩子一起玩吃屎，那场面才真叫人……崩溃！当然是老大鼓动老二吃，他打小就坏得没边儿，从没有过当哥哥的样儿。有好东西尽着自己吃，该干活了想方设法骗老二去干。偏偏老二是个没眼色的，让老大卖了还要帮他数钱，把我气得不知骂了他多少回："你就是根擀面杖啊，咋一点气都不通呢？明明他在那里捣鬼，你就一点看不出来？"老二咧着嘴，你不知他是在笑还是在哭，他就是个傻实诚。我一直认为老二是吃屎吃的，才把脑子吃得不通气。老大五岁的时候表叔死了。表叔连续几天躺不倒，人缩成了一团，喘得就像要抽风一样。表婶不忍看他受罪，一个劲儿叨叨，老天，快收了他吧。老天，快收了他吧。我给表叔做好吃的，家里的细粮都匀着给他吃，可他吃不下。老二一岁多，我连奶水都没有，为啥老二个子小，数他时运不济。小时候没奶吃，再长几岁没粮吃，那日子可真叫凄惶啊。表婶把表叔的寿衣从柜子里掏了出来，表叔明显已经到了吃紧的时候。表婶带着哭腔说："要不你去找找二先生，看他有没有办法让他少受点罪。"我顶着星星去了西坑沿。二先生家窗户是黑的，我在栅栏外喊了声，屋里的灯亮了。原来他们还没睡，就是摸黑坐着。这是我第一次去他家，那屋子小得就像个洋火盒。转个身都觉得要碰鼻子。他们是经过了大风浪的人，看到我都很漠然。我说了表叔的病，二先生去摸柜子上的纸盒子，从一个小瓶子里倒出了三个小药丸，个个豌豆大。"这是啥药？"我问。"舒坦药。"二先生答。三个药丸从他的手心转到了我的手心里，我就出来了。二先生并没嘱咐一句话，也没出来送我。我握紧拳头，给他们关好了栅栏门。

我在黑夜里站了会儿，觉得这屋里有种神怪的东西，神怪到他们不吃不喝也能活。

表叔吃完就舒坦了。他睡了一宿好觉。但也仅睡了这一宿好觉，转天又喘得不行。表婶着急地说："再去找两丸药吧！"我不好意思再去，让刘方去。刘方不知在哪里转了一圈，就回来了。他说二先生家叫不开门。这个时候表叔已经不行了，他进来的时候我们正手忙脚乱地给表叔穿衣服，表叔睁大了眼珠子看他，然后，就再没闭上。

表婶用手一抹，表叔才把眼闭上了。

镇上搞公私合营，刘方被放了回来。他穿一件蓝色工作服，上边的口兜里显眼地插一支钢笔。这支钢笔是他在镇上买的，一写字就拉稀。刘方爱写字，看见啥纸都收集，自己用针线订了个本子，没事就在上面又写又画。他写字的时候我从不打搅他，我爱看一个人学文化的样子。有一次下地干活钢笔从兜里顺出去了，吃了晚饭才发现。那时入了社，队里的地头一眼望不到边。刘方就凭印象摸黑把钢笔找了回来。

他之前不抽烟，表叔死后，他把烟袋捡了起来，比表叔的烟还乱。

"很多时候咱家就像没他这个人。"老三把死鬼刘方的一张相片放大了，镶到了镜框里。我不愿意挂，被老三带走了。这照片是他从帽盒里翻出来的，是刘方学理发的第一年在镇上拍的。那年是我九十岁生日，老三跑回来是寻思我也许是最后一个生日了。那年我老感冒，吃了一春的药。"您跟他连张合影都没有。"老三有些遗憾。

"幸亏没合影。"我说。

"现在有技术，可以做张合影。"

"你敢！"我瞪起了眼睛。

老三一下不言语了。他顿了顿，拍我膝盖。"说跑反的时候。"老三说，"我爱听跑反时的事。"

有一段时间我自己养鸡，最多养七只，从没养过八只。表婶一辈子最多就养过七只鸡，八只是忌讳，我不想盖过她。后来一笼鸡都被偷走了，老大说是黄鼠狼，我觉得不像。黄鼠狼难道来了一家子，还带鸡笼来？里外连个鸡毛都没剩。我就怀疑黄鼠狼是老大媳妇，那几天，我总想去她娘家看看，我养的鸡个个都有记号，它们见了我都亲。

"鸡只有三十秒的记忆，记食不记打。它们记不得您。"老三觉得我在夸张。

"你奶奶煮了三个鸡蛋留作路上打尖，每人一个，就没我的份儿。"

"这是跑反的路上。"老三猜测，"家里就剩三个鸡蛋？"

"其余的鸡蛋装进坛子埋到了地下，就在粮食瓮旁边，我亲眼看见的。"

"我爸把自己的鸡蛋偷偷给了您，您吃了以后故意在嘴唇上留了些鸡蛋黄，好让我奶奶瞧见。"

"你咋知道？"我吃惊道。

老三坐起了身。"您自己说过，忘了？"

我往头回想，确实想不起来了。村里也有活到九十的人，连儿女都不认识，说话就像刮西北风，除了弄一身凉，啥也留不下。做九十大寿就是老三提议的，他操持了一桌子菜，大家吃完喝完，一摩挲嘴头都走了。

炕上只剩下我们娘俩。

"您还有啥秘密？"他去柜子上取那本老志书，端过来时用嘴吹了吹，"您觉得我爸是个啥样的人？"

"胆小，脸皮薄。"我说。

"还有呢？"

"不爱干庄稼活儿，爱干副业。"

"按说胆小的人不爱干副业。"老三说，"喜欢按部就班。"

"啥班？"我支棱起耳朵。

"就是喜欢……有啥活儿干啥活儿。"老三琢磨着回答。

"他不是正经庄稼把式。"我说，"撒种、施肥、耥、犁、锄、耪的活计他都顶不上我。"

"哎呀，您别老夸自己。"老三说，"我爸手巧，那么多活计都会干。砌墙、盘灶、织席、编篓、捕鱼、织网啥都会。我还记得他一早去河里捉虾，用小抄网，河里下藤子，一次能抄来很多小鱼小虾和螺蛳，那时我们经常改善伙食，邻居都很羡慕。您那时不觉得幸福？"

那只是些云影，在我脑子里一晃就消失了，散得比河上的雾都快。我只记得他爱给人帮工，晚上在人家里吃饭喝酒，半宿不回来。后来我才知道他爱去张二花家，不坐到半夜不罢休。

"你还知道回家来！"我叉着腰站在门口，像个夜叉。

他很响地打了个酒嗝。"你别不讲道理。都是乡里乡亲，帮谁一把就不许？"

"这是帮谁一把的事吗？我也上工挣工分，老的少的鸡鸭猪狗都是我伺候。我是该你的还是欠你的？"

"这都是你应该干的。"猪圈在西边的园子里，他去茅房解手，边走边解裤腰带。"你干了多少年了，现在醒过闷来了？一个囤子媳妇，还挑这挑那。"他轻巧地说。

他不知道这话有多伤人。刘方说的所有的话，都不如这话呛肺管子。我啥话都能听，但囤子媳妇这几个字听不得，尤其不能从他嘴里说出来。我去了后院，蹲台阶上用膝盖顶着嘴，哭。心像死了一样凉。

"村里人都说他好。他不只手巧，还脑筋活络。去新疆联系打草帘的业务，扒火车去，扒火车回，不花队里一分钱。那时家家打草帘，您不记得了？家里炕上地下都是草，因为能换来现钱，大人孩子都喜气洋洋。队里的大马车天天往县上送，从那里直接装火车。他可真有本事，咋跟新疆扯上了关系？"

其实不是他有本事，是事情赶巧了。队里新拴了一辆马车，他去城里的土产门市部买三驾马车的套绳，遇见一个新疆老客上门问路，原来是收购草帘子的。那时东洼的许多人家都打草帘子，但西洼没有。刘方晌午跟人家喝了顿酒，就把关系结下了。回来跟队长一合计，事情就算成了。那时洼里到处都是苇草，一个冬天十几个村庄都去割，罕村收来的苇草都烧火。能打草帘子卖钱的确有刘方的功劳。他那时是个车把式，去的最远的地方是到玉田拉沙子。

"他脸皮不薄，胆子也不小。"老三说。

"那是后来。"我说，"他脸皮厚得像城墙，胆儿比倭瓜都大。"

"您怎么还不原谅他？"老三注视着我，眼睛一眨不眨。我把头低下了，从塑料袋里抓了把瓜子放到茶盘里，推到了老三的面前，老三却看也不看。他小声说："您有没有梦见过他？"

"我不做梦。"我把塑料袋拎起来让它滴溜转，然后系了个死扣。

老三无言地看着我。我知道他有话想说。他从来也不恨死鬼刘方，他恨张二花。那个结老大老二早解开了，包括两个媳妇。一条街上住着，每天碰头打脸，今天解一点，明天解一点，人怕见面树怕剥皮。何况张二花也上赶着巴结，今天送点这个，明天送点那个。两个媳妇尤其对她没意见，老大媳妇高调地说，几十年前的事了，还翻啥旧账啊。其实我知道她是贪了人家的便宜，而不是生了个宰相肚子。但我知道这个结在老三心里过不去。永远都不会过去。他自打上高中就在外边住，那个结当年啥样现在还啥样，这能从他的表情看出来。有一次我说去张二花家玩牌了，他像发疟子一样浑身抖。那也是他来家过年时发生的，他躺在炕上，眼也不睁。后来我变得小心，当着他的面，从不提张二花的名字。

"我如果到了那一天，你能拉我回趟潘家寨吗？"

"为啥？"

老三随口问，随后就醒悟了，拍了拍我的膝盖："早着呢。"

手里的书哗啦一翻，大概看到了某一页，老三说："我爸要是再活几年，赶上改革开放，说不定能发大财。"

我哼了声。我从不做发财的梦。男人有钱就变坏，他那时还没钱呢。

"那样您就少受很多苦。"

我又哼了一声，我觉得老三说得不对。

30

那时队里有啥事都找大家商量。

年节评工分，这工分就跟定你一年。给你七分或七分五，得大家都同意。有一个不同意的也不算通过。好劳动力挣十分，妇女最高九分。全队几十个妇女，只有三个是九分，数我个子最小，但我是第一个被评出来的。评分会在饲养场里开，外边大锅里馇猪食，帘子打开着，屋子里都是热气腾腾的猪食味。别人都坐着钉底子。有点借不上劲儿，我靠到了门框上，能看清每张脸。队长说："按照上级指示精神，各队要办集体食堂了，以后大家要一起抢马勺了，谁来做饭呢？"谁都想来做饭。"但有个要求，"村长制止了大家蛤蟆坑子一样吵嚷的嘴，"首先就是能起早。不是一天两天早起，要一年到头起三点钟的早。你们谁能做到？"大家都不言声了，都看我。我在队里有一个职责，就是给大家当闹钟。说三点起就三点起，说四点起就四点起，都是我打小练出来的。出河工，或抢种抢收经常需要起早，都是我起了再去喊别人，这一条街的人都听我的号令。所以我进食堂当炊事员理所当然。那些日子好得没法说，大锅熬粥，蒸馒头和窝头，出锅以后堆在筐箩里，小山一样。我们还做了长身的大围裙、套袖，走进走出显眼地跟人不一样。一年以后就不行了。没干的，粥越来越稀。生产队经常开社员吃饭的会，让大家出主意想办法。用"增量法"做"增量饭"，往米、面里多加水，反复泡，以为这样粮食就可以多出来。玉米面里开始加谷糠。秸秆和玉米骨头芯子磨成面也下锅。每人每天二两原粮指标，原粮是不带皮就带壳。上级也经常来检查，传达外地发明的"代食品"经验，哪种树皮、草根能熬成糊或磨成粉。那年头的人不是瘦成干巴猴，就是肿成发面馒头。人也不当自己是人了，抓一把老墙土都能往嘴里塞，比好年头的牲口都不如。

刘方在队里不受待见，大家都说他"酸"，干活还别支钢笔，你以为你是文化人啊！好庄稼把式都抱团，大家都斜起眼珠看他。还说评工分，居然有人要给他九分五，年轻力壮正当年，居然要给妇女工分，说他锄草没锄利落。这是欺负人啊！刘方坐在角落，脑袋差点扎进裤裆里。提议的人话音没落，我第一个站起来反对。"他没锄利落，你锄利落了？在哪块地没锄利落？都有谁证明？"我点了好几个人的名字，那些人扭着身子看窗或看地，就是不看我。"哪块地、哪个垄、哪棵草你们给我点出来，否则就是诬赖人！"我放了一阵机关枪，顿时把现场打沉默了。我从没当着这样多的人大声说过话，突然就有种云开见月明的感觉。我半辈子窝着腰做人，也终于让自己痛快了一下。有个女人突然起了高音，她说刘方觉悟低，干活一贯耍滑头。"当年参加担架队他都敢当逃兵，那可是解放全国的大事！"一旦有人出头，屋里就成了乱蛤蟆坑，都是指责刘方的声音。说他干活总是图轻便，不舍得下死力气。说他薅苗很随性，根本就不把好的、壮的苗留下，成心搞破坏。这些声音有的是真的，有的纯属起哄架秧子。屋子中央有个炭火盆，情急之下，我一屁股坐了上去。烟灰噗地溅了起来，满屋子弥漫。我原本想哭一场，咧开嘴时想，哭不解决问题。我对着满屋子的人说："我今天把话撂在这儿，有一个算一个，只要谁再诬赖刘方，我就坐这儿不起来！只要不给刘方评满分，谁评满分我都不同意！"屁股底下冒烟了，有人喊："着了！着了！"我不管，任凭屁股底下暖烘烘。刘方噌地站起身，出去了。他出去我就更好说话了。我指着队长说："赵桂德，你今天就得主持公道，给刘方评满分，不评满分我今天就不活了！"

队长赵桂德跟表叔年纪一样大，但辈分小。他走过来说："大婶子先起来，看把裤子烧着了。"

我也怕真的把裤子烧出个好歹，他一搀扶，我赶忙起来了。裤子还是烧破了一个洞，不大，能补。这都是我算计好的。"还说我们当逃兵，你不是眼瞎就是心瞎。想当逃兵压根儿就不会报名去担架队。你不想当逃兵，你去一个给我瞅瞅！"我知道这不是小事，不能由着人说，话说得重些也好堵别人的嘴。不怕没好事，就怕没好人。"嘴那样歹毒,也不怕遭报应!"我使劲瞪他一眼,又开始刺啦刺啦钉底子。

　　两盆稀里咣当的粥,就是一天的口粮。一盆粥打回来,先分成两份,给刘方分少一份,然后再大家分。表姊一份,长河一份,长海一份。长河碗大些,长海的碗小些。我在食堂东捋一口,西捋一口,回家除了喝点水,啥也不吃。这样将就着过了三个月,天气慢慢暖了,表姊却连被窝也出不来了。有一天,我发现她的被子薄了。捏了捏,怎么就剩下两层被单?"棉花呢?"我疑心是被耗子偷走了,经常有耗子爬上炕来,有一次咬了长海的脚指头。长海说:"奶奶给吃了。"我不相信,问长河:"长海说瞎话吧?"那年长河六岁,正是说瞎话的年纪。可长河说,奶奶真的吃棉花。我一屁股坐在炕沿上,顿觉手脚冰凉。旁边就是表姊的那颗脑袋,瘦小得就像个棉花桃。后来说谁的脑袋小,就形容是小棉花桃脑袋。逢到那种时候,我总会想起表姊,两腮深陷下去,颧骨和眉骨高耸,鼻梁就像掉进了坑里,要不她也有些瓦刀脸。"奶奶的粥给谁喝了?"我问。长海指长河,长河指自己。我一拳头擂到长河的后背上:"你咋能吃奶奶的,你咋能吃奶奶的……"话没说完,我一下哭出了声。"是奶奶给我吃的，我饿。"长河可怜巴巴地看着我，他是大身量，像瓠子一样细瘦。我说："长海，你没吃？"长海摇摇头，说奶奶不给我吃，奶奶只给哥哥吃。"以后不许再吃奶奶那份粥……记住了？"我有些泄气地嚷道，想着奶奶如果真给他，孩子哪有不吃的道理。就像配合我一样，表婶突然打了一个很响的嗝，徐徐吐出了一口很长的气。这样重复三次，她的整张面孔都塌了下来，竟无声无息地走了。

表婶也埋到了河套地里，春天粉色的野花开满了坟圈子，野花名叫地黄，叶子长满了疙瘩，就像癞蛤蟆的皮。我们都叫它猪妈妈，人不吃猪也不吃。地黄的名字就是二先生告诉我的，河套里也有他家的地，他真是无所不知啊！猪妈妈一生就是一大片，叶子肥大，花就像小喇叭，嘀嘀地吹。表婶跟表叔埋在了一起。他们算是美满夫妻，一辈子没伤过和气。"当年若是车马没被征用，还能多过几天好日子。"这个话题，表婶念叨了一辈子，她想念家里有车有马的日子，觉得那才是正经过日子的人家。

春光长得没有尽头。能吃的草都吃净了，树皮都扒光了。我去食堂做饭，看见有人从仓库里推来一麻袋黄豆，说是要做种子的。

"有啥办法呢? 先活命要紧。"食堂已经几天没见粮食粒了。队长赵桂德让我们把黄豆都磨成黄豆粉:"先吃了再说,回头地里长啥吃啥。长菜吃菜,长草吃草。"我们都说他疯了,地里马上就要下种了啊。"人都饿死了,还种地干啥? 能不能活到庄稼熟还不一定呢!"伙房有两盘磨,我和张素良一人管一盘。黄豆粉下来,她先抓一把揉进了嘴里。"这要是炒熟了多香,又好磨又好吃。"生的豆粉一股豆腥气,但这是好粮食啊。

赵桂德有点鬼祟地走了过来,说:"你家大姑姑来了,我咋觉得不对头呢?"

"谁?"

"刘园大姑,带了仨孩子。"

我撂下手里的活计匆忙出去了。刘园自打出嫁,就没好好住过娘家,只有给我们做装新被子的时候来住过一晚。她家姐夫自打把她娶走,也再没来过。这都是表婶的心病,她知道闺女嫁得不称心。很多个晚上表婶睡不着觉就自己嘀咕,当初瞎了眼,有闺女扔大河里也不该给姓窦的。我就知道她在惦记刘园,一直在为当初的选择后悔。现在好了,她家姐夫当乡长了。

我边往外走边把围裙解了下来,掸了掸身上的灰尘,理了理头发。娘四个一起回娘家，这是个隆重的事。这要是表婶活着，得欢喜坏了。刘园就在门口站着，蜡黄的一张脸，见风就要倒的样儿。她手里牵着个闺女，也就三四岁。身后还有两个小子，大的十多岁，小的七八岁。家里还有两个大些的，也都是男孩子。刘园已经生五个孩子了。她眼睛直勾勾地看我，眼神似乎全在我身上，我却感觉不到她能聚焦，她似乎是连聚焦的力气都没有的人。"大妗子。"她这样喊我，嘴唇控制不住地哆嗦，她是指着孩子这样叫的，"我有五毛钱，想出来买萝卜。去了李庄，可没有买到。你能卖给我两个萝卜吗？"她望着我的眼神都像要打摆子。我吃惊地问："为啥要买萝卜？"我走过去想抱一抱外甥女，她瘦得皮包骨头，头发乱蓬蓬，像个头没梳脸没洗的刺猬。可她认生，一下就躲到刘园身后去了。"五毛钱，买不了啥。"刘园几乎带了哭腔，更像是在跟自己嘟囔，"孩子都好几天没正经吃东西了，再不吃就要饿死了。"我反身回了食堂，把围裙铺到面板上，用一只面瓢扎豆面，往围裙里放。赵桂德冲了过来："嘿，嘿，你要干啥？"我说："外面的人你也看见了，大小四条人命。三岔口离城近，原本地就少，打不下多少粮食。好歹也是老庄亲，孩子要叫你一声老表兄，你不能看着他们都饿死！"我一边说，手也没闲着，足足扎了两瓢面，把围裙一兜，拎着就往外走。我对张素良说："妹子帮我多干着，回头我再帮你。"

赵桂德在身后说："听说大姑父当了乡长，自己家的孩子咋会没吃的？"

"谁知道。"我说，"听人说他只管当乡长。"

我不是随口说的，当真有人这样说刘园家的姐夫。

我领他们回了家，先烧火。家里没有锅，刘方用拆马棚的石头搭了个灶，上面坐上瓦罐，园子有出产的时候，偷偷煮口东西吃。水开了先下一小半豆面，光吃豆面也不行。又抓了两大把家里的玉米面。算起来这玉米面是表婶省下的，他们该吃。盛了四碗糊糊的粥，放到了炕桌上。三个孩子把头埋到碗里，那闺女连刘海上都粘了粥沫子。不一会儿的工夫吃完，两个小子站到瓦罐边，这回他们只添了半碗，瓦罐见底了。刘园只吃了两小口，就把碗放下了。我说："你咋不吃？"她细声细气地说："吃不下。"我说："吃不下也得吃，身子骨要紧。"她又把碗端了起来，眼神落到碗里，嘴里说着："这样深的情分，得值多少钱，我还不起啊。"几乎带了哭腔。这样的刘园哪是我见过的，我能接受的是结婚前的刘园，让我管她叫小姐。我声音很冲地说："都是自家人，瞎客气啥！"她明显让我吓着了，身子一抖，缩起肩膀，眼神里便有了惶恐，像刚出窝的小耗子突然见了人。我心里咯噔一下，问："姐夫整天都干啥?"刘园说："他忙。"我说："他不管孩子吃喝?"刘园端着碗发呆，似乎是在想怎么回答。过了好一刻，刘园嗫嚅着说："他忙。"

大小子说："我爸把我妈的钱都拿去喝酒了。"

我的眼泪早流了下来，起身去了后院。上一次见面就在几个月前，那是在表婶的葬礼上，她茶呆呆的样子我以为是因为伤心。现在想来比这更早的时候病就坐下了。姐夫爱喝酒的事我也有耳闻，两庄有人走亲戚，啥消息都能传过来。据说有个下乡的专员爱喝酒，不知怎么就跟窦姓姐夫对上了眼，他就像个跟班，专员走到哪儿，窦姓姐夫跟着去哪儿。这还是钉大底子时候的事，他从二上把钱截了去，找人去喝酒。刘园去使钱的时候扑了空，说那份钱早被家里人支走了，那钱就是用来买粮的。嫁汉嫁汉，穿衣吃饭。男人揩女人的油，这日子不凄惶才怪。柴火垛底下就是菜窖，去年秋天，家里长的几垄萝卜连缨子都被我存下了。还剩五个萝卜，都长了很高的芽子。天气一暖和，须根都长了白毛毛，一股霉气味。但萝卜都湛青碧绿。

我用布兜子把萝卜装起来。又找了块干净的布，把豆面包了起来，让刘园带回家去吃。没想到刘园说啥也不要，她给我五毛钱，只要两只萝卜。如果我不收钱，她连两只萝卜也不要。她疯了似的阻挡我，把小外甥女吓得哇哇哭。我住了手，看着刘园，心疼得直打哆嗦。我知道她的三个心眼被堵上了两个，成了一个心眼的人。这要是表婶活着，还不得急死。

我们议论过，姑爷也许是因为一口气，一辈子不登岳家门。表婶说，窦家穷，娶来媳妇入不起洞房，这样的事天底下都是奇闻，才让他没脸见人。我说，娘家又没找上门去理论，他没理由怪我们。可表婶说，穷人有穷人的想法，你越没找他打架，他越觉得你瞧不起他。如果打上一架，说不定啥事都过去了。表婶嘴里吧嗒着烟袋，给出的解释没人能反驳，因为，也再找不出别的理由。所有的眼神中，顶数瞧不起让人吞不进咽不下。姐夫这样想，莫非刘园也这样想？表婶管窦家叫穷人，当着刘园的面也这样叫过。姐夫逢年过节不来，小舅子结婚不来，丈人、丈母去世也不来，可以想象刘园压力有多大。

送走了刘园母子，我发了会儿呆，想起刘园出嫁时的风光。骑大驴，穿红戴花，我和刘方给她背包裹。没想到十几年的光景，就变成了这样。她生第三个孩子的时候我去看她，带了一篮子鸡蛋和一只老母鸡。母鸡是熥好的，鸡蛋是煮熟的。表婶嘱咐我，进屋先给刘园剥一个，喂到她嘴里。表婶生怕闺女吃不到。事实证明当妈的有预感。可还没容我进屋，她婆婆就把东西截走了。那天我跟刘园一起吃了口饭，我问刘园，婆婆会给你炖鸡汤喝吗？刘园说，我没你命好，她有娘家。这是什么话。说得我也有些不高兴。但这婆婆是个护着娘家的人，刘园是这个意思。

家里又攒了一些鸡蛋。我每天捡回鸡蛋搁到纸笸箩里，都要数一遍。我对表婶说："我给大姐送些去吧，让她补补身子。她家人口多，好东西轮不着她吃。"

我想好了，这次再去，我会把鸡蛋藏起来，多会儿见到刘园，再像变戏法一样变出来，总之，绝不会再让她婆婆截了去，便宜自己的娘家人。

我埋头给刘方缝裤子，等表婶的反应。表婶吧嗒一口烟袋，我再没想到她会这样说："救急救不了穷，那就是她的命。"

我冲口说："她还在坐月子呢！"

表婶说："她姓窦，不姓刘。"

我一下怔住了，再没想到表婶会这样说话，她过去多疼刘园啊！这才真是嫁出的女，泼出的水。我心里满是凄惶，想女人的命，为啥比黄连还苦。

还没到收工时间，我突然想起了个事儿。还是年前上冻的时候，我去西坑边找溜冰的孩子，意外碰到了二先生的老婆。我远远喊了声"二大娘"，二大娘在坑沿边撕麦秸，那个麦秸垛推得像一顶蘑菇那么整齐。她迟缓地回过身来朝我笑，我才发现她浮肿得厉害，两只眼就剩了一条缝。"是潘美荣啊，你表婶还好吧？"一句话，把我的心肝都提拎了起来。这一村的人，也就她叫了我一声"潘美荣"，还有"你表婶"。

我眼泪倏地落了下来。

我问二大娘撕花秸干啥用，她说家里的猫要生小猫了，给它垫垫窝。人都饿成这样了她还养猫，罕村也就她一个人肯干这种事。闲下来经常会想起一些旧事，借砂罐，借纺车，她说的那些话，她用面纱擦砂罐上的浮尘，都像刻下的一样清晰。我把剩下的豆面用围裙包起来，夹到胳肢窝底下去了西坑沿。只有二大娘一个人在家。她围坐在破棉絮里，背像弓一样弯着。光线有些暗，她努力挤挤眼，身子却没动。"二大娘。"我喊了声。她倾过身子，用笤帚扫了扫炕沿，觑起眼睛才看清是我。"是潘美荣呀，你炕上坐。"她的唐山口音听上去像唱歌，只是没有多少气力。我说我不坐。我展开包着的围裙，说队里在磨豆面，我给您㧟了一瓢。我是偷着出来的，还得回去干活。二大娘抹了抹眼，说："谢谢你惦记。"我就出来了。

她瘫痪了，下不来炕。出来时我想，二先生的那些药丸大概没有了，我觉得那是能治百病的。

"你为啥给他们？"夜里躺在炕上睡不着，我跟刘方说了豆面的事。我们帮不了刘园，她现在是五个孩子的妈，给瓢豆面都不要。听说我把豆面送给了二先生，刘方一下坐了起来。"你说啥？你咋会送给二先生？"我说："那两人可怜……""你这是立场有问题！"刘方陡然变了脸，用手指头点着数落我说，"那是集体的粮食，你应该送回食堂。你用大家伙的东西去结外人缘，那人还是地主，你说，你是不是立场有问题？"

"屁立场。人都快饿死了，还要立场有啥用。"

"立场咋没用？立场是大事。"刘方气得不知说啥好，重又躺下时给了我个后脊梁，说，"蠢。"

我说："啥？"

他声音很重地说："你蠢。"

"看来我不该给刘园娘几个做吃的。"我自言自语，"拿集体的粮食做饭给亲戚吃，是不是也有立场问题？"

31

"他几天没来了?"

"谁?"

"你爸。"

"我爸干啥去了?"

"去镇上籴粮食。"

"籴的啥?"

"一口袋高粱,满满一口袋高粱。"

那是只大口袋,站在窗根底下,比窗台还高。这口袋扎上嘴少说也能装一百斤。那是红高粱,一看就是新粮食,高粱壳子还是青的,上边挂着细小的笤帚苗。

"那不是籴来的,那是'跳'来的。"

"咋跳?"

"他赶着队里的马车给人家拉了一春天的土,却谎称去东洼拉沙子。其实是借拉沙子的机会捎来回脚。那人是酒厂管事,家门前有个坑,说是破坏风水,得拉土垫平,我爸给他家垫平了坑,他从酒厂扒出了一口袋高粱。"

"你咋知道?"

"我爸亲口说过多少回。有一回赶集还顺道去那里看了,坑上边竖了块影壁,上边画了破四旧的小人儿。我说,影壁也是四旧。"

"我不知道他这样'跳'粮食。每天把马累得四抹汗流,因为走得急。饲养员都心疼,经常问,刘方,你那沙子啥时能拉完啊?再拉不完这哑巴牲口都要累死了。"

"我爸是个聪明人,知道咋为自己谋好处。这样的事,换成别人根本想不起来。"

"哼,你还夸他,这是投机倒把。"

"您别乱扣帽子。这叫……抓住机会。我爸就是能抓机会。他当会计是因为队里开始打草帘子,他管指导、验收、送货。年底分红分了一百五十多块,最少的也分了七十多,那天队里喜气洋洋,就像过节一样。那也是我第一年挣工分,比后来的万元户还让人高兴。大家都说我爸有本事,去城里买套绳就能搭来买卖。日子要是一直这样过下去,很快就会实现共产主义了。那时的人都这么想。"

"这一百五,给你买了飞鸽牌洋车子。"

"不光我一个人骑。老二老三后来也骑。"

"给你晃媳妇啊。当年你姑父家的一头小病驴，就把你姑晃了去，你奶后悔了一辈子。"

"您说的那是旧社会……凭我高中毕业……"

"当会计扛着大秤管分柴分粮，管记工分，活儿又干净又轻省，你爸乐意干。我乐意他赶大车，有工分加补助……可他又想当队长。赵桂德年纪大了，俩人搭伙计憋气，说着说着就说岔了，赌气换了位置。赵桂德不识字，位置让儿子顶上了。那时你爸天天给这家帮工，那家帮工，我心里明镜儿似的……他就想当队长，这是走迂回路线。可队长是那么好当的？人家赵桂德从打入社就当了……社员表面拥护你，心里咋想的你咋知道。你爸看不出火色，他就是看不出火色，以为人人都是好人……他经常出去喝酒，还以为自己人缘多好，栽跟头就知道周围的人都在看热闹了，没有一个人帮一把。那天，哼，那天……"我倒憋一口气，谨防一口老血喷出来。

有人把手放到了我的脑门儿上。我细细感觉那手。"老三回来了？"我问。

"我是长河。"

"你少糊弄我。就凭这手我就知道是大夫。"心底的欢喜漾上来，嘴里都像抹了蜜。

"又说胡话了，哪有老三？"

呆了会儿，我咧着嘴说："我想回潘家寨！"

树越来越小，草越来越低，白茫茫一片盐碱。这片区域叫太和，潘家寨就在大洼的洼底。这样的潘家寨，我也看不入眼，可这里毕竟是家。我知道我走不动，把我扔到沟渠里，树行子里，都行。只要是潘家寨的地界都行。我想在这里躺一躺，找块盐碱厚的地方，那土暄得像褥子。气味躬人，可那也是家的味道。我家有一块谷子地，就在潘家坟，那里埋着潘姓人家的祖先。我和我妈我哥在那儿薅苗。谷子该熟了，谷穗像马尾巴一样黄澄澄、沉甸甸。"求求你，让我回潘家寨，我想回潘家寨。"我低声下气，不知说给谁听，"我爸我妈我哥回来好一眼就能看见，我已经很久没见他们了。"谁能达成我的心愿，我有心愿啊！我从没在谁面前这样服过软儿，我总像只好斗的公鸡——这是死鬼刘方给我的封号。"你啥时变成那样了。"他的小眼神让我觉得自己一无是处，"一个囤子媳妇，啥时变成了刺猬。"哼，囤子媳妇就不能变成刺猬？只配做面团让人捏圆揉扁？那架吵的不是没有理由，只是刘方觉得不是个理由。"你就是囤子媳妇，天底下都知道。这有啥好计较的？"我就计较，不计较我就不是潘美荣！我又嚷，嚷着说话已经成了习惯。跟着我又疑惑，"你到底是不是老三？"就听扑哧一笑，我就知道完了。没人正经对待我的问题，我的话在他们看来就是个笑话。我轻轻啜泣起来，像小孩子那样委屈。

老大似乎是站在高处，他脚下是一个山包，风把他的头发吹起来，像树胡子一样飒飒地飘。我站在低洼处，把脑袋仰到最大限度才能看清他的脸。老大掰着指头说："第一，你想回潘家寨，对不对？第二，你想老三回来，对不对？"我慌忙点头，就像他手里拿了块糖，而我是想要糖的孩子。"目前的问题是，"他用指背擦了擦鼻子，冷风让他的鼻炎发作了，"只有一项能满足。你是想回潘家寨，还是想老三回来？"

忽地出了一身透汗，像是把身上所有的力气都变成了汗珠子，人就像躺在坑塘里，在水里漂着走。刚才还在织席呢，用碾碌子轧苇片子，用小刀子从中间切割，这边一拉，那苇子就被劈成了两半。每一根苇片都要把芯子剔出来，削薄，那样编出的席子光滑。苇片越薄，席子越柔润光滑。那样大的席子就我一个人耍，在院子里打开场儿，从第一个人字花开始编，编着编着就编成了一排大雁，从南往北飞，从东往西飞。转眼就是收边儿，用刀子切整齐，折返。边儿就成了双的，两边都是人字花。尺寸跟着房形走，三间房大的炕，四破五大的炕，长和宽都不一样。那席子是金黄的颜色，阳光照下来，通体亮堂堂。队里的女人都好奇："长河妈，没看你跟谁学，你咋又会织席子了？"我抿嘴笑，只要我想学，没有学不会的。自从用苇草打帘子我就开始琢磨，有些好苇子又高又壮，打帘子用得裁掉好长一截，糟蹋。炕上的席子还是结婚那年表婶给换的，从炕席缝里酿烟，都跟灶灰一个色。我早就想换领席子，却又买不起。

有啥事能难倒我潘美荣？嘻嘻，我一领席子卖十八块！

水慢慢分开了一道缝，我像鱼一样一下翻到了水面上，伸出脑袋吸一口气。这口气总也不够用。我往深里吸，再往深里吸……天上开满了花，有红有绿，有白有黄。这花是真的还是假的？我想扯下一朵，闻闻香，有香味就是真的。我朝上抓去，就听哎哟一声。

我盯着面前这张脸，水晕慢慢退去，平头方脸一张黑黄面孔慢慢浮现，他用手抹了下："咋还抓人？"

"你大哥呢？"

"出去了。"

"干啥去了?"

"我哪知道。"

浑身的骨头都是板的,像是跟这炕长在了一起。

"想吃点啥?"

我摇摇头。

我脑子很木,忘了人还要吃饭这回事。

"老三回来了?"我舔了舔嘴唇。

"你梦里都在叫。"

老二出去了。堂屋传来哗啦啦捅炉子的声音。我疲乏地闭了闭眼。我身上一丝力气也没有。可梦里不是这样,我有干不完的活儿,使不完的劲。"我刚才跟谁说话了?"

"跟谁?"

答不出。我努力朝墙上看,想知道现在几点了。

"差一刻十二点。"老二说着,"明天这个时候就要过年了。"他开始接电话,"我在家收拾猪头呢……炜个整个的,好不容易过年了,犒劳一下自己……就是一点一点拔毛,忒费事。"

"用沥青粘。"我说。

"您那法子早过时了。沥青对人身体不好。"

"又没让你吃沥青。"我说。

"那也不行。"老二说。

"你咋不给老三打电话?"

"马上就该回来了。"

"老三回来我就能去潘家寨了。"我嘟囔,"也就老三肯帮我。"

"回去干啥?"他说,"这些年都没来往,回去找谁?"

"谁也不用找。"我赌气,"好歹挖个坑埋了算了。"

第八章

32

　　大船被拖走那天，我偷偷去了河堤底下，给大船烧了几张纸。我心里一直有个奇怪的念头，在知道要把大船拖走后更强烈了。从河东的潘家寨送我来河西的，除了我妈，就是这条船，它能给我做证明。我妈一走就没回来，可这条船一直在，我啥时想去河东，它啥时在这里等我。感觉中，它似乎跟我是有关联的。或者，是我妈让它等在这里的。这个想法从一开始就有，只是很多时候忙忘了。夏天在打麦场夜战，不管收工多晚，姐妹们一起往大河边上跑，为了占据有利地形。女人占下了，男人就得去别处。这里是沙板地，在水里踩上去很舒服。洗完澡上来脚不用冲洗，是干净的。我围着大船转，这边摸摸，那边摸摸。船帮上光溜溜的，长了苔藓，船舷也潮湿润滑。有一天，我突然有了幻觉，觉得这船有点像我妈，我扳住船舷贴在它身上，它身上滑溜，像皮肤一样有温度。那一刻简直让人心惊。其实我明白，天气太热，水温一直没下去，大船就像饺子躺热水锅里，没法让自己凉。

船底早漏了，孩子们经常在这里钻进钻出。我问拖走干啥用。"拆了烧火。"来拉船的是外村人，我一个都不认识。我也不知道他们说的是不是真话。大船倒扣的地方留下了印记，我在中间燃着了纸钱，说："当年是你载着我妈过来的，又载着她回去了……你知道她在哪儿吗？"忽然来了一阵风，把那团纸刮到了水里。那纸还一直冒着火苗，像长了腿一样在水上行走，像漂着的一盏灯。

莫非我妈已经去了天上？这之前我一直不肯相信，觉得我妈就是两辈子不回来，肯定也有理由，而不是像二爷爷说的那样，一个跟头栽死了。

我一屁股坐在河滩上，有尖利的东西硌屁股，肯定是碎了的蚌壳子或螺蛳壳。我一动没动，感受着那尖锐的硌和痛，心里涌动着一股难言的情绪。我对着河水和星星说："妈，你如果有在天之灵，就让那火熄了吧，别烫着河里的鱼虾。"

那火快速就熄灭了，淹没在浓墨样的河水里。我面前是一片蓝汪汪、亮晶晶的碎银子，一波一波地看着我。

"真的是银子就好了。"我妈望着白花花的盐碱地也这样想，那样就可以不种地，一心一意去打牌了。

"真邪门，真邪门，没有比这更邪行的了。"老大进门就嚷。不知啥时他缺了颗门牙。他打小牙就不好，爱吃糖。表姊偷摸着也要买几块，临睡塞他被窝里。这是亲孙子。老二不是。黑眼白眼不受待见，吃饭掉个米粒不定挨多少数落。现在有结果了。老二的一口牙又细又白。老大从二十多岁就堵牙窟窿，还让人骗，说牙里的虫子能从耳朵眼里爬出来。那虫子像干了的耗子屎，又黑又硬，躺在郎中的手心里，一动不动。

"这是假的!"我嚷道。

长河却说是真的。他说能看见虫子嘴一张一合。郎中一脸麻疙瘩，笑着把虫子揣进衣兜里。水开了，老二提拎着水壶进来了，打开了暖壶盖。"啥邪行?"他问。从壶嘴往外冒热气，他提着壶往外走，跟一个人差点撞上。老二手里的水壶一晃悠，躲开了来人。

"你你你……"他嘴里像含了机关枪。

她眼里谁也不看，脚步一顿一顿地朝我这边走。我也忘了眨巴眼，急忙喊："长河！长河！"老大奔过来，递过来一只方凳，赶在张二花屁股落下之前塞在她屁股底下。"您……恢复得可是够快的，这就能串门子了？"长河的眼睛瞪得鸡蛋大。

"我就是摔蒙了一下，别人就当我死了。流了点血，没事儿。李大夫给输了瓶液，我比原先更有劲了。"她瘦，腮帮子瘪了进去，更显得一脑袋头发又多又乱。但眼神是没有忌惮的张扬和广大，似乎什么都不放在眼里。张二花明显比原先锋利，有两世为人的干脆和利落。她还穿着大棉袄和二棉袄，红的在里头黑的在外头，腰身粗壮得像石碌子，一看就是所有的家当。"这是真的还是假的？我是不是又糊涂了？"我想抓她的手，可浑身抖得厉害。我好像在发疟子。"没事儿，没事儿。"她像拍孩子一样拍我，眼泪滚落下来，是煤灰的颜色，"我也以为我死了。可阎王爷翻着账簿说，你寿数没尽，快回去吧。"

张二花嘎嘎地笑，粉红的舌头在嘴里闪动，像小孩子在装鬼样子。

"你真看见了阎王爷？"老大不错眼珠地盯着她。

张二花并不看他，晃着脑袋瓜说："我就是那么一比方，一比方！"

"这到底是人是鬼?"老二素来胆子小,此刻恨不得有穿墙术。他往后退到墙脚,牙齿咔嗒像敲梆子,手里的水壶也跟着抖。老大说:"你别紧张……我说邪行就是因为她缓过来了……我亲眼看见了全过程……她在炕上躺着,你大嫂她们都去买纸钱去了,响器班子都上门了,存头喊人给穿衣服……衣服穿好了,她突然说,热!热!一屋子的人都吓炸了,连存头都要往外跑。我没跑,活人死人我都不怕,我是无神论者。我一把抓住了存头的胳膊,说,傻子,你妈活了!关键时刻存头六神无主,面如土灰。我说,快,倒杯水来。存头说,她这不是活了,这是诈尸。我说,诈个屁,你看不到她脸都红上来了,汗都捂出来了……"

"可,可……"老二结巴着说,"会不会被啥附体了?"

"附啥体?"老大大大咧咧地说,"活了就是活了,把李大夫找来输瓶液,输完就好了。"

我细细听着老大说的每一个字,心一阵一阵地喜。惊厥的感觉很快过去了,眼前就是出苦情戏。一个人活得好好的突然死了。然后又活了。戏里都不敢这么写。说死就死,说活就活。也就张二花这样矫情,她一辈子都是戏里的人物。

我的心在一瞬间蓬勃地跳动,就像开了心花一样。就像自己起死回生了一样。我欠起了半个后背和脑袋，想像迎接英雄一样迎接她，张二花就是英雄，她凯旋！这要是能玩牌的日子，我就给她披红戴花！她脸色灰白，身上一股子灰尘味，这是跑了远路了！两双老眼，两张老脸，鼻子对着鼻子，脑门对着脑门，离得那么近。看着看着我们都笑了。笑得收不住，像吃了笑药一样。咯咯咯，唧唧唧，哪里像要死的人，分明是青春年少的声音。

老大见不得我们这么张狂，抱着膀子率先往外走，两只手往下摩挲，是在抖搂鸡皮疙瘩。老二比他更利索，早一步跨出去了。没了旁人，我们的笑咯噔停住了。屋里是一阵死样的静，瞬间万念皆空，啥都不存在了。房子、院子、儿子、孙子、世界，啥都没有了。就剩我们两个人，像流落到空气里的尘埃一样浮动。仿佛我们原本就是两粒尘埃，根本不曾有过房子、院子、儿子、孙子、世界。我们啥也没有，就有老丝瓜瓢子样的两个躯体，彼此能看见彼此，彼此和彼此牵扯和交集。我喊了一声："张二花。"她喊了一声："潘美荣。"都再无话。我们都有点不好意思。我抽搭一声，她也抽搭一声，然后就是哭得收不住。淌着鼻涕和眼泪的老脸更丑了。她把身子俯下来，下巴抵着我的腮，眼泪和鼻涕蹭到了我的肩膀上，像受了天大委屈的样，突然发出了一声号，声音扬上去，又下来了。往下沉，一沉再沉，从喉管一直沉到胸腔，又沉到了腹股沟，我真担心她一口气上不来。然后便是拔烟囱一样一点一点往上提气，喉咙终于透出一点风，一口气总算缓了上来。张二花说："潘美荣，我没事了！"

33

都是柴火女人。

早晨一睁开两眼，挂着两朵眵目糊头不梳脸不洗就去抱柴火烧火。下地回来，哪里有个树枝草节都会拾到家里。夜里刮风，背着筐扛着铁丝耙子去搂树叶。跑十几里地去大洼刨谷茬儿、高粱茬儿，拾满一筐背回家。这都得起早贪晚去干，该上工回来上工。老的小的都小燕一样张着嘴等你伺候。没有谁给你权利干这个不干那个。油灯底下缝裤子、缝袜子、缝鞋子、缝褂子，鼻子眼儿熏得都是黑的，像猪鼻子一样。放上饭桌你得最后一个吃饭，剩下啥吃啥。有馊粥烂饭就绝不吃新的。不是你想这样，是家家的女人都有这样的习惯。你多吃一口别人就少吃一口，男人活计累，孩子长身体。这些念头都在你的脑子里，有谁为你想过吗？你天生就应该这样。谁让你是做妈的。你就是钢浇铁铸的硬家伙，永远不知道啥叫累，啥叫东西好吃。就像上足了弦的钟表，只要有口气儿，就不会停下脚步。所有的活计都是你干，所有的苦都得你吃，所有的累都是你受。稍微有点懈怠，就一个字在等你：懒！女人担得起这个字吗？邋遢不怕，丑不怕，若是"懒"的名声传扬出去，那才真是没活路了。死了人家都嫌你臭块地，连儿女都不待见！

可人各有命，各有活法。这道理后来想通了，用了几十年。高家娶来媳妇不下地，队长赵桂德说："听说新媳妇不上'三台'，自古就没这样的说法。我就看她一辈子不下地，将来喝不喝西北风！"

"三台"是指锅台、井台、碾台。锅台、碾台就不说了，单说那井台，是这样好上的？黑铁皮水桶空着都沉，再装满了水，从井里摇上来，辘轳吱嘎响。若井沿上有冰，脚下随时打滑，落井里那可不单让人笑话。人不落，水桶落。井绳下边有个挂钩，钩住水筲提梁，正经庄稼人三晃两晃，啪的一个倒扣，水桶浮上来是满的。生手行吗？越晃水桶越漂，三晃两晃把水桶晃出去了，水桶自己倾斜，自顾沉底。那才是叫天不应，叫地不灵。坐井台上哭的多半是谁家的新媳妇，在娘家娇生惯养，哭不是因为束手无策，是觉得丢人。张二花牛就牛在这里。一早掏灶灰的是婆婆，抱柴烧火的是婆婆，去井台挑水的是婆婆，抱着碾棍推碾子的是婆婆。婆婆也是小脚，个子不算高，说话结巴，所以轻易不张嘴。不张嘴说话就只能干活，张二花是这一条街的笑话，谁提起她都会啐一口——你当婆婆是驴吗？

可她嫁过来带了面半扇门板那样大的镜子，着人专门背着，五花大绑拴在后背上。那是个车轴样的小伙子，穿街走巷过来，十冬腊月天也累得四抹汗流。这样的镜子能照整个人，竖在墙上能照整个屋子，队里谁都没见过。那镜子镶金边，框住一大块水银，据说水银刮下来也能卖钱——张二花每天就干一样，照镜子。那镜子能把人照成仙女。

不照镜子人家也是仙女。大辫子垂到屁股蛋下，绣花鞋，阔腿裤，走路就像风摆柳。再看人家的皮肤、眉眼、嘴唇、脖颈、指尖，咋能干粗活儿，就该像画贴墙上。那天西坑翻坑，队里捞了几筐篓鱼给大家分，现场吵得像蛤蟆坑，大了小了先来后来一片乱糟糟。张二花手里拿了条花手绢，穿了条带褶皱的削薄裤子，一甩一甩走了过来。场面立刻安静了，人们自动给她让出了道。她蹲到筐篓前，钩起一条大个鲫鱼的鱼鳃，仰头对赵桂德说："队长，有我们的吗？"

赵桂德的胡子老脸瞬间温柔。他团着语气说:"有,有。大婶子家五口人,按说,只能分到三条鱼。""不按说呢?"张二花的眼神都落在笸箩里,谁都不瞧。赵桂德说:"大爷、大叔是非农业,按说没资格分鱼。可他们没少给村里人办事情,于情于理都该有份儿……"说完,把几条大个鲫鱼划拉到了边上。张二花说没带盆子。赵桂德说这好办。他到旁边去折柳树条,一条一条把鱼穿了起来,三条穿一串,另外三条又穿一串,分着递到了张二花的手里。有人说,她家顶多分五条。赵桂德说,这样提着好看。一边三条,一边两条,那叫啥。

这也是张二花第一次公开露面,挑鱼、穿鱼的过程大家都很安静。目送她走远,大家长出了一口气,嗡的一声又开始乱哄哄地重新分鱼,你大我小叽叽喳喳。你跟我比,我跟他比,但没人跟张二花比。谁都知道跟她没法比。张素良端着瓦盆挨蹭着我走,我以为她要说闲话,赵桂德家新买了台蝴蝶牌缝纫机,这是全村的第一台机器,机头锃亮,像个小枕头。全队的妇女走马灯样地去参观,还没纫上针,谁都可以空踩两下,摸一摸飞快转动的皮带轮,缝纫机散发着一股好闻的机油味。有人问这缝纫机是高众买的还是高大河买的?赵桂德嘴里含豆腐,没明说。

高众是张二花的丈夫，高大河是张二花的公公。两人都在采购股上班，高大河是一把手，有人说他跟公社书记是一个级别。

赵桂德辈分小，这一条街的女人他不叫婶子就叫奶奶。辈分小说明祖上人丁兴旺，一辈一辈的人繁衍得快。他管张二花叫大婶子没毛病。关键是，张二花这个大婶子从始至终没正眼看过他，他纯粹是热脸贴人家冷屁股。那个巴结劲，真让人看不入眼。

"吃了饭，我们去张二花家照镜子吗？"张素良左右看看没人，小声对我说。

这话太让我意外了。我觉得，天底下所有的话加在一处都没这句让我意外。平时都咋说张二花，啥难听说啥。远看不上，近瞧不起，闲话一说就是一箩筐。专门去照镜子，听上去咋这古怪呢？

我说："有啥可照的，丑八怪还是丑八怪。"

张素良满脸不高兴。把瓦盆夹到腋下，分手时都没跟我打招呼。

后来女人们都去照镜子，上工前早出来几分钟，照得喜气洋洋，像能把自己照成仙女。我坐在树墩子上钉底子，假装看不见。有一天，张素良对我说："那镜子照出人来真好看，你知道张二花咋照镜子吗？"

"天天照？"我听有人这样说过。

"脱了衣服照，布丝不挂。"

我啪地用底子打了一下张素良，这样丑的话咋能说出口。张素良拱了我一下，说这是她婆婆说的。"我们去照镜子，她婆婆在屋外摇扇子，阴阳怪气地说，穿着衣服能照出啥?"

"人家也未必是那意思。"

"公公背着儿媳妇过河，把儿媳妇当菩萨养，这里的包子都是馅。事出反常必有妖，他们家的事，用脚指头都想得出来。"

"你别胡说。"

"我才不是胡说呢。"张素良撇了撇嘴，"如果光照脸，让你说，她买这样大的镜子干啥?"

这真是一个不好辩驳的理由。我的脸涨成了葫芦头，张素良的话和她脸上的神情都是种冒犯。张素良是个大扁脸，平时有点鬼眉眼道，喜好偷东摸西，谁都没她手快，办法多。比如从地里偷玉米，像弹夹一样绑腰上。从场院里偷麦子，把麦粒都挽进裤腿里，一层一层往上叠。我俩关系好，她这些都不瞒我。但这件事情让我对她有了看法。她不是邪魅的人，是镜子让她邪魅了?

队里明显有了不好的气氛，有人把走亲戚的衣服穿出来干活。还有人天天大中午洗头发，脑袋上飘散着一股洗衣粉味。还有人穿了张二花穿的布料缝的裤子，走起路来就像"哆咪嗦"。这是音符，形容软、糯、飘，像风刮一样有声音。后来那人就得了这个外号。但没有人问她的面料是从哪儿来的，背后大家都鄙夷。还有人从城里的商店买了针织面布鞋，是绿针织面，橡胶底。这简直是造孽啊，自古女人就是做鞋的，居然买鞋穿，真是不怕天打雷劈！这些变化一点一点出现在生活里，男人看不出来，他们的心思不在女人身上。但女人跟女人之间连一个眼风都藏不住。藏不住也要藏。有些人是真排斥，比如我。排斥人，也排斥事。有些人是假排斥，比如张素良，嘴上说一套，心里想一套。所以提起张二花是异口同声地埋汰，说她打小没娘，后娘调教不了她，在镇上风骚得有名。别人说话我从不插言儿，我觉得她咋样跟我没关系。高家离我家也不远，但感觉中两家从没有过交集。我朝窗外看了一眼，刘方正在套车，他要去玉田拉沙子。队里有匹马是烈马，干啥都不好使唤，赵桂德想把马卖了，刘方说，要不让它驾辕试试？刘方因为这匹烈马有了好名声，大家都说，他家过去养过马，私人养马会把马当孩子养，马都识得他身上的气味，多不好调教的马放他手里也听话。

　　他一年到头很少有空闲在家里，总在外边出官差。拉土、拉沙子、拉砂石料，拉柿子核桃栗子红枣或各种粮食，有点像表叔年轻的时候。他也往北京的采购股拉过麦秸编的蒲团、草帽以及白薯、香瓜、烟叶和粉条，掌着鞭子从天安门广场前经过，回来跟儿子们吹嘘了一晚上。他特意把马车停在金水桥头，走到近前去看毛主席像。只不过表叔是给自己拉，挣脚力，每天都能摸到现钱。刘方不论拉多远，每天也是挣十分，一分也不多挣。就因为他赶大车，评分再也不用我着急。队长、会计、车把式，是队里的头三名，不参与评分。如果他们不能挣十分，那就谁也挣不了。我能想象他赶车时的样儿，悠悠地跟着马车走，或坐在车辕上，挺着身板。鞭子在空中虚虚地晃，不舍得落到马身上。我特意给他用旧棉花缝了个软垫，让他坐上去舒服。当然，他车辕底下有个兜子，不论拉啥，都会塞一把东西拿回家。家里穷，靠山吃山靠水吃水，人人都这样。

我抓起一件褂子跑出去，给他扔到了车上。赶车披星戴月，早晚寒凉。可刘方抓起来团成一团，又给我扔了回来。"你当我要捂白毛汗啊？"他斜起眼睛看天上的太阳。他爱穿身上那件白褂子，系了蒜疙瘩扣。大家都说他不像车老板，像公家人。

再过两年，家家都买了大镜子挂在房山上。那镜子比半扇门板还阔大，左右镶对联或山水花鸟，比张二花家的镜子高级多了。这差不多是每个家里最贵重的物品，都是在县上的物资交流大会上买来的。那一年，队里几乎家家都买了大镜子，除了我们家。刘方也张罗买。我说，没有那样大的脸，不买。我说这话不是赌气，是真心的。据说，那是县上的第一次物资交流大会，不管多远，凡是长腿的几乎都去了。走着去，骑车去，坐马车或拖拉机去。我也去了一趟，买回一把铁柄的小镐子，专门刨白薯用。过去都是木柄镐，镐柄和镐头容易脱落，周围加一圈楔子也不行。村里新买了一辆东方红拖拉机，每天早上在街头等着去参加交流的人排着长队。交流会开了十天，天天如此。县城所有的街筒子都挤满了人，据说每个晚上都能捡半筐挤掉的鞋子。人们怕坐拖拉机颠坏了那些大镜子，都是五花大绑绑身上背回来，直走到后半夜。我在张素良家里见过那一块大镜子，屋子分外亮堂，像宽敞了很多。但再也没人把照镜子当成个事情说。照大镜子也成了寻常事。我发现，那镜子照出人来也不咋好看，没本人好看。张素良仍是大扁脸，甚至更扁。张素良也奇怪，咋没张二花的镜子照人好看呢？再去张二花家，她家的大镜子早没了，墙上是两块小方镜子，并排贴着，说不出的厚重秀气。哎，人家早不稀罕大镜子了。

过门儿七个月，张二花生了个儿子，大名叫庆存，小名叫存头。她婆婆是结巴子，见人就说："七七七……八八八……"她是想说七活八不活，这是在给早产儿找理由。可那个"活"字绕嘴，越着急越说不出。"不就是结婚前就有了吗？"这事儿哪能瞒人，存头生下来就像只牛犊子，头发黑得像戴着帽盔子，早产儿咋会那样，分明是怀过了头。大家都说，张二花恨不得再怀几个月，好生个哪吒。

34

"花无百日红。潘美荣你信不信？"

她俯下身子，脸跟脸之间不超过半尺，我能感觉到她呼出的热气，有一股子烂木头味。喷出的唾沫星子直砸到我脸上。她当我是死人。她一定当我是快死了的人才问这么样蠢的话。我不理她。我理她干啥。绷了一会儿，我还是忍不住了。我瞥了她一眼，又瞥她一眼。我的眼神有埋怨，也有责备。当然，埋怨、责备也是友好的，就像亲人之间常有的那样。这个时候我就当她是亲人，比亲人还亲。只是，我心里依然耿耿，你咋能对我说这么过分的话，在你张二花的眼中，我连"花无百日红"都不知道吗？气一股一股在胸口那里堆积，聚成了一个球，若在过去，早爆炸了。我一辈子得理不饶人，看在她遭了这样大劫难的分上，就饶了她吧！

我的眼里是热的，像有水波在涌动。我要努力克制才不让眼泪流出来。张二花的小脸瘦成了一条线，下巴尖成了锥子。要不她也是狐狸脸，老了更像。坐对面玩牌时我经常偷眼看她。好看的女人谁都愿意看，这不算毛病。人老了不经磕绊，就那样一点油水，一熬就没了。我觉得她的脑浆子大概也被熬干了，原来是条河，现在成了个浅水洼。我的脑子是什么？是不是成了一块盐碱地？水洼还能养蝌蚪，盐碱地啥也不长。你刚才说啥来着？哦，花无百日红，问我信不信。张二花，你说我信不信？

她在小圆凳上坐下了，大棉袄二棉袄穿在身上，前胸鼓起来，后背翘起来，就像要起飞的战斗机。她诡秘地往我身边凑了凑，嘘着声音说："潘美荣，你知道我打哪儿来吗？"

我看着她。我想说你从家里来，你刚下了床拍子，死了又活了。可这话我不能说，我怕吓着她，她难道以为我不知道？

"我告诉你——我是从花无百日红那里来的。"

我一下给惊着了。

我动了动身子，后脊梁上的一根骨头硌得难受，我反手伸进去，居然摸到个物件。掏出来看，是我的小翻面皮钱包，拉开小拉链，卷起来的红票子和老三的相片都在。啥时掉出去的我不知道，我还以为被谁摸走了。当时我想，不是老大就是老二。想着是老大的时候多，我顶不相信他。这样的错误老年人常犯，幸亏我当时没说过分的话。我不动声色地把钱包重又放回口袋里，用手拍了拍。

我急于知道"花无百日红"是啥意思。张二花却不说了，她不像卖关子的样儿，她是脑子真不够用。她愣怔地盯着墙角看，那里的窗缝有风，窗帘在微微鼓动。她一定想不明白窗帘为啥鼓动，因为她看不见风。窗帘用了几十年了，是当年时兴的确良的年月买的，薄得能照见星星。买的时候是豆绿色，现在已经成干白菜帮子色了。

我耐不住性儿，捅了她一下，问"花无百日红"是咋回事。张二花眼神慢慢往回转，画了一圈终于落到了我的脸上，她现出天真的样儿，说你真不知道她叫"花无百日红"？我问，谁？张二花响亮地说："我婆婆呀！"

我长出一口气。她是真活回去了。

"我给她起的外号。"张二花牙疼一样吸气，神情特别得意。

我依稀记得她模样。小脚，小个子，结巴。不能干，但有死乞白赖劲儿。挑水的时候用两手垫着肩膀，挪蹭着往前走。从地里往外背高粱，人家背两个高粱捆子她背一个——她实在是力气小。她死的那年八十六，团团缩缩像个核桃，跟花无百日红不搭界。

张二花说，就是那个死结巴，一天到晚嘟嘟囔囔花无百日红、花无百日红，磨叨得我耳朵起茧子。她这是说谁？说我呢。转着圈骂人呢。她就是嫉恨我年轻、漂亮，恨不得我跟她一样变成老茄子。有次我说她，你没见过花有百日红吧？还有千日红，万日红。你见识浅，没见过就当人家不存在。

"没有千日红，也没有万日红。"我说，"也没有百日红。"

"哼，你也这样说。"张二花冷笑了下，腮上的皱纹往深里走，显出一副轻佻样儿，"谁说花无百日红？我绣一朵红花钉墙上，让她抬头就能看见。我要让它红一千天、一万天，让……这不是我欺负她，是她欺负我……她只会说这一句，而且就说这句话不结巴，这不是成心气人吗？我说，你这当婆婆的咋是死猪心，花无百日红对你有啥好，值得你天天挂嘴上，这样你就称愿了？以后我就叫你花无百日红，行了吧？她说，斗斗斗……我说，你快别斗斗斗了，再斗斗斗我都成结巴了。瞧你把儿子生成啥样，你对得起谁？也多亏她结巴，我才能过几天舒服日子。她吵不过我，就去干活，她一生气就干活，一干活就停不下来……"张二花的嘴唇抿成一条线，挺着胸脯，特别神气，"我遇见这样的婆婆，可真是烧高香了！"

我看着她，她真像要返老还童。

"高众三锤子砸不出个屁，老爷子向着我，我说啥他挺啥。"张二花嘻嘻一笑，"我说，我给她起了个外号，叫花无百日红，好听吧？老爷子知道这里的典故，笑得喷饭，连连说好听好听，这个外号起得好！我又问高众，给你妈起的这个外号好听吗？我问三句，他一声都不应答。他就是这么个人，越问越不应答……哦，爱应答不应答。那年月，才叫好日子，日头不晒屁股不起来，一天三顿饭给端进屋吃。我给他们生了儿子，我有这个资格。别人家吃糠咽菜，我们家隔三岔五能吃顿肉。怕肉香味跑出去，烧火的时候关前后门，堵窗眼……所以我们家总掏烟囱，她火烧得多，灶灰就聚得多。老爷子不单能搞来精米白面，还能搞来大油、豆饼、山货和木柴。有一次，光青皮核桃就弄来一麻袋。那时节很多村里的孩子都没看过核桃长啥样……结婚前我提条件，不下地干活，不上'三台'。老爷子说，不就是几个工分吗，咱不挣。我们家养得起你，保你一辈子吃不愁穿不愁……唉，一辈子，谁看得透一辈子呢！她也生气，我说的就是那个花无百日红，生老爷子的气，也生我的气。说一个大活人摆在家里当祖奶奶，这叫作，这日子迟早好到头！她这话谁爱听？谁也不爱听。她见天哭丧着脸，说自己就是老妈子、使唤人，说你们过成一家吧，我过够了，明儿就去投河、跳井、上吊。话是这样说，我知道她不舍得。这样的日子全庄谁家有？谁家也没有！她活得比老爷子年头长多了。老爷子死的时候六十一，她活了八十六。所以她总说老爷子应该多活几年，我活这么久有啥用，他有工资呀！"

"那时家家都难，没想到你的日子这么好。张二花，你是命好的人，有法术。"我看着她，她从没这样敞亮地说过家里的事。那些事够久远，都能清晰地来到眼前。能把公婆都使唤得团团转的人，不是一般人。

"我没法术。"张二花喃喃。她在手心吐了口唾沫，两手一拍，朝头发上抹。我熟悉这动作，过去抹头油时都这样。她神情笃定而又自得，仿佛还像年轻的时候一样有资本，这口唾沫就是凭证。"我为啥嫁给高众，不就凭老爷子对我好吗？他不对我好，我能嫁给他儿子？又蠢又笨又结巴，男人死绝了也不会嫁给他。"

结巴是跟他妈学的。"他咋蠢咋笨？"我确实不了解高众。

张二花抿紧了嘴，好看的嘴角一边有一个黄豆粒大的旋涡。旋涡不欺负人，能跟人一辈子。只是时下不圆了，有些长。短暂的沉默似乎是拿不定主意，她愣怔着，嘴一个劲咕哝，像是在嚼咕东西。她突然俯过身来，要说悄悄话的样儿，但声音一点也没有降低。"我告诉你个秘密，你跟谁都别说，他根本不是个男人……"

"啥？"

"他不是男人！"

可他明明五大三粗呀！

我起鸡皮疙瘩了，身上一阵一阵寒凉。张二花的话可真让人惊奇，一条街住着，谁家过啥日子别人都不知道。苦了咸了酸了甜了只有自己清楚。提起高众大家都说他老实，太老实。又结巴又老实。真不知道有这样的说道。他从十多岁就在镇上上学读书，后来他爸又在镇上给他找了份工作。找工作的人有本事，干工作的人也得有本事，村里人都这样以为。

我禁不住要打摆子。这样的事从张二花的嘴里说出来，尤其让人受不了。感觉就像猪长了翅膀，满天飞。鱼长了翅膀，满天飞。白薯也长了翅膀，把天空都飞黑了。把人都飞迷瞪了，把脑子都飞乱了。就看吸顶灯像只铆足劲儿的陀螺在屋顶吱儿吱儿地转圈。乱的不是我一个人。张二花像白痴一样甜美地笑，我就知道她也乱了。院子里也乱了，那里像是有很多人，吵嚷声把窝里的蝙蝠都吓出来了。嘘，嘘，张二花你小点声。你不活人，你还有儿子，还有孙子呢，这样的话咋能轻易说出来，要人命啊。

我紧张得鼻尖都冒了汗，却像被梦魇罩住一样动弹不得，我希望张二花能意识到自己说错话了，那不过是讲古记……哦，你肯定又在做梦了，这一切都是你梦里的情景。张二花没有死了又活，她也没来述说往事。那种晕眩是因为坐电梯。去城里的医院查肺结核，结果啥也没查出来，却在电梯里晕得要死要活。旁边的医生是老三的同学，叫老四。说大妈这么好的身体，这么大的胆儿，坐电梯咋吓成那样？以后咋坐飞机和火车？我真不是吓的，我就是晕。飞机火车我都能坐，真的。我还想去老三的家里看看呢，那是在长江边上的城市，老三曾在地图上指给我看。我从那以后发誓再不去医院，后来果然也再没去。但那种眩晕的场景我反复梦见。炕站起来。褥子跟我一起在空中打转。我像个仙人长着翅膀，比鸟儿飞得都高都快。眩晕中我看到了六十一岁的高大河去村南桥头买油饼。那年他刚退休，外衣总在肩上披着，不系扣。这不是庄稼人的穿法。横穿马路的时候恰好遇见一辆汽车，人就像蝙蝠一样飞了起来。那年月的汽车还很少，半天才过一辆。怎么那么寸，他过马路的时候开过来一辆。村里人都说，他是享福享得太多了，每天都来村南买油饼，老天都看不下去了。他那天穿了一件黑衣服，飞起来时尤其像只蝙蝠。汽车迎着太阳走。很多人都看见了那是一辆蓝色的汽车，后边带着拖斗。拖斗里是空的，大家都说，如果车斗里装满货物罕村人就能追上去，拦住它。可空车实在跑得太快了，快过了所有人的脚。那年周河才架了桥，马路从河东修了过来。这条路变成了名副其实的一线穿。嘿，一线穿！多好的一线穿！一头连着外省，一头连着北京！可再好的事也有坏的一面。连着北京的事其实早被辟谣了，但大家情愿这样相信。人们遗憾地说，若是不修桥就好了，那车指定跑不过河去。或者，不连着外省就好了，说不定能让公安局查到。总之，在众目睽睽之下车跑了。高大河在很多人的眼睛里飞了起来。就像在表演杂耍。两只手臂缓慢地朝空中伸长，还没容打开，便穿过一排白杨树，落在了十几米远的玉米地里。高众死得更早，采购股新买了一辆吉普车，被他直接开到了河里。那个大桥有栏杆，我赶集的时候曾走过那里，一根木头栏杆断了，后来改成了水泥的。但吉普车掉下去的地方很多年后还能被说起，因为大桥上的水泥板被磕掉了一块，始终没法修补。

　　张二花变成了寡妇。关键是，她家少了一份工资。高大河死了，就连一份工资也没有了。更关键的是，这一家就剩老少寡妇，一个总嘟囔花无百日红。

"家里啥活儿都是她干。"我从遥远的记忆深处挣扎着回来，是想努力接上张二花的话。我知道张二花在小圆凳上坐着，像个棉花包一样。意识一波一波在我脑子里涌动。那些年代久远的封土像山一样厚重，压得人喘不上气来。我必须挺住。她婆婆叫啥来着？"花无百日红！"我似乎听见了一声凄厉的叫。这是谁的声音？不是张二花还能有谁。她这是欺负人呀，欺负婆婆的一张结巴嘴，欺负婆婆不受公公待见，欺负婆婆养了不中用的儿子。真是造孽啊！有人撑着也不能这样。人狂天不理，人善狗不欺。这都是老言古语，张二花明白这些道理吗？不行，我得讲出来，不能因为她闹死闹活就糊涂庙砌糊涂神儿——这话很久不说了，年轻人不懂。不能因为她跟我好我就偏向她。

可是，我为啥有些心疼张二花，她是不是也是受害者？

我就像一粒黄瓜种子，终于从深厚的土里钻了出来。胸口呼哧呼哧喘，一口痰就卡在嗓子眼，吐不出，咽不下。我拼出命来咳，那口痰终于被舌头裹住了，炕上有卷纸，张二花给揩了去。眼前逐渐清晰了些，我无力地看着那片光亮，那是窗，窗台，摆着水杯、线轴、一瓶腌蒜、手电筒和一个皮带扣。皮带扣是老大的。我喊："老大，老大！拿走你的皮带扣，没有皮带扣你咋系腰带，裤子会掉下来的！"我听着外面的动静，似乎有一两声鞭炮响，这是谁家要娶媳妇了？张二花站起了身，大棉袄二棉袄跟她一起动，窸窸窣，窣窣窣。她绕到我的脑瓜头去丢垃圾，顺手拉了一下电灯。电灯突然亮了，山石一样的影子往回移动，她趴着身子又把灯拉灭了。灯绳就在炕席边上。张二花淘气地扭脸看了眼那灯，杂灰的后脑勺对着我，黑棉袄的小立领直戳着，正中间的地方飘着好长一截白线头。天还没有黑彻底，电灯的光线突兀地闪了一下，又不好意思地消失了。我看得真真的，它就是不好意思。我依稀记得刚才在喊花无百日红，心里对她是满满的怜惜。大家说她就像是高家养的驴，一天到晚就知道干活，从不串门子，从不在哪儿跟人说句闲话。走碰头撞个死疙瘩都休想开口。她的眼睛从不看人，也不看天。你不知道她看哪里，但她的眼睛像手电筒的光一样是亮的。她原来是个面白的女人，后来成了黑瘦筋巴，看上去总也累不趴的样儿。看来她干得不情愿，是没办法。话又说回来，女人的一辈子，又有多少情愿的？谁都不情愿。我情愿？张二花情愿？都是没法子啊！

花无百日红。这话很有趣。她说给张二花听时，分明是句讽刺或提醒，只是年轻时的张二花不以为意。或者，假装不以为意。谁都有年少轻狂的时候，但似张二花这样的少。她觉得作为一朵红花就可以永远红下去，丝毫没有预见以后的波折。十年，顶多十年，就星移斗转天上地下。大家都乐意看张二花刨地的样儿，屁股撅着，露出一片雪白。头巾箍着脑门儿，后脑勺上像母鸡一样翘着一绺头发。她把镐头高高扬起，落到地上像皮球一样往上弹，能把虎口震裂。这是刨地吗？这是砸夯啊。刨地得用腕子上的巧劲，才能让镐刃深入到地里，使劲一撅，把那块土撬起来，蚯蚓、蜈蚣也会跟着被翻出来。"她一个拿绣花针的手，刨成这样已经不错了。"刘方给她解围。那时他刚当小队会计，对啥事都爱发表意见。大家像围观猴子一样地哄笑，特别开心。她能够预见到自己会有刨地的时候吗？她没有。但花无百日红有。她总是愁苦的一张脸，几乎没见她笑过。她长着好看的杏核眼，那眼神也总是装满愁苦，像是明儿个天就要塌了一样。

我攥住了张二花的手。我想抚慰她。不管她做了啥事，我都想抚慰她，这是眼下我唯一能做的。她的手冰凉。她往袄袖里缩了缩，又让我拽了出来，放到了被子底下焐着。我握紧她的手晃了晃，心酸得又想掉眼泪。我知道张二花说这些是因为脑子不清醒，如果清醒她不会这样说。她是聪明人，知道啥话当说啥话不当说。那个花无百日红最后连孙子都不认得，好几年炕上拉炕上尿。张二花是多好干净利落的人哪，硬是白天下地干活晚上把她伺候得清清爽爽。这一条街的人没有不伸大拇哥的。谁也没想到张二花把日子过成那样，家像个家，外头像个外头。第一次评分给了六分五，她不急不躁，该咋干还咋干。这样干了两年，会计终于看不过去了，在评分会上公开说，张二花应该评八分。大家说呢？大家有啥好说的，这种事就是先开口的一锤定音。会计就是刘方，他那时就看张二花顺眼。张二花虽然没力气，但干活认真。世界上最怕认真二字。她那个仔细劲，干啥活儿都当给自己干，又利落又不偷奸耍滑。若是评五好社员，连我都想投她一票。过去她不是这样的。她偷奸耍滑早出了名。干半天活儿得跑三次茅房。自打家里没了倚仗，就像她婆婆一样只知道干活了。人的变化就是这样大。打草帘子的活计下来，张二花的手艺最好，帘子表面光滑平整，四边裁得整整齐齐，全队的妇女都去她家参观。队长赵桂德说，都是一双手，你咋就把帘子勒成这个熊样？瞧人家这帘子，勒得比席子还干净利落，人家的手是手，你的手就不是手？那才是张二花最露脸的日子，她如果脑子清醒，应该说这些。我一只手握着她，一只手摩挲她的手背。恨不得把她摩挲清醒，让她知道自己是谁，该说啥话。她的手上有灰黑的污垢，我的床单子是浅颜色，我清晰看见她手上掉下来的黑渣，像落下了黑芝麻一样。她不是忘了洗手，她是想不起来。"张二花你醒醒。你看现在是啥时候，我们不年轻了，你就别做梦了。快说说你刚才从哪儿来，除了花无百日红，还见到了谁？"

张二花的眼神不知在哪里跌落了。太阳下山了，屋里的光线暗了下来。也许今天根本就没有太阳，暗下来的是我的眼神。我越来越觉得眼前模糊，房间像天地那么大，却没有像天地那样让我心里敞亮。我咂了一下嘴。"老三还没回来？"问了句话，环视一下屋子，我说，"我想回潘家寨。"

张二花像座山一样矗立着，我不知道她是不是真的坐在这里。坐在我面前的是她的人还是她的影子。我用力捏了一下她的手，又狐疑捏到的是不是一根干柴棒子。

"那个村子整洁、宽敞，路上看不见鸡和狗，连根柴草节也没有。"张二花的脸上现出迷幻的光，眼里忽然有了神采。她盯着面前的这面墙看，害得我也把脑袋转了过去。那道裂缝还在那里，曲曲弯弯，有粉白的印子。我好像梦见过它，可我忘了为啥要梦见。

"你说的是哪儿？"

"房子像画上去的，大树也像画上去的，街上一个人也没有。"张二花笑眯眯地看我，有喜悦在心里藏着，藏得深远。她仰着脸更像是在自说自话。"我从大路上下来，走过一座石头桥，顺着一条亮闪闪的小马路往村里走。这小马路冒着七彩的光，两边开放着各种花，像是喜迎贵客一样。我一路都没有害怕，这个时候却有点胆怯。我想，这是迎接我吗？我有啥德行值得这样？我越走越惶恐，想自己都做过哪些见不得人的事，慢慢就走得踏实了。我想我张二花，从小没妈，跟着继母没过一天好日子。好日子都是我自己泼出命去挣来的。我没偷没抢，没杀人放火，我有啥可怕的！想起活着的那些日子，才让人胆寒。挖渠甩不上来土。割麦子让人落下多半垄，腰像断了一样疼。装满土的推车抄不起车把，走三步车就翻了。扬场看不准风向，麦芒子都刮到自己身上，扎得眼睛又红又肿。全队的女人都是一条心，唯独不理我，仿佛我是长虫精变的。去洼里薅苗她们你帮她她帮你，薅完一垄就去树荫下打牌。只剩我一个人在大太阳地儿里，就像孤魂野鬼一样。我知道你们都乐得见我这样，我越出洋相你们越开心。你们越开心我就越乐于出洋相。我磨磨蹭蹭,一垄苗总也薅不到头,干得就像绣花那样仔细。我想,我薅完到头干啥呢?既没人跟我玩牌,也没人跟我聊天。我不如在地里跟那些秧苗在一起。我干啥活儿就跟手底下的啥说话,我说啥它们都听着。同是干一天活儿,人家挣八分我挣六分五,一干就是好几年。我忍着。我对自己说,你过了十多年好日子,不挨累,不受苦。人这一辈子不能总这样。有些罪你该受,有些苦你该吃。这辈子不受下辈子受。这辈子受了下辈子就又有好日子了。我这不就熬到头了?我突然发现自己年轻了,腿不痛,脚步轻快,心也像长了翅膀一样。我快步走,听着自己啪嗒啪嗒的脚步声,耳边有呼呼的风响。我想,这就是罕村。只不过干净整齐了,像画上画的那样。老张家的墙,老李家的树,都是我第一次来罕村时见到的模样。连柴火垛都没分别,头上像戴着顶旧草帽,周遭像雨棚一样伸出遮檐。只是下边没有母鸡抱窝,记得它们特别爱扒出个地方孵小鸡。这一条街的人都在啊。这家那家的草房,二先生家的深宅大院,碾盘,辘轳井,都不像真的。不像真的就是假的。那么,我难道也是假的?我慢慢把脚步放轻了,心里在一阵响似一阵地擂鼓。我发现我还是害怕。生和死就隔一堵墙,仿佛只是转了个墙角,就从一边到了另一边。我边走边给自己打气。你不应该害怕,凡事都有老天爷安排，没有啥事能由得了你，不是吗？你活了这么久，啥事是你能做主的？我鸟悄鸟悄地走路，感觉中我还是十七八岁的样儿，手里拿着花绷子，在夏日的午后，出溜出溜从胡同里面冒出来。中午吃过饭，我喜欢到胡同门口的石头上坐着，绣花。那里有一棵大槐树，影子正好落下来，把整条胡同都遮出阴凉。我撑开花绷子绣花，我绣的花有名字，叫芙蓉。我那天绣的花就叫芙蓉。这之前我还绣过牡丹、百合、并蒂莲、喜鹊登枝。只要给我花样子，没有我绣不出来的。继母把它们做成枕套，偷偷卖给要结婚的人。也不知一副枕套多少钱，反正从没给过我一分。家里房子窄，我的屋子是个偏厦子，举手就能摸到屋顶，上面糊了很多旧报纸。窗子就是木条插上去的，上面的毛头纸打了很多补丁。所以我每天愿意在胡同口坐着，这里光线好。镇上邮局、储蓄所、照相馆、供销社吃公家饭的人上班下班都从我家门口过，我从不抬脸看他们。我知道他们都长着朝天的鼻孔，一副凡人瞧不起的样儿。可我也知道他们有人在偷偷打量我，因为我长得好看。"

张二花落寞得有些丧气。她嘴里一阵嚼咕，突然吐了口唾沫。

"有一天，有个年纪大的人走了过来，说整天看你在这儿绣花，我看看你绣得咋样。我把绣花布摊开来给他看。他说，还真是好看，你的手怎么那么巧，花绣得就像真的。你能卖给我一块吗？我说，我当不了家，你去我家跟我妈商量吧。我朝胡同里指，第三个门口有棵花椒树，有锄杠粗了，贴着墙长着。他没有往里走，在我的脚边蹲下了。他的脸离我的膝盖很近，我甚至看见了他嘴里镶了颗金牙。'二花。'他说。着实惊着了我，他居然知道我的名字。'我知道那是你后妈，我就想从你手里买，这样钱就不给别人赚了。明天就是你十八岁生日，对不对？'我说不出话来，我的生日我都不咋记得。听他说得那么体己，我的眼圈一下红了。后来他告诉我，他在镇上工作多年，镇上的人他基本都认得，家家的事都了解一些。我突然关心一块绣花布能卖多少钱。他说，你要多少钱？我想了一个数，五块！刚想伸出手去，心里就像蹦着十八只小兔子。可又想了想，这绣花布还得跟家里的另一块配对儿呢，给多少钱也不能卖呀。可他真是能猜别人的心思，说，我那里有布也有线，这么着，你专门给我绣一块，然后再卖给我，这样跟你家里的活计就没关系了，对不对？

"他一下子就给了我三十块钱。我长这么大都没有见过这么多钱。他嘱咐我买双鞋，买身新衣服。没妈的孩子不容易。他心疼似的说，我知道你妈生你的时候大出血，你连口奶都没吃着。他也眼圈红了，搌了把鼻涕抹到了身边的大槐树上。我把他给的布和线藏起来，每天晚上绣一点。我绣得很精心也很隐蔽，始终没让家里人发现。有时他会过来问进度，是绣叶、绣梗还是在绣花瓣了？他说我跟他的姑娘长得像，就是比她手巧。你跟她就像双胞胎。他还说过这样的话。有一次我刚把活计收起来，我后妈就来了。后妈说，是高股长呀，哪阵香风把您吹来了？快进家喝水去。他从容地站起身，说吃了饭转到这里了，二花的手艺真不赖，完全能卖钱。后妈撇嘴说，卖啥钱啊。高股长喜欢就拿去吧。我真担心他听后妈的话，把我手里的活计拿走。他只悠悠说了句，以后我专门买块布，请二花绣副枕套。花绣完了，我跟他也混熟了。绣好那天，照他的意思我给送了过去。他让我吃槽子糕，那样大一包，只有我一个人吃。我非常不好意思，但还是羞答答地把槽子糕吃完了。他瞪着眼睛说，这槽子糕是半斤，二花平时难道吃不饱饭？真可怜。来，让我抱抱，是不是比刚才沉了？我羞红了脸。要说我是大姑娘了，虽没读过书，没跟外人打过交道，也知道不应该这样，可我也不知道应该怎样，不知道他这样做是啥意思。他搂紧我，往上颠了颠，就把我放下了。你太瘦了。他说，连八十斤都没有，像根洋取灯儿似的，你咋能瘦成这样？除了皮就是骨头。在家肯定吃不饱。是不是？我点了下头。再吃点啥，再吃点啥呢？他就像一只好心肠的老母鸡，忧愁地围着小鸡打转转。他又去了外边的屋子，工夫不大，拿来一个油纸包，打开是四块自来红香油月饼，掰开一看，里面有青丝、桂花、核桃仁、葡萄干，是镇上的老手艺人做出来的，在早他家专门有人去外地买辅料，后来铺子归了公，变成了食品厂。镇上的人只能闻闻香气，能吃到月饼的人很少。我长这么大都没吃过那么好吃的东西。那么甜，那么腻。吃了就像让猪油蒙心似的不开窍，人本来就不聪明，这回更傻了。点心都很干，噎得人只想翻白眼。他给我倒了缸子红糖水，浓浓的糖水我一气就喝了。红糖水也很好喝啊，就是齁得慌。嗓子眼就像被堵住了，出气入气都困难。可只有甜能让人打心眼里高兴，从里到外都高兴！我只吃了两块月饼，就再吃不下了。我不敢打嗝，也不敢放屁。缩紧了身子坐在木板椅子上，想走，可又不好意思。哪有抹了嘴头就走的道理？我就像根木头桩子，吃的这堆东西似乎把七窍都糊住了，困得睁不开眼，身上软，筋骨没了，一丝力气也没有。他问我咋不吃了？我不好意思地笑了笑。他说一块月饼二两重，这回再让我抱抱，是不是比刚才沉了。他把我从椅子上架起来，搂紧了我，又往上颠了颠。他这回没着急松手，似乎是有点拿不定主意。他用脸蹭我的脸。他的脸是凉的，胡子楂很硬，把我的脸蹭得生疼。我心想，吃了人家那么多好东西，疼也得忍着！放下我时两手朝下一抹，他把我的裤子褪了下来，朝后一推，我就倒在了木板床上。我惊得两手两脚乱扑腾，像溺水的人一样。但我没有喊，院子里有人，我都能听见说话声。我不敢喊，怕自己丢人，也怕给他丢人。又想那些东西咋能白吃，人家提前都想好了的，谁让你嘴馋！我吓得就会哆嗦，人抖成了一团，手脚像在抽羊角风，掰都掰不开。他半天没得逞，急得满脑门子汗。他抖落裤子的时候我一下坐了起来，他的脸涨成了猪肝色，突然狠狠抽了我一巴掌——

"这一巴掌把我打灵醒了。我想他是不是很难受？如果因为我难受，我是不是应该帮帮他？我也知道他做的事不好，是丑事。可如果我不说就不会有人知道。我捂着脸从指缝偷看他，他突然笑了下，拍了拍我的脸，说不怕，不怕。二花，你是个好看的姑娘，我就想知道你都哪里好看。他把脑门儿抵过来，顶住我的脑门儿，说从没有人这样对你是吗？我只想对你好，只想对你好啊二花。我的眼泪一下涌了出来，抽搭一下，却又把嘴唇抿紧了。他把我的手放到他的生铁上，那里是烫的。就像打一针，他说，你打过针吗？

"他从抽屉里拿出一个布包，看得出他有准备。里边是两块平绒布。一块黑，一块蓝。他说这种布用布票都买不到，你拿回去做身衣服吧。

"黑的平绒给了我后妈，蓝的平绒我自己留下了。后妈问我布是哪儿来的？我说采购股的高股长给的，他要给我找个婆家。后妈很高兴，问是哪儿的婆家。我说就是他儿子，也在采购股上班。我认识。后妈说。他下乡收过鸡蛋。那小伙子不赖，就是有点拱肩。后妈抖搂着料子，说得有一搭没一搭。那块布她到底没舍得做裤子，她说多做几双鞋面子，可以穿好几年。

"他儿子的事我提前是知道的，他告诉我。说高众脑子好使，人不笨，就是干不了那个事儿。我问，哪个事儿？他把我推倒了，又来了一遍。然后对我说，就是这个事，你说这个事重要吗？就那么捅咕几下，没啥重要的。这事就是那么回事，你不当回事它就不是个事儿。嫁汉嫁汉，穿衣吃饭。穿衣吃饭才是大事。对不对？那时我觉得他说得实在，我也是这么想的。不为穿衣吃饭，嫁汉有啥用？潘美荣，你说我是不是个大傻子？"

我把张二花的手从被子里推了出来。她的手始终像冰棍一样，我焐不热。二次拿进来时我让她摸了摸我的肚子，那里就剩一个坑，肋条底下似乎连肠肚心肝都没了。前胸后背就剩两张皮，眼下贴在了一处。张二花没反应，她一直愣柯柯的样儿，傻得净顾着自己说。我想我得假装没听见。这是张二花的私事，高家的丑事，她不该说出来，应该烂在自己的肚子里。村里很多故事都霉烂了，不说出来谁也不会知道。日子久了啥腌臜事都被大风抹平了，被烟熏火燎的日子埋住了。你能咋样？你不能咋样。喝毒药、上吊、抹脖子、扎河、投井那都是旧社会的事，新社会不兴这个了。人跟猫儿狗儿没啥区别，有区别是因为穿了衣服，知道丑。穿了单衣服或者穿了棉衣服。夏天跟冬天不一样。麦秸垛旁、柴火垛下、庄稼地里发生过多少事？装看不见罢了。村子就是这样，到处都是烟火气。烟熏火燎中活出来的男女，不这样还能怎样？也许这就是命。遇见谁不遇见谁都是命。谁能保证自己一辈子没做过几回猫儿狗儿？我长出一口气，突然悲从中来，想哇地哭一声。嘴张开了，声音都要冲出喉咙了，想想还是算了。有啥哭的，没啥可哭的。该哭的都哭过了。没有啥了，的确没有啥了。我侧了下身，把身子窝了起来，几寸远就是张二花的膝头，大棉袄的下摆支棱着，都要杵到我的脸了，我的鼻子里都是烧纸味。那种马粪纸中间戳几个洞，用来送死人。烧出的灰都不是洁净气味。"我死谁也不用给我烧纸，我嫌呛鼻子！"我咕哝了句，不知有没有人听见。说出来没用。不说出来更没用。总之我就是个没用的人了。这种感觉真是奇怪。我哼了一声，不是在哼她，也不是在哼自己。我眼下就是想这么哼一声。她瞒天过海的功夫真不赖。这要是玩牌的日子，我会不会踹她一脚？有可能，非常有可能。我叹一口气。烟熏火燎的日子，烟熏火燎的女人，总还有别的法子活着。毕竟不是猫狗，咋能活得那么腌臜。张二花沉浸在自己的述说里，丝毫不理会我。我确实有点累，把嘴巴张到最大，打了一个长长的哈欠。"你说的啥是啥。"我说，"就知道你是编小说。"

张二花半天没有反应。我皱着眉头闭紧了眼，觉得脑瓜仁儿疼。我现在只想睡觉。一大片乌云像老鹰的翅膀一样飞过来，越飞越低，越飞越低，眼看就要把我遮住了。我的耳朵关上了，脑子关上了。每一根血管里的血似乎都停止了流动，我又要做梦了。

"我老远就看见了她。"张二花突然爆出的声音吓了我一跳，"她袖着手在街当中站着，穿着我给她缝的装老衣服，门襟袖笼有黑色的花，那都是我绣的。"张二花突然摇了下我的肩膀，响亮地说，"潘美荣，你猜我说的是谁？"

我心里一跳，傻子一样张开了嘴。我在想刘方临走穿的啥。年代实在是太过久远，我对很多事情都印象模糊了。但有些事情却记得清楚，刘方穿了套家常衣服，黑裤子，白褂子，褂子上结的是蒜子疙瘩。是我洗过浆过的，立领特别挺括。刘方第一次穿，没想到是躺进棺材时。

我不止一次想，没穿棉衣服，他到那边也不知冷不冷？他走的时候是八月，正是秋老虎逞威风的时候，早晚很凉。

死鬼刘方，他有辙，到啥时他都有辙。他不会让自己冻着。他去新疆都能扒火车，我就不信他弄不来一件棉袄。

"花无百日红！"张二花脸上漾出兴奋，就像真有人站她面前一样，"她也看见了我，不停朝我晃手。晃着晃着就耷拉下来，似乎才想起我是谁。她阴沉着脸说，你咋来了？我说我坐电报车来的。我故意气她。她说，你回去回去，还没到时辰呢！我说我咋没到时辰？跟她隔十几米远，我都能感觉到周身是冷的，她就像个大冰块，发散着无穷的寒气，冷得我直打哆嗦。她的脸像炭一样黑，两只眼睛鱼鹰一样盯向我，难不成她要吃人？她活着的时候我从没怕过她。年轻的时候不怕，老了就更不怕……潘美荣，潘美荣！"

我努力想睁开眼睛。

张二花突然俯下身来，趴在我的耳边说："我千辛万苦跑过来，就是想告诉你……咱还玩牌吗？临走想着带副扑克……那边有现成的桌子……"

张二花吹得我耳朵都是痒的。一股腐烂的气味直冲鼻孔，像埋了很久的虫子又钻出来了。她的牙龈包裹不住几颗又大又老的牙齿，像树一样在风中晃动。我的牙呢？我的能磕动花生米的牙齿呢？哦，还在，都在。这口牙齿花了大几千还是大几万，老三不告诉我。这样镶满口牙的事，村里没有几个儿女舍得。牙也分贵贱，差着不老少呢。咬牙印儿的时候老三说，要好的，用得住。牙医是他同学的同学，朝他身后看，朝老三挤眼睛，说大妈不得有八十多了？他的意思我懂，说我年纪大，没有必要镶好牙。"我且活着呢，你就放心吧！"我白瞪了他一眼，话说得阴阳怪调。他立时涨红了脸，不言声了。后来老三告诉我，我把牙医吓着了，说没见过这么厉害的老太太。别的地方我不舍得花老三的钱，但镶牙除外。人得吃饭啊，吃饱了身上才有力气。我使劲吞咽一下，其实吞咽的是一口空气，连唾沫也没有。我怀疑我身上的水分都失了，连一口唾沫都成了想头。人活成这样要说该是万全了，再有想法就是非分之想了。张二花的事像演电影一样在我脑子里闪过，我不预备说啥。我能让她生下来就是个有娘疼的孩子吗？能让她从小就不学绣花吗？能让她不收三十块钱、不卖给高大河那块绣花布吗？能让她不吃糟子糕和月饼吗？这些都做不到，我又能说个啥。

"天快黑了。"我看着窗户说了句。

"明明是天快亮了。"张二花扭头看门帘，支棱起耳朵听外边的动静，"我该走了，得做早饭了，一会儿还得出工去挣工分呢。"她狎昵地戳了下我的腮帮子，下手重，我觉得那里都要被她戳出洞来了，"我在前头等你，别忘了我嘱咐的话啊……"

她不安地回头看了眼门帘。"来人了，来人了。"她的脸突然变得严肃，郑重地说，"好像有人来接我了。"

"谁？"我突然心生惶恐，紧张地问，"谁来接你了？"

她儿子高庆存一挑门帘进来了。"说没说够知心话？还以为你们得道成仙了。"

第九章

35

我从场院回来，三岔口的窦姓姐夫在台阶上坐着，后边靠着门板。我们对这个称呼一直生疏，是因为从来也没有叫熟过。他的两条腿大幅度地撇开，两条胳膊放在膝盖上，显眼地垂着两只大手。他的眼窝更深、鼻头更大了。似乎是因为上了几岁年纪，人显得消瘦，脸特别长，典型的一张马脸。整个一个庄上的人都知道他娶走媳妇后再不登岳家门，还不知道为啥，天底下都没有比他更各色的了。我和刘方结婚他没来，表叔表婶过世他也没来，表婶骂了他一辈子。只要闲下来，表婶就从他一直骂到他家祖宗。眼下突然来了是咋回事？老三像小风车一样旋进场院，褂子的纽扣一个也没扣，小胸脯呼哧呼哧地起伏。他拽着我的衣襟把我拉弯了腰，然后才附着我的耳朵说:"咱家来了个人,就在门口坐着。看见我就说,去,把你妈你爸都叫来!我没敢问他是谁,他说话有点横。"老三从小就有眼力见儿,说话像大人。家里很少来客人,他怕这是个坏人,带来不好的事。

我没想到来的是三岔口的窦姓姐夫。老三从没见过他,难怪不认识。叫了他一声我就去开门,钥匙插到麻花锁孔里,半天碰不到那个机关。我承认我有点紧张,见了他就想起一句话:夜猫子进宅,无事不来。能有啥事呢?我暗自思忖。他不说我也不问。我招呼他去屋里歇脚。他却不肯进去,只是问,刘方呢?我说刘方在河套地里耪麦猫,长江已经去喊了。老三叫长江,就是刚才打发走的那个孩子。麦猫是指套种在麦子地里的玉米,麦子没割的时候下种,猫在小麦的阴影里发芽,割了麦子,正是耪它的季节。除草,施肥,培土,等着夏天来场大雨,它就噌噌噌地往上长。"当队长还耪地?"窦姓姐夫蹙起眉头,眉梢上挑,额上都是一杠一杠的抬头纹,很深,能夹支铅笔。他眼神里有狐疑和阴沉,让人心里特别不自在。"带头耪。"我说的不是谎话,但话说出来有股怨气,我自己都听得出。刘方总是跟着大部队干活,这里转转,那里看看。他其实不是真干,但总要做出干活的样子。

他的锄头用磨刀石打磨，谁也没他的锄刃锋利。锄杠扛在肩上，锄刃像块小镜子一样反着阳光。但他的锄头沾土最少，地头搒两下，没事了。我顶烦他摆样子，有时会不由自主地把臭毛病带家里来。当下刘方是队长，这之前他当了几年小队会计，总跟赵桂德拌嘴，说他太保守。打草帘子挣了些钱，刘方就显得有了话语权。我总劝他要低调，都是乡里乡亲的，较那真章儿干啥。刘方不，他骨子里有种东西见风长，我看得真真的。活计应该这样干，那样干；种子应该这样撒，那样撒。不能搞传统意义上的垄大苗稀，要搞小垄密植。化肥不该撒成芝麻盐，一亩地用多少，袋子上有说明，要按照说明走。"说啥明？"赵桂德终于不耐烦了，提高声音嚷，他不识字，也不相信那些字写出来的意思，"一袋化肥也不少钱呢，照你说的那样使，撒一地雪白，使得起？你有本事你干，行了吧？"于是正儿八经地搞投票，赵桂德一共就得三票，有一票还是我投的。赵桂德脸沉得像要下雨一样，刘方答应让他当会计。他说你这是知道我不识字，故意羞臊人。刘方说，那就让福生当，总行了吧？福生是他的三儿子，左手少两个手指头，是小时候玩铡刀削去了。我不愿意刘方当队长，是觉得他心性漂浮爱耍小聪明，那点权力会助长他的坏毛病。刘方的气性要不也有些变了，赶大车的时候不显，因为是跟哑巴牲口打交道。当会计就有点暴露了。他总用手法笼络人，一群人都跟他好得莫逆，他把别人家的活计当成自己家的活计，喝大酒扯闲篇，不到半夜不回家。我管那种白薯干酒叫猫尿。"别喝口猫尿就找不着北，忘了当年人家连十分都不愿意给你。"我也知道打人不打脸，骂人不揭短。可他气人，不这样说就不解气。他说我是妇人见识，头发长见识短。我说他是好了伤疤忘了疼，骑驴的不知赶脚的苦。我天天这样磨叨，比当年的表婶还嘴碎。

刘方不是小孩子，我吓唬不了他。

还好都在附近干活。这要是去了洼里，一走十几里，哪那么容易找回来。窦姓姐夫沉默地侧身站在台阶上，我开了门，他也没有往里走的意思。他穿得说不上体面，缅裆黑裤子上用布条系着白围腰，一件满是汗碱的蓝褂子，两只脚上都是泥。"走着来的？"我问。"走着来的。"他说。我再一次让他进屋喝口水，他说就在这里等刘方。我一个人进了屋子，端来一缸子凉白开给他，走到院子里打量着，他就像个要饭的。他当了三年多乡长就被开除了，专员犯错误调走了，他也被罢了官，又成了平头百姓。他这官当得快下来也快，就像一阵风似的。大家都管他叫"四不清干部"。消息传到罕村，有人当着我的面叫他"四不清姑爷"，说他如何如何。我不爱听。他的事我们不上心，总感觉那是个外人，跟我们不交心。他一口气咕嘟咕嘟喝了个底朝天。缸子递给我，刘方就拐了进来，骑一辆除了铃儿不响剩下哪儿都响的自行车，长江在后座上坐着，肩上扛着他爸那杆锄，灵便地跳了下来。"大姐夫来了。"我话音未落，就跟窦姓姐夫的话撞上了。"你大姐没了。"他冲刘方说，大眼珠子里咕咚涌出泪来，他用手背一抹，半边脸都是湿的。刘方还没站稳脚，两手一撒把，前车轱辘朝后一别，摔在了地上，他朝前跟跄一步，也险些摔倒。长江先去墙根戳锄头，又赶忙来扶自行车，费力地搊起来贴到了墙上。"啥病没的?"我也吓一激灵，心里却奇怪，人没了你还不在家陪着，亲自跑来报丧，那么多儿女是干啥用的?

"不是，不是。"他急忙摆手否认，才发现说错了话，让我们误会了。原来刘园去大洼里捡麦穗，走丢了。刘园神经不好，不能去生产队上工，就经常一个人出去拾柴火、捡麦穗。刘园手里有活计的时候就一边干一边唱，没有活计就犯神经。尤其见不得人吐唾沫，她以为是在啐她，会追上去没完没了地骂。刘方缓了缓神情，问是啥时候的事，窦姓姐夫说三天了。过去也走丢过，过一半天会自己回来。这回大概是走得远，昨天没回来，今天又没回来。他又落泪了。我发现他的泪珠很大，像黄豆粒一样圆鼓鼓，在眼睑上挂一刻，才吧嗒落下来。他很响地擤了把鼻涕，抹到了门框上。刘方一听就炸了，说一个大活人走丢了你们不去找，就在家死等？还一等就是三天？她一个病人在外不吃不喝，饿也饿死了！窦姓姐夫有些张皇，理屈样地白了脸，嘟囔说，都在修水库学大寨，请不下假来。再说，也没想到她不回来。"有人说在大洼里见到她了，所以想到大洼里去找。可我不知道大洼在哪个地方。"他说得可怜巴巴。刘方更生气了，说鼻子底下就是嘴，你不会问？

"说这些气话有啥用，还是快去找吧！有这工夫出去好几里地了。"我听不下去，朝外轰他们。

刘方主张再借一辆自行车，他们分头去找。没想到窦姓姐夫不会骑，说一骑就天旋地转。"你驮着我吧。"他对刘方说，"我坐车不晕。"他那样大的个子坐在后车座上，看得我心都是疼的。

出了门就是一溜慢坡，刘方驮着他紧着蹬脚蹬子，没让自行车自主滑行。土路高低不平，就见车轱辘一弹一跳地往远处奔去。平时他也不咋念叨刘园，出了事是真着急，到底是亲姐弟啊！

刘方很晚才从大洼里回来，滚了一身的土，半边脸上也是土，额上磕了一个三角口子，血已经结痂了。我以为他是栽了跟头，可刘方说，他跟窦姓姐夫在大洼里干了一仗。原本以为已经取胜了，把窦姓姐夫打趴下了，可一个没提防，窦姓姐夫爬起来了，猛熊一样从后面蹿过来，抱住了刘方的两条腿，又把他摔了一个马趴。"都是吃饱了撑的。"我用盐水清理了一下创面，用新棉花给他擦拭伤口，"让你们去找人，又没让你们去打架。都这么大岁数了，还干小孩子的勾当，有人看见吗？"刘方说有人看见，但人家没劝架，因为离得远。"真不嫌丢人。"我又想擦他脸上的土，被刘方甩开了。

他们运气不错。从大洼中间的小路一直骑过去，是一个叫夏家宅的村子。他们这一路走得慌张，车轱辘就像飞起来一样。大洼就中间一条主路，两人说好了一人打量一边。这里也种了麦猫玉米，已是绿汪汪一片，明显过了捡麦穗的季节。那时天还没黑，一眼放出去能看到很远。在夏家宅村口遇到一个七十多岁的老爷子，刘方问他有没有见到这样一个人来洼里捡麦穗。还真是巧了。老爷子说，昨天有个女人背捆麦子在附近转悠，今天又来了。我过去搭了个话，才发现那人有些毛病，人饿得走路打晃，也没舍得丢下麦子。她是走转了向，也许是遭遇了鬼打墙，找不着家了。老爷子回家给她拿了块白面饼，倒了碗水，她坐麦捆上吃了喝了。老爷子问她家里都有啥人，她说有当家的，有五儿一女。娘家是罕村，婆家是三岔口。这不就是姐姐刘园嘛！刘方兴奋地看了窦姓姐夫一眼，问，然后呢？老爷子手指河西镇的方向，她问回三岔口咋走，老爷子一直把她送出大洼，眼瞅她上了通往河西镇的路。到了河西镇过大桥，她说就认识家了。

如果从河东走，窦姓姐夫兴许就碰上了。

两人往回走，天都擦黑了。人有了着落，提着的一口气放下了，人就又累又乏。刘方没好气，让姐夫学着骑车，说驮着他就像驮一麻袋粮食，死沉死沉。姐夫死活不肯骑，说你当坐车轻省？硌得尾巴骨都是疼的。他说头晕，天一黑头就更晕。刘方更没好气，说也不是大宅门儿出来的公子，咋会这么娇气。一句话捅了马蜂窝，窦姓姐夫突然打了刘方一拳，把刘方捶了个冷不防。刘方没还手。可陈芝麻烂谷子的旧事都泛了上来，让刘方成了个碎嘴子。他说刘园嫁过去是个好好的人，却憋闷成了个精神病。赖谁？赖你！刘方恶狠狠地说。你整日价当乡长、喝大酒，家里孩子连顿饭都吃不上，你也不管。刘园钉大底子的钱你也能使去买酒，你咋就这没心没肺呢！窦姓姐夫嘴也不闲着，说你们刘家素来瞧不起人，没车没马的人家，却做出有车有马的份儿。刘园为啥出嫁，你比谁都明白。我早听说了，你妈嫁闺女不是图希人，是因为我们家有头驴。

这话把刘方说愣了，却没法反驳。表婶的确图希人家有头驴，只不过那头驴是废物。上当受骗的是我们，窦姓姐夫咋还倒打一耙呢？刘方更生气了，说结婚连洞房都入不起，嫁头驴也比嫁给你强。两人越说越多，开始是走着吵，后来就站住了。远处那老爷子还在村口瞅着，不明白这两人为啥不走了。窦姓姐夫说了更过分的话："你别以为自己是啥好人，你以为我没听说？你当队长是从别人手里夺了权，就为了照应你相好，那人叫啥我都知道！"

这话是我逼出来的，刘方一直吞吞吐吐不肯学说。我推测，他让窦姓姐夫撂下之前，应该先出手了。为啥先出手，难道是因为刘园嫁人的几句话？我觉得不太可能，火力不够。那样遥远的话题只能让人生闷气，不会让他出手打人。我死缠烂打，软磨硬泡，才问出这话。我知道，这话问出就算到头了。刘方一定觉得不可忍受，先把窦姓姐夫打倒了。然后窦姓姐夫才又摔了他一跤，这一跤纯属报复。

刘方不说话，我也不再说啥。这里似乎有啥需要解释，却又解释不得。最起码他是这样。有啥可解释的呢？他们都在我的眼皮底下，实在是没啥可说的。可为啥能传到三岔口呢？按照"好事不出门，坏事传千里"的规律，难道真有坏事已经发生了？天下人都知道的坏事单只瞒了我一个人?

我半宿没睡好觉,琢磨有些情景,心里一点一点生出间隙,越想越觉得可疑。这样下去我恐怕也要变成刘园了。我不想变成刘园。刘方和窦姓姐夫这一架,从路上打到了沟里,后来又从沟里爬了上来。原本又累又乏,打了一架,人就彻底精神了,也不累也不乏了。夏天的夜空像披了一层透明的纱,黑得不彻底。大洼空旷寂寥,只有数不清的虫子在一起唱歌。刘方拍打一下身上的土,问你还坐车吗?窦姓姐夫说,不坐车你难道让我走回去?这么远的路,得走到天亮。"我们到洼里干活,连妇女都是来回走,就你娇贵。"刘方又刺了他一句,骗腿上了车。窦姓姐夫小跑两步,蹿上了后车座。刘方骑车驮着姐夫走过了河西镇大桥,那里离三岔口还有三里地,就再也不肯驮这个粮食口袋了。刘方摸黑进了三岔口,看见刘园正在做饭。刘园似乎一点也不知道自己已经三天没回家了,看见刘方第一句话就问:"看见你姐夫了吗?他还没吃晚饭呢!"

刘方对我说,要不是因为大姐,我真想把他丢大洼里,忒恨人。唉,表叔表婶活着的时候,因为他伤了多少心啊!可他是刘园一心一意服侍的人,一辈子连口粥都不会熬。后来刘园瘫痪了,他把刘园抱到火炉边,看着她熬粥。等粥熬好了,再把刘园抱回炕上。他常说的一句话是："我熬的粥不好吃。"在早我们以为他是客气，男人有几个愿意烧火做饭的？后来才知道他真的啥也不会干，除了喝酒。他就爱喝酒。他应该当公家人，可惜没那个命。我和刘方找上门去教训过他，他咧着大嘴说："我就是个废物，你们说咋办？"

"饿三天就知道自己弄吃的了。"

这话我不敢对窦姓姐夫说，回家的路上对刘方说了。刘方没言语。嫁鸡随鸡，嫁狗随狗，嫁根扁担抱着走。这就是刘园的命吧，从打表婶就这样认为。

想到窦姓姐夫就让人喘不上气。天底下咋会有这样的人。用表婶的话说，他还是茅坑里的石头，又臭又硬。凡事凿死黑、认死理，不撞南墙不回头。不到黄河不死心。不见棺材不落泪。表婶嘴里咬着长杆烟袋，恨不得把天底下所有这样的话都给他用上。那个专员也是不长眼，咋会提拔这样的人当乡长，也不知他请专员喝了多少酒。但刘园丢了他抹两次眼泪，那泪珠都像黄豆粒大，一颗就能打湿半边脸。啥时想起这一幕，我心里就又有些感动。

"我丢了你都未必掉眼泪。"我嘴上这样对刘方说，心里却在想，你的事都传到三岔口了，看起来不简单哪。难道真有坏事发生了？这样一寻思，我就开始心慌气短，汗把枕头都打湿了。心脏怦怦怦跳个不停，像是下一刻就要跳不动了。

"你丢丢试试。"刘方顶烦我说没用的，跟我说话越来越没好声气。他爬上炕就装睡，假装打鼾的声音我听得出，只是他以为我听不出来，我也不愿意拆穿他。我们俩的褥子隔着不足一巴掌的距离，可很多时候，我能感觉到那褥子就像一艘小船，他用手轻轻一撑，那船就走远了，越走越远，慢慢就看不见了。就剩我一个人在岸上，傻子一样看着，不知该干点啥，不知该说些啥。水波缓缓退去了，窗子从模糊变得清晰，那是我的眼睛适应了熄灯以后的黑暗。他还在装睡，我也装。不装还能咋样。我对自己说，装一装一夜就过去了，一辈子就过去了。日子就是这样，像连缀起来的补丁，散落着就什么也不是，缝在一处就是件衣服，而且像新衣服一样，既能遮羞也能避寒。

36

"今天咋样？"

"还那样。你昨晚关机了，老三把电话打到了我的手机上，声音很急。他说大哥咋这个时候关机，家里是不是有事？你瞧他，就像长了千里眼……我没说妈不好，我不想让他着急。我问他啥时候回来，他说工作紧急，暂时回不来。我说，过年了啊，妈等着你呢。他说路封死了，车站、码头、机场，都封死了。工作离不开，机票都退了。他说你们好好过年，好好陪妈，医院里都是病人，实在脱不开身……"

"这就……不回来了？"

"是回不来……你没看网上说闹瘟疫？看样子很厉害。"

"想回来还是有办法，他认识人多。"

"那也得分情形……他急得喉咙都哑了。"

"他不回来妈可咋办？"

我突然叫了一声，肋骨那里像是被锤子砸了一下。两个儿子赶紧转过身来问："哪儿疼？"

我哪儿都不疼。我是觉得被"绝望"那只脚踩了一下，顿时眼前都黑了。

"还是应该把情况告诉他，省得挨埋怨。"

"你给他打个电话。"

"你打。"

"你打。"

电话却没打通。

我说："我要去潘家寨！"

他们不应答。

我又嚷："长江呢？"

老三已经两天两夜没回家了。老二是当作悄悄话对老大说的，我装睡，都听到了。他说医院到处都是人，老三的院长室都挤满了，就像世界末日就要到来了……老三说话的时候周围都是吵嚷声，那些病人都要疯了……老三是个平稳性子，从没见他这样着急上火过，他说你跟大哥多辛苦，陪妈好好过个年，我实在是回不去了。话没说完，就被一个女人的尖叫声打断了，老三最后喊了句："都别急，总会有法子……"

乱了，都乱了。我说，该你出牌你就使劲磨蹭，就不能跟张二花学学？

老二出去捅炉子，又提进来一壶水。老二哗啦啦往暖瓶里倒，一股热气氤氲过来，让嘴唇有了潮乎乎的感觉。老大又开始吃苹果，他的虫牙嵌进苹果里，使劲歪着嘴巴啃，好不容易才咬下来一块。潮湿的空气里又有了苹果的香甜味，很好闻。

"你听，又吹上了。咋还没完呢？"

"就过不了这个年，真够折腾的。"

"她就是个折腾人，从打年轻的时候就这样。一家办丧事，大家跟着一起听《大出殡》。"

谁，你们说谁？老大老二，干啥都不回答我，没听见我问话吗？

"不是《大出殡》……是村里黑管刘那一拨，为中午混口好吃喝，想唱《大出殡》也没嗓子。"

"唉，人咋这不经磕碰。谁想到她死了又活，活了又死……"

喂！喂！跟你们说话呢！

"这回再活过来，才算她有本事。"

"她够有本事了，这辈子活得不容易……但比妈容易多了，人家年轻的时候过过好日子。哪像妈，一根蔓上结苦瓜，从头苦到尾……"

哼哼。我不这样认为。

"你咋认为?"

吓了我一跳。

老大说:"一早起来你大嫂就去买烧纸,前街的人都问,人没了? 人真的没了? 你大嫂在小卖部转一圈,又踅回来了。她还是有些拿不准,这个张二花,不会又闹妖吧? 我说,都啥时候,还闹妖。我刚从她家出来,人已经停床拍子上了。存头说,她一路走一路笑,笑着笑着人就像柴火捆子样地倒下了。李大夫说,她是先闭气,然后才摔倒。摔倒的地方是门口的一堆玉米秸,她一头扎了进去……人跟人就是不一样,张二花是个特别的人,死法也跟别人不一样……"

"从咱家回去的路上?"

"也不知都跟妈说了些啥。"

"唉,妈会不会受了刺激?"

"她能受刺激就好了。"

"她为啥总说回潘家寨?"

"她总是有想法,可那想法不符合实际……回潘家寨找谁? 我们两眼一抹黑，连条狗都不认识。长这么大都没登过姥姥家的门，按说也有不算远的亲戚，她还有个叔伯二爷呢，咱们应该叫二太姥爷，在潘家寨一直当家主事，直到老了干不动了才卸肩，他还有后人在村里，应该也混得不赖……可这些年一直没走动，咋会没走动呢？从没听她说起过……现在再去找人家，人家认你这亲戚才怪……要我说她就是脑子乱了，胡言乱语。她爱说啥说啥，你该干啥干啥……人老了都这毛病，越老越矫情……"

老大说的话我大致听懂了。虽然一会儿清楚一会儿糊涂，但我提着一口气，努力听，努力不让自己睡过去。睡过去说不定就醒不过来了。老大肯定把我忘了，或者，他以为我是个半死人，在我面前说啥都行了，所以他口无遮拦。他知道我连反驳的力气都没了。我明白了，我等老三没用。跟老三说的事在他这里就行不通。他不同意我回潘家寨，而且不管我因为啥理由，他都不同意我回去。说开了也好，也省得在我肚子里九曲回肠……他们不知道我为啥想回去，也不关心为啥。我内心的理由自己也不想面对。有些说不出……过去说不出，现在就更说不出……那就不说了，既然说了也没用。那就不说了！既然所有的理由都通不过老大那道门，那就不说了。算了吧，算了吧，算了吧！这屋里所有的空气都涌进我的肺管子，也不够我叹的。也许老大说得对，我这辈子……就是这辈子了！有些事情就像结在深处的疤，只有下雨阴天才会痒。那么，如果是晴好的日子，能不能就当疤不存在呢？不能。我试过。所有的锅都有盖子。所有的馒头都有皮。所有的种子都会发芽。揭了盖子的锅也还是锅。剥了皮的馒头还是馒头。发了芽的种子还要结出种子。世间的事不是只有一种道理，而是还有轮回。道理跟道理之间盘根错节，彼此纠结牵绊，逃不掉的是轮回。就像从泥土里长出来的庄稼，碾成米磨成面，多白多好看，被人手里捧着心里惦记着，迟早也还要化成粪肥归回泥土。只是过去我想不到。很多年前，我只认一种道理。青是青白是白，黑是黑红是红。一想到那样清白的道理我心就打哆嗦，这种感觉是一点一点勾上来的，早些年间没有。我表面若无其事。水流平缓，日子该咋过咋过。我活成了一个自己想活成的样子，一个生了博士的囵子媳妇，我荣光，我知足！可不经意间，我眼前就会晃出那口白茬棺材，在午后暴烈的阳光下被抬走了。我一手扶着门框站着，眼前是两个巨大的黑窟窿，像旋涡一样在眼前转，把所有的时光、情感、先前和以后的日子，都卷了进去。我慢慢缓，慢慢缓。冰冻的血液艰难地回流，让眼前逐渐有了影像。地上啄食的小母鸡，枝头绿色的树叶，清白的日影，土坏墙帽上盖着黑色的瓦岔。没有整齐的瓦，用捡来的瓦岔做墙帽，刘方他可真是个巧手人哪！我不哭。我凭啥哭？他不回来了？他夜黑里一走就再不回来了？你希望他回来吗？傻话，都是傻话。从啥时候起，我变得怕见他，即便是死，也不愿意见到他。这些东西在抬走刘方那天就种下了。也许比这还早，在刘方反身走进黑暗的那个夜里，他手里抓着一件衣服，那衣服后来变成了一根绳子，像蛇一样缠着他也缠着我。那些情绪长出了藤蔓，结出瓜来。后来那瓜变成了实心，沉沉地压在我的心口，我随手一摸就能摸到。

暗夜里，我想那瓜已经结到了无限大，摸到一次惶恐一次，摸到一次就胆怯一次。

老大老二都不说话了，就像天上刮着的风，突然静止了。可树叶还在晃动，高粱叶子还在晃动，苇叶子还在晃动。那种抽打脸的感觉还在，很特殊，也很特别，叫你无地自容，可也叫你头脑清醒。那个混沌的不开缝的脑壳突然冒出了一线光，把黑洞洞的里面照亮了。我看见那里面有一汪亮闪闪的水，水里有活着的鱼，一跃一跃地涌动。那鱼居然会说话："你去看影吧，记住早点回来。"或是在跑反的路上，他偷偷把藏着的鸡蛋给了我。"你吃。"他说。我快速剥开鸡蛋，两口就吞下了。但故意在嘴唇上留点鸡蛋黄。那是为了气表婶，你以为不给我吃我就吃不到吗？

"知道自己不厚道了吧？"刘方说。

头痛的感觉突如其来。脑顶似乎裂开了一道缝，从那缝里冒出一股烟，那烟裹挟着一股浊气冲了出来，里面腾地着了火，烧灼得难受。水没了，鱼没了，只剩一片烟熏火燎的污渍和满头满脸的草木灰……老三呢？说好的回来咋还不回来？他当院长呢，回不来。他知道我要说啥，不想回来。是不是？我就是想看看你，你媳妇，还有我孙女。哦，孙女都生孩子了，我又做了一回太奶奶。结婚前孙女带孙女婿回来过一次，那小伙子长得俊，可看着像外人。老大说，你看谁都像外人，就看老三一个像亲人。哦，他三天三夜没回家了，困了就在椅子上眯一会儿。是他病了还是他丈人、丈母病了？丈人丈母都是大学教授，当年不同意女儿跟老三的婚事。换了是我女儿我也不同意，手心捧着养大的金枝玉叶，咋能随便找个庄户人家的穷小子。老三从不跟我诉委屈，但我啥都知道，我能从他的脸上看出来。"将来他们年纪大了，生病了，就知道你的好了。"博士医生，没有啥病不会治。我想得长远，是想告诉儿子活着就是忍耐，还有比这更难忍耐的事情，你忍下了，就过去了。没有过不去的火焰山。留得青山在不怕没柴烧。凭老三这样仁义，石头也能化出水来。那时他的丈人丈母还年轻，在樱花树下拍合影，地上是厚厚的粉色花瓣，这哪里是人待的地方，这是仙界啊。可老三说，他们每年都在这个季节拍合影，已经拍了几十年了，一年也没落下过。过去请照相馆的师傅，现在都是老三给拍。公母俩站在花地上，丈人穿白西装，丈母穿粉色的裙子，脖子上显眼地挂一串珠子，就像画上的人一样。我不由得看了看自己的身上，棉袄是从集上买来的，棉裤是从集上买来的，棉鞋也是从集上买的，一身的新装，才花了不到两百。多亏离得远，不能会亲家，否则老三不嫌丢人我也嫌丢人。我从没胆小过，认尿过。可这时心是怯的，是慌的。我觉得，我给老三丢人了。老三知道我给他丢人了却不说。他在炕头躺着，我不由得离他近了些。我想说点体己话，好给他些安慰。"都过去了。"老三知道我的心思，他知道我想说啥。老三拍拍我的脸，说您不用说啥，我全懂。您说得对，没有过不去的火焰山。"老妈说的话尽是真理，困难的那些年，给了我很多鼓励啊。"

听听，困难的那些年。老三有过困难的那些年！

老三又翻出一张照片给我看，是他跟盈盈的第一张合影。背景是一条大河。"这就是长江。"老三说，"咱家这条周河太小了，水太少了。枯水的季节就像条小渠沟，一步就可以从这边迈到对岸去。

您还记得那条漏了的大船吗？在岸上倒扣着，船底都糟烂了。谁都不敢下去，我敢。我从那个窟窿跳下去，里面很黑，是一股晒干了的水藻味。我经常在那里一坐就是半天，就像只青蛙。说来奇怪，我坐在那里能听见远处的水声，像擂鼓一样带劲儿，特别振奋人心。这种声音在外边听不到，只有坐到里面才能听到波浪汹涌的声音，那是大江大河的水，翻滚着浪头在远方奔腾。谁都听不见那水声，只有我一个人能听见。我好向往那样的远方啊。我那时对自己说，只要妈同意，我就有多远走多远。"

我记得。我当然记得。村南的河上架了座桥，一线穿的路修通了，渡口就废掉了。大船扣在岸上，没人上桐油，就一年一年地糟朽了。它被拉走的时候我还烧了纸，我为啥给它烧纸？哦，是它载着我和妈从对岸来的，然后，又把妈渡过河去。这一走，就再没音讯。有一晚，从麦场收工下河洗澡，我贴在它身上，它身上有体温，就像贴在我妈身上一样。这种感受永远都记得。我正经也就坐过那么几回。十二三岁摔了二先生家的砂罐。河东修了柏油路，一直通到潘家寨，我买两斤点心回娘家。还有是去镇上赶大集，比河西能近三里地。能记住的就是这些。记忆就像涨潮的海水，一点一点涌，又一点一点退，最后就剩一片干涸的沙地，连潮湿的痕迹都没有留下。

"盈盈跟我好，她说她上辈子就认识我。"老三靠在被垛上，两只手垫在脑后，胸脯和肚子形成了一个慢坡。我总说他瘦，怎么就不长点肉呢？可他说医生没胖子，胖子当不了医生。

老三说："我也知道是高攀，同学们都劝我，成不了。说叶教授瞧不起乡下人。叶教授就是盈盈的母亲。第一次去她家脚都不敢放平，木地板太干净，踩上去就觉得是罪过。啥叫一尘不染，人家家里就是一尘不染，地比咱们家的炕都干净。我胆小过，退缩过。她父母到宿舍找我，劝我与盈盈分手，可盈盈不干，说如果逼她分手她就从学校最高的建筑上跳下去，说到做到！她不单这样对父母说，也这样对我说。她父母最终妥协了，说你去他家里看看，平原上的小黑屋子，院子里到处是鸡屎，要是用得惯他家的旱厕，就跟他结婚吧。您记得我曾经让您改厕所吗？当然不是那时候，那时候我经济上没有能力。是带孩子回来的时候。不光为我们，也为了您。如果您解手的时候能在屋里，晚上就不用出去，会减少很多危险，也让我少很多惦记。"我看着老三，想起小孙女去茅房解了一次手，屁股上让蚊子叮了十三个包。我当时想的是，蚊子叮一下不要紧，明天早上就好了，跟没叮一样。可把盈盈心疼的，抱着孩子一串一串掉眼泪，仿佛那包是天大的祸害。我一个劲地说，没事的，没事的。可她就吧嗒吧嗒掉眼泪。老三从小纸包里抻出张面巾纸，很响地擤了下鼻涕。他一定是看懂了我脸上的惶恐表情。老三又说："我们有爱情，妈你就放心吧。我们有爱情。"是啊，有爱情。这也是我第一次从人嘴里听见这个词儿，电视里演的不算。我眼里也湿了，说不出是感动还是悲伤。哦，爱情。玫瑰花的颜色，想一想就能让人流泪。"我只有一件事对不起您。"老三起身把纸扔到了炕沿底下的垃圾筐里，又说，"我知道您舍不得我走。上学应该在近处，工作应该在近处，您也许不希图我照顾，但我们能随时说说话。我知道没人能跟您好好说说话。我不止一次想，我要是有个姐或有个妹就好了……可谁让您给我起名叫长江，您起名的一刹那就决定了我的命运您知道吗？我这辈子就该喝长江水，我一想到大江大河心里就舒展、痛快。年轻时想得好，无论我在哪里安家，第一件事就是给您买张床，把老妈接出来。我不是买不起，是这张床没处安放。开始是住岳父家的房子，后来终于有了自己的房子，可岳母先给自己买了张床搬了进来。我明白她的心思，女儿无论在哪里安家，也得有她一张床。这个矛盾一直无法调停和解决，我无法想象您和她住在一个屋檐下。这件事就一拖再拖，直到妈老了，我也老了，这个事再也提不起来了。妈培养了我一场，却没能跟我过一天好日子，想起这一点，我就很惭愧。"

我也很惭愧。老三不是我培养的，是他自己学出来的。他下的功夫没人能比，冬天守在火炉边，一背就是一本书。老三对我说："妈，我就得考第一。无论在哪儿，我都得考第一，好为您争气。"

他考了第一可不就得远走高飞。我不能让他蹲在乡里的卫生院，刚过三十就成老头子。

"妈！妈！"我的喉咙里滚出两个雷。确实是两个雷，从嗓子眼里冲了出来。是两个气泡聚成了形，从肺里像个球一样朝外滚，在嘴里爆裂了。那一瞬间非常难受，就像吃东西噎了个半死，是性命攸关的一刹那。生死就隔着一道门，那门半敞着，你一脚门里一脚门外，往前走还是往后走，却由不得你。有时有人把你往里推，有时有人把你往外拉，不是吗？我心里忽然有东西沉落了，那里原来有个疙瘩，就像坠着一块石头，沉落以后那里就空了，啥都不存在了，心心念念的一切都消失了，我成了一个空心人。天地是一片白，大雪把万物都覆盖了，只隐约露出一点痕迹，那些痕迹都是故意显露的。你在哪里？我没在哪里。我小心地探摸，这里难受，我在难受这里。难受就是一个点，像枚钢镚大。原来这就是我，我就是个钢镚大小。我就是钢镚大小的一个存在。这样一点难受证明我还活着，否则我也不知道自己是一根柴还是一捧灰。这种感觉其实早些年间就有过。有一回，我就被块豌豆饼噎着了。收工回来去地里刨白薯，准备晚上的吃食。我扛着镐，提着筐，烙熟的豌豆饼撕一块，一边走一边往嘴里填。没想到第一口就噎着了。我顺着河堤走，下面就是亮晶晶的河水。那口豌豆饼吐不出咽不下，似乎越来越膨胀。有一口水也许就能冲下去。可河岸高高的，我下不去。每一步都走得艰难，我觉得我走不到白薯地了。头晕眼花，胸闷气短，手脚开始抽搐，豌豆饼落在地上都不知道。下一刻要死了，就要死了。我回身望一眼，大船悠悠地在河中心漂。往天它不是在河这边就是在河那边，那天却从岸边滑了出去。我站立的地方是个胳膊肘弯儿，朝外拐，它不滑到河中央我根本看不到，在白色的日光底下，它就像个秋千，里面有一个八岁的我。我就是在那一瞬间体会到了空旷和漂浮，似乎八岁以后的日子根本就不存在。那船载着我荡啊荡，身后没有潘家寨，前边也没有罕村。有的就是此时此刻，我和妈两个人，走过了长长的路。树越来越大，草越来越高。可妈长啥样我怎么不记得了？天哪，再见面我连妈啥样都不记得了！惶恐的感觉像山一样压来，活着成了最后一点希望。一股残存的力量从心底一直往上升，直升到脑顶。我目测它与我的距离，很远，真的很远。我走到那里就能下到河岸边，捧一捧水喝。可我走不到，真的走不到。眼下我走一步都难。有棵榆树长到堤上来了，只有胳膊粗。我缓缓靠住了它。我心说，你不能被一口豌豆饼噎死，这就太好笑了，你不能这样没出息！我冲着大船的方向拨直了脖子，像出山的老虎一样发出了一声啸叫。那叫声招来了一阵风，周围的树叶飒飒作响，惊飞了数不清的麻雀。它们仓皇地叫着逃遁，有只麻雀甚至跌了跟头。那块豌豆饼终于沉落了，它也像被我的啸叫声吓着了，在肠道里羞愧得不知去向。我软绵绵地瘫在了河堤上，手脚冰凉。头枕着一个土牛，脸上是花花搭搭的树影，阳光不动烟火地傍在身边，没事人儿一样。

我在那里不知躺了多久，似乎还睡了一小觉。睁眼发现周围很多蚂蚁朝我这边爬，像早些年间过队伍一样整齐。我惊惧地卷起身，才发现它们是闻到了豌豆饼的气味。那块饼就在离我身子两尺远的地方，已经爬了很多蚂蚁。我匆忙把豌豆饼抢到了手里，鼓起腮帮子使劲吹，吹了这边吹那边，直到把最后一只蚂蚁吹跑了。确定一个蚂蚁也没有了，我小口咬了一下，捡起地上的筐和小镐子，去了白薯地。

也是两世为人啊!

我以为是别人在喊我。那两声"妈"震得我脑袋疼。回味一下,才确定喊妈的是我自己。我很惊奇,我咋会想起喊妈呢?还用那样大的声,我都多久没喊过这个字了。似乎是八岁从潘家寨出来以后就再没喊过,为此我得罪了表婶。我为啥要在这个时候喊妈,我妈她在哪儿?老二急忙冲过来,摸我的脉,他以为我快咽气了。老大扔了苹果核,晃悠着也朝这边走。他把手搭在我的额头上,用掌心贴了贴,说:"冰丝凉汗儿,没事儿。"

老二不说话,盯着我看。我的眼闭得死死的,奇怪的是,人、物件、窗台上的摆设,我都看得一清二楚。绣球、水杯、线轴、一瓶腌蒜、手电筒和一个皮带扣,都待在原来的地方。我甚至看见了张二花,喜眉笑眼坐在小圆凳上,掀起大棉袄拍打着膝盖说:"潘美荣,我的腿又不疼了!"我钦羡地看着她。这种感觉我从没对任何人说起过,从打年轻的时候我就钦羡她。年轻,漂亮。想说的话就说,不想干的事就不干。走道找阴凉走。啥好看穿啥。啥好吃做啥。这样的日子我一天也没有。我敢说,队里女人都钦羡她。这才是女人该过的日子。哪怕只过一天,这辈子也不冤枉。一边钦羡,一边骂。心里钦羡嘴里骂,谁不是这样?

我也轻盈了，像风一样掠过来，掠过去。两条腿有力、笔直，比没摔之前还结实。年轻时候的腿，可比风还快！大洼十几里，谁先到谁先干活。谁先干完谁先收工，谁先歇着。腿脚慢的到地里时人家都干半垄了。我总是在第一拨人里。光凭力气不行，还要会使巧劲。走路不能光用脚掌，要多用脚后跟，那地方肉厚，耐磨。那腿甩起来走，每一步都恨不得大劈叉，腿甩出去和收回来都要同样用力。这样的日子张二花受过几年磨，让大家看了几年笑话。后来她当了保管员，给大家送饭。各家各户做了饭后装进饭盒里，用手巾包起来，她用推车推到大洼里。大家吃饭的时候她去附近的村庄推水。采片麻叶顶水面上，推回来的水是凉的，有股青草香。她头上也顶片麻叶，身上穿一件麻红色的罩衫，更衬得她的皮肤雪样地白。她可真是好看啊！张二花哪哪都好，脸盘、身段、手型，简直就是个万人迷。她咋会有这么好的运气呢？她坐在我的对面，尖指甲像小荷的角，残存着一点粉丹丹的颜色，经常把一手好牌打烂了。有"炸"不出，有"轰"不出，我知道她是故意的，赢多了就故意输一把，她淘气！我不。我凭啥输？有本事你就抓好牌，没本事你就坐一晚上输到天亮。输牌你别笑，笑也不自然。输就是输，赢就是赢。丁就是丁，卯就是卯，在我潘美荣面前，谁也别想玩那哩格儿楞，我眼里不揉沙子！我也有手气不好的时候，坐半天也赢不来一个黄豆粒，急得百爪挠心。张二花不时偷眼瞟我，暗示别人放我一马。让我看出来，我就把牌给摔了，不止一次。没有公平和公正，玩个啥意思！

"潘美荣，你的心肠最狠！"

张二花的意思是说我不讲情面，有一回我把张素良骂哭了。她用粗糙的手背抹了一把脸，说："你不就是生个博士吗？有啥了不起！"

她偷牌，藏屁股底下，或用膝盖窝夹着。我顶看不上偷奸耍滑的人，输不起就赢不起。得志便猖狂说的谁？别老了就学不要脸，要越老越懂得尊贵。张素良说，也不知跟谁学的，还当自己是卖瓦盆的出身，说起话来一套一套的。我说，我就是囤子媳妇出身，咋着？我知道有人瞧不起我，越瞧不起我我越堂堂正正！吃食堂的年月将把吃食回家是没办法，但凡有办法也不该心存机巧，做人做事都要大大方方！我这话就是说给她听的，吃食堂的年月我当着她的面往家里拿过豆面，给刘园娘儿几个做吃的，剩下的豆面我送到了二先生家里。我自己说出来，也省得她在肚子里捣鬼。"玩的事，至于那么认真吗？"她们七嘴八舌一起说我，都对我不满意。我下炕，穿鞋。我说不跟你们一般见识，是因为跟你们不是一个层次，鸡同鸭讲的事不好玩。"张素良，你说对了。我就是生了个博士，你有本事生个硕士给我瞅瞅。"博士与硕士差着行市，这些我都懂。我家博士都成了老博士，我能不懂这些？那年张素良八十一，脸让我说得像憋着蛋的母鸡，鲜红。别说生硕士，她连家雀也生不出来。张二花乖巧，把一只鞋给我藏了起来，她也知道我不是真心想走。这一条街就剩这几个没牙的，走了找谁玩？但得有人给台阶，不给台阶就坚决不下来。人活一张脸，树活一张皮。"你比我们大那么多，想一个层次也不可能啊！"她正话反说，"你吃的盐比我们吃的米多。过的桥比我们走的路多。见的人比我们见的蛤蟆多。潘美荣，你大人不记小人过，总行了吧？"

"不行。"我说。

"咋着行？说出来。要不，我给你磕一个？"

她当真哐哐哐在炕上磕起头来。张二花就是个戏精，屁股朝天像个高射炮，放屁狼烟动地，被我狠狠打了一巴掌。

"潘美荣，放屁也没臭着你，你把人家打疼了！"她撒娇。

37

芦花母鸡不上窝，就在外面扯着脖子往东走几步，往西走几步，像巡视大员一样。它比谁都能抢吃的，撒一把粮食在地上，它两只脚往中间一站，翅膀下护着的准是粮食最多的地方，然后刹下身子，耸着脖子，当当当鸽得特别快，头都不抬。可它一直不怎么爱下蛋，把自己养得贼肥贼肥。按说秋凉以后是最应该产蛋的季节，可左等不下，右等不下，都过小雪了，它仍没事鸡一样。看见它我就气不打一处来，烧火棍高高举起来，先打两棍子再说。"又寻思啥呢？该上窝上窝。这一天又哪儿浪去了？就该一刀宰了你吃肉，没良心的货！"骂完了我心里一惊，这腔调咋这像表婶，我一下住了声。

"妈，看我找到了啥好东西。"老三从院子里进到堂屋，捧着书包像捧着宝贝一样。他鸟悄鸟悄地走，书本铅笔盒都在胳肢窝夹着，看得我想笑。我说："啥？难道你捉了条蛇？天冷蛇都去冬眠了。"我叨咕。夜里下了小雪，水缸结了薄薄一层冰。一早起来，我让刘方和老大老二把水缸移到了堂屋地，就挨在灶边上。

那是口大匹缸，红裤白腰，盛五挑子水，十石粮食。老二躲闪慢，把大脚趾碾轧了一下，他是单腿跳着去上工的。他们今天都去倒粪了，上大冻粪就结成了冰坷垃，要赶在没冻透之前把从圈里起出来的粪肥折腾一遍，砸碎、透风、拍紧实，明年春天好用。水缸移进来，舀水方便多了。我用大瓢舀了半瓢水倒锅里，用炊帚刷锅。盛脏水的罐子放灶台外侧，我把刷锅水都倒到了罐子里，锅底就剩一点水花，哗啦啦地翻开着。"妈你快看看呀，是好东西。"老三站那里不走，脸上笑出了小酒窝。他的书包是我用布片给他缝了个套子，上边穿上线绳，一拉就能抿紧了。我的意思是，他的书包没有啥可金贵的。疼大的娇小的，当中间没好的……我宠老三，细皮嫩肉长得匀溜，打小听别人骂人就脸红，这些都是天生的。我把书包接了过来，是很有分量。"啥?"我问。老三在身后跟着我，并不搭腔。我把书包放到案板上，老三还用小手托了一下，他怕我手重蹾坏了。我手伸进去一摸，天呀，我赶紧拿来一个搪瓷盆子，把那些鸡蛋统统拿了出来，轻拿轻放，共十二个。它们都裂了口子，蛋液并没有流出来，被蛋壳里面那层膜包住了。"哪儿来的?"我惊奇地问。老三说，就在那个柴火垛靠墙的旮旯里，有一只耗子朝那边跑，老三追了过去，才发现有一窝鸡蛋。很显然，它们都被冻裂了。

"我如果不追过去，耗子是不是就把鸡蛋吃了?"老三问。

"肯定是那只芦花鸡干的好事，刚才我还打了它两棍子。"这样多的鸡蛋都被冻坏了，心疼死人了，否则能换不少咸盐啊，"耗子咬不坏鸡蛋，它没有那样大的嘴……蛇才吃鸡蛋，囫囵个地吞……明天得盯着那只芦花鸡，不能让它那么败家。"我发了一会儿呆，有些被这样多的坏鸡蛋难住了。"妈，我们炒了吃吧，里面肯定还没冻透。"老三可怜巴巴地仰着脸看我。我摸了摸他的头，肯定要炒了吃。不炒怎么办呢? 有缝的鸡蛋卖也没人要，一碰就破了，煮也不行。关键是炒几个? 要不要多分几次吃? 老大老二收工回来了，看见那些鸡蛋眼睛一起冒光，像偷鸡的黄鼠狼一样。对付鸡蛋黄鼠狼可比耗子有办法，它会用两只前爪把鸡蛋抱起来先磕破，轻易就能把蛋液喝到嘴里。都炒了都炒了，解解馋解解馋。老大老二几乎一起嚷。"你爸呢? 家里改善伙食得人齐，人不齐这饭没法吃。"我的心有些不安宁。

"不用管他，"老大说，"他晚上有酒。今天福生逮着了一只野兔，让张二花去剥皮。他今晚有兔肉吃。"

老二说:"福生三根指头，跑起来却比兔子还快。这只兔子大概也是太老了，估计都有孙子了。"

"造孽呀，"我说，"吃人家爷爷……干啥让张二花剥皮？"我心里想的是，我虽没剥过兔子，但看别人剥过羊和狗，一只兔子三五斤重，简直不算活计。当然，我不敢剥，我只是这样想。我胆子不小，却只敢杀死蚂蚁。

刘方，你有儿子呀！

"张二花说她会红烧，用花椒和大料瓣加肉桂和小茴香，一般人家没后边两味调料。高大河活着的时候吃过野兔，说那肉是蒜瓣肉，烧不好一股土腥气。"老大说。

"他啥没吃过？天上跑的没吃过飞机，地上跑的没吃过板凳……"我有些没好气，"长江去喊你爸，让他回家吃饭。"

"不如让他在外吃野兔肉。"老大说。

他倒不说自己可以多吃些。

"你说呢？"我问老二，像是征求意见，其实口吻有些严厉。我不满意老大那样说话。但我从不直接说他。小时候说话一起高声表姐就跟我干吵子，啥事都怕习惯。老大读高中时，在学校演话剧差点被选到省里的话剧团，干庄稼活儿满肚子不情愿。我还是有些怵他。其实是怵他肚子里的那些课本，毕竟那里装了九年的书，摞起来像他人那么高。龙生九子，各不相同。老二从小就是受罪的脑袋，只念了初一，宁可放羊也不去学校。老二看看我看看他哥，嘟囔了句啥我没听见，他一到关键时刻嘴里就含热豆腐。

"反正他天天在外有好吃喝，喊他回来干啥。"老大出来进去好几次，馋得得寸进尺。

"你说喊他回来干啥？"我忍无可忍，敲打着烧火棍说，"他是你爹！他有啥好吃喝？家家穷得底儿掉，谁家也不舍得一回炒这么多鸡蛋，顶多炸盘花生米，炖一锅白菜粉条豆腐！"

"也老大不小了，咋这不懂事。"后一句我是嘀咕给自己听的，差一点就说出口。

老大遭了抢白，脸拉得比驴脸还长。他一下去了屋里，再不出来。

锅里的水翻开，我往开水锅里搅玉米面，要想不让粥起疙瘩就要小心再小心。心里烦，手里就没了准星。这一条街我馇粥没有疙瘩是出了名的。但今天不行，手一抖，半瓢玉米面都泼了出去，锅里漂了一层大大小小的疙瘩。我用长柄饭瓢一个一个地碾，哪里碾得过来。锅里浮游浮游，哪里是馇粥，分明是煮疙瘩汤。只能多添几把火，把疙瘩熬熟，否则里头都是生面子。边烧火边想，还应该做点干的，总不能馇粥就炒鸡蛋吧。那就用豆面掺玉米面烙俩饼，白面是万万不能动的，还想过个肥年呢！反正得把这些鸡蛋好好吃掉，唉，得费多少油啊。

老三风车一样跑了出去，又风车一样跑了回来。一只脚踩在前门槛子上，扶着膝盖呼呼喘，可以想见他跑得有多快。"我爸坐在灯影里靠着墙抽烟，他说他不回来，你们吃吧。我说，要炒十二个鸡蛋呀。我爸说，你们正好一人吃三个，回去吧。"老三摆了摆手，学得特别像。

"都有谁？"

"福生三叔，还有一个人我没看清。"

"为啥没看清，再去看一遍！"我大声呵斥，心里所有的怨气都藏在这句话里。

我着手和面。豆面和玉米面都筋性差，我还是从缸里抓了把白面掺里面。一顿饭吃这么多好东西，这日子真是过到头了。可差遣老三这事有些过分，老三听话，对我的吩咐从不驳回犟嘴。这样大声呵斥他，我印象里都没有过。可我心里有口气没处撒，只能对老三这样。

"他们把她那里当伙房，你知道吗？"张素良的扁脸上有几颗浅麻子，她的神情诡秘起来，那麻子就变成了小眼睛。张素良满脸的小眼睛，上蹿下跳。"好吃好喝呗。"我不在乎，我知道她指的是张二花。生产队也要搭班子，张二花算班子成员，所以我不能顺着张素良说。刘方手巧，家家大事小情都喜欢喊他帮忙，然后喝点白薯干酒或高粱烧，吹捧闲聊够了就晕乎乎地回家。你家这样他家也这样，一家跟着一家学。冬天队里没啥正经事儿，苇帘子打了五年多，人家不要了，日子一下就清闲了。大家也乐得凑个热闹，一边喝酒，一边打牌，一边骂街，一边吹牛。有些人家是真有事，家里的炕坏了补不上，或者烟囱不走烟，都习惯喊刘方伸把手。刘方心里有窍门，啥事都能琢磨出个子丑寅卯。有些人家是假有事。比如，有一家养的母猪要生小猪，让刘方看看能生几个。那一家是残疾人，女的手有病，男的腿有病。两个人才能拼成一个正常人。这不是扯吗？可刘方煞有介事，从地里回来直接去了他家。倒好像他去了就是一碗水端平。母猪是大个子，肚子不大不小，走起路来很轻便。下边的乳房肿胀了几个差不多就能生几个，这都是基本。刘方观摩半晌，说生不多，六至七个吧。这都是废话，换了我，我也这样说。临产的时候肚皮薄，差不多都能看到小猪的脑袋。结果真生了七个，刘方喝了两顿酒，第二顿算喜酒。只是有个小猪一只眼，走路总歪斜着身子，经常撞墙上。"要是二先生活着就好了，他说不定会有办法。"他打着酒嗝回家跟我叨咕。我知道他好心眼，瞎一只眼的小猪得少卖一半钱。自从二先生的药丸治了表叔的哮喘，他就觉得二先生手里有灵丹妙药，就是深藏不露。"二先生活着就能治好瞎子？你以为他是神仙啊！"我就听不得他说这种话，咋越活越像小孩子。二先生和他老婆是一天死的，他老婆先死，他七窍流血后死。他死之前还扒了灶灰扫了院子。大家都说他服了毒，服了啥毒这么管用却谁也不知道。女人在一起经常开玩笑，说早知道应该找他要两粒药给自己备着，为难着窄的时候用。难道说毒死自己跟治好瞎眼的小猪崽是一回事？我呵呵地冷笑，让刘方皱紧了眉头。他说你这个样子真丑，眼皮都耷拉过河了。"谁好看你去看谁，我又没请你看，你没必要看我。"他有时带着会计福生，有时谁也不带。他爱帮谁帮谁，爱在哪儿喝在哪儿喝，爱跟谁喝跟谁喝，我没闲心管他的事。

张二花当保管员还是让人心里起波澜。队里的家资都在仓库里，是二先生家早年的大房子。东屋是各种粮食、种子、油料。西屋是暂时用不着的各种新旧农具，都满满当当。三把钥匙保管员拿其中一把。她替大家看护东西呢！照理该找个妥靠的，大家信得过，谁也没想到能让张二花当。她娇养了不少年，丈夫和公爹死了以后，孩子小，她成了家里唯一的劳动力，没白没黑地做。她干庄稼活儿不在行，队里谁都不拿正眼看她。她会绣花，可那玩意儿换不来饭，当不得吃喝。有时下洼干活，大家都往马车上挤，明明有她的位置，可谁都不愿意给她腾地方，她就跟在车后走。可谁让她好命呢？几年以后就时来运转，刘方先是当会计，给她涨了工分。后来当了队长，让她当保管员。一群老娘们儿受苦受累的时候她都是轻巧活计，就像给洼里送饭，或者在饲养场搓麻绳，或者帮助饲养员炒料豆。刘方说她为人正直，一个料豆也不往家里拿。

笑死人了。"她拿了会满大街嚷嚷？换成是你，会吗？"

刘方瞪了我一眼，说我不往好猜度人。"换了是你，你会拿吗？"

我觉得刘方就像傻子，傻子才会问这种话。我说啥刘方都不再回应，我越说越觉得没趣味，索性不说了。

"她大字也就识一筐，凭啥她当保管？"张素良跟我挤了挤眼。我懂她的意思，张素良的意思是我可以不当，毕竟钥匙不能都拴在一家人的裤腰带上。但她可以当。她当了就可以照应我。

我很不以为然。我说："当保管用不着有文化，看得懂秤，数得对数，就行。最重要的是得品行好，不能长三只手，如果天天顺手牵羊，一个仓库也不够牵的。再说，张二花身上没力气，干那个活儿正合适。你干就糟蹋了，你是好劳动力。"

张素良气得跟我翻白眼。她知道我是故意说给她听的。"你就大撒把吧，自己的爷们儿不拴着点，早晚有你的亏吃。"

我用鼻子哼了声，说你达不到目的就血口喷人，算哪门子好朋友。

她说："我说的都是心里话，张二花这样的狐狸精，手段多着呢。"

老三回来了，这回是走着回来的，手里拿了一张血呼呲啦的兔皮，那皮子真够大的，像狗皮子一样，脸上有狰狞的两个窟窿眼。他用两只手捏着，一边走还在一边瞧稀罕。我说："人家给你的?"老三说："可以给两只耳朵做护耳。咱家有白灰，我会熟皮子。"他哪里会，不过是看刘方干过。那是一张羊皮，刘方也没熟好，摸上去梆梆硬，连毛都是硬的，铺在炕上硌身子。他不是所有的活计都能干好，有时也凭运气。我说："人家给你的?"老三说："在外边寨子上挂着，他们不要了。""还回去！"一股邪火撞到脑门上，不吼出来会把人憋炸。老三身子一抖，兔皮掉在了地上。我凄厉地嚷：

"让你干啥去了？让你拿人家东西去了？啊?!"老三瘪了瘪嘴，忍住不哭，小声解释："人家不要了。"我说："人家不要的东西你要，你咋这没出息!"

眼泪蹦出来之前，我把手扬了起来，这完全是下意识的一个遮掩动作。我打了老三一巴掌！倏忽间我做了一下选择，我不能打老三的脸，那张脸像花儿一样娇嫩。我摸都不舍得用力。手在空中改变了一下方向，像烙饼一样拍在老三的后背上，老三还是很吃惊。他就那样傻了样地看着我，似乎不相信我举手是为了打他。在这之前我从没动过他一个手指头。他的小脸煞白，眉毛快速地耸动，无声地朝后退去，一直退到门槛旁，转身朝外走去，两条腿像提线的木偶一样捯饬得飞快。

那张兔子皮差点拖到地上，正好跟他的小腿一般长。"人家是当爷爷的，一群没心肝的，连人家爷爷也吃!"我抹了一把脸，朝向外边嚷，这话没有指向，不是对老三说的，可又分明是说给老三听的。

我的手有些麻，痉挛得握不拢拳头。仿佛我真是在为兔爷伤心。但我知道我不是。老三走出了院子，影子一样消失了。我心里一紧，追了出去。"长江!"我喊。老三不情愿地停下脚步等我，我把他的脑袋护住，胳膊搭在他的肩膀上，有几分无力。他几次要挣开，都被我拢了过来。我跟他一起往前走。我没有说啥，老三也啥都没说。一条街筒子墨黑墨黑，像一口横起来的井。我们从井的一端走向另一端，前头还是井。老三突然停下脚步，口气生硬地说："妈，你回去吧。我会把兔皮还回去的，以后也再不捡别人的东西。"

我哽咽了。我说："我不是监督你，怕你不还回去……我不是这个意思。我是想跟你说……今天是我不对。我不该跟你发脾气、打你。你捡了那样多的鸡蛋，本来是一个高兴的晚上。可我心情不好，把一个晚上弄糟了。"

"您为啥心情不好？我知道您为啥心情不好。"

"为啥？"我借着星光看那张小脸，那晚的星星很细小。

老三看着我，咬着牙说："我如果有枪，就一枪崩了她——该死的张二花！"

"啥，你这说的是啥？"一瞬间，我浑身的毛发乍起，魂简直飞到了天外。匆忙中我检讨自己之前说的话，带出的情绪，可有让儿子想一枪崩了谁的因果吗？他咋会变得这样恶狠狠？我的三儿子不是这样的人啊！我紧张得手脚冰凉，他小大人的样儿曾经让我自豪，眼下却让我害怕。我离老三这样近，可他想些啥我一点不知道。他咋会有这样的怪念头？我不敢大声，怕惊着临近的住户，也怕惊着他。我嘘着声音说："长江，你不该有这样的想法。她又不是阶级敌人，你咋会想朝她开枪呢。你这样没大没小可不好，张二花不是你叫的，她是你婶子。你已经是红小兵了，不能这样没礼貌。"

"你不要以为我小，就什么都不懂。连小孩子都知道，她就是个狐狸精！"

我假装撕了下他的嘴，一点也没敢用力。"越说越不像话了！这是骂人的话，好孩子说会脏了嘴。长江，别人这样说你不能这样说，她是跟你爸搭班子的人。她如果人不好，你爸不会选她当保管员。"

"哼！"老三气咻咻，七个不服八个不忿的样儿，"我爸总去她家吃饭，我知道，你也不喜欢！"

"他去谁家吃饭我都不喜欢。"我生气了，说，"一个人喝多了的气味很难闻，又打嗝又放屁。睡觉又打呼噜又吧唧嘴，整个屋子一宿都是酒臭气，没有谁爱闻。他为啥这么喜欢在别人家里喝酒呢?"我斜眼看着老三。

"那都是别人请了他。"

"请了如果不去，我觉得会更好。"

"那样也会得罪人吧……我希望今天他在家里吃饭，今天是个特殊的日子。"

"啥特殊？"

"有十二个鸡蛋吃。"

"对，所以我想你能把他喊回来……"我很高兴老三这样说，心里也跟着轻松了一下，"但看来我们想得不对。今天这顿饭该不该在外吃呢？我们来算一算。"老三抬脸看我的手，我一根一根把指头掰了下去，"野兔是福生追上的，二花婶子会红烧。你爸如果不去，福生也不会去，二花婶子家的香料就用不上，野兔说不定就给糟蹋了。如果烧不好，据说野兔的味道跟黄鼠狼差不多，肉都是酸的。"

"为啥我爸不去，福生叔就也不去呢？黄鼠狼能跟野兔比吗？"估计老三满脑子都是问题。

"他是队长呀。就像你是班长一样。班里是不是有特别要好的同学总愿意跟你待在一块儿？大人也是这样，他们更愿意在一起喝酒。"我皱了皱眉头，随口又说，"酒越喝越厚，钱越耍越薄，等你长大些，就明白其中的道理了。野兔跟黄鼠狼其实没区别，都是钻窟窿捣洞活着，你看它们的体形特别像，都是瘦溜的身材，只不过一个吃青草，一个吃小鸡。"这些都是我临时想起来的，我实在不知道说啥好。

"你说过兔子是爷爷。"

我叹了一口气，说："是啊，听说是只老兔子，我就有点难受……哎，难受归难受，不吃也是不行的……你不吃他吃，总归追上一只兔子不容易……它天生就是挨吃的货。我也是疯了，想起一出是一出，他爱喝酒又不是一两天了……鸡蛋没啥稀罕，想吃随时可以吃。你这样一去喊他，倒好像我们对你二花婶子有意见……好了，不说这个了。"

"我告诉你一个秘密。"

我竖起耳朵听。

"还有人说不中听的话，是关于我爸和张二花……"老三似乎是在跟自己嘟囔，羞得说不出口。

"不听，我们不听。"我扯起他大步往前走，"别人说闲话，不关我们的事。你今天确实不应该拿人家的兔皮，也许人家也想做护耳呢。人家只是挂寨子上晾晒，并没有扔垃圾堆上，你咋就能断定人家不要了呢？明早起来一看兔皮没了，你二花婶子一定以为是被馋猫拉走了。"我拨楞一下他的后脑勺，"你就是那只馋猫。"

张二花家就在眼前了，梢门和秫秸夹的寨子都很矮，窗上映出了灯光，上面晃动着人影，说笑声一波一波地传了出来。我心里有些泛酸，我告诉自己你得忍着。一股热气从堂屋门口往外冒，我对老三说："瞧，他们的兔肉也许都出锅了，你闻闻，还是一股子土腥气。你知道为啥吗？"老三嗅了嗅："为啥？我啥味也没闻到。"我也使劲嗅了嗅，一股冷空气吸进鼻腔，我狠狠打了一个喷嚏："老野兔子跟地皮一个色，整天在地里钻，吃烂草，喝脏水，没有土腥气才怪。放多少香料也别想去掉——不会比黄鼠狼肉更好吃，我们赶紧回家去炒鸡蛋吧！烙饼卷鸡蛋，你有没有流哈喇子？我们让到是礼，你爸不回来是他没有口福……"

"他也许是想让我们多吃一些。"

"啥叫也许……你爸他就是这么想的！"

老三走到寨子前，把兔皮朝里原样挂好，我们几乎是比赛跑回来的。结果这一顿饭吃得最不像样。只有老大和老二吃得香。老三吃了两口就回屋去写作业了。我问他为啥不多吃些，老三说，大哥二哥还要去挣工分，让他们多吃些吧，好长力气。

第十章

38

也许我可以告诉老大和老二心中的秘密，如果那叫秘密的话。过去了那么久，还有啥不能说的？再大的是非也成了烟尘。那些秘密也成了丝丝缕缕的破棉絮，发散着一股霉味。只是，有谁想听呢？

没谁想听了。

我也没有气力了。天地一片迷蒙，像大河里起了雾，眼前的一切都影影绰绰。我意识到是眼睛不中用了。然后是手、脚、五脏六腑。再然后是大脑，那些细胞像一盏一盏的灯似的熄灭，人从此走进一个过程。这是老三说的。那里有一道窄窄的门，我从这里走进去，里面就阔大、敞亮了。那里不需要眼睛，不需要耳朵，那里都是像绿毛怪一样的人物，看不清头脸，却能从墙缝里钻出来。奇怪，绿毛怪好像很久没来了，我不是想他，我就是奇怪……张二花还看见了花无百日红，绿毛怪去了哪里？那村庄是新的，就像全新的记忆。简单、平板、单薄，没有过去也没有将来——张二花来问我，日子要重新轮回，要不要学绣花，要不要卖绣花布，要不要吃点心和槽子糕，要不要跟高众成亲……哦，这是她活着的时候，还是她死去的时候，是死去又活过来的时候，还是活过来又死去的时候？不想了，不想了，想得脑浆子都是疼的，越想越不明白。总而言之一句话，人得自己活，谁也替代不了谁，谁也不能给谁拿主意。张二花就像戏里的人物，身上都是故事。没有这样的故事也会有那样的故事。只是……有没故事的女人吗？头疼。人就像躺在漫天云里，腰不疼腿不疼只有头疼，病已经上了脑子，是不是这样？周围都是水样的云雾托着你，轻飘飘，荡悠悠。我是不是已经到了另个世界？没有日月星辰，没有树木花草，没有任何气味和颜色。远处隐隐传来锣鼓家伙声，是在唱驴皮影《燕王扫北》。刘方噔噔噔跑了回来，说："你也去看吧，早去早回来，注意不要让人看见！"可第三天我在墙根底下睡着了，影都散了，别人都回家了。表叔又想去潘家寨找我。我就那么想回潘家寨吗？上无片瓦，下无寸土，那里没有一个亲人，你回潘家寨干什么！

不行，还得回去。还有心愿没了呢。

我摸了摸肚子上的那个坑，已经能摸到后脊梁骨了。奇怪的是我不饿，我一直都不饿。"能送我回潘家寨吗？"我可怜巴巴地朝向窗户说，没人应答。停了片刻，我朝向柜子指："书，书。"

"啥？"

"书。"我用手比画，像砖头那么厚，就在柜子里靠东边……

老大掀开柜盖，手插进去，一下拽出几个包裹，每一个都叠得四棱见方。最后拿出来的是本书，外面包一层塑料布，这是防潮的，夏天还拿到外面晒阳光呢。打开塑料布是一层绢布，那布都泛黄了。"埚城县志……这不是老三的书吗？"

他们不懂，这也是我的。老三说过，我的身世都在这书里。

我双手接过来，把书抱在怀里。就像抱着小时候的老三一样。老三生下来就像金蝉锦鲤，周身发着光。头发像金丝缠成的线，脸又白又粉。接生婆奇怪地说："这孩子不像寻常人家的娃，咋有点像童子转世？"

她嘴里的童子是指菩萨膝前的花童，手里拿一把拂尘，代菩萨迎来送往。城里的大观音庙里有壁画，专门有花童的故事。表婶领我去专门拜过，那时我还没生老大。

"看到没，这老太太就是不一般，都这个时候了还想着学文化。"老大的声音透着股子油滑，这个腔调让我腻歪了一辈子。没文化的人不像他那样说话，有文化的人也不像他那样说话，就是那种半吊子才像他那样，一瓶子不满，半瓶子咣当。

"她是想老三了。"老二又在灌水，这屋里似乎多出来几缕潮气，这水似是总也灌不完。水蒸气氤氲着往上飘，把老二的半边脸都熏着了。老二歪着身子说："她把书当老三抱着，她想老三了。"

老二直起身子看我，老大立时不言声了。

说好的秘密呢？

秘密就是……我喘了一口气，眼睛死死盯着两个儿子。一个高，一个矮，一个白，一个黄。他们离我一会儿近一会儿远。我真怕他们听不到，便使出气力说："你们姥姥……"

他们咋没反应，是我的声音没有传出去？

于是我又重复一遍："你们姥姥……"

我是想告诉他们，你们姥姥去京城不久就一个跟头磕死了。这话是潘家寨二爷爷说的，你们应该叫他二太姥爷。我一直谁都没告诉。这不是一桩惨祸，而是几桩祸事一并发生了。我爸被警察抓走了，进去就再没出来。我哥被房东赶出来，从此不知去向。起因是我妈爱玩牌，去京城三天就找见了牌桌，输光了我爸所有的积蓄。我爸气不过，给了她一拳，她命贱，额角磕到了桌子上。这话我不说，是因为我不信。这样重大的祸事咋能摊在一家人的头上呢？要知道，我们只是平头百姓，不该担这样大的祸事。所以我不信二爷爷，死了都不信！他要侵吞我家房产，谋害至亲都有可能！他那样的人，没有啥事干不出来。所以我那时候不相信二爷爷。

是我不愿意相信。

我没有把二爷爷的话告诉任何人，包括刘方。我也没有把刘方对我说的话告诉任何人，包括二爷爷。刘方去玉田拉沙子，有那么两三年，他总去玉田拉沙子。有一次，认识了一个叫谢大顺的人，那也是个车把式，他们彼此借了一个火，就蹲在沙坑里攀谈起来。先报姓名，再报河西罕村、河东潘家寨。刘方一下就觉得亲近起来，说丈人家也是那个村的，叫潘瑞。谢大顺嗖地站起身，连声说，原来是潘瑞的姑爷啊，你丈人是个有本事的人，没想到遇见了那样的祸事，不然会过上好日子的。刘方被他说蒙了："啥祸事？""你当真不知道？"刘方说不知道。谢大顺就这么那么说了，自然跟几年后二爷爷告诉我的一样。原来这谢大顺就是在京城的磨刀人，把凶险的信儿带了过来。可他守信用，只告诉了二爷爷一个。

"我摸黑回到了潘家寨，扛着鞯马子直接去了潘起良的家，这样大的祸事我不能私藏一刻钟，潘起良是潘瑞的亲叔叔，侄子出事了亲叔叔得知情。老爷子黑夜里送了我一丈黑市布，嘱咐我别把事情说出去。灭门之灾，传扬出去不好。我不要。可老爷子说，不要我就不相信你能封口！我起誓发愿，老爷子不依。我只得把黑布卷了起来，放到了鞯马子里。这么多年，这事我跟任何人都没提过。"

刘方跟我说的时候是在被窝里，他咬着长杆烟袋冲着地下，烟袋锅里的火星子明灭无常。他话没说完，我便不耐烦地打断了他，说你信这些干啥，潘家寨的人都这样传，肯定是二爷爷放出的风，他为侵吞房产找理由。

我的第一反应不是信与不信，是这样的事根本不可能发生。我们家的人好好地去了京城，哪能三个人集体出事呢？你当这是说书啊。

刘方说："你把事情想拧了。不是二爷爷放风，是谢大顺从京城回来第一个告诉了二爷爷，二爷爷还给他一丈黑布封口。"

想了想，我说："那就是二爷爷收买了谢大顺，让他这样往外放风。你不了解二爷爷这个人，心眼又坏，又狡猾奸诈，他啥法儿都想得出，啥事都做得出。"

想起我摔碎砂罐那次逃回家，冬天里冰天雪地，我十几里地跑回去又饥又寒，二爷爷并没有给我口水喝，而是往外轰我，叫我此后别再回来。这样的一个二爷爷，能让人相信？

刘方在炕沿底下磕了磕烟袋锅，摸了根洋火往喉管里捅了捅，噗噗往外吹飞末，说："你咋会这样想，事情明显不是你说的那样，没啥必要嘛。你家里人都没回来总是事实，如果不相信他的说法，还能有别的理由吗？要不，咱去潘家寨打听打听？"

"不用。"一点商量的余地也没有，我一口拒绝。我不愿意接受这个说法，打听有啥用？我说："我做梦都梦见了，我爸我妈我哥都过上了好日子，他们像神仙那样快活。没有谁比我更清楚，他们只是把潘家寨和我忘了，没有别的缘由。"

我没有告诉刘方，是因为我从没想过要告诉他，而不是没机会。有机会我也不会告诉他。事情就是这样。

这样的事，老大老二愿意听吗？他们顶烦我提些陈芝麻烂谷子。尤其是老大，口头禅就是"提它干啥，没用"。在他心里，没有有用的东西，除了钱。我拍了拍怀里的书，恐怕只有老三愿意听。那我就说给老三听吧。

树越来越大，草越来越高。蚱蜢在树行子里乱跳，翅膀一扇一扇地扇着风。热，真热。人要是蚱蜢就好了，可以躲在一片花瓣或一片草叶底下，享受湿润和清凉。太阳已经下山了，暑气都聚集在柏油路上，脚下便像粘了糖稀一样黏稠，走一步抻扯一下。我的后背不知湿了多少回。大洼里的庄稼一忽一变。我甚至能听见玉米长个儿的窸窣声，谷子抽穗的吱嘎声，像耗子磨牙一样。你磨牙它也磨牙，庄稼地里一片声响。回身望去，大洼的轮廓渐次分明，潘家寨就像个烟荷包被丢在了洼底儿，被庄稼和树木掩映了。如果不刻意去找，根本就看不见，就像从没有过这样一个地方一样。

我当真去过那里吗？那里当真有一个我叫二爷爷的人吗？如果有可能，我情愿还在罕村的黑豆地里薅草，下午的活计少，可以有充足的时间聊天打牌。那时我跟张素良打对家，我俩是黄金搭档，能把对方打个落花流水。张二花根本摸不着边儿，她在旁边瞅眼儿。打百分有技术含量，得四十分算下台。后来我跟张二花一伙，脑子已经不够用了，我们只能玩憋王八、吹大话、拉火车、赶毛驴，输赢是几粒黄豆。也有人主张带彩，哪怕一分两分呢，也是个刺激。我坚决不依，一分两分也不行。嫌不刺激就别玩。没人跟我玩我就自己玩，听蝲蝲蛄叫照样种庄稼，我潘美荣就是这个脾性。

当年我妈输钱才把我送到罕村，换几块钱做盘缠。在京城弄了个家破人亡，也是因为输了我爸攒下的血汗钱。我嘴上说不信，可这些个印记在心上一辈子都是血道道，不糜烂也不愈合，就那样张着血盆大口。老大十几岁的时候在年节跟人赌钱，输二分赢三分，让我拿着烧火棍满院子追着跑："你如果再赌钱，瞧我不把你的腿打断了！"

我干啥要鬼催样地走一趟潘家寨呢？

对。我去潘家寨是因为新修了柏油路，一头通到外省，一头连着津围路。津围路是南北走向，一头连着天津，一头连着围场。要再过些年，罕村才会架上桥，油漆路带子一样引过来，贯通一线穿。经由罕村一直往西走，一直通到天安门。大喇叭天天这样做宣传，说毛主席的汽车也会开到这里，说不定就能来咱村，悄没声儿地到谁家吃个午饭。甚至有人讨论要给毛主席做啥饭。"捞小米干饭！"大家异口同声地说。那时没有大米，有旱稻子，也是糙粮。小米捞饭是最好的吃食，因为那个米汤好喝，能代替奶水。因为这个说法，村里振奋了很长一段时间，挖土方垫路基时都泼出命去干，夯砸得瓷实，小马路修得又直又平。后来才知道，我们修的是条省道，通往天安门的是另一条国道，过周河往北再走十几里，在三岔口村南，那条路叫京哈线。我在饭桌上说，刘园要不是闹神经，出门往西走，一直走到天安门城楼下，也许就能见到毛主席，据说他老人家经常在上面挥手。在黑豆地薅草时有人说油漆路通过马家港和潘家寨，我一下走了心。午饭过后我就匆忙上路了。手里的二斤点心是在杨津庄供销社买的，像是被太阳晒化了，散发着一股子油腥气。来到了潘家寨，才发现家已经没有了。二爷爷先是挖走了我家的桑树，然后又捣毁了我家的草房，现在，他家的院子一马平川，宽阔得像打麦场一样，我念想中的家连踪迹都看不到了。我急火攻心晕倒了，醒来以后破口大骂，天底下难听的话都送给了二爷爷，我甚至说他枉披了一张人皮，吃人饭不拉人屎。

我跟任何人也没有说起过，那天二爷爷把我送出了村。开始他走在我的后边，离我有五步远，后来就跟我并行了。他跟我并行的时候，我横跨出去几步，跟他隔了距离。等于是把原先那五步掉转了方向，我在小路的左边，他在小路的右边。太阳又大又红，挂在西边的树梢上，鸟都飞得疲累了，在空中无精打采，叫声都哑了音儿。二爷爷首先停住了脚步，叫了声"大丫"。我鼻子一酸，"大丫"这样的称呼已经多少年没人叫了。外边的人都叫我刘方家，表叔表婶叫我长河妈，刘方只叫我三个字：哎，我说。这就是跟我说话呢。至于我的大号潘美荣，连记工册子上都不写，我争取过，但没人当回事。头天写转天又涂了，说看着眼生，不知道潘美荣是谁。刘方当了会计，就更不当回事了，他情愿我是刘方家，让我好长时间气都出不顺当。我现在才知道，千方百计逃掉的乳名还能让我感动。

然后，二爷爷说了我爸我妈我哥在京城出事的消息。他背对着太阳，披一身血红。白头发也染了红晕，像水一样往下流淌，填平了脸上的皱纹，我这才发现他已经相当老了，确实有了土埋半截的感觉。我假装声色不动，是因为早几年我已经从刘方嘴里听说了，这些信息对于我既不突然也不新鲜。我仍选择不信。我为啥要信他们呢？这样来无影去无踪的吓人事为啥要跟我扯上关系呢？那时谢大顺还当着车把式，而现在他已经得蛇盘疮死了，他的蛇盘疮肯定是在腰上合围了，否则死不了人。二爷爷告诉我这些时，我只是有些心悸，死人容易又轻巧，这样和那样，早死和晚死，死法真是数都数不过来。有人哭死，有人笑死，有人让冰雹砸死，有人让电灯电死，有人吃年糕噎死，还有人在车里让水淹死。黄泉路上没老少，有人死得值当，有人死得不值当。但总归人人都得死，就是这么回事。

二爷爷往地上吐了口带血的痰，像开了一朵花，湮没在松软的盐碱地上。盐碱地的地面总是浮着一层土，像卷起的细碎地衣，也像大地身上搓下来的皱，很难变成细土面。为啥长不好庄稼呢，齁嗓子的气味，估计也能齁坏庄稼。我很庆幸自己早些年离开了，躲开了这些气味，也躲开了后来可能有的凶险。我惊惧地想，假如当年我妈把我带到京城我会怎么样？沿街要饭，或者被人卖到哪里去过猪狗不如、生不如死的生活，又或者就在哪个街角饿死了、被泼皮打死了也都可能。这样想，我便觉得心里飒飒的有股风，带来了一丝庆幸和清爽，但与眼前的二爷爷毫不相干。我还是不相信他，无论他说啥，都没有使我相信他的理由。我知道他也活不长久了，张大的嘴就是个黑窟窿，里面一个牙齿也没有。腐烂的气味源源不断地从黑窟窿里冒出来，与热腾腾的空气交织在一起。一条血丝在唇边悬挂着，被热风吹得飞起，然后他用手背一摩挲，又抹到了裤子上，那丝血便连踪迹都没了。这些情景我都记得，我也记得我心中倏忽而过一丝同情，但被漫长的时间销蚀了。他是二爷爷，是潘家寨唯一与我血脉相通的人，只是像需要拐弯的路和干渠一样需要一点弧度，但总可以通过来呀。我的鼻子一酸，眼睛就湿了。但那点湿气刚一露头就不见了，二爷爷一点也不知情。关键是，我不想让他知情。

我挥手让他回去，干巴巴地说，不用再送了。路越走越远，他的腿越来越不得力，走一步哆嗦一下，像唱戏的在表演。我顾自往前走，走了几步又让他叫住了。我仔细想了想，的确是被他叫住了。他苍老的声音像是从天外传来的，带着雷电一样的轰鸣。二爷爷说："大丫，你听我把话说完，你听我把话说完。"他往前走一步，我往后退一步。他不再走，我也不再退。我们俩就隔着几步远的距离，像隔着大江大河一样遥远。"你不要怪我，大丫。这些事我早些年间不告诉你，是因为你还小，我怕把你吓坏。吓坏了你这一辈子就完了。我不想让你回来，是想一辈子瞒住你。你一辈子不知情，这事就像没发生一样。大丫，这些凶事你想不到，我情愿你想不到，你不知道强似知道。大丫，我知道你怪我，你要怪就怪吧。这样的事谁家摊上也没法儿，不是我心狠，是我没法儿呀孙女！多亏你命好，去了好人家。罕村水好土好，粮食比潘家寨的香，瓜果比潘家寨的甜，白薯都比潘家寨的甘洌。遇见罕村的人我就打听你，我知道你过得好，婆家有车有马，对你也好。我每年清明给你爸你妈烧纸都念叨几声，我说大丫过得好，你们就放心吧。"

我心里突然有了疑问。表叔管他叫啥？他管表叔叫啥？小时候不懂这些亲戚关系，现在终于想明白了。表叔既然跟我家有亲戚，就应该跟二爷爷有亲戚。可我从没听表叔表婶提起过二爷爷，这不能不让我生疑。话就在嘴边，我问出来就明白了。但我想问却不能问。我突然有了胆怯，亲戚……难道也是骗局？

那就是我妈和表叔表婶一起骗了我！他们不过是一方卖人，一方买人！

我扬着脖子，斜眼看着他剧烈地咳了几声，又一口带血的痰从喉咙里飞了出来。二爷爷又说："我还没告诉你吧？我给你爸你妈你哥建了衣冠冢，就在潘家坟的谷子地里。从这条畦埂上的小路一直朝东拐，我用石头给他们制了块碑，上面有他们的名字，是用红油漆描的。我隔几年就用红油漆描一遍，生怕它颜色淡了，年头久了你来上坟时认不出。那里埋了很多坟，经常搞不清都是谁家的。当年你妈就是从那里接了你爸的信，收拾一下就走了。我想，咋也得把谷子收了再走啊。你妈以为到京城就能抓金抓银，谷子就不是个好东西了。好好的一片地，就那样撂荒了……那年风调雨顺，谷穗长得又大又瓷实。只有你家那块地里是一人高的草，谷穗被欺负得抬不起头来，个个长成了猫尾巴，用手指一捻，都是秕子，里面根本没结粮食。后来我经常想，如果收了谷子再走，也许就能避开那些祸事，事情就有个转圜。你妈忒性急了……"

我已经走远了，脑袋都没往东拐一下。滚热的风把他的声音送过来，越来越小，越来越小，然后就消失了。我越走越快，越走越快，一直没有回头。明明知道二爷爷在身后看我，我就是不回头。我想用这种决绝的方式告诉他，他的话就是西北风，我既不相信，也不感念。或者，他的话比西北风都不如。我岂止不信，听都不愿听。事实是，以后我从没想起过二爷爷的这些话。私心里的难受摆不上台面，过去了很多年，我还是不希望那些事情是真的。不管别人怎样说，我仍是不肯相信。我不情愿有人告诉我这些。只要捂住耳朵，那些铃铛就都不会响。拐过弯去上了一线穿，确定二爷爷看不见我了，我才停下脚步回头看，那条土黄色的路带子样夹在两边的灌木中，像爬着的一条蛇。二爷爷就像一截炭木戳在那里，好半天一动不动。

我不想去看我爸我妈和我哥，即便不是衣冠冢，我也不想去看。这些年，没有他们的生活我已经习惯了。有了他们我反而不习惯。

但我想去给二爷爷磕个头。既然存了想法，就成了执念。不光为了我，也为了我爸我妈和我哥，他们都是晚辈，却受长辈多年的香火，这说不过去。这个想法一直隐隐约约。就像大河突然拐了胳膊肘的弯，大河还是大河，堤岸还是堤岸，但水流的方向变了，鱼虾都跟着惶惶地重新站队。如果不顺着水流走，就只能撞到岸上，一个晌午就成鱼干虾干了。还有一个念头不好说出口。我想跟二爷爷道个歉，那年头骂他足够狠，啥时候想起来，我都心里不安。二爷爷原谅我吧！

树越来越矮，草越来越低。耳旁呼呼生出风来，像有一个马队从身边掠过，荡起了老高的烟尘。可我却找不到回家的路了。路上空无一人，旷野里空无一人。天上地下都白花花的，像盐碱地翻出了大片河床，我妈说，这要是银子该有多好，就不用种谷子了！她顶烦种谷子，左一遍榜，右一遍锄，那些狗尾巴草比秧苗还厚。谷草小时候跟野草模样差不多，我妈经常锄得很不耐烦，锄头像镐头那样扔着走，连我都能看出来，那些谷子都很不情愿！

这是啥年月？脚下新修了油漆路，马蹄的声音带水音儿一样响脆。若细看那奔跑着的马，长脸是笑着的。它们也喜欢油漆路，车轱辘转动的样子像是风车一样，一转一转地随时都要起飞。我站在了有暄土的路边上，被二斤点心勒紫了手指。潘家寨怎么不见了？

这一路也没有看见马家港，放眼望去，天底下一个村子也没有。太和呢？太和也消失了。我大声喊："有人吗?"声音被什么东西撞了回来，像鞭子抽打我的脸。我意识到这也许是二爷爷在使法术，他是入了《封神榜》的人，他会使法术。他不想见我，不接受我磕这个头。他一定这样想：一个宅院算什么，人没有了要宅院还有啥用处。你不占他占。我不护着早让别人抢走了。二爷爷这么多年不说出实情，肯定也背了污名。我骂他那一顿足够狠，否则他也许不会送我到村外，告诉我爸我妈出事的事。这么多年过去了，他这个时候告诉我，不会没有原因。

日头眼瞅着往下沉落，一群蝙蝠把天空都染黑了。我一下惊慌起来，下午还得上工呢，黑豆地里的两垄草还等着我薅。这半天工分我得挣。后半晌没有多少活儿，中间歇着就在地头聊大杆打百分，我和张素良玩对家，我们很少输牌。张二花根本摸不着边儿，她在旁边转磨磨，像落单的鸟儿一样。虽说她当着保管员，队里女的没人待见她。她总追在别人屁股后头打溜须。还送我一个粘火勺，我能当回事？我装作不经意间掉在了地上，用脚一拨拉，便宜了蹿出来的大黑狗。大家心里都明镜儿似的，我是故意的。我不可能吃她的粘火勺。黑豆秧上长满了毛茸茸的绿豆荚，每一个小鼓包都似藏着一个秘密，其实，那就是一个小豆粒，又软又甜。我们在地头玩牌，那些个豆角荚就会小声说话。风从它们头上掠过，它们的声音就像耗子在磨糯米牙，又脆又响。飒飒飒，飒飒飒。我左右两边察看，却看不出哪边的树越来越大，草越来越高。我想起刘园就曾经转向，她去大洼里拾麦穗时越走离家越远。我得牵住我妈的手，她知道哪边的树越来越矮，草越来越低。我用力一抓，就听有人说："您咋还拧人？"

"居然这么有劲。"

39

我把那本书抱紧了，就像抱着个孩子一样。这孩子粉面桃花，像画上的人物。二先生说："潘美荣你有福了，好好栽培，将来这孩子会出息。"

普天之下，只有二先生和他老婆叫我潘美荣。

我说："愁人。表婶要是活着就好了，现在连个拉巴孩子的人都没有。"

二大娘说："你要是不嫌弃，就把小三儿送我这儿来。"

我送过几次，后来就不送了。二大娘越来越驼背，印堂越来越发黑，有人说她也许有传染病。老三小时候顽皮，才刚六个月，一只糠口袋就压不住，我收工回来，他爬到炕沿边上坐着，像看家的狗一样。

糠口袋是一块蓝布，两边各缝一个枕头装满高粱，中间用单布相连，把孩子卧里边，孩子一天也别想动弹。但却压不住老三。"三翻六坐八爬着"，老三刚满六个月，不单会爬，还会掀翻糠口袋，从里面逃出来。后来我就在他的腋下拴了根绳子，另一头连到窗框上，老三不乐意，急得把脚后跟蹭去一块肉，现在那疤还在。他得过百日咳和白喉，再大一点得过心肌炎和小叶肺炎。哪个病都不简单，弄不好都会要人命。

下雨天老三跟我在炕上搓玉米，他用刨子刨，我用玉米骨头搓。大白棒子长得紧实，只要刨出一溜沟，其余就好搓了。老三一般刨出四溜沟，那白棒子就像开了花一样。他手掌小，左手握刨子右手把住玉米棒子很吃力。老大出去找人打牌，天不黑不回来，有时能打到后半夜。老二去玩玻璃弹球，不饿不回家。刘方去饲养场，借口是去看大牲口，到底都干些啥，谁知道呢。那里是爱聊天的人的聚集地，能从中国一直聊到外国去，他们就喜欢谈论珍宝岛、尼克松、坦桑尼亚、阿尔巴尼亚，人人都热爱打仗。刘方喜欢在外边说，到家里不说。他一说我就揭短。当年县里组织担架队去东北抬伤员，你是咋做的？

我和老三边干活边猜谜语。有时我出他猜，有时他出我猜。

"不点儿不点儿，浑身是眼儿。"

"顶针。"老三回答得笃定。

"不大不大，浑身是亮儿。"

"灯。"

"还难不倒你了，这回出个难的。四四方方一座城，里面住着百个兵。个个头戴红缨帽，不知谁是领头的兵。"

"火柴。"

我话音未落，老三就猜出来了。

"妈，我出你猜。"老三说，"大瓢大瓢，掉地下找不着。"

"你放的臭屁。"我说。

"那就猜字谜，保管妈猜不着。"老三说，"一字十八口。"

我在膝盖上画了画。"你吃'杏'子了。"我说。

"一字口十八。"

我又画了画。"你发'呆'了。"

"行啊，妈你没上过学，却认识这么多的字。十八中有口，口中有十八呢？"

我真猜不出了。上两个其实也不是我猜出来的。老三边写作业边听收音机，我也顺便听了一耳朵。老三出溜下炕，拿来了纸和笔，写了"克"字和"困"字。我说，那个"克"字下面不是"八"。老三说是，只不过那个"八"会拐弯儿。

"远看花花朵朵，近看拉拉罗罗。我又不是仙桃仙果，你为啥跷着脚摘我？"随口说出来，我才想起这是小时候听我妈说的。指的是蒺藜狗子扎了脚，要跷着脚往下摘。考虑到背景，我没有说这则谜语的出处。啥事涉及我妈和潘家寨，我就啥也不说。"我为啥没有姥姥家呢？"老三更小的时候问我，他羡慕别的小孩过年可以走亲戚，挣一毛两毛的压岁钱。"姥姥在很远的地方过好日子呢。"我说，"等你长大了，有了脚力，就可以去找他们了。"

我为啥不能大大方方告诉孩子们呢？你们姥姥爱赌钱，一个跟头磕死了。不单害了自己，也害了你们姥爷和石头舅舅。不提我都忘了。我哥叫石头，小时候身体不好，所以起了个硬气的名字。可这些都磕不过命，他没能像石头活得那样长久。

活不见人死不见尸。

那泡鸟屎让我激灵了一下。我先洗了个头，在前门槛子上坐了下来。我从潘家寨回来，家里安静村里也安静，习惯了鸡飞狗跳，那种安静让人心慌得不行。湿漉漉的头发糊在脑袋上很不舒服。我居然眼花了，看见表姊从洞开的大门走了进来，我本能地站起身，才想起她死了有六七年了。跑进来的是老三，没魂没魄的样儿，敞着怀，露出小小的胸脯，就像一团热腾腾的气体，混合着啪嗒啪嗒的脚步声。老三的小脸煞白，嘴唇却青紫，小胸脯呼哧呼哧起伏着，像是根本没有看见我，从我身边一步跨了过去。

"长江!"我预感到有什么事情发生了，站起来失声叫了句，又一屁股坐下了。

也不知过了多久，我才一步三摇地去了屋里。先拉亮了电灯，老三像是在发疟子，身子抖得不行，牙齿嗒嗒嗒敲得山响。刚才他的脸还煞白，现在却是炭火样的红，就像发着高烧一样。他蹙着小小的眉头，眼睛紧闭，嘴里痛苦地说："丑，丑……"

"啥丑?"我用蒲扇给他扇风，小声问，生怕吓着他。

老三不答。他翻过身去，把脸贴到炕上。我能看见他的鼻子压扁了，额上刻了炕席花。他的黄毛头发根根直立，像只受惊的刺猬。"你到大队部看看就知道了。"我心里一惊，但嘴上不动声色。

"想吃啥？妈做。"

他把脸扭到了一边。

"你干啥又回潘家寨呢？"刘方在大门外的台阶下蹲着，背对着那棵香椿树。那棵香椿树已经很粗了，因为长得太高，春天根本吃不到香椿芽。外面漆黑摸眼，树木只是一团黑绰绰的影子。估计到后半夜了，周围是此起彼伏的鼾声和磨牙声，像蜜蜂一样在空中嗡嗡嗡，也许声音是我想出来的，我不愿意面对眼前这个人、这个场景，我情愿黑夜里我也在沉沉睡去。香椿旁边还有槐树和榆树，它们的枝杈在空中交织在一起，只是都没有香椿那么理直气壮。年岁大，气味足，就有理由理直气壮。他想抽烟了。从裤腰上摸出烟袋，烟袋锅伸进荷包里使劲挖了一下，然后用拇指去摁。烟袋荷包是我缝的，那时我还不知道它的边角处绣了一朵花。

"你说我为啥要回去？"我凄厉地喊一声，把胸腔里所有的耻辱和愤恨都喊出来。把下午在潘家寨受的所有委屈和不平都喊出来。是的，我买了两斤点心去看二爷爷，惶惶奔了去，却以一场大骂收了尾。不骂不足以平心中的愤怒啊！我骂二爷爷枉披了一张人皮，吃人饭不拉人屎。他圈走了我家的院子，拆了我家的草房。让我大热天提着点心奔回去连个落脚之地都没有。他说那房子住满了蛇和耗子，它们在院子里打仗，耗子个顶个咬着尾巴尖和蛇拼命，满院子血呼呲啦。他铲了一筐拖到村外埋了。还有比这话更假的吗？他欺负耗子跟蛇不说人话吗？可恨的是潘家寨的人都不站在我这边，他们说二爷爷年岁大了，如果写书都该封神了。呸！他也配！我不知道怎样表达愤怒才好。他们可是知道我是孤女无依无靠，七嘴八舌都是讨伐我的声音。

我浑身哆嗦，手脚冰凉。喊完一句人都要虚脱了，像死鱼一样张大了嘴。夜已经深了，露水把空气都打湿了。我知道左邻右舍都没睡。老大老二没睡。老三也没睡，可他闭着眼。外面响起敲门声，他显见得皱了下眉头。我风火轮一样奔了出去。大门是我闩的。按说我没有闩门的道理，他还在外边，我从来不闩门。可今天与所有的日子都不同，我不闩门就显得忒好欺负。我像门神一样站在门框下，看着他像一团物体在眼前蠕蛹。"我丢人了，我没脸回家了。"他喃喃自语，然后又说了句，"你为啥要回潘家寨呢？"我看不清他的脸，他的声音里有种懦弱到骨子的胆怯和无助，似乎还有哭声和埋怨。"你说我为啥回去？"凄厉地嚷出这句，我就再难说出一个字，一下跌坐在台阶上。

我胸腔里涌动着好多话。你的好人缘呢？你的狐朋狗友呢？你东家西家帮人做这做那，关键时刻没人给你扔块布片遮丑吧？你这家喝那家喝，是传说中的酒越喝越厚吗？一个小队队长就觉得自己人五人六，真不知道羞臊多少钱一斤哪！

　　他原本是个胆小的人，怕事儿，怕羞，怕丢人。是当了小队队长以后胆子大了，眼瞅着大了。很多事情我不屑说，是给他留着脸。可他做的那些桩桩件件都在我的眼里，他越来越煞有介事，越来越煞有介事！管着三百多号人，十几头大牲口，三挂马车，一台手扶拖拉机外加旋耕犁，一座仓库，就像当了三军司令！没有人比他更会显摆了！队长、会计、保管员，三把钥匙圈在一起吃红烧野兔，鬼才相信一只爷爷级别的老兔子能喂饱那样多的嘴！三人聚一块儿，钥匙都在裤腰带上，那仓库还有门儿吗？里面的种子、油料、芝麻、花生、红豆、绿豆、小麦、玉米、旱稻子还不是由着倒腾。每年的损耗由耗子背锅，简直是笑话，那耗子得比人大！你当社员都是傻子，谁心里没个小九九，人家只不过不当你面说砢碜话，只说恭维话，秋后算账的时候都是看笑话的。瞧，报应那么快就来了。闲话都传到了三岔口，连窦姓姐夫都知道，这能是小事？

　　我不是不说他，我是说不了他。"你一个囤子媳妇，懂得啥。"

他动不动就把囤子媳妇挂嘴边，口气里都是轻贱，都是嘲讽。不知从啥时候开始他变得瞧不起我，好像我当囤子媳妇就低了人一等。我狠狠跟他吵了一架。刘方嘴里刚冒出囤子媳妇几个字，我就把一只碗摔在了地上，吓得自己一哆嗦。那可是只好白瓷大海碗，花一毛二买的。往地上一坐，就成了两瓣。我把吃饭的家伙摔了，那是我实在控制不住自己了，我这一辈子摔东西也就那一次。我说囤子媳妇挣满分的时候你挣几分？人家给你九分五你连屁都不敢放一个，连个好劳动力都当不上你以为你是谁。队长不是狗皮膏药，不会贴你身上就是一辈子，别以为那是你祖家宅的出产，等下台那天你再看，有谁理你！他嘿嘿冷笑，说："下台那天我当大队长，管着全庄的人。你信不信？"

他确实在朝那个方向努力，背着口袋给工作队的人送礼，那正是出花生的季节，他让几个妇女挑了半口袋"骆驼"，都是仨仁儿。那时候不像现在有优种，山那样大的一堆花生也只挑出了半口袋。他这种出言可真让我觉得陌生，他过去从不讲大话。我尖声说："我不信！讲好的去东北当担架队抬伤员，半路上却偷着跑回来，就你这点觉悟谁不知道。你以为别人都是聋子是瞎子，由着你说啥别人信啥？政府说不定早就给你记下了，当逃兵可耻，跟反革命没啥两样!"刘方打了我一嘴巴。就那一次,刘方打了我一嘴巴。我用手捂住脸,鲜血从指缝往外冒。我用舌头舔了一下,有颗槽牙松动了,那原本是颗龋齿。他真下了狠手。他铁青了脸,嘴歪歪着,一副要吃人的样儿。这回我没有还回去。心里回响着一万句骂人的话,但我没还回去。打人不打脸,骂人不揭短。我们俩扯平了。话说出来我心里也太平了,从此都不会再说啥。我知道,那一巴掌扇走了很多东西,我的,他的。几十年的情分都在里边,从小到大烟熏火燎的日子都在里面,然后化作了一阵风,刮走了。瞧他倒背着手往外板板眼眼走路的样儿,我的心就被冰冻住了,从此再没化开。

这是吃野兔以后不久的事。

他的牙齿在抖,嗒嗒嗒敲汉白玉的烟袋嘴,像敲梆子一样响。半天没划着一根火柴。他得蹲实了,谨防自己像蛤蟆一样弹起来。我站在台阶上,居高临下地看他。眼睛慢慢适应了黑暗,能模糊地看见他寡白的一张脸,像坠着二两铅。我心里一丝同情也没有。真的,一丝同情也没有。心里都是凉薄,腔子里都是火焰。这就是我的男人,从八岁就投奔了来,儿子都成人了,他心思却不在这个家里,越走越远,越走越远。开始还遮掩,后来简直大摇大摆了,找个名目就去张二花家喝酒，哪怕就用黄豆换了两块水豆腐，也一定要去张二花家吃了喝了。张素良说那里成了他们的伙房，那是好听的。我比谁都清楚，那就是他想去，拉了福生做垫背。福生是实诚人，不大看得出眉眼高低。必是坐人家炕上的事也上瘾？眼里有人心里就舒坦？耻辱和愤恨像乱草一样塞满了胸腔。"穿啥啥好看，做啥啥好吃。"他回来不止一次这样说，想起他的轻佻就让人受不了。他恨不得长到人家家里，一宿都不回来。他怎么那么浅，那么贱！

现在知道锅是铁打的了？知道烫红的烙铁手摸不得了？知道马王爷三只眼了？可惜一切都晚了，太晚了！

早知今日何必当初啊！

我一个字都不肯说。说一个字都觉得像他一样丢人。怒火很快平息了，是因为我发现自己通体冰冷，那颗心就像水蒸油炸一样熟透了，又放到了冰水里。我想到了大队那帮人怎样调戏他。平素他们也看不惯他，刘方的做人行事方式很多时候有些出格，不按套路走，大队那帮人并不买他的账，这回终于有了让人拾掇的茬口儿。他和张二花分别被关在两个屋子里，大队书记审他，民兵连长审张二花。屋里屋外挤挤插插都是人，窗子打开着，一院子热气腾腾，人声鼎沸，却会在某个时段突然安静，那是屋里有了声音，院子里的每个人都竖起了耳朵。

有人问："为啥要跟张二花搞在一起，她没有男人，但你有女人。有女人你还找别的女人，到底是谁闲不住？今晚是张二花主动还是你主动？"

刘方说他主动。

"她摘生产队的豆荚你就没想要与她做斗争？"书记说，"你是队长啊。"

刘方说："没想。"

"光想上她了吧？"

轰的一声笑，我从院子里出来了。

感觉脸被人踩在了地上，挫了几脚。心在滴血，身后是一溜血脚印。如果前面是一堵墙，我就一头撞死了。我情愿此刻天地合在一起，把我变成一张薄饼，也比现在这个样子强。

偷青捋穗的事谁都有。下地干活哪个妇女都不闲着。收玉米时，腰上围一圈玉米棒子，像捆一圈手榴弹一样。用大襟褂子一罩，别人看见了也装看不见。麦粒挽在裤腿里。花生装裤兜里运出去，埋在附近的地里，自己做个记号，收工了再用衣服兜回家。

"偷粮食不算贼，挨顿王八撅"，这是再论的。但张二花的行为不可原谅，你不能偷没成熟的粮食。刘方的行为不可原谅，你不能把黑豆秧压在身下，当你们家的毡子。这都是命根子呀，你作践的这些粮食咋办，即便它们长成了，那还叫粮食吗？这都是大家往深里想、远里想的，越想越不像话。至于那点丑事，其实没人太往心里去。青纱帐一起来，人就跟猪狗没啥区别，找个背眼的地方太容易了。有人粉丹丹的一张脸假装解手回来，大家都知道咋回事，看破不说破，不好意思的不是她，是你。

这一天活该是我的煞日。从我午后刷完锅去潘家寨，再从潘家寨回来，从家里到大队部，只半天半宿，就啥都变了。世界变了，生活变了，家里变了。乾坤颠倒，两世为人，生不如死。我这是冲撞啥了，好像万事万物都跟我过不去。我甚至想到了二爷爷斩死的那些耗子跟蛇。这些想法不时从我脑子里蹦出来，越想路越窄，越想越没活头。我要是八十岁、九十岁，就百无挂碍了。掐指一算，还有几十年呢！我真恨不得自己立刻、马上死，再也不想受这种耻辱和煎熬。我脚步一拖一拖地往前走，每一步都费尽心力。这路不安静，有往这边来的，也有往那边走的。同是看耍猴的看够了，远远瞄着我走，说话却又故意让我听见。他们说："张二花问啥啥不说，这就没看头了，没想到她是张鸭子嘴，要话没有，要命一条。"
有人说："这个刘方，挺大老爷们儿是个软骨头，还不及女人。书
记一说报告县上，就吓尿了，把啥都招了。该说不该说的都说，张
二花有啥好金贵的，不就是个寡妇吗？又不是军属，又不是知青。"
军属和知青都动不得，这事我也知道。还有人往大队部的方向走，
问："审到哪儿了？张二花穿上衣服了吗？"有人嫌我走得慢，从我
身边过去了，却又闪着我走。没人过来搭话，他们都假装看不见
我，当我是游走的鬼。看来我前世真的造孽了，这样多的坏事都让
我一个人遇上，这不是命还能是啥？

　　我躲在一棵白杨树后，前边是数不清的后脑勺。那些嗡嗡的声
音像雨后的蚱蜢，似乎都是说给我一个人听的。张二花正偷黑豆的
时候被刘方撞见了。那些嫩豆荚她用五香面放水里煮着吃，她可真
会吃！这样糟蹋粮食，比阶级敌人还坏！就该撕烂她的嘴，没见过
这么馋的女人！男人也不是个好东西，身为队长，看女人偷集体的
粮食，不劝说阻止，还狗扯连环，压倒炕那样大的一片黑豆，他们
以为是躺自家炕上，这俩狗男女，简直疯了，被围住了都分不开。
从黑豆地到大队部，两人都没穿衣服，羞煞先人呀，他们前边走，
一街筒子的人在后面跟着。说衣服找不到了，肯定是被谁藏了。后

来让谁找到了，抱了来，送进去时还有人喊，嘿，别穿。嘿，别让他们穿……

"你干啥又回潘家寨呢?"这话在我耳边回响了很多年，这话是责备，是抱怨，还是另有意思? 后来我回过来一点味，他是不是在说，我如果不回潘家寨，就也在黑豆地里。按点收工回家，刘方就不会去找我，他是去找我的! 他如果不去找我，就不会发现原本走了的张二花顺着河边又潜回黑豆地。嫩豆荚的吃法只有她知道。也只有她会舍得那么吃!

那样，就不会让人当成野兔和遇到民兵连长，被人活捉。

"人家都回家了，为啥你没回家?"刘方似乎还有委屈。这话就在喉咙里，吐出来却像夜色打了个寒噤，连我都跟着发抖。我看着他，不想说也不想问。走到这步田地，说出大天去都没用了。再说再问还有啥意思?

我像门神一样站在门槛子里，完全的外强中干。我也止不住要打摆子，我紧咬牙齿，才忍住不让自己敲梆子。夜黑中的一团影子越来越模糊。只有那点炭火闪着亮，那炭火像一颗星子掉了下来，摔得七棱八瓣。仿佛一辈子就这样急遑遑过去了，其实他的一袋烟还没抽透。黑夜里像藏着无数个鬼，不住地探头探脑。他晃晃悠悠站起身，看都没看我一眼，朝外走去。

"你不用把门儿，我不进去。

"我自己做下的事自己扛，不连累你和孩子。

"你们好好过吧。"

这话似乎是他说的，却又似从我脑子里冒出来的。我预备他强行往里走，我要遮挡一下。我咋也要挡他一下。他一下就能把我撞开，他多有力气。我没想到他会朝外走。再一琢磨，明白了。拐过墙角也许就有人在等他。天大地大，有的是去处。我身子一软瘫坐在门槛子上。十八世为人都没有我眼下这样难，我心说：你走吧，你们爱上哪儿上哪儿。

那时忘了没有证明信他哪儿也去不了，到处都是天罗地网。

他又回来了。哆嗦着搂住肩膀，两条腿像支的架子，走得哩溜歪斜。我看不见他的脸，他的脸被夜色吃掉了。原来是月亮藏到了云层里，月亮也不想看见他。可他周身发出的寒气我能感受到。他说："夜凉了，麻烦你给我拿件衣服。"

裤子就在铅丝绳上搭着，是我一早起来洗好晾晒在那里的。滴滴答答往下淌水时，一院子都是猪胰子味。我比当初表姊做得还好，是因为压得实，加了香精。我往院子里走的时候料想他会跟进来，他跟进来我顶多说他两句，让他回屋睡觉。我想好了。可他一动没动，就像前边是道悬崖。或者，他根本就不想动，我冷笑了声，几步跨过去抻了褂子过来，扔到了他的肩膀上。如果让表婶看见，她会说这是抢兜失火。

他没说话，我也没说话。

40

老三考上博士那天我大哭了一场。大喇叭里喊我接电话，我在河套地里褪玉米叶子。待我赶到大队部，已经过去了一个多小时。老三早把电话挂了。接电话的人告诉我，老三说他考上博士了，让我别担心。

这一年新下来的粮食都让我卖了。玉米、高粱、谷子、花生、芝麻……七块地，我种了七种庄稼。老大主张我把地分给他和老二，大家混着种，省工又省力。我不依。混着种粮食不在我手里，我就不能说了算，人家给多少是多少。我说，只要我干得动，就不麻烦你们。老大心里明镜儿似的，说：“我还不知道你的心思，你

就是惦记老三。"我不言声。老三是我生的，我不惦记谁惦记？那
些年真是辛苦，老三去上大学，大哥出五块，二哥出五块。我把攒
了几年的积蓄都拿出来，也还差着。我还想给老三置身新行头，一
走那么老远，跨长江，过黄河，穿旧的哪行。家里能卖的东西都
卖了，包括表婶留给我的一对老镯子，也仨瓜俩枣卖给了古董贩
子。老三走时眼泪汪汪，告诉我别给他寄钱，他到学校想办法挣
钱。"不行！"我说，"你得好好学习，学医的事不像学别的，得十二
分用心，以后都是人命关天的事。钱的事我想办法，不用你操心。"
那时老大正好过，他买了一个照相机，走村串户给人照相，洗出相
片再给人送去，每天都能得来现钱。我说过他："就不能拉巴兄弟
一下？将来他毕业了，我让他还你。说不定你还能沾光呢。""千万
别。"老大说，"我不指望他还，也不想沾他的光。他走那么远，我
沾不着你也沾不着，都甭做那梦。"老大是个现实的人，家里整天
有好吃喝，锅里嗞啦一响，香味能隔墙飘过来，我站墙根下吸吸鼻
子，就当解馋了。最难的时候我一把葱、一把蒜都拿出去卖，十块
八块也去信用社存。有次一直到晌午歪，一把葱也没卖出去，我跟
隔壁换了把烟叶，路上把烟叶卖出去了，一共才得十五块钱。一年
到头除了几个油盐钱我啥也不花。我对老三说，再难也比跑反的日

子好过，再难也比吃食堂的日子好过，你就放心吧，甭惦记妈。

听说老三读博士我哭了一场。其实，听说老三读硕士我就偷偷抹过眼泪。四年本科熬过来不容易，多希望他快快毕业，快快挣钱。可老三说，当医生得有高学历，工作好找，也受人敬重。他没跟我说，他那时谈着恋爱，人家女孩又读硕士又读博士，他不读不行呀。我说，只要你考得上，你上哪儿妈供你上哪儿。我信老三。这个世界上我谁也不信服，但我信服老三。夏天我去大堤上找知了皮，一季能卖十块八块。红白喜事给人家去落忙，大秋忙月给人家去帮工。剥棒子、砍高粱、掐谷穗、刨白薯，反正活人不能让尿憋死，老天饿不死瞎眼的雀儿，到啥时有啥时的办法。我还帮人看护过病人、孩子、老人，啥钱都挣，啥苦都吃。老三一再说，妈你不要给我寄钱，我有钱。我说有钱是你的，你就该花妈的钱。妈供孩子读书天经地义。我哭不意味着不支持老三，抹干眼泪我就去地里刨白薯。老大听说老三读博士一百个不乐意，说："穷门小户有碗饭吃就得了，读博士有啥用。"咋没用？老三不是凡人，是童子转世。我说："你去读，我也供。"老大说："敲碎骨头都榨不出二两油，你拿啥供？"我还是那话儿："车到山前必有路，没有啥事能难倒人，你先考一个给我看看。"如果说有啥不满意，我就对老大不满意。他不像个大哥，不拿兄弟当亲人。他只对媳妇好，对孩子好。就他那一骨朵一块是近人。越年轻的时候越明显，都是表婶把他惯坏了。媳妇比他还鸡贼，吃过饭假装来扯闲篇。"今天推出去多少粮食？多少钱一斤？得卖好几百吧？这钱都有啥用项？""卖两千。"我跟她说话一点不客气，"卖多少你也甭指望，这是给老三读博士的，谁读博士我供谁。"老大说："粮食都卖了看你吃啥。"

这话可让他说着了，这年头的好处就是饿不死人。光捡的粮食一年就吃不完。我也去大洼捡麦穗、捡稻穗、捡高粱、捡玉米棒子，刘园就曾在那里迷路。我没迷路，日头还老高呢，我捡的粮食就已经背不动了。家家大囤小囤满着，就没人再出来捡粮食。路上遇到个玉米棒子，飞起脚踢一下，就像踢砖头瓦块一样。人们收粮食也不尽心，自己家的也招二抹三，耗子咬一口的不要，没长饱满的不要。田鼠洞里能插烟囱，也没人有耐性刨一刨。要是过去，能刨到田鼠的姥姥家，把它辛辛苦苦叼去的粮食抄得一颗不剩。一夏一秋我都能捡一两百斤玉米，一百来斤小麦，三十多斤谷子，还有花生、棉花、白薯。老大能算出我打多少粮食卖多少钱，却算不出我藏了多少粮。一只水泥缸里的麦子我存五年了。上面敷一层草木灰，又不长虫子又不招耗子。就是粮食不好吃，送面粉厂人家都打折扣，但我在加工厂磨成面，照样吃得香喷喷。比过去玉米皮子玉米骨头磨成的面，好吃多了。

年底回家，老三把我邮给他的钱原封不动拿了回来。我一下就哭了。我辛辛苦苦存，你咋不花？他说边上学边工作，挣的钱花不完，用不着我的。后来我才知道，媳妇的钱也偷偷给他花，去食堂买最好的菜，老三不吃都不行。"您就使劲吃鸡蛋，穿好衣服，把自己打扮得漂漂亮亮的。从现在起，您就别想着攒钱的事了，要想着可劲花钱。"

以后老三年年给我邮钱，从少到多，有时一回就邮几千，我从不缺钱花。给他大哥大嫂邮进口的药品，给二哥邮运动衣。风水轮流转，哪有不转的风水啊！

"你干啥又回潘家寨呢？"

他的意思是不是说潘家寨又没家又没亲人，你父母的事我都跟你说了，你还回去干啥呢？我好像也不知道回去干啥。也不是因为不相信刘方说的话。二爷爷的话我照样不相信。照说我真没有回去的理由，大热的天。对，是因为油漆路，河东的油漆路通到潘家寨，就这一句话，让我动了心。原本是想利用中午那一小块时间看一眼就回来，结果家没了房子没了，跟二爷爷骂了一架，消耗了大半天的时光，把全村的人都招了来，把日头都骂沉落了。心里的那股邪火一直堵在胸口。其实后来也想，有道理吗？没啥道理。跟二爷爷两代以前是一家，那就是一个大院落。后来老哥俩分家，把宅院扯开了。人没了家就是个形式，二爷爷那样做也说得过去。他还给我爸我妈我哥立了衣冠冢呢。如果刘方不出事，我会把二爷爷对我说的话告诉他吗？天灾人祸的事不丢人，有啥可瞒着掖着的。或者，我如果不去潘家寨，没有腔子里的那团邪火，我会不会变聪明些，拦住刘方不让他往外走？他遭了那样多人的戏弄，哪还有活路可走。

再如果，我不去潘家寨，刘方就不会在收工以后去河套地。别人都回来了我没回来，刘方觉得有些好奇，他想我也许在摘豆角荚。这是他在大队部遭审讯时说的。所以见了我他就说这一句："你干啥又回潘家寨呢？"

我会去摘豆角荚？哼！

"妈，您该拦住他的。"许多年以后老三给他洗了张相片，他们爷儿俩一般大，"您能拦住他。"

话题牵扯到刘方我向来不爱接话茬。我不愿意谈起他。老三抱着老志书，不停地擦眼镜。有一年，县里提倡镰刀割麦法，刘方带人起五更偷偷去拔麦子，怕硬麦茬地不好下玉米种，耠犁锄耪都受影响。祖上几代都是拔麦子，政府忽然号召用镰刀割，大家都很抵触。大队在广播喇叭里点他的名，说他破坏农业生产。说一个村九个生产队，就你能耐？国家让你干的事能有错？麦茬翻到地里，接下来就是伏天，雨水一多，就自动沤了肥，又省人工又肥地力，有啥不好？这话说不动刘方，他觉得事情不像大队干部说的那样，肥地力的事根本就是个笑话。一地的麦茬齐刷刷，慢说不能全翻地里，翻进去也难说能沤肥，因为都在浅表处，根本没机会发酵。他仍然起五更带领社员偷偷去拔麦子，觉得割麦子除了省些力气对土地一点好处也没有。既然对种庄稼有好处，刘方就觉得偷着拔麦子也不算一回事。一把年纪的人了，他的想法还是很天真。

可大队不管啥好处坏处。审判现场其实也是斗争会，人家都记着呢。

"这些书里都写了？"我有些不安，不知老三为啥要说这个。拔麦子的事我也支持刘方，我和他都是能煞下腰的人，拔过的土地就像翻过一样松软，下种一点都不费力气。但有些人不行，三把两把手里就起泡，腰像断了一样疼。

老三摇了摇头。他凄然说："大队正想批判他，就遇到了那件事。那些人正是无缝下蛆的时候，所以要千方百计糟蹋他，他才觉得生不如死。"

"脚上的泡，都是自己走的。"我咕哝了句。自己做下腌臜事就赖不着别人。我连忙转移话题。问长江里的鱼好不好吃，有周河鲤鱼好吃吗？清朝都是要送进宫里做给皇上吃的，现在不行了，水质不清了。

"您一点都没想拦住他吗？"老三盯着我。

"我咋拦？"

"他回家的时候。"老三把眼睛移到了别处，"您可以让他先进屋睡觉，睡醒觉也许就没事了。"

我心里的五味瓶一下被打翻了，我一直以为他那晚回来的事老三不知道，他从没跟我谈起过。

"我爸要是活着，您能少吃很多苦。"

我看着他。

"真的。"老三郑重地说。

我不言声了。都是过去的事了，既然不能回头，再说还有啥用。"我不知道他要去寻死，我以为他要跟别人去过日子。"

"啥都没有生命重要。"老三像是没听见我的话，沉浸在自己的想法里，他说，"不管他做了什么，哪怕他想去跟别人过日子。"

"你还想杀人呢!"我想起老三在后屋檐底下磨锯条，他说要杀了张二花，"你干啥要磨锯子?"

老三说："我想把她锯得一段一段的。"

老三突然握住了我的手，仓促地叫了一声"妈"。我等着他往下说，老三却又住了口。

刘方拉回来的时候脸有些浮白，就像睡熟了。他在河套里自己漂了上来，身上披了一层水藻。抖搂时，落下了一层小螺蛳。"家里咋没人找他?"有人问。我寒着脸，想哭都发不出声音。这半宿，我把啥都想到了，他做任何事都不会让我意外。只是，我没想到他会一头扎进河里。

这里在早是我们家的田产，表姊曾在这里种棉花，我和刘方装新的棉花，生老大用的棉花，都产自这里。我们一家经常来这里抗旱。高岗上就一棵榆树，当年我曾经晾晒过手绢，那块手绢是刘园送的见面礼，上面有她绣的一朵什么花。我干完活儿就回家了，等想起时回来找，那块手绢已经不见了，不知是被人捡了去，还是被风刮到了河里，被水冲走了。这是棵老榆树，几十年也没有变化。树皮七棱八瓣，枝权分得很开，又粗又硬。树下就是表叔表婶的坟。刘方选择这里，显见得是有用心。

周围围了很多人。全小队几百口子人几乎都来了。老大老二用手捂着脸在人群里哭，他们都被吓傻了。我跪在刘方头前，使劲摇晃他的脑袋："刘方你醒醒，刘方你醒醒！"他分明只是睡熟了，还在均匀地呼吸。我喊："刘方，刘方！天杀的，你敢这样走，你居然敢这样走！你咋这没良心啊！"我浑身抖个不停，用脸去贴他的脸，是热的，他还是热的！我用手去拍他的脸，嘴里说："刘方，刘方，你别吓我，你没走是吗？"他赌气样地一动不动。我终于没了耐性儿，恨恨地说："走吧走吧，活着也是丢人现眼！"身边站了人似是想拉我，她们以为我会哭天抢地。但我眼里只是热一下，眼泪并没有流下来。我扬了扬眉毛，让眼泪回去了。我大声说："你这是宁愿死，也不想跟我过日子啊！"

"妈，你亲手……"

第十一章

41

"啥亲手？我亲手啥了？"我拍打一下围裙上的灰，用脚往灶里添了最后一把柴，"过去蒸发糕根本用不着我，在早是你奶奶蒸，后来是你爸蒸。他还会用白薯面蒸散转儿呢，在蒸汽锅里一层一层往上撒干面，蒸出的散转儿暄腾腾黏糊糊，就像大面包一样，就是吃起来有点粘牙。我不亲手你们会做吗？"

"我是说……"

"你啥也甭说。我活了这么久，啥没经见过？我八岁当囤子媳妇，尿罐有我半人高，我两手提着一步一蹭地去往猪圈里倒。我去井台挑水，好几次都差点把自己悠到井里……我跑过三次反，背着被，抱着鸡。你奶煮三个鸡蛋，你爷一个，你爸一个，她自己一个……"

　　我突然顿住了。就像河流遇到了堤坝，云彩遇到了狂风，推小车遇到了陡坡。时间往下旋，好似一个巨大的旋涡，能把人情不自禁地吸附，往事一股脑都往上翻涌。那是看驴皮影《燕王扫北》的时候，刘方噔噔噔跑进了院子。"你也去看影吧，记着早些回来！"

　　"有本早奏，无本退朝！"就记得这一句戏词，频繁地出现在脑子里。

　　他肩上搭着褂子转身走了，我咣当关上了两扇木门。

　　这是梦境还是现实？我从来也不敢往深里想。我回了屋，躺在炕席上老三的身边，想着他是想进来的，只是碍于颜面，假装冷的样子，说回家找件褂子。否则他会从大队部直接走！此刻，他会不会还守在门外？不会！我大声告诉自己，不会！他爱坐别人家炕头，他巴不得我把他插在门外！这些场景我从来没有梦见过，更没有梦见过他本人。我本能地回避，就像这些从没发生过一样。有一回，有人在背后推了我一把。我回头一看，风把我的头发撩了起来，却没看见人。但我知道，推我的人是表婶。

　　我激灵一下醒了。

　　"只有你能救他。"看不见表婶在哪里，但我能听见表婶可怜巴巴的声音，"他在水里寒凉。"

亲手！

我的脑子里忽然发出了一个爆裂声，像是有一道石门被炸开了。

这是老三说的！老三为啥这样说？这是颗哑弹，存了很多年，直到今天才爆裂。是我突然想起了这句话，从老三说过的许多话中自己走了出来，吓出了我一身冷汗。

我直到此刻才感受到了这两个字的分量！

"大妈放手，大妈放手。"

死都不能放！是谁在抢老三？谁抢都不行。我把老三抱得更紧了，两只胳膊死死往胸前搂，哪怕争个鱼死网破！老三是我的命根子，只要我在，谁也抢不走他！但那人似乎并不跟我比拼力气，他不断拍打我："大妈放手，大妈放手。您看看我是谁，我是老四，老三打电话让我来看您。您不记得我了？上高中时，我跟老三住一个宿舍，我们六个男生，他排老三，我排老四，放假第一件事就是来吃您的韭菜馅合子，您割了半畦韭菜，和了一大盆面，烙了几十个馅合子，被我们几个一扫而光。您说没见过那么能吃的学生，饭量就像出河工的社员一样……大妈，您听得见我说话吗?"

我听不见，我啥都听不见。河里飘起了雾，大船在水中穿行，发出吱扭吱扭的响声。我妈站在船头上，手紧紧拉着我的手。第一次坐大船，我有点眩晕，总好像重心不稳。大船一晃，我一下松了手。那人把老三夺走了。我一着急，睁开了眼，那人正把一本厚书递到老大手里。"大哥拿着。"他说。

我伸手要抢。

他把我的手挡了回来。"我知道这是老三的书……我们先保存起来，您这样压着胸口不好。"

"你是谁?"我虚弱地问。这屋里一片雪白，数不清多少人影儿在我眼前晃。我闭了一下眼，仍然看不清有多少人。

"我是不是要死了?"

有个姑娘银铃样地笑。"大妈好着呢，就是有点虚。"

我眼前清亮了些，姑娘的白净劲倒有些像老三的媳妇，可她没老三媳妇好看。哦，她是护士。我能看清她的长头发，从白帽子里掉了出来，落在了颈窝里。"你是谁? 是不是老三派来的?"

我伸出一只手胡乱去抓，老三就在不远处，刚才还被我抱在怀里。

"大妈，我是老四，是老三的兄弟……长江一早给我打电话，说在沙发上眯了下，就梦见您，在床上躺着……他让我一定过来看看，带上救护车！带上全套抢救设备！我说做梦的事能当真吗？要不，你打电话确认一下？可长江说：'兄弟你听我的，我打电话也确认不了，我妈不会说实话……她打落牙齿和血吞，摔断骨头都不会告诉我……你一定要带上救护车，带上全套抢救设备……这边闹疫情，一座城市都乱了套，我是医生，我是院长，我已经几天没回家了。刚才在椅子上打了个盹，就梦见我坐在我妈的胸口上，她一口气细若游丝，我知道她在等我……她只相信我一个……老四，我这里出了大事儿！医院里到处都是病人，到处都是病人，我办公室的门都被挤歪了……就像世界末日到来了一样。老四你看一眼就会崩溃，比战争还要让人恐慌……如果现在能走，我租架飞机也要飞回家……我妈就是你妈，你就代我行行孝，她过年就满一百了，她高寿，但她身体很好。你不要听她嘴上说什么，她怕花钱，怕麻烦儿女，她一辈子都没给人添过麻烦。你要按照医生的职责去做，必要的时候强制她！带她走！请你一定要听我的话，帮帮我！我满足她所有的愿望，所有的愿望！只要不是上天去摘星星……老四，你都要替我答应她！我妈一辈子不容易，供我读博士不容易，请你一定要告诉她，有啥愿望讲出来，只要她提出来，你都要办到，哪怕花再多的钱，为再多的难，也一定要办到，一定要办到！'"

我心里突然很安静。这世界突然很安静。那些乱纷纷的思绪都像鱼一样溜走了。只剩下一片平展展的水面，一丝风也没有，一朵浪也没有。这种安静真好，像躲在娘胎里，像活在蛋壳里，像老三钻到废弃的大船里，风浪都在远处，跟你不相干，一点不相干。一些朦胧的意识在逐渐复苏，眼前突然清晰起来。我又看见了那盆红绣球，开得像鸡血一样。水杯、线轴、一瓶腌蒜、手电筒和一个皮带扣，都待在原来的地方。奇怪，它们谁都没有动一动，谁都没有动一动。墙上的挂钟嘀嗒嘀嗒地走，表盘像脸盘一样大。听不见的时候我以为它丢了，不知啥时候又回来了，就像我的钱包失而复得一样，此刻它就在我的腰眼处，让我觉得硌得慌。我没动，这种硌的感觉好，让人觉得踏实。活着就得活个踏实劲儿，你活不踏实眼就容易看歪斜，事儿就容易想歪斜。我大半辈子其实都在找这种踏实的感觉，否则我又何必跟张二花交好？是的，她年轻时候做的事让人看不入眼，可错的不是她一个。后来她拼命改，拼命改。她守寡的时候孩子还小，她要是拍拍屁股走人谁也拿她没办法。有一次打牌的空隙张二花偷偷问我："潘美荣，你能原谅刘方吗？"我说：

"我连你都能原谅，能不原谅他?"话是这样说，我心里的结一直没解开。我解不开不是因为他跟张二花狗扯连环，是因为他撕了衣服拧成绳，自己却漂在河里。这是几层意思! 你为啥就不能重新活成个人! 所以我不愿意面对他，也是觉得他不愿意面对我。"你们俩谁先勾引的谁?"我假装不当回事，事情过去了几十年，我终于可以把这腌臜事问出口。"我先勾引他。我不勾引他咋能当保管，我这一家子得活啊。"刘方就是个傻子。我恨恨地想，他就是天底下头号大傻瓜。他其实是让张二花骗了。但一转念，我又想，穿啥啥好看，做啥啥好吃，刘方说话时那轻贱的样儿，能怪得了女人?不想了，不想了，那些骚气事，那些猫儿狗儿的事，祖祖辈辈都断不了，朝朝代代都断不了。烟火不断，那事儿就不会绝。只不过是我运气差，赶上了丢命的事。刘方运气差，被人当成了在黑豆地里兴风作浪的野兔子。罢了，罢了。我一个囤子媳妇，四世同堂，儿子考上了博士，四乡八村的人都说我命好。我满口的牙还能吃花生米，虽然是假的，但吃东西的时候根本感觉不出，老三是花了几千还是几万给我镶的，村里人都说我有福气。"罕村有几个像您这样好命的呢? 近前有人伺候，远处有人惦记，吃啥有啥，从不缺钱花，都快让人羡慕死了。"这是李大夫说的。

你还有啥不满足的呢？

我疲乏到了极点，连眼睛都不愿意睁。但一丝淡淡的笑渗出嘴角。是的，我满足。若问还有啥愿望，我认真地想，没了。如果说原先有，现在也都过去了。有些事情我想通了。人啊，不跟别人过不去，也别跟自己过不去。人不是神仙，出个岔，犯些错，都难免。他把一条命都抵出去了，你还想怎样？

"白头万事都经遍，莫为悲伤损太和。"哦，太和。我是从太和里走出来的，那是比潘家寨更大的一片区域，全称叫太和洼。那里就是一个大木盆，潘家寨就是盆底的一滴水。

那三间草房呢？

孩子们都不容易，为难他们干啥。老大刚高中毕业，就被我逼着上海河，就是出海河工，搞大会战，一天记两个工，给二斤米。村里年轻人都报了名，老大不想去，怕顶不住。那哪行！两个工二斤米是那样好挣的？想挣还得有机会！他后来果然累吐了血，见了生鸡蛋就想喝。营养跟不上，很多人都把身体累垮了。肺不行了，腿不行了，腰不行了，肾不行了。好在老大年轻，养一季子就过来了。那时活着可真难啊，连个当家主事的人都没有，你连海河工都不愿意出，证明你体力跟不上，谁家姑娘敢跟你？出海河工结束了，他果然从沿路的村庄"捡"来一个媳妇。老大个子高，人周正，高中毕业。就这三点，姑娘莫论穷富，一门心思地嫁。后来老大媳妇说自己不值钱，说我两百块钱就把她娶了来。我说，一分不给你也来，你又不是冲钱来的。这都是实话，但老大媳妇不爱听。老二娶媳妇的时候要五百，多出三百我能让媳妇黄了？老二初中没毕业，个子不高，又是个直心眼，能说上媳妇就不错了。可老大媳妇不乐意，说自己值两百人家值五百，天生的金枝玉叶。她不说时代发展了，娶她的时候两百不少，娶老二家的时候五百不多。她就爱埋汰人，多出三百就能娶金枝玉叶？

当婆婆难哪！

老四俯下身子，脸上挂了泪。我纳闷，他为啥哭？他有一张很像老三的脸。白净面皮，也像老三一样戴眼镜。他用手抹了抹我的脸，然后才抹自己的脸。旁边的女护士递给他一块纸巾，被他挡掉了。老四说："母子连心啊，大妈。没想到老三的梦这样准，路上我们还在打赌，我赌您没事儿，我赌这趟救护车白跑，我预备回去跟长江讨说法，得让他出车钱。没想到您这里真有事。身上哪不好？还是赖炕上不想起来？那可不行！咱得查查哪有毛病，这样硬扛着可不行。"

这是老三派人来救我了？

我想起了这个叫老四的人，去医院镶牙的时候见过他，跟老三好得莫逆。他在一家大饭庄请我们吃海鲜，每吃一口菜前都要先夹给我。他说："我们宿舍六个人，两个没妈的，其中包括我。那时我们提起大妈都叫咱妈。'长江，咱妈又带来啥好吃的了？'记得有一次您炸了排叉，那个香脆，吃完我们都不舍得洗手刷牙，吃完都想，以后啥时能再吃一顿呢？"他和老三都笑。"大妈怼牙医怼得有劲，为啥八十就不能镶好牙？我们争取活上一百岁。来，为大妈的长寿干一杯！"我到底还是没忍住，一下哭出了声。"长寿有啥用，净给人添麻烦。我也不想摔跟头，可是……"

"原来是栽了跟头。怎么不早说！"

"看看栽哪儿了？"

"骨头碍事吗？"

老四朝屋里的人做了个手势，屋里瞬间安静下来。老四解开我的衣服，把听诊器放到我的胸口上，先听心脏。手放到我的肚子上，从上往下按，一直按到腿上，我哎哟叫了一声。

"我是谁？"

"老三的同学。"

"啥时栽的?"

"好几天了。"

"哪有好几天。"老大说,"前天还出去玩牌呢。"

老四又摆了下手,说你听大妈说。

"昨晚吃的啥?"

"没吃啥。"

"现在想啥吃?"

"我想去太和。"

"不说太和。说想吃点啥?"

"老三啥时回来?"

老四扯下了我的袜子,把棉裤往上卷,那腿有些胀,有些烧。老四摁了下,说已经有两个腿粗了,你们没发现?

老大说:"她没说栽跟头。"

老二说:"还以为她身上不舒服,懒得起来。"

"这样大的年纪,得精心啊!"护士说。

"你不懂。"老四说,"真让长江说着了,大妈果然这样……这样大的年龄还这样刚强,没必要!大妈,您没必要这么刚强!老三说您血糖不高,血压不高,血脂不高,怕解手吧?怕麻烦人吧?

嫌难为情吧？老人家，自制力不要太强！"老四把听诊器快速收起来，缠成麻花状，放到了白大褂的兜里，"大妈刚才说什么？太和是哪儿？"

　　大船浮浮游游离岸了。铁环在钢丝绳上哗啦啦地响，手里一用力，大船就来到了河中心。云彩映到水里，鱼虾就像在天上浮游。

　　我摸了一下钢丝绳，凉沁沁的，沾了早上的露水。远处有鸟贴着水面飞，偶尔弹一下水，那水就从鸟儿的肚皮上抖落，像珍珠一样在空中闪光。

　　这分明是条大河呀！宽阔得一眼望不到边。风浪把船摇了起来，人团在船舱里，就像元宵一样能摇出馅来。第一次坐船老三就吐得没完没了。他口袋里装了个塑料袋，把整张脸都埋进去，省得味道熏着别人。"咱到底是小地方来的呀，看见大的水面就晕。""有多大？"我想不出。"有十个周河那么宽吗？"老三认真地点头："比十个周河宽，宽多了。"他拿出一张照片，是在船头照的，我吃惊地发现，他周围都是人。身后的水一眼望不到边。"这得是多宽的河啊，一条船上载那么多人，拉得动吗？"

　　"三百多口呢。这是旅游船，不用人拉。发动机一响船就往前走，就像坐汽车一样……以后我接您过去坐一坐，看看长江有多宽，看看大船有多大。"

我隐隐期待了好几年。老三总是忙，有时住一宿就走，有时一宿也不住，就到家里打个旋风脚。"真忙成那样？"我问。

老三说，他来北京开会，要去外国做交流，候机多出十几个小时，就急遑遑地打个出租回来了。

"还不够车钱。"我隐隐有些失望。

"报告三哥，大妈已经在救护车上，二哥先跟了来……先走一点液，补充能量，其余事情回头再说，检查报告出来我第一时间上传……大妈就是太瘦了，一会儿清楚一会儿糊涂……搂着一本书叫老三，她是真想儿子了。"

我喘了一口气，在水上浮游的感觉很好受，就像人也飘起来了一样，身上哪儿都不疼。谁说我糊涂？"大妈，我们不睡觉，我们说说话。今年多大了？属啥的？"

"七十了，属猫的。"

我没好声气，这样的问题是把人当傻子。

"好好跟人家大夫说话，咋好歹不知呢——我妈属鼠，过了年刚好一百岁。"

"就你多嘴。"我烦老二。

"百岁老人，过去我只听说过。"年轻的姑娘说。

大船还在往前走。有人握住了我的手，我仔细捏了捏，是老三，没错，是老三。只有老三的手是绵的，冬天摸着也是暖的。"我有人疼。身上再冷，手脚都不凉。算命的都说我打小就有福气，一辈子顺风顺水。"老三说得没错。如果说有一点坏运气，就是生下来的头年表婶死了，七八个月的孩子在炕上一待就是一天，我用麻绳把他拴到窗棂上，防止他掉到地上。老三脾气急，把脚后跟都蹭坏了。否则，还会更聪明。"博士上边是啥?""博士后。""你应该读博士后的，如果不把脚后跟蹭坏的话。"

"是我不想读了。"老三说，"盈盈读书读够了，我就不读了。"

他听盈盈的!

热。这屋里真热。我甩了一下胳膊，又迅速被人攥住了手腕。"这心脏，跳得就像小伙子似的怦怦怦，把液可以调得快一点。她一直没咋吃东西，容易引起脏器衰竭。"

"唉，农村的老人，很多都是这命运。有病就一个字，拖。还好刘院长有您这样一个同学。"

"记住，刘院长在合作交流方面给过我们很多帮助。我们一定要给老人最好的护理，最好的治疗。"

"院长您就放心吧！"

还是那个小姑娘脆生生的声音，但长得没盈盈好看。

"老三！老三！"我仰着脸胡乱嚷。

那只绵热的手握住了我的手。"大妈，我在这儿。"

我就爱跟老三叨咕那些陈芝麻烂谷子，也只有老三爱听。但我有时候不全说实话，我语气一顿，一走神儿，就是遇见了不想说的话。老三多聪明，他不问。可有时候我又想说，一年也没多少空跟老三絮叨。"我大姑父是咋死的？""他是让你大姑吓死的。"饭后抄了桌子，老三往炕头一滚，老大靠着墙柜揎肚子，他这是吃撑了。老大说我净编小说，像话匣子似的。我说，这是事实！老三让我仔细说。刘园跌了一个跟头，从此就瘫痪了。为此我特别怕跌跟头，怕走刘园的老路。窦姓姐夫一辈子连碗粥都不会熬，他把刘园抱到火炉旁，粥熬好了再把她抱到炕上。"大姑父可真废物，难怪他一辈子不上咱家来，他是怕人瞧不起。"老三说。老大不同意老三的看法，他说大姑父当过乡长，是他瞧不起人。

"抱着我大姑熬粥是谁看见的?"老三问。

我说:"是我亲眼见的。"

那天是腊月二十几,我提了一包槽子糕、几斤水果去看刘园,她住在憋死猫的小屋里,大房都让给了儿子住。那样小的窗子还有窟窿眼,胡乱用报纸堵着,屋里一点也不暖和。刘园在炕上缝布条,手指头宽的各种布条,都是服装厂的下脚料,被她缝出了几尺宽的布幅。"大妗子,等缝好了我送给你做褥子。"她热切地说,掏心掏肺。她总叫我大妗子,这是指着孩子叫。她不知道时代早就变了,自打分田到户,谁家都不会再用布条缝褥子。大集上卖的整幅布堆成山,都仨瓜俩枣钱。炉子放在靠近墙柜的地方,水开了,窦姓姐夫把刘园抱过去,搅了玉米面,再把刘园抱回来,放到了炕沿上。出来时,窦姓姐夫往外送我,我指给他点心和水果放的位置,在一个缺了腿的凳子上。刘园自打得病就落下了病根,她可以送你东西,有啥给啥。她却不要别人的东西,一分一厘也不要。所以我每次来都不会把东西提进屋里。那是几斤酸梨,不怕冻。槽子糕被我放到了水缸盖上,那是一块半截缸盖,缸里冻着白森森的冰,足有一寸厚,中间掏了个冰眼。冰眼里的水也像镜子一样结了薄薄的一层冰,因为不久之前刚舀过水,那冰像饼干一样酥脆。没来由地我突然很生气。我说："你就不会给大姐熬碗粥？"窦姓姐夫无辜地说："我不会呀！"他倒背着手，曾经高大的身子背有些驼了。人愈老愈瘦，更显得眼窝深，鼻头大，而且越来越酒糟。但那神情中的不以为意让人深深地憎恶，那种憎恶在心里打了结，让你牙根都是痒的。我突然蹿起来打了他一嘴巴！我也没想到我会出手打人，动作比风还快，脑子还没往那儿想，手已经出去了，就像有鬼催着似的。事后我想，就是有鬼催的，我的手不是我的手，也许是表婶的手。表婶借我的手打了姑爷一嘴巴。他该打。一巴掌都不解气。天底下哪有他这样当姑爷的人啊，给表婶造成了多少困扰啊！我看了一眼自己那只手，那手分明是我的。自己都知道羞似的有些痉挛。我咋能打人家姐夫呢？年龄比我大，自古上门就是娇门贵客……你又不是刘方，有啥权利打人家呢。"大妗子，你，你，你……"窦姓姐夫被打蒙了，手捂着腮帮子，那眼圈一点一点红，委屈得就像个孩子。他嗫嚅着说："你大姐一辈子没杵过我一根手指头，我一辈子没跟她红过脸……"他咕哝着抽泣起来，可能是因为眼窝子大，那大泪珠就像花生果一样往外滚，我只在牛脸上看到过那样大的泪珠，那是把小牛卖了，牛妈妈脸上淌下来的。他的声音有些女气，声音从鼻腔里传出来，带着绵软的颤音和有些撒娇的意味。大眼珠子一努一努地看我，就像孩子看长辈。我红了脸，不知是气的还是羞的。他如果骂我一顿，或还我一巴掌，我都能受着。可他这个样子让我没法受。我头也不回地赶紧走了，边走边对自己说，潘美荣啊潘美荣，你这是自绝于刘园啊，世上哪有你这样不着调的人啊，上人家里串门还打了人一巴掌，那是大老爷们儿啊！他跟刘园过得好就行了，他啥样关你屁事。我连着拍了自己两下腮帮子，越想越觉得这事儿办得欠厚道。我每年来瞅刘园两回，八月十五来送月饼，过年来送糟子糕。这是我最后一次去看刘园，以后再也没去。回家的路上我一边走一边哭。也不知哭的是啥。刘园，刘方，我自己，这都是啥命啊。十几里地走完了，也哭够了。我在河里洗把脸，进了街就把那些事情放下了。

窦姓姐夫比刘园早死十五天，所以我说他是让刘园吓死的。若是刘园先死，谁给他熬粥？估计他就是想到了这一点，急急忙忙先走了。他们也算高寿，都活到了八十九岁。

刘园一辈子没吃过一片药。有一天她高烧不退，儿子们说，送她去医院瞧瞧吧，她还没去过医院呢。这是刘园第一次坐汽车。她坐在车窗边，眼睛不够使，看啥都稀奇。她这一辈子，没赶过集，没上过店。手里没摸过一分钱。在早是没有，后来是不认识，她不知道钱是好东西。她没事就揣着袄袖站马路上看过往的车辆，看见谁吐一口唾沫，就追出去老远骂人家。也有坏小子欺负她，故意在她面前吐唾沫，刘园可不饶他，嘴里一边骂一边吐，能追到人家院子里。大家都知道她是惹不起的，绕着她走，想吐痰的时候也忍着。最冤枉的是陌生人不经意吐了一口唾沫，只要让刘园扫着影儿，她就骂起来没完。可如果只有她一个人，她就像好人一样，在路边直着眼睛唱歌。她唱的歌没调也没词，就那样胡乱哼唧，牙疼一样，谁也不懂是啥意思。该做饭了，她就揣着袄袖回家了，比钟表还准时。

刘园去医院那天特别高兴，嘴里一个劲叨叨，好看，好看，真好看。也许就是因为太高兴了，到医院时高烧竟然退了，只花几块钱挂了个号，就又回来了。许是累着了，刘园回来就开始昏睡，睡着睡着竟这样睡没了。她的骨灰像雪粉一样白，老大回来说，就像得道的仙人一样。

"我还注意拨拉看了看有没有舍利子。"老大异想天开，"还真没有。"

我打窦姓姐夫的事，从没对人说起过。在我心里，这也是个结。从那儿，我再没去过三岔口，想起这事儿都觉得臊得慌。我不知道窦姓姐夫是不是也因为羞臊不肯来罕村。有时候，一个很大果，就因为不起眼的一个因。我也说不好。但从这件事，我看出窦姓姐夫还真是窝囊人，他不像别人说的那样，是瞧不起人。他要是回手打我一顿或骂我几句，我一点脾气也没有。也不知早年间咋当的乡长。也许就是因为窝囊，人家才把他撸了。

我这一辈子，没跟谁动过手，却打了窦姓姐夫，想起来心里就难受。

42

"三十七度九。糟糕，体温上来了！师傅，请开快一点！"

我握紧了那只手，绵软却有筋骨。那是老三的手，只要有老三在我身边，我就啥也不怕。我情愿车开慢一点，再慢一点，好让我跟老三说说话。我心里的话，还有很多呢！有件事我从没跟他提起过，比打窦姓姐夫还羞臊人。不只是羞臊，老三，你妈不是不要脸的人，可有的时候，身不由己……你明白吗？你有过身不由己的时候吗？树越来越矮，草越来越低，这不是去往潘家寨的方向吗？哦，那里是太和，往东是鹿角河，过了玉田就是外省了。一线穿就是连到外省的路，从罕村过大桥，直通潘家寨。我还是习惯说潘家寨。我不想说你爸拉沙子，他总来这里拉沙子，有一次，扛着鞭子去了潘家寨。我情愿他扛一辈子鞭杆子，去北京，去天津，去唐山，拉山货也拉粮食。他如果赶一辈子大车，许多事也许就不会发生。我是想说……外边来人了，谁抱着葫芦进来了？

三根手指，是福生。没错。他八岁的时候被铡刀铡去了两个手指，就是那年，他还来看过我纺棉花，那年我还没成亲，纺棉花主要是为了做装新的被子。那时他也还没铡去手指，跟他妈大腿一样高，长着花椒籽似的两只眼睛。当然，这也许不是真的，年代太过久远，想把事情记仔细已经不可能了。河套地里收的棉花雪样白，我手里的棉花一出长虫吃蛤蟆，表婶的笤帚疙瘩准落我的后背上。知道啥叫"长虫吃蛤蟆"吗？就是线纺不均匀，绞住棉花的地方能拉出手指头粗的线，费棉花不说，那线根本没法使。逢到这个时候，她就一声不吭，笤帚疙瘩像从天上飞下来一样，带着风声落到我的后背上。纺车是二先生家的，是我借来的。只要是借东西，表婶从来都是打发我去。她也知道二大娘对我好。村里成立学堂，二大娘亲自来家里："让大丫去学几个字吧。"二大娘的脚比粽子还小，她迈门槛子一准要先扶住门框，然后才往里迈一只脚。表婶没应，我也不想去。哪里有闺女去学堂识字的道理，传出去丢死人了。福生那年八岁，他和他妈先去了二先生家，然后才来表婶家借纺车。我对他没啥印象，我的印象都在纺车的手柄上，我要摇匀，手里的线才能抻匀。当然，我已经有点显摆了，是因为手里有了准头，线能纺得又匀又细。他们走后表婶说，他们家哪儿来的棉花？口气是完全的不相信，好像他们来借纺车也是骗局。那年月，家里有新棉花也是了不得的事，家家吃了上顿没下顿，得缸里有粮才能在地里种棉花，吃穿二字，吃永远摆前边。一套旧棉絮可以用几十年，三天不吃饭人就受不了。我们家也攒了两年的粮，才种了一亩地棉花。也就是说，福生家还要赤贫些，他们靠租二先生家的地过活。这些事情我多少有些印象。过了许多年，福生跟我说："当年你纺棉花的样子真好看。"

"啥好看？"

"纺棉花。"福生憨厚地笑，他不会调戏人，"后来我记了很久，总想你纺棉花时的样子，像个仙女。"

"你才七八岁，真是人小鬼大。"我说，"哪有像我这样丑的仙女。"

"你不丑。"福生脸都红了，是从眼睑看出来的。他是黑皮脸，脸红看不出来。

福生少言寡语，但心窍是通的，否则也不能当会计。他跟刘方交好，俩人总摽在一起吃吃喝喝。说起福生刘方有时会说，可惜了，少那两根手指其实不耽误干活。又是左手，可硬是找不着媳妇。到哪儿去给福生张罗个对象呢？曾经找来一个寡妇带个闺女，是河南人，据说是发大水逃难的。但那人没留住，吃几顿饱饭就走了。福生是实在人，他曾经装了一葫芦花生米给我送来，足有三四斤。

是刘方没的那年秋天。一块石头压在我的额头上，我整日抬不起眉眼，看啥眼都是花的。那种悬空的感觉，落不下，又起不来。与其说没脸见人，不如说没脸见自己。与其说恨刘方，不如说恨自己。刘方走了，把一个穷家留给了我一个人，儿子们要吃穿要媳妇要分窝盖房子。缸里没米没面，一场葬礼把积蓄几年的柴都烧光了，家里就剩我和三个儿子。刘方就是房子的四梁八柱，他倒了房子就塌了。我晚上一个人挠炕席，指甲里都是炕席屑。但白天我该咋着咋着。我在饭桌上说，没有臭鸡蛋，照样做槽子糕。没有金刚钻，照样做瓷器活。村里经常来锔盆锔碗锔大缸的，老三心细，知道锔碗是咋样一个工艺。他小心地问我，没有金刚钻，咋干瓷器活呢？我把粥碗从左手倒到右手上，用左手摸了摸他的头发。我说：

"我们会有金刚钻的，你等着瞧吧。"

除了张二花，队里那些女人都闪着我走，仿佛刘方的丑事粘到了我身上，我从最受欢迎的人，变成了最不受欢迎的人。地头歇着的时候大家凑一起说小话，我和张二花东一个、西一个打游飞。刘方死的那两天张二花没出来，再出来简直脱了相。她站哪里都是一副愣柯柯的傻相，我甚至觉得她要变成刘园了。有时候她想凑过来跟我说话，我咋会正眼瞧她，她拿来粘火勺被我随手丢在了地上，便宜了一只狗。黏东西不爱凉，那狗大概被烫了牙，蹦得老高。时间久了我记不太清了。但我肯定是装成不小心掉在地上的，却故意让人看见。这里有复杂的心理成因。我得给她面子，所以我接过了粘火勺。可又让它掉在地上。我哪能吃她的东西！这粘火勺吃进我的肚子，我会得噎嗝！整天一个队里碰头打脸，多不想见也得见，我没法啊！福生大概知道我日子难，队里晾晒了几天的花生米做种子，被他装来了一葫芦。他想让我高兴。花生米可是好东西。

我问他为啥想起用葫芦装花生米，他说这样抱在怀里也不显眼。我就懂了。

刘方的后事是福生一手操办的。我让他到园子里去选树，看哪棵适合打棺材。福生说，好的树还是留着盖房子吧，眼瞅着长河就该娶媳妇了。"不用。"我说，"打棺材比盖房重要，你听我的。"结果选定了那棵香椿。长得有一搂粗了，里面掏个洞，都能掩住个人。后来那个地方滋出来很多香椿苗，我再没让它长成一棵树，而是变成了一片树丛。

小时候我曾经在香椿树上画道道，记我来罕村的日子。后来我想把香椿苗带到潘家寨，让屋前屋后都长满。自从摔砂罐那次回家，就把这事放下了。

我给福生缝过衣服，做过鞋子。这都不是秘密。只有福生的葫芦是秘密，他是种葫芦的高手，窗台摆了一溜。偶尔拿过来一个，里边必定是装了红小豆、粳米、小黄米、大麦仁，都是稀罕物。这些事老大老二都不知情，我不敢让他们知道。偶尔家里有活计或改善生活，我会让老大或老二把福生叫过来。福生坐在桌尖上，嘴里叼着长杆烟袋，可真像刘方啊。不是长得像，而是说他像家里人，与老大老二坐一起谈天说地，一点也不像外人。

转眼又到了给黑豆薅草的季节。那天天气不好，队长分派活儿时把人都轰到了河套地里。黑豆地里的草长得又厚又高，拔下晾干可以给牲口当饲料。豆类植物养分足，不会耽搁自身生长。大家纷纷往外走，我在鞋底子上绕好线绳站起了身。福生看了队长一眼，说我今天理账缺人手，让刘方家的嫂子给我帮个忙吧。队长哼了一声，就算应允了。我愣了一下，想到那片河套里的黑豆地，高岗上，那棵榆树，那截河床，福生这是用心了。张二花猫一样地从我身边钻了出去。队长出门回头看了我一眼，那一眼别有深意。"长河妈就别去了，你就留下给福生三叔帮忙吧。"

我心里一酸，眼就湿了。我平时也不去河套地。有人主张把那棵榆树放了，那树长在我家坟地里。队长征求我的意见，我说放它干啥呢？榆树也是个性命啊，而且老得都成精了。它就长在表叔表婶的脚底下，后来，刘方又睡到了旁边。春天的时候它会长满榆钱，那榆钱又大又厚，把树枝都压弯了。人们嘴再馋，也不会去那棵树上撸榆钱。热风上来，成熟的白色榆钱漫天飞舞，一直飞到水面上，就像在撒纸钱一样。

"那就更不能放了。"我说。我一想到落下的锯末和白森森的茬口就心惊。仿佛那是一个人的身子，被生生断为两截。

我原以为不让我去黑豆地薅草是体恤，后来我隐隐琢磨出了别的味道。伐不伐榆树我说了不算，福生说了才算。福生让队长问我的意见，队长便来问了。队长是个年轻人，有次她跟我说："大婶子，有个电影叫《李二嫂改嫁》，新社会了，不丢人。"

夜里睡不着觉，我在炕上折饼，有些事需要慢慢想、慢慢想。假如刘方活着，即使他不回家，即使他整日当甩手掌柜，有这个人跟没这个人不一样，一点不一样。他当不当队长不重要，这个家有没有男人才重要。

他在，就没人敢跟我说李二嫂的事。

雨一直飘得不紧不慢，我用手去接，那雨丝从天上飘下来，很难打湿手。屋檐下的草已经很陈旧了，经常被鸟撕下去絮窝。饲养员推着车子出去加工饲料了，偌大的院落里停着三辆马车、耙子、犁杖和一辆手扶拖拉机。牲口棚里喂养着十几匹马、骡子以及驴和牛，牛总是很沉默。骡子爱尥蹶子。马爱打响鼻。驴爱朝天吼。那种叫声山摇地动，一副叫天不应、叫地不灵的可怜样儿。在所有大牲畜中，驴的命运最不好。它干不了体面活，比如拉车驾辕。骨架不够大。去大洼里拉鸡蛋头和碌碡滚子才用它，顶个半头小子使。地头一眼望不到边，戴着驴箍子走一个来回就用去半条命。听，驴箍子。马和牛都很少戴。只有给它戴，拉碾子时防着它偷嘴，有青稞时防着它偷馋。干最累的活儿，却吃最下等的料。所以说谁的命不好，就说是驴命。

院子里有七八只母鸡，个个长得滚圆。它们有时就把蛋生在驴槽下面的空地上，那里用柴草絮了窝，母鸡趴窝的时候，成群的麻雀在它身边起落。待它啸叫着有功之臣似的踱出来，那些麻雀就都飞走了。这是饲养员个人养的鸡。谁都知道他会把给大牲口的炒黄豆随手扔地下，那些豆子就像金豆子，扑鼻香。小孩子拿到一把，半天也舍不得吃完。可那些鸡夹着翅膀吃得大摇大摆，大家看见了都装没看见。乡间的事就这样，没有道理可说。啥事别想争个子丑寅卯，不清不楚最好。啥时清楚明白了，也许就是出大事的时候了。天气是少见的清凉，溽热都被老天收进口袋里。我回屋，八仙桌上摆满了记工册，一个压着一个。见我进来，福生从抽屉里拿出个新的记工册，小心地扯下封皮，订在了另一个扯下封皮的旧记工册上，当着我的面，在上面一笔一画写下了三个字：潘美荣。老的记工册子上面写的是"刘方家"。

我一下愣住了。再瞥一眼，心里轰地涌出浪来，后背一下起了鸡皮疙瘩。我站在福生对面，小心地把自己移到桌角处，肩膀倚着墙，墙上贴着毛主席的一张巨幅像。我身子不由自主地朝前倾，扶着桌角的一只手微微有些抖。我没想到福生会这样，他这是太用心了。他如果想做这件事完全可以不当着我的面。我咽了口唾沫，又咽了口唾沫。嘴里似乎被黏东西糊住了，话说出来特别寡淡。我说："你这是干啥？我都快把这个名字忘了。"

福生抬眼看我，神情是从未有过的严肃。"大哥没了都快一年了吧？"

那还用说？又到黑豆地薅草的时节了，若不是闰月，时间早过了。

屋檐底下的麻雀叽喳叫，我和福生却没再说话。空气里有一种特殊的意味，让人觉得惶恐和不安。但隐隐也有一种战栗和期待，让你无从把握。真的是无从把握，那种紧张似乎亘古未有。"你想让我帮啥忙？"我知道这话不当问，可不问我又心里不踏实。两人都不说话的时候空气就像不够用似的，吸一口都困难。福生的那只好手支在桌子上，托着额头，眼睛却垂下了，手指头反复去捏眉毛。他的眉毛很重，很长，老了就成了寿星眉。只是他的命并不好，种了葫芦从前街蹒跚着给我送了来，却被我让重孙子们踢着玩。我当时忘了里面曾装过红小豆、粳米、小黄米、大麦仁、花生豆，年代太过久远，我实在是想不起来了。

那天我就说了一句话："我比你大八岁，儿子都比房梁高，你就不用想别的了。"

这车到哪儿了？

43

　　我想告诉老三，你爸当了几年生产队队长，把手艺人统统放走了。泥瓦匠，磨刀的，织席编篓的，造笸箩的，摔砖坯子的。他胆子就是那样大，给他们开介绍信，让他们统统出去挣钱，然后交到队里，队里给他们记整齐工分，多分些口粮，年底参与分红。所以年节回来，家家都请他吃饭喝酒，整天醉醺醺的。这项收入可不少，有个摔砖坯子的人，一季就挣了八百多，队里给他记了全年的工分。这样的事，都是经过社员会评议的，有一个不同意，也得说出理由。但有一样，大秋忙月这些人都得回来收秋，那样多的活计不能都撂给妇女。所以到了麦黄的季节，今天回来一个，明天又回来一个。有回来早的，麦粒还发青。有回来晚的，麦子都进了打麦场。回来的人都分外卖力，似乎想把存了一季子的力气都使上。抢收的季节管饭，白米饭，擀面条，你爸怕人说闲话，不让我进伙房。可谁擀过水面也擀不出我的水平，又快又好，真的是又快又好。面和得硬，面片擀得薄。十个八个张二花也不是个儿。张二花主动说，我上场干活，让大嫂子擀面吧。她那时管我叫大嫂子，总抽空打溜须。过水面盛在水桶里，用扁担往场院里挑。那面条挑起来就有半人高，人开始是蹲着的，后来撅着屁股往起站，眼睛看着抬高的筷子，围着的人像看电影一样。大家就喜欢吃硬面，说吃饱了有劲，扛饿。这个场面你在别的队里看不到。出去务工的事想也别想，根本不让出去，说出大天也不行。你出去挣钱，让我给你出介绍信？门儿也没有。所有当队长的人都会这样想。就有人去大队部告状，一队的刘方为啥能放人出去呢？大队也不愿意放人出去，若是一庄的人都跟刘方学，他书记的帽子就戴不长久。那年月，挣钱都是罪过。

但年底分红大家都开心啊。过了很多年，还有人说，入社这么多年，就刘方当会计、当队长那几年手头富余。队里家家都添三转一响，三转是指自行车、缝纫机、手表。一响指的是话匣子，一开按钮，里面就有人说话。还能听电影和评戏。别人家买三转的时候我们家先买话匣子，一到晚上，一条街的人都来我们家听广播。

后来有了三转一响带咔嚓。咔嚓是照相机，老大最先买了一架。我们家总跟别人家买的东西不一样。

大队干部咋看刘方用脚后跟都能想得出，他溜须工作组也没用。工作组不会因为支持他而得罪村干部，这是刘方想不到的地方。何况，刘方做的这些也确实上不得台面。罕村九个生产队，就他老出幺蛾子。上面号召割麦子，他起大早领人去拔麦子。可转年，他比谁都爱用镰刀，参加全县的割麦比赛都能拿上奖，县里奖励了他一把月牙镰，他不用，连同红花一起挂在后门框上。我想不明白的是，他原本是个胆小的人，可有些事做得比倭瓜胆子都大。为啥？

老三说："我爸就是有想法，他是个有想法的人，乐于转变观念，紧跟时代潮流。他就是没赶上好时候。我爸如果赶上改革开放也许能发财，他多能干啊！"

"发财他会变得更坏。"

"他那不是变坏。"老三阴郁地看着我，"他不过是稍稍改变了一下情感方向。妈，你有没有后过悔？"

"后啥悔？"

"算了。"他说，"我就是心疼你，也有点为他可惜。"

在早我真不知道老三话里的意思，后来我明白了。他的意思是，我亲手扔了件褂子插上了大门，等于是把他推了出去。

才让他无路可走。

我不是张二花，难出口的事情还是说不出。那就不说了，不说了。我们把所有的隐秘和心事都带走，这世界岂不干净些？干净一部分也好啊。我梦见跟张二花勾肩搭背走，像极了一对老姐妹。来，我们一起跳个舞，看谁的腿脚好！

　　车停住了。我从车上下来了。湿漉漉的早晨有明显的雾气和寒气，所有的人都是副寒凛模样。那样一长串队伍，像赶集或游行一样，与我隔着一条大河，他们齐齐看向我，神情都很冷漠，好像我是个不受欢迎的人。我看见了村里的许多人，潘家寨的许多人，一起玩过牌的老姐妹都在，她们都是一副清寒的模样，连笑也是僵冷的。走到三岔路口，队伍自动分化了。我迟疑一下，朝潘家寨的队伍追去。二爷爷在打头的位置，就像狼群里的骆驼，走得比风还快。水在我脚下哗啦哗啦流过，我每迈出一步都很困难，我跟二爷爷的距离越来越远。我纵身一跃，脱离了水面。原来我可以像风一样在空中行走，像肋下长了翅膀。二爷爷在队伍里勾着头，我能看见他的一段脖颈。他的脑袋又瘦又小，连一根头发也没有。我哎哎地大喊了两声，二爷爷停下了脚步，探寻的目光望向我。我一时想不起喊他有啥事，心里紧张而又慌乱。紧急中我想起一件事，表叔到底跟我家有没有亲戚？如果有亲戚，那肯定也跟二爷爷有亲戚，咋从没听表叔说起过？表叔与二爷爷也从没有过来往。这可真让人纳闷呀。可对于这样的问题二爷爷明显表示不屑，他轻蔑地看了我一眼，咳了一声，扭头走了。

我挥舞着手臂喊："二爷爷，二爷爷！"我想告诉他我是来道歉的，当年骂人不对。可只是眨眼的工夫，队伍全没了踪影，只有雾气越来越重，天地越来越昏暗。我拼命挥手赶那雾，就听有人说："别动，别动，跑液了！"

水面忽然冲出来一条船，那是条小船，艄公穿一件白大褂，打扮得像大夫。他的身后是一大片水，一眼望不到边。船驶到我身边，我轻易就登上了船头，然后我终于看清了，那人像老三，但又似乎不是。我很平静，我真的很平静。刘方的眼镜上都是水汽。他啥时也戴眼镜了？身上也披了白白的一层霜雪，看得出他是赶了很远的路。"你干啥来？"我不知该用哪种表情面对他。他不答，只是一下一下摇桨。我低头一看，才发现两个船舱都满着，一边是鸡蛋，一边是芝麻烧饼。我奇怪地问："干啥用？"刘方说："路远，我们当干粮。"说着，他掉转船头，小船像箭一样穿破了云雾，在空中飞了起来。

耳边都是呼呼风声，云雾都在脚底下。

我们这是要去哪儿？

回家。

回谁的家？

太和。

从空中看，水面先是绿色的，然后又变成了黄白色，散发着一股馊嗓子的气味，我就知道了，这水下肯定是盐碱地。太和洼已经变成了一片泽国。草不见了，树也不见了，远处只有一处高岗上有两座土堆，被周围的水簇拥着。刘方指给我看，那里有一棵榆树，只剩下了树梢。

"看!"

是我爸妈和我哥的衣冠冢。我心里明白，嘴里却说不出。

说不出刘方也听见了。刘方说："他们经常偷偷回来，住在里边——你别问我是咋知道的，其实潘家寨的很多事我都知道。我还找过那个二爷爷，问他能不能把宅基让出来，我想在那里盖层房，让妈可以理直气壮回家。可那块地只是人家院子的一个边角，盖房也只能盖厢房，就像大户人家的门房，不好看。过去的事就过去吧，所以我一直也没跟你说。"

我惊慌起来。这是哪儿？鸡蛋和芝麻烧饼呢？刘方说，你别担心。在这里就能看到太和洼的全貌。潘家寨就像大洼里的一个土圪垃。水退去以后，那些鸡蛋会孵出小鸡，芝麻会长出庄稼。我们站在了潮湿的盐碱地上，周围都是遭水淹过的印记。有人用筐抬着鸡蛋和芝麻烧饼往前走，可我看不清他们走向了哪里。

起风了，河里升腾的雾气一团一团地游走，就像长了翅膀一样。我也轻巧地飞了起来。这种感觉不陌生，年轻时经常做这样的梦，飞到西飞到东。飞起来果然就能把一切都看得更清楚。树越来越大，草越来越高。我心里说，这就算活过一回了？风把我的头发吹得飘了起来，我理了理，别到了耳后。我说："那晚，我没插门，你从外边一推门就开。"

沉默了一下，刘方说："我知道。"

他像影子一样飘向了黑夜深处，一直去了河套地里。我在后面跟着他，可他没有回头。他在河堤上停下了脚步。眼前是一片亮闪闪，这是表叔表婶种的棉花地，在黑夜里闪着银亮的光。我说："种棉花、纺棉花、织布、缝衣服都不容易，你不能撕了褂子拧绳子。"

他说："我再不撕了，你放心吧。"

我说："长江以后会当博士，你撕了就看不见他了。"

图书在版编目 (CIP) 数据

太和 / 尹学芸著. — 北京：北京十月文艺出版社，
2024. 8. — ISBN 978-7-5302-2415-1

Ⅰ. Ⅰ247.5

中国国家版本馆CIP数据核字第20244BU995号

太和
TAIHE
尹学芸　著

出	版	北 京 出 版 集 团
		北京十月文艺出版社
地	址	北京北三环中路6号
邮	编	100120
网	址	www.bph.com.cn
发	行	新经典发行有限公司
		电话 010-68423599
经	销	新华书店
印	刷	河北鹏润印刷有限公司
版	次	2024年8月第1版
印	次	2024年8月第1次印刷
开	本	880毫米×1230毫米 1/32
印	张	14.5
字	数	242千字
书	号	ISBN 978-7-5302-2415-1
定	价	68.00元

如有印装质量问题，由本社负责调换

质量监督电话 010-58572393